AF202128

Johanna Alba zog als Studentin nach Rom – in eine Künstler-WG gleich hinter dem Vatikan. An der Sapienza studierte sie Kunstgeschichte, turnte auf Gerüsten an Raffael-Fresken vorbei und überprüfte jeden Abend, ob im Arbeitszimmer des Papstes noch Licht brannte. Ohne starken Espresso kann sie bis heute keinen Tag überstehen. Als Journalistin schreibt sie über Kunst, Literatur und Geschichte. Und natürlich immer wieder über Rom.

Jan Chorin reiste zum ersten Mal mit achtzehn Jahren nach Rom – mit Zelt, Rucksack und einem Interrail-Ticket in der Tasche. Mit seiner Frau Johanna Alba lebt (und schreibt) der Historiker mitten in München, der nördlichsten Stadt Italiens. An Rom liebt er besonders das Licht am späten Nachmittag, das die Fassaden der alten Palazzi zum Leuchten bringt.

Mehr Informationen unter www.papstkrimi.de

JOHANNA ALBA * JAN CHORIN

Jubilate!

EIN PAPST-KRIMI

ROWOHLT TASCHENBUCH VERLAG

2. Auflage Mai 2019
Originalausgabe
Veröffentlicht im Rowohlt Taschenbuch Verlag,
Hamburg bei Reinbek, April 2019
Copyright © 2019 by Rowohlt Verlag GmbH,
Hamburg bei Reinbek
Umschlaggestaltung any.way, Barbara Hanke / Cordula Schmidt
Umschlagillustration Rubo Illustration
Redaktion Heike Brillmann-Ede
Satz aus der Sabon Next LT Pro bei
Pinkuin Satz und Datentechnik, Berlin
Druck und Bindung CPI books GmbH, Leck, Germany
ISBN 978 3 499 27501 2

Wenn ich mit Menschen- und mit Engelzungen redete
und hätte die Liebe nicht, so wäre ich ein tönendes
Erz oder eine klingende Schelle.

Und wenn ich prophetisch reden könnte und wüsste
alle Geheimnisse und alle Erkenntnis und hätte allen
Glauben, sodass ich Berge versetzen könnte, und hätte
die Liebe nicht, so wäre ich nichts.

Und wenn ich alle meine Habe den Armen gäbe und
ließe meinen Leib verbrennen und hätte die Liebe
nicht, so wäre mir's nichts nütze.

Erster Brief des Paulus an die Korinther

Prolog 1

EIN JULITAG IN DEN ALBANER BERGEN,
ANFANG DER SECHZIGER JAHRE

Rom glitzerte in der Ferne wie ein Juwel. Die Kuppel des Petersdoms – ein ungeschliffener Diamant. Der Tiber – ein silbernes Band, das ihn umfasste.

«So etwas kann auch nur dir einfallen», sagte er. «Ich jedenfalls sehe keine Edelsteine. Nur das Machtzentrum der katholischen Kirche, wie ein Fels im grauen Meer. Darum herum einen schlammigen Fluss. Und eine monströse Stadt, die sich wie ein Ungeheuer immer weiter in die Landschaft frisst.»

«Du bist überhaupt nicht romantisch.»

«Dafür habe ich ja dich», sagte er und trat aufs Gas.

Der himmelblaue Alfa Romeo sauste den Hügel hinauf – und wieder hinunter. Der Fahrtwind zerrte an ihrem seidenen Kopftuch. Sie schloss die Augen und lächelte.

«Wollen wir hier halten?» Er berührte sanft ihren Arm. «Wir können einfach den Hügel zum See hinunterklettern.» Und mit einem spöttischen Blick auf ihre Stöckelschuhe: «Ich trag dich auch.»

Den Picknickkorb hängte er sich über den linken Arm, packte sie liebevoll und trug sie den ganzen Hügel hinunter, bis ans Seeufer. Er breitete ein großes Leinentuch aus und machte eine einladende Handbewegung.

«Voilà, darf ich bitten, Schönste aller Frauen? Ein besserer

7

Platz lässt sich im ganzen Latium nicht finden. Und ein versteckterer auch nicht.»

«Und das ist ja schließlich das Wichtigste, oder? Dass uns keiner sieht und hört …»

«*Bellezza*, du weißt genau, wie ich das meine. Hier am Nemisee war früher der Rückzugsort der Schönen und Reichen. Schon Cäsar hatte hier seine Villa.»

Sie blickte über den kleinen dunklen See und das hohe Schilfgras und streckte sich dann auf dem Tuch aus.

«Ich weiß nur, dass es hier einmal einen heidnischen Tempel gegeben hat», sagte sie versonnen. «Und einen Fruchtbarkeitskult um die Göttin Diana … Ich bin mir nicht ganz sicher, ob das der richtige Ort ist, um den Abschied von mir zu feiern …»

Er sah sie schuldbewusst an.

«Nun mach nicht so ein Gesicht, Fede.» Sie musste lachen. «Heute ist heute. Und was kümmert uns das Morgen.»

Sie öffnete den Korb und holte Weißbrot hervor. Ein großes Stück Pecorino. Und ein Porzellanschälchen voller Erdbeeren.

«Außerdem … vielleicht bist du ja in Zukunft öfter hier», sagte sie.

«Wie meinst du das?»

«Na ja, ist da hinten nicht die Sommerresidenz des Papstes?»

«Castel Gandolfo, ja.»

«Vielleicht wirst du demnächst mal eingeladen. Oder du wohnst irgendwann selbst dort, verbringst die Sommermonate in weißen Gewändern, mit Spazierengehen, Schwimmen und gelehrten Gesprächen …»

«*Amore*, würdest du bitte damit aufhören.»

«Aber hatten nicht die Päpste in früheren Zeiten immer

Geliebte? Wie nannte man sie noch mal: Mätressen? Konkubinen?»

«Du quälst mich.»

Sie löste das Kopftuch und schüttelte ihre langen dunklen Locken.

Er nahm ihre Hand. «Du bist noch so jung», sagte er. «Ich war noch nie so verliebt wie in dich. Und vermutlich werde ich es auch nie wieder sein.»

Er streichelte ihre Finger, ihre Haare, ihre Stirn, ihr Gesicht.

«Vielleicht werde ich unsere Trennung auf ewig bereuen. Vielleicht werde ich mich mein ganzes Leben nach dir sehnen. Wer kann schon wissen, was richtig ist. Aber Gott hat mich an diesen Platz gestellt, hat mich mit einer wichtigen Aufgabe betraut. Wer bin ich, dagegen zu rebellieren? Oder mich aufzulehnen, aus sentimentalen Gefühlen? Woher will ich wissen, ob es sich lohnt, für dieses eine Gefühl alles aufzugeben? Aber ich muss mich jetzt entscheiden. Jetzt!»

Er holte tief Luft.

«Ich werde mich immer und immer an diese Zeit erinnern. Ich werde unsere Geschichte als Geheimnis bewahren. Wirst du mich ab und zu sehen? Wirst du mich vergessen? Oder an mich denken, wenn ich alt bin?»

Sie drehte sich auf den Bauch und blickte ihn herausfordernd an. «Mein lieber Fede: Ich werde *nie* über unseren gemeinsamen Sommer reden. Mit *niemandem.* Das kann ich dir versprechen. Aber ich schwöre dir: Ich werde dich beobachten.» Sie lächelte eigenartig. «Und wenn sich das alles nicht gelohnt hat, wenn du dein Leben verpatzt, wenn du nicht glücklich wirst oder etwas Unbedachtes tust – dann komme ich dich holen. Egal, ob in zehn, zwanzig oder fünfzig Jahren. Das ist meine Bedingung.»

Er sah sie beunruhigt an.

«Niemand wird je erfahren, was zwischen uns war», sagte sie mit großem Ernst. «Weil du es so willst. Du wirst deine Chance bekommen – deine Chance auf ein Leben als Priester, der seine Erfüllung bei Gott findet. Aber meine Rache wird fürchterlich sein, wenn du diese Chance nicht nutzt. Ich werde alles zerstören, was dir bis dahin wichtig geworden ist. Ich werde kommen, um dich zu holen. Und du musst mir versprechen, dass du dann mit mir gehst.»

Er sah sie lange an.

«Das verspreche ich dir.»

Prolog 2

«Wir müssen reden, mein Freund.»

«Etwas Ernstes?»

«Etwas sehr Ernstes.»

«Oh. Dann sollten wir lieber dabei essen.»

Papst Petrus hatte das kleine Lokal Da Cavaliere vorgeschlagen. In seinem alten Priestermantel, mit Sonnenbrille und Hut, spazierte er ein Stück unter den Bäumen am Tiber entlang. Das Wasser wälzte sich leise glucksend dahin, sonnenbesprenkelt und träge.

Petrus überquerte die Straße und verschwand in den winkeligen Gassen von Trastevere. Hier kannte er sich aus, denn hier war er aufgewachsen: mitten im Arbeiterviertel, als Sohn eines Bäckers. Hier hatte er mit seinen zwei jüngeren Brüdern auf der Piazza Fußball gespielt und sich vor Maria und Marta, seinen zwei älteren Schwestern, versteckt. Er hatte Brote ausgetragen, manchmal ein paar Lire verdient und heimlich in der Backstube genascht. Später hatte er auf den Straßen an den nackten Holztischen gesessen und getrunken, unter den Laternen getanzt und ein, zwei Mal sogar ein Mädchen geküsst. Er war ein *Romani di Roma*, ein echter Römer, und im Grunde seines Herzens war er das bis heute geblieben.

Touristengruppen hasteten an ihm vorbei. Niemand

erkannte in dem etwas fülligen, älteren Herren mit der markanten Römernase den Stellvertreter Christi auf Erden. Petrus liebte es, inkognito durch die Straßen seiner Heimatstadt zu streifen. Auch früher, als junger Gemeindepfarrer, war er viel unterwegs gewesen. Er hatte die Leute beobachtet, hatte sie zu Hause besucht, in ihren Hinterhöfen und engen Kammern, in ihren sorgfältig herausgeputzten Stuben und ihren frisch gescheuerten Küchen. Er hatte ihren Alltag gesehen. Und ihnen zugehört.

So oft wie möglich versuchte er auch heute noch, dem Papstsein zu entfliehen. Auf der Vespa seines Privatsekretärs Francesco. Oder, so wie heute, einfach zu Fuß. Die schiefen, holprigen Pflastersteine fühlten sich unter seinen Schritten vertraut an. Selbst mit verbundenen Augen hätte er den Weg durch die Sträßchen seiner Kindheit und Jugend gefunden. Er streckte eine Hand aus, um eine der ockerfarbenen Häuserwände zu berühren: Sie war rau, und mittagswarm.

Schon lange hatte er sich keine Auszeit mehr genommen. Doch heute war *die* Gelegenheit: Seine Haushälterin, Schwester Immaculata, hatte sich bereits in der Frühe verabschiedet, um «einige Angelegenheiten» in ihrem Orden zu regeln, wie sie geheimnisvoll kundgetan hatte. Als Mitglied der strengen Bußfertigen Beginnen kämpfte Immaculata schon seit Jahren gegen alle Sünden dieser Welt. An vorderster Front jedoch vor allem gegen die Laster des aktuellen Papstes: gegen seine Vorliebe für süßes Gebäck, seine Leidenschaft für den Fußball, sein geselliges Beisammensein mit Freunden bei sportlichen Hochämtern wie dem Champions-League-Finale. Auch ein opulentes Essen, wie er es heute mit seinem alten Freund Federico plante, fiel unter normalen Umständen dem Immaculataindex zum Opfer …

Aber jetzt war er frei – und darum glänzender Laune.

Er schwitzte ein wenig, als er die Osteria erreichte – ein wundervolles Gefühl. Drinnen war es zwar kühl unter dem hohen Gewölbe, aber Petrus zog es durch die Hintertür wieder nach draußen, in den Hof. Von wildem Efeu und einem alten Feigenbaum umrahmt, saß man dort prächtig. Alle Tische waren voll besetzt, doch am Rande gab es noch einen kleinen Tisch hinter einer enormen Kübelpalme, die den anderen Gästen die Sicht verdeckte. Hier konnte man ungestört essen und reden.

Und genau das taten sie auch.

Bereits die Antipasti waren großartig: frittierte Zucchiniblüten und Artischocken, dazu verschiedene *suppli*, gebackene, mit Mozzarella, Tomaten und Gewürzen gefüllte Reisbällchen. Den ersten Gang hatte Federico übersprungen, während sich Petrus an seinem Leib- und Magenessen *tonarelli caccio e pepe*, cremigen, dicken Nudeln mit Pecorino, gelabt hatte. Zum Hauptgericht teilten sie sich schweigend eine Karaffe Vino Bianco und die *scaloppine al limone*, kleine Schnitzelchen in Zitronensoße mit viel frischem Pfeffer.

Und dann kam das Beste.

Das Cavaliere eignete sich für schwierige Gespräche nämlich ganz besonders – und genau deshalb hatte Petrus diese Trattoria ausgewählt. Denn Stefano, dem Wirt, gehörte neben seinem Restaurant noch eine kleine Pasticceria, zwei Häuser weiter. Stefano wusste von den heimlichen Leidenschaften des Heiligen Vaters und kam eben von der Straße wieder herein: mit einem Teller voller noch warmer *bombole alla crema*, kleiner, kringelförmiger Krapfen, mit Vanillecreme gefüllt und in Zucker gewälzt. Als Stefano dazu noch den *caffè* brachte, lehnte sich Petrus behaglich zurück. Seine Soutane spannte zwar etwas – aber nun war er gewappnet, für alles, was da noch kommen sollte.

«Wir wollten über etwas Ernstes sprechen», sagte Petrus.

«Ja», sagte Kardinal Federico. «Über meine Familienange-legenheiten.»

«Das klingt aber nicht sehr bedrohlich.»

«Du musst wissen, dass sich unsere Familie jeden Sommer auf unserem Landsitz versammelt. Ende Juli, also in wenigen Tagen, feiern wir ein Sommerfest – und damit auch meinen Geburtstag. Meist bleibt die Verwandtschaft gleich da. Schließlich ist Ferragosto nicht mehr weit und die Luft in Rom sowieso unerträglich.»

«Sie bleiben recht lange, vermute ich. Denn dein Landsitz, den ich eher als Schloss bezeichnen würde, ist ja ein kleines Paradies.»

«Man müsste den Bau gelegentlich auffrischen», sagte Federico. «Die letzten Jahrhunderte haben wir nur wenig renoviert.»

«Was mir gut gefällt, mein Freund. Denn du hast – obwohl du ein Mann von klarem Verstand und ein großer Stratege bist – einen Hang zu Nostalgie und Träumerei. Oder irre ich mich?»

«Du kennst mich recht gut. Und genau deshalb möchte ich dich einweihen in meinen Plan.»

Federico sprach jetzt schneller, mit fester Stimme.

Er war deutlich älter als Petrus, aber immer noch ein schöner, stattlicher Mann. Sein volles weißes Haar umrahmte ein braungebranntes Gesicht und wache helle Augen. Im Auswärtigen Dienst des Vatikans und später im kirchlichen Bankwesen hatte er eine steile Karriere gemacht und war jung Kardinal geworden. Kurz darauf war er jedoch aus der Finanzverwaltung des Vatikans ausgeschieden und hatte sich ins Privatleben zurückgezogen. Den Kardinalstitel führte er weiter, verzichtete aber auf alle Rechte und Privilegien eines

Kardinals. Über die Gründe hatte es viele Gerüchte gegeben. Seitdem lebte er im Schloss seiner Familie, draußen in den Albaner Bergen, vor den Toren Roms. Manchmal besuchte ihn Petrus dort, ein- oder zweimal im Jahr. Dann saßen sie auf der Schlossterrasse, tranken edle Tropfen aus den immer gut gefüllten Weinkellern und sahen in die Abendsonne.

«In diesem Sommer werde ich fünfundachtzig», fuhr Federico fort.

«Was man dir nicht ansieht.»

«Aber so ist es. Und darum soll mein Sommerfest diesmal ein wenig größer ausfallen. Ich möchte zurückblicken auf mein Leben. Aber vor allem möchte ich mein Erbe ordnen. Denn ich werde sterben, mein Freund.»

«Das werden wir alle.»

«Ich bin krank. Todkrank. Wir haben beide denselben Arzt. Dottore Frascati von der Gemelli-Klinik. Du weißt, dass er sich nicht irrt. Bis zu meinem Geburtstag werde ich es schaffen – und noch einige Tage länger, wenn meine Kräfte reichen.»

Petrus wollte etwas sagen, aber der Kardinal hob abwehrend die Hand.

«Nein, mein Lieber. Ich brauche keinen Trost und auch kein Mitleid. Ich habe mein Leben gelebt, und es war ein gutes Leben. Als ich jung war, habe ich die Welt gesehen. Asien, Amerika. Und dann hatte ich eine lange Zeit der Muße, in der ich nachdenken konnte. In einem wunderbaren Schloss, in einem herrlichen Park. *Vita activa et vita contemplativa.*»

«Falls du dich sorgst, dass man dich nicht einlässt, oben an der Himmelspforte …»

«… wirst du ein gutes Wort für mich einlegen. Ich weiß. Aber viel wichtiger ist, dass du mir *jetzt* hilfst – solange ich noch auf Erden wandle.»

«Du möchtest dein Erbe regeln, sagtest du?»

«Vor allem möchte ich mein Erbe zusammenhalten. Es soll nicht in alle Winde zerstreut werden. Die Familie Santini gehört zum römischen Uradel. Sie hat immer eine gewichtige Rolle gespielt in dieser Stadt. Und das wird nur so bleiben, wenn es ein Familienoberhaupt gibt. Jemanden, der respektiert wird. Jemanden, der das Vermögen bewahrt.»

«Ich kenne deine Familie recht gut», sagte Petrus. Er versuchte, sich zu fassen und einen normalen Tonfall anzuschlagen. «Ich habe sie immer als sehr angenehm erlebt. Es wird sich schon jemand finden, oder?»

«Du kennst *eine Frau* aus meiner Familie sehr gut», antwortete Federico. «Contessa Giulia Santini, deine Pressesprecherin. Eine der schönsten Frauen Roms. Gebildet und warmherzig. Und ja, ich verstehe sehr gut, dass du sie als angenehm erlebst. Aber es gibt auch ganz andere Charaktere. Ihnen geht es weniger um Tradition und Familienehre, sondern vor allem um Geld.»

«Ich verstehe», sagte Petrus langsam. «Aber ich verstehe noch nicht, warum das alles so schwierig sein soll. Zugegeben: Gier ist ein weit verbreiteter Zug im römischen Hochadel. Und die Gier hat viele liebe Geschwister; ich erinnere nur an Neid und Eifersucht. Darum wurde ja auch immer viel gemordet in den alten römischen Familien. Aber bei den Borgias – um nur ein Beispiel zu nennen – ging es um den Papstthron, um ganze Staaten, um unendlich viel Geld. Und gerade Letzteres ist bei der Familie Santini schon lange nicht mehr vorhanden. Nimm es mir nicht übel, mein Freund, aber ich gehe davon aus, dass es außer deinem wunderbaren Schloss nicht viel zu vererben gibt. Oder irre ich mich?»

«Ich habe einen Plan», sagte Federico. «Und dieser Plan betrifft auch dich. Darum möchte ich um dein Einverständnis bitten. Und vor allem um deine Unterstützung.»

Dann erzählte er.

Zwischendurch lachte Petrus laut und bestellte einen Grappa.

Und noch einen Grappa.

Dann runzelte er sorgenvoll die Stirn und bestellte noch einen *caffè*.

«Ich gebe zu», sagte Petrus schließlich, als Federico geendet hatte, «dass dein Plan ... sehr charmant klingt. Allerdings auch etwas schräg und voller Risiken.»

«So ist es. Deshalb benötige ich deine Hilfe. Ich möchte dich bitten, ein Auge auf uns alle zu haben. Auf die Familienmitglieder. Vor allem auf *ein* Familienmitglied. Der Plan ist ein wenig ... riskant. Vielleicht sogar gefährlich.»

«Aber was hätte ich auf deinem Familienfest zu suchen?»

«In diesem Jahr werde ich nicht nur die Familie einladen, sondern auch ein paar alte Freunde. Dann fällst du nicht auf. Vielleicht könntest du versuchen, etwas ... diskret anzureisen? Meine Familie ist den Umgang mit Päpsten gewohnt. Seit Jahrhunderten. Doch die Medien sollten nichts davon erfahren.»

«Kein Hubschrauber. Keine Autokolonne. Vielleicht kann mich ja Giulia mitnehmen, in ihrem Wagen.»

«Eine hervorragende Idee.»

«Und nach dem Fest könnte ich gleich draußen bleiben. Nicht bei dir natürlich, sondern in Castel Gandolfo.»

«Du warst schon lange nicht mehr auf dem päpstlichen Sommersitz – oder irre ich mich?»

«Schon viel zu lange nicht mehr.» Petrus schwieg und schloss kurz die Augen. «Jedenfalls sehne ich mich nach all dem Großstadtlärm und dem Smog nach der frischen

Luft in den Albaner Bergen. Und nach dem Meer, das man immerhin von weitem sieht.»

«Dann wäre ja alles geklärt. Ich werde dir eine Einladung schicken.»

«Mit welcher Reaktion rechnest du?»

«Die Familie Santini ist eine Familie», sagte Federico nachdenklich. «Eine ganz normale italienische Familie.»

Petrus lachte. «Also rechnest du mit dem Schlimmsten.»

Freitag

NOCH ACHT TAGE BIS ZUR HOCHZEIT

Ein Spiel.

Es war nur ein Spiel.

Aber langsam ging Giulia die Luft aus.

Edoardo hatte die Wette im Geheimen Wald gewonnen. Er hatte sich so versteckt, dass sie ihn bis zur Dämmerung nicht mehr gefunden hatten.

Paolo hatte den Punkt im Teepavillon geholt und die Schokolade im Puppenhaus gefunden, die Rebecca dort versteckt hatte.

Aber jetzt war sie am Zug. Niemand von den anderen konnte so lange die Luft anhalten wie sie. Das war ihre Chance. 23 … 24 … 25 …

Rebecca hatte nicht mitgemacht, vermutlich war sie im Schloss geblieben. Typisch. Aber Edoardo und Paolo waren noch irgendwo hier unten, sie spürte sie neben sich … 26 … 27 … 28 … 29 … Sie musste einfach gewinnen, sonst war sie raus … 30 … 31 …

Sie konnte nicht mehr.

Giulia versuchte, etwas zu erkennen im grünlich trüben Wasser, und stieß sich vom Boden ab. Der Schlamm quoll ihr durch die Zehen … 32 … 33 …

Nur noch ein Stück. Da war schon die Wasseroberfläche mit der schmierigen Entengrütze und den Seerosenblättern.

Auf einmal spürte sie einen harten Schlag auf den Kopf.

Sie strampelte. Schluckte Wasser.

Dann wurde alles schwarz.

Dunkel.

Dunkel überall um sie herum.

Sie musste hoch, musste ans Licht! Mit den Armen schlug sie um sich, stieß mit dem Handgelenk an etwas Hartes – und wachte von einem lauten Rums endlich auf.

Der Bücherstapel auf ihrem Nachttisch war ins Rutschen geraten, die sorgfältig gestapelten Bände zur Philosophiegeschichte der Antike mit Schwung auf den Boden geknallt und zum Teil unter ihr Bett gerutscht.

Sie fuhr sich über die Augen.

Sie zitterte.

Wieder einmal war sie untergegangen. Wieder gab es keine Rettung. Schon lange hatte sie diesen Traum nicht mehr geträumt. Viele Jahre war das jetzt her. Sie war dreizehn oder vierzehn gewesen, damals. Sie konnte wirklich gut tauchen. Besser als Edoardo und Rebecca. Und fast so gut wie Paolo. Aber irgendetwas war schiefgegangen.

Warum holte sie diese Erinnerung jetzt wieder ein? Lag es daran, dass sie heute zurückfuhr? Zurück zu Federico, in das alte Schloss, zu ihrer Familie, zu den Freunden von damals?

Sie schloss noch einmal die Augen. Dann stand sie auf. Es war nur ein Traum.

Ein Albtraum.

Und eine ferne Erinnerung an ein Kinderspiel.

*

Schwungvoll bog der rote Fiat Cinquecento in den Innenhof des Vatikanischen Palastes ein und bremste so scharf ab, dass die Kieselsteinchen spritzten. Die Farbe bildete einen knalligen Kontrast zu der gleißend hellen Renaissancefassade.

Giulia öffnete die Tür und winkte Petrus zu, der im Schatten des Torbogens wartete. Neben einem Schweizergardisten in vollem Ornat.

Sie stieg aus dem Wagen. Und der Schweizergardist – Petrus spürte es genau – atmete tief ein und versuchte, *bella figura* zu machen.

Die meisten Männer im Vatikan atmeten tief ein und bemühten sich um *bella figura*, wenn Contessa Giulia, Pressesprecherin des Heiligen Stuhls, erschien. Heute hatte sie ihre langen schwarzen Locken zu einer kunstvollen Hochsteckfrisur gebändigt und ein Seidentuch darum geschlungen. Sie trug ein kurzes, sehr kurzes roséfarbenes Etuikleid, dazu hochhackige Sandalen, mit denen sie jetzt energisch auf Petrus zuklapperte.

«Wir planen eine kleine Landpartie», sagte Petrus. Er näherte sich und warf einen Blick auf die Koffer und Reisetaschen, die sich auf der schmalen Rückbank des Wagens türmten. «Eine kurze Sommerfrische in den Albaner Bergen. Aber du hast dich ausgerüstet wie für eine sechswöchige Kreuzfahrt auf einem Luxusliner.»

«Warum nehmen Frauen viele Koffer mit in den Urlaub? Weil sie Unmengen von Kleidern und Kosmetik mit sich führen. Genau das denken Sie jetzt doch, nicht wahr, Heiliger Vater? Sie und der junge Gardist am Tor, der gerade seine Pflicht vergessen hat und zu uns schaut – anstatt streng geradeaus.»

«Er schaut nicht zu uns, sondern zu dir. Und das liegt an deinem Kleidungsstil, liebe Giulia.»

«Bei Pressekonferenzen halte ich mich zurück. Aber heute bin ich privat hier. Und um auf die Koffer zurückzukommen: Es befinden sich vor allem Bücher darin. Bei Onkel Federico pflege ich in der Sonne zu liegen und zu lesen. Das Schloss ist traumhaft verwunschen, das regt die Phantasie an. Ich habe unter anderem *Auf der Suche nach der verlorenen Zeit* mitgenommen, das passt wunderbar dorthin. Und nicht nur diese sieben Bände benötigen eben Platz.»

«Sieben Bände Weltliteratur», sagte Petrus seufzend. «Die meisten Menschen bleiben schon beim ersten Band von Proust stecken, habe ich gehört. Und du wirst wahrscheinlich am Ende dieses Wochenendes sagen können, dass du sie alle geschafft hast.

«Ich habe sie schon drei Mal gelesen», sagte Giulia nachsichtig. «Man entdeckt immer etwas Neues. Wollen wir losfahren?»

«Einen Moment noch.»

Hinter Petrus erschien ein weiterer Wachposten, der einen sperrigen, altmodischen Koffer auf den Armen trug.

«Das ist wohl nicht Ihr Ernst?», sagte Giulia. «Wo ist das elegante Kofferset, das ich Ihnen kürzlich für Ihre Pastoralreise nach Lateinamerika gekauft habe?»

«Immaculata hat alles weggeräumt. Wahrscheinlich vermutet sie Luxus und Dekadenz. Und ich wollte es jetzt nicht auf Diskussionen wegen unseres kleinen Ausflugs ankommen lassen.» Er schnaufte kurz. «Außerdem weiß ich gar nicht, was du hast: Den Koffer hier habe ich auf dem Dachboden gefunden. Damit bin ich schon in meiner Studentenzeit gereist.»

«Das sieht man ihm leider auch an», sagte Giulia.

«Für das Wochenende bei Federico wird er reichen. Und danach fahre ich ja nach Castel Gandolfo. Immaculata wird mit dem restlichen Gepäck direkt dorthin kommen.»

Giulia klappte den Beifahrersitz nach vorne und versuchte, das Ungetüm mit Hilfe des verlegenen Schweizergardisten auf die Rückbank zu wuchten. Vergeblich.

«Wissen Sie was: Wir machen ihn einfach auf.»

«Meinen Koffer?», fragte Petrus entsetzt.

«Nein, mein Auto.»

Giulia drückte auf einen Knopf hinter der Windschutzscheibe, und das Verdeck schob sich langsam surrend nach hinten. Sie grinste Petrus schadenfroh an.

«Jetzt müssen Sie allerdings Ihr Käppchen im Fahrtwind etwas festhalten».

*

Die Fahrt begann, wie zu erwarten, im freitäglichen Stau. Sie schoben sich auf der Via Aurelia entlang und passierten im Schneckentempo den Palazzo Doria-Pamphili. Erst auf der Circonvallazione wurde es besser.

Das kleine rote Cabrio nahm Fahrt auf.

Und Petrus musste tatsächlich mit seinem Käppchen kämpfen.

«Für mich beginnt der Sommer immer erst mit Federicos Fest», rief Giulia in den Fahrtwind hinein. «Das Schloss ist mein Kindheitsparadies. Die großen Räume mit den verschlissenen Seidentapeten, jahrhundertealt. Es gibt eine stattliche Bibliothek mit dicken Folianten, in Leder gebunden. Eines meiner Lieblingsbücher war früher, als ich noch ein Kind war, ein Band über Naturkunde, mit vielen farbigen Vögeln, auf Pergamentpapier gemalt. Später habe ich mich dann eher für die detaillierte, illustrierte Ausgabe von Ovids *Liebeskunst* interessiert …»

«In der Bibliothek bin ich auch schon gewesen. Aber mir hat Federico nur seine alte Bibel aus dem 17. Jahrhundert gezeigt …»

Giulia überholte einen Kleinlaster, der über und über mit Rosen und Rittersporn beladen war. Für einen Moment hatte Petrus den Eindruck, er könne die Blumen sogar riechen.

«Dann kennen Sie ja auch den großen Ballsaal, oder? Der war für mich wie ein gigantisches Spiegelkabinett. Und in der Galerie mit den Alten Meistern habe ich meine Liebe zur Kunst entdeckt. Hat Federico Ihnen auch den frühen Caravaggio gezeigt? Maria mit Kind am Wegesrand? Oder die Raffael-Madonna, die gar nicht mal so schlecht ist. Ich bete jedes Mal, das sie noch nicht verkauft ist, um das Schloss zu sanieren. Im Park liebe ich den Najadenbrunnen. Hat Federico Sie schon einmal ganz herumgeführt?»

«Ich muss zugeben, ich kenne vor allem das Innere. Und natürlich die Terrasse, direkt hinter dem Schloss, auf der man am Abend ganz prächtig mit einer Flasche Wein sitzen kann und …»

«Sie müssen sich unbedingt von Federico einmal den ganzen Park zeigen lassen. Toll sind die Wasserspiele, ach, was sage ich, es ist ein ganzes Wassertheater mit Grotten und Nymphen und gemalten Kulissen. Die verschlungenen Kieswege. Die Rosenhecken mit dem Labyrinth. Und, ganz fürchterlich: der Geheime Wald mit all seinen gruseligen Ecken. Vor dem habe ich mich immer wahnsinnig gefürchtet.»

Sie schüttelte sich kurz.

«Aber am allerschönsten ist wahrscheinlich der kleine Teepavillon.»

«Ein Teepavillon? In einem italienischen Garten?»

«Er heißt nur so. Und das ist eigentlich auch ein ziemlich hochtrabender Name. In Wirklichkeit handelt es sich nur um ein kleines Gartenhäuschen. Ziemlich weit hinten im Park. Früher, vor über hundert Jahren, hat man Spaziergänge dorthin unternommen. Mit Reifrock, Sonnenschirm und Hofdame. Das Dienstpersonal ist vorausgeeilt und hat für den Tee eingedeckt.»

«Und später hat Onkel Federico dort Damen empfangen, vermute ich.»

«Das könnte erklären, warum dort ein antikes Samtsofa steht.» Giulia lachte. «Nein, das glaube ich nicht. Zumindest nicht, als ich klein war, denn da gehörte der Teepavillon uns Kindern.»

«Du warst also nicht das einzige Kind dort?»

«Nein, wo denken Sie hin. Zu dem großen Familienfest Ende Juli kam immer die ganze Familie. Einige reisten wieder ab, wenn das Fest vorbei war, viele blieben auch den ganzen Sommer. Am Anreisetag herrschte immer ein unglaubliches Chaos. Überall Kisten und Koffer, einige der älteren Tanten pflegten damals noch ihr Dienstpersonal mitzubringen. Dann Versammlung zum abendlichen *aperitivo*, wir Mädchen im keuschen Kleidchen. Wir wurden noch einmal gekämmt und ermahnt. Und ab da hat sich niemand mehr um uns gekümmert. An diesem Abend nicht – und eigentlich den ganzen Sommer nicht. Wir waren eine kleine Clique: mein Cousin, der sportliche Paolo. Seine Schwester, die perfekte Rebecca. Der fromme Edoardo, unser Großcousin. Und natürlich ich.»

«Sportlich, perfekt und fromm», sagte Petrus. «Und wer warst du? Die schöne Giulia?»

«Nein, überhaupt nicht. Ich trug eine Brille, war etwas … verwirrt und habe meistens gelesen. Falls Sie nach einem Adjektiv suchen: Ich war die *verträumte* Giulia. Mein Job war es, Geschichten zu erfinden und verrückte Spiele. Und beim Einschlafen Gruselgeschichten zu erzählen.»

«Mit Gruselgeschichten schafft man es also auf die Pressestelle im Vatikan», brummte Petrus. «Seid ihr immer noch befreundet?»

«Ich weiß gar nicht, ob wir wirklich befreundet waren.

In Rom haben wir uns nie gesehen, nur immer auf dem Schloss, im Sommer. Wir waren schon sehr verschieden, genau betrachtet. Aber wir waren aufeinander angewiesen, es gab sonst niemanden in unserem Alter. Die Erwachsenen schliefen endlos lang oder saßen auf der Schlossterrasse. Oder machten langweilige Ausflüge. Wir haben uns abgesetzt, und niemand hat nach uns gefragt.»

«Und der Teepavillon war euer Hauptquartier, vermute ich.»

«Genau. Als wir Kinder waren, hat Federico mit uns den Dachboden nach altem Spielzeug durchstöbert. Es gab dort wundervolle Dinge. Er hat sie in den Teepavillon bringen lassen. Wir haben dort gespielt, stundenlang, tagelang. Wir hatten sogar ein Puppenhaus, es sah beinahe aus wie Federicos Schloss. Das war eine wunderbare Märchenbühne, mit Prinzen und Prinzessinnen, Hofdamen, Köchen, Stallburschen …»

«Und du warst die Prinzessin.»

Giulia lachte. «Nein. Prinzessinnen mochte ich nie, sie waren mir immer zu glatt. Diese Rolle ging natürlich an Rebecca. Ich habe, ehrlich gesagt, am liebsten den Prinzen gespielt. Ich wollte lieber ein Mann sein. Mitreden. Mitbestimmen.»

«Kein Wunder, dass du päpstliche Pressesprecherin geworden bist», stellte Petrus fest. «Und keine High-Society-Lady in Rom.»

«Später, als wir vierzehn, fünfzehn, sechzehn waren, hatten wir dort eine Art … Club. Wir haben Poster aufgehängt und Musik gehört. Oasis, in Endlosschleife. Es waren die neunziger Jahre. Edoardo und ich haben moderne Gedichte verfasst und uns gegenseitig vorgelesen. Rebecca war dann immer beleidigt. Sie war ein nüchterner, praktischer Typ, ohne Sinn für Poesie.»

«Mochtest du Rebecca?»

«Wir waren eine Clique. Natürlich, wir mochten uns … irgendwie. Aber wir waren auch sehr unterschiedlich. Völlig auf einer Wellenlänge waren wir nie. Während der Sommermonate hat es jedenfalls gut funktioniert. Nun, mit siebzehn war dann sowieso alles vorbei. Ich bin für ein Jahr in die USA gegangen, und die anderen sind auch nicht mehr hingefahren. Und in unseren Zwanzigern waren wir eh in alle Winde zerstreut. Studium und Beruf, Rebecca hat inzwischen sogar Familie. Aber seit einigen Jahren sind auch wir Jungen wieder dabei. Es fühlt sich seltsam an, alle wiederzusehen. Ein wenig geht es mir wie mit einem alten Film, den man früher immer zu Weihnachten gesehen hat und mit dem man all die wohligen Erinnerungen verbindet.»

«Und inmitten des ganzen Trubels war Kardinal Federico», sagte Petrus nachdenklich. «Mochtet ihr ihn – als Kinder?»

«Ja. Und wir hatten großen Respekt vor ihm. Immerhin ist er unser Großonkel, ein bisschen vielleicht wie der Großvater, den wir nicht hatten. Sein älterer Bruder Filippo war der Vater meines Vaters, aber der ist schon sehr früh gestorben.»

Giulia dachte nach.

«Federico war vielleicht ein wenig … distanziert, trotzdem kümmerte er sich um uns. Er hat immer darauf geachtet, dass es uns gut ging. Bei schönem Wetter hat er ab und zu einen Ausflug mit uns in der Gegend gemacht. Er hat uns viel erzählt: über die alten Mythen und Sagen der Gegend. Angeblich ist ja sogar Romulus hier zur Welt gekommen. Und Cäsar besaß am Nemisee einen opulenten Sommersitz, ebenso wie der grausame Kaiser Caligula. Vor allem die Jungs waren ganz verrückt nach diesen Geschichten und haben stundenlang im Gestrüpp nach alten Mosaikresten und Marmorsäulen gesucht. Wenn es langweilig wurde, an

Regentagen, dachte sich Federico eine Überraschung im Schloss aus oder zeigte uns die versteckten Türen. Doch, wir mochten Federico sehr. Und trotzdem …»

«Trotzdem?», fragte Petrus.

«… trotzdem war immer so etwas wie Melancholie um ihn. Eigentlich ist er ja ein zupackender Typ. Er hat viele Freunde. Er liebt seinen Weinkeller, die Kunstwerke im Schloss, den Park. Und er ist – auf seine Art – ein frommer Mann. Aber es war immer so, als ob er nicht ganz anwesend war. Er war zwar mittendrin – und zugleich stand er daneben und sah zu. Auch sich selbst, glaube ich. Als lauschte er auf irgendetwas. Auf etwas, das vorbei war. Oder nie dagewesen war. Oder erst kommen würde. Ich kann es nicht richtig erklären.»

«Ich weiß, was du meinst.»

Giulia warf Petrus einen kurzen Blick zu. «Gibt es denn ein Geheimnis in seinem Leben?

«Ja.»

«Aber Sie dürfen nicht darüber sprechen.»

«Richtig.

«Als junger Mann soll er … ein etwas wildes Leben geführt haben.»

«Er hat ein aufregendes Leben geführt. Bevor er Priester wurde – und auch danach. Vielleicht erzählt er uns davon. Es ist ja sein Geburtstag …» Petrus klang plötzlich angespannt.

Giulia schien das nicht zu hören. Begeistert rief sie: «Ach, sehen Sie, Heiliger Vater. Da, hinter der Kurve, sieht man zum ersten Mal das Schloss! Früher haben wir immer gespielt: *Wer sieht es zuerst?* Und meistens haben alle zugleich losgerufen …»

Der knallrote Cinquecento legte sich in die enge Kurve. Vor ihnen öffnete sich plötzlich der Blick. Auf dem Hügel gegenüber thronte, mitten im Grünen, Federicos Schloss mit dem hohen Giebel und den langgestreckten Seiten-flügeln. Golden im Morgenlicht, wie ein Traum aus einer anderen Zeit.

Und Giulia jubelte so laut, wie Petrus sie noch nie gehört hatte.

*

Die Lichterketten schaukelten sanft über ihren Köpfen, das Porzellan glänzte, das Silber funkelte. Die Tafel war, wie in jedem Jahr, auf der Terrasse direkt hinter dem Schloss gedeckt. In der Dämmerung sah man weder die Rostflecken an den Gartenstühlen noch die abgeschlagenen Ecken der Teller oder die gestopften Löcher der Damasttischdecken.

Giulia blieb einen Augenblick stehen, als sie die Terrasse betrat, und blickte hinunter in den dunklen Park, der sich stufenförmig den Hügel hinunterzog. Weit in der Ferne, im Dunkeln nicht zu sehen, lagen die Wasserspiele. Und dahinter, als prachtvolle Kulisse, schimmerten die Lichter der Stadt Rom. Die alten Stallungen verbargen sich hinter großen Laubbäumen, gleich links vom Schloss. Gesäumt wurde die Anlage von Wäldern, in denen früher, vor Jahrhunderten, gejagt wurde. Sie zogen sich den ganzen Hügel hinunter bis ins Tal.

«Herrlich, nicht wahr? Ein magischer Ort!» Giulias Mutter liebte Plattitüden. Sie trug ein flatterndes rotes Seidenkleid, mehrere Reihen ihrer besten Perlen und enorme Kreolenohrringe, die leise klirrten, wenn sie den Kopf hin und her bewegte. Außerdem war sie in eine intensive Duftwolke gehüllt, die ihre ganze Umgebung in Trance versetzte. «Übrigens eignet sich der Park auch sehr für romantische Spaziergänge. An der Seite eines netten jungen Mannes.»

Sie betrachtete ihre Tochter mit einer Mischung aus Besorgnis und Mitleid. «Natürlich bist du wieder alleine gekommen.»

«*Cara mamma!* Schönen guten Abend, wie wunderbar, dich zu sehen, und ja, ich freue mich auch.» Giulia merkte, wie sie sofort wieder in Rage geriet, wie immer, wenn ihre Mutter dieses Thema ansprach. Trotzdem versuchte sie, sich zusammenzureißen. «Und nein, ich habe keine männliche Begleitung bei mir, woher sollte ich sie so schnell auch hernehmen? Seit wir uns letzten Sonntag gesehen haben, sind noch keine neuen Anträge bei mir eingegangen …»

Giulia warf sich in die Arme ihres Vaters, der sie liebevoll drückte und ihr beruhigend über den Rücken strich.

«*Ciao bellina*, großartig siehst du aus in diesem unglaublichen Kleid!», sagte er. Und flüsterte ihr ins Ohr: «Reg dich nicht schon wieder über deine Mutter auf, sie meint es ja nur gut.»

«Glaube nicht, dass ich dich nicht hören würde, Odoardo», sagte ihre Mutter. «Und es ist bei Gott nichts Ungewöhnliches, dass ich mich um meine einzige Tochter sorge. Im Übrigen ist das alles nur deine Schuld. Du hast sie verdorben mit deinen Büchern und dem ganzen Wissenschaftskram. Das hat sie nun von ihrer doppelten Promotion: Welcher Mann will sich schon die ganze Nacht mit einer Frau über die Relativitätstheorie unterhalten? Oder über antike Philosophen … wie diesen … Herakles …»

«Heraklit», sagten Giulia und ihr Vater automatisch.

Aber eigentlich, dachte Giulia, eigentlich hat sie ausnahmsweise einmal recht. Wer würde sich mit mir schon gerne über Heraklit unterhalten? Über Thales von Milet oder Sokrates? Da gäbe es wahrscheinlich nur einen Einzigen. Einen einzigen Mann auf dieser großen weiten Welt. Nur, dass dieser eben nicht zu haben war …

Ein Arm schlang sich um ihre Schulter und ein herzhafter Kuss landete auf ihrer Wange.

«Salve, Cousinchen, wie schnell doch ein Jahr vergeht.» Paolo strahlte sie an.

Giulia fiel ihrem Cousin um den Hals. Paolo schien einfach nicht zu altern. Er war wie immer unglaublich attraktiv mit seinem markanten Gesicht und den dunklen Haaren, in die sich lässig erste graue Strähnen mischten. Sein schlichtes weißes Hemd musste sündhaft teuer gewesen sein.

«Paolo, *tesoro*, lass dich drücken». Ihre Mutter ließ sich diese Gelegenheit natürlich nicht entgehen und rauschte ihrem Neffen klirrend und klingelnd entgegen. «Wo ist denn deine Schwester mit ihrer entzückenden Familie? Die Kinder müssen doch jetzt schon riesig sein. Bei Giulia dauert es wohl noch ein Weilchen, bis sie …»

«Rebecca ist da hinten.» Paolo wies vage ins Dunkle. «Wenn du erlaubst, Tantchen, entführe ich dir jetzt erst einmal dein holdes Töchterchen.»

«Aber natürlich, mein Bester, macht euch einen schönen Abend, ihr Turteltäubchen …»

«Uff», sagte Giulia, als sie außer Hörweite waren. «Jetzt bräuchte ich erst mal was zu trinken.»

«Das sollte sich machen lassen.» Paolo zog sie zur aufgebauten Bar und schenkte ihr ein Glas Frizzante ein.

«Salute!» Er hob sein Glas. «Da wären wir also wieder, der ganze Clan.»

«Ich mag unsere Familie ja trotz aller Querelen irgendwie», sagte sie. «Sicher, die meisten sind ein wenig schräg. Aber diesen Luxus können wir uns erlauben – nach einigen Jahrhunderten im Umkreis der Kurie.»

«Du findest sie schräg?» Paolo trank einen Schluck Frizzante. «Die meisten sind doch eher etwas fade.»

«Was soll denn bitte an Tante Eugenia fade sein?»

«Tante Eugenia ist eine Ausnahme. Schillernder geht es wirklich nicht. Wie oft war sie verheiratet?»

«Fünfmal.»

«Ach ja, all die wechselnden Onkel im Laufe der Jahre. Wie hießen sie noch mal? Antonio oder Ottavio, glaube ich. Dann kam Pedro. Oder Giulio? Ah, und natürlich Onkel Riccardo. Die vielen Affären mal nicht mitgerechnet. Man munkelt, sie wäre als junges Mädchen sogar mal mit Richard Burton ausgerissen und musste von ihrem Vater wieder zurückgeholt werden …»

Giulia schwieg vielsagend.

«Doch wenn wir von Eugenia mal absehen: Was soll zum Beispiel an Tante Sophia schräg sein? Sie ist in erster Linie … langweilig.»

«Tante Sophia sammelt heimlich Teddybären. Sie hat einen ganzen Saal voll in ihrem Palast.»

«Das wusste ich nicht!» Paolo lachte. «Dann nehmen wir … Onkel Leonardo. Vornehme Ödnis und ein ungewöhnlicher Schnurrbart. Aber schräg?»

«Diesen albernen Bart trägt er nur, weil er seinen Friseur liebt. Einen sehr netten, älteren Herrn. Der kommt jeden Morgen in Leonardos Wohnung und bringt ihn in Form – den Bart, meine ich.»

Paolo verschluckte sich fast. «Du kennst sie wirklich gut, die Familiengeheimnisse. Mich würde mal interessieren, welche Geheimnisse dir bei mir einfallen.»

«Damit könnte ich ganze Bücher füllen.» Giulia lachte. «Und die meisten dieser Bücher hätten Mädchennamen als Titel: Letizia, Gloria, Aurelia …»

«An Aurelia kann ich mich gar nicht mehr erinnern, also können es keine wirklich aufregenden Geheimnisse gewesen sein. Außerdem zählen pubertäre Flirts nicht zu den wirklichen Geheimnissen.»

«Dann denke mal an den Caligulasommer. Die Ausflüge mit deinen Jungs. Euer Römer- und Cäsarenspleen.»

«Das war doch nur eine Art ... Kostümparty.» Paolo wirkte plötzlich verstimmt. «Nur, dass sie eben etwas länger dauerte. Was soll denn daran geheimnisvoll gewesen sein? Übrigens, gleich geht es los.» Paolo deutete auf Federico, der sich erhoben hatte. «Wohin wollen wir uns setzen?»

«In die Nähe der Alkoholvorräte. Und möglichst weit weg von meiner Mutter. Die erste Begegnung reicht mir für den heutigen Abend. Ich kann mir nämlich schon ungefähr vorstellen, wie es weitergeht. Nach dem Gejammere über den fehlenden Schwiegersohn kommt dann das Lamento über die undankbare Tochter. Sie hat mich am vergangenen Wochenende schon mit Vorwürfen überhäuft, weil ich zu ihrem Namenstag nicht zu Hause erschienen bin.»

«Was hast du stattdessen getan?»

«Ich habe den Papst auf seiner Pastoralreise nach Südamerika begleitet. Aber meine Mutter findet, das sei eine lächerliche Ausrede.»

In diesem Augenblick schlug Federico zwei Gläser gegeneinander.

Und die Familie nahm Platz.

*

Der Heilige Vater war außer Haus. Und Schwester Immaculata, Haushälterin seiner Heiligkeit, war entschlossen, diese Chance zu nutzen.

Rasch schritt sie den päpstlichen Flur entlang, den Wischmob in der rechten, den Eimer mit dem Putzzeug in der linken Hand. Am hinteren Ende lag ihr Ziel, die Privatkapelle des Heiligen Vaters. Befriedigt stellte sie unterwegs fest, dass alle Teppichfransen gerade ausgerichtet waren und alle Bilder exakt im rechten Winkel hingen.

Während der Abwesenheit des Heiligen Vaters hatte sie in der Wohnung einige Umgestaltungen vorgenommen. Die Fotografien italienischer Landschaften, die Petrus so liebte, waren durch traditionelle Papstporträts ersetzt worden. Wie sich das gehörte. Jetzt lockte nicht mehr das sündige Capri im Sonnenuntergang, sondern Papst Clemens XIII. sorgte mit erhobener Hand für Recht und Ordnung. Eigenhändig hatte sie die Gemälde in ihren schweren Goldrahmen vom Dachboden geholt, entstaubt und aufgehängt. Sie hatte eine kleine Schwäche für den mittelalterlichen Papst Innozenz III. mit seiner hohen Tiara, der den vierten Kreuzzug ausgerufen hatte und außerdem als Vorreiter der Inquisition galt. Würdig, streng und gerecht. Er hing jetzt auf dem Ehrenplatz in der Flurmitte.

Direkt neben dem großen Spiegel.

Ob sie sich die kleine Freude gönnen sollte? Sie würde es ja nicht aus Eitelkeit tun, sondern nur, um zu üben und Gott dem Herrn einen erfreulichen Anblick zu bieten.

Immaculata blieb stehen und stellte ihren Eimer ab.

Dann blickte sie in den Spiegel. Aber dort sah sie nicht Schwester Immaculata mit den gestrafften Haaren unter ihrer Nonnenhaube, mit dem schmalen Mund, der scharfen Falte auf der Stirn und dem durchdringenden Blick. Nein, sie sah die künftige Äbtissin des Ordens der Bußfertigen Begoninnen, wie sie voller Weisheit, vor allem aber mit unbeugsamer Strenge, die Geschicke ihrer Schar lenken würde.

Immaculata hob den Wischmob empor und stellte sich vor, es sei der Äbtissinenstab. Die Vorsteherinnen der Nonnenklöster trugen dieselben Insignien wie ein Bischof, das erschien ihr mehr als angemessen.

«Liebe Schwestern», begann sie, «ich danke euch für die Wahl.»

Nun, die Wahl würde sie erst noch gewinnen müssen. Aber das war eine reine Formalie. Wen sollten ihre Mitschwestern denn sonst zur Äbtissin erheben? Als Haushälterin seiner Heiligkeit verfügte sie über Erfahrungen, die keine Nonne aufweisen konnte. Und vor allem hatte sich keine Begonin so entschlossen gezeigt wie sie, das allgegenwärtige Böse zu bekämpfen: oberflächliche Heiterkeit, die modischen Ablenkungen des modernen Lebens, Freude an geistlosen körperlichen Verrichtungen wie der Nahrungsaufnahme. All diesen und noch vielen weiteren Versuchungen hatte sie abgeschworen.

Die Begoninnen benötigten eine Einpeitscherin auf ihrem Weg zum Heil. Und Immaculata war entschlossen, diese Aufgabe anzunehmen.

Aber bevor sie unter ihren Mitschwestern für Ordnung sorgen konnte, musste sie im päpstlichen Haushalt durchgreifen. Immaculata wollte sich gerade in Bewegung setzen, als sie aus den Augenwinkeln einen Schatten wahrnahm. Eine schnelle Bewegung. Und noch bevor sie sich rühren konnte, tauchte neben ihr im Spiegel ein großer, runder Schädel auf: Monsignore!

Wütend drehte sich Immaculata um. Der dicke rote Kater des Papstes war direkt hinter ihr auf die Kommode gesprungen und glotzte sie nun herausfordernd an. Sie hatte noch nicht herausgefunden, wie er es machte, aber Monsignore konnte sich zur doppelten Größe aufpumpen und wirkte dann durchaus furchteinflößend. Seine Haare standen ihm stachelförmig vom Körper ab.

Und für einen Moment meinte Immaculata, ein leises Fauchen zu hören.

*

«Meine Lieben!», begann Federico. «Es ist schön, euch wieder einmal hier versammelt zu sehen. Unbeschwerte Sommerwochen warten auf uns. Wir wollen sie genießen. Besonders freue ich mich, dass der Heilige Vater unter uns weilt. Petrus, mein alter Freund, wie schön, dich hier zu sehen!»

Er hob sein Glas und prostete allen zu. Trotz seines Alters hielt er sich immer noch aufrecht, sein volles weißes Haar stand in merkwürdigem Gegensatz zu seiner gebräunten, fast jugendlich wirkenden Haut und den stechend blauen Augen.

«Zum Glück neigt Federico ja zu kurzen Ansprachen», flüsterte Paolo zu Giulia. «Eine äußerst angenehme Eigenschaft. Mit etwas Glück essen wir in fünf Minuten die Vorspeise.»

«Wie ihr wisst, neige ich zu kurzen Ansprachen», sagte Federico und blickte in viele dankbare Gesichter. «Aber: Heute muss ich eine Ausnahme machen. Aus besonderem Anlass. Ich möchte mit euch über mein Erbe sprechen.»

«Dann kann es keine lange Rede werden.» Paolo grinste. «Das Erbe ist ja ziemlich überschaubar.»

«Bitte schenkt nach und lehnt euch zurück. Ich habe einige Platten mit Antipasti vorbereiten lassen. Wir müssen uns etwas Zeit nehmen. Es ist wichtig, dass ihr meine Pläne versteht.»

«Gleich wird er uns mitteilen, dass seine Briefmarkensammlung an die Samariter geht», sagte Paolo und schenkte ihnen beiden nach. «Und die kläglichen Reste seines Weinkellers an den Heiligen Vater.»

«Immerhin hat er ein Schloss zu vererben», wandte Giulia leise ein.

«Eine romantische Ruine», präzisierte Paolo. «Und die ist vermutlich mit Hypotheken belastet. Der glückliche Erbe erbt vor allem Schulden.»

«Jeder hier am Tisch glaubt, über unsere Familie Bescheid zu wissen», begann Federico. «Und darum wird es euch überraschen, was ich jetzt sage: Jeder hier am Tisch irrt sich.»

Der Kardinal wartete ab, bis sich das Gemurmel gelegt hatte. Dann lächelte er freundlich und fuhr fort.

«Wie denkt ihr über die Familie Santini, meine Lieben? Ungefähr so, vermute ich: Was sind wir doch für ein ehrwürdiges Geschlecht aus dem römischen Hochadel! Das hat zwar immer wieder Männer hervorgebracht, die für das Papstamt in Frage kamen und einmal sogar mit Erfolg. Zudem waren Tradition und Frömmigkeit die Werte, die die Familie pflegte, jahrhundertelang. Aber: Bedauerlicherweise ist dabei das Geld abhandengekommen. Wir sind also verarmt, wenn auch stolz und voller Würde … So ungefähr sehen wir uns, nicht wahr?»

Niemand widersprach. Alle warteten gespannt und etwas beunruhigt auf die große Neuigkeit, die er angekündigt hatte.

«Aber so sind wir nicht», sagte Federico. «Mag sein, dass wir ein würdiges Geschlecht sind – auch wenn mir immer wieder Geschichten zu Ohren kommen, über einige Anwesende, die nur wenig mit Würde zu tun haben. Doch eines sind wir ganz bestimmt nicht: arm.»

«Es wird doch jetzt nicht über den Reichtum des Glaubens predigen?», flüsterte Giulia. «Nach dem Motto: Die Santinis sind zwar arm, aber fromm.»

«Das wäre nicht seine Art», sagte Paolo. «Sentimental und

verlogen war er eigentlich nie. Ich gebe zu, dass ich gespannt bin!»

«Lasst uns eine Zeitreise unternehmen, ihr Lieben. Zurück in unsere Vergangenheit. Im 16. Jahrhundert hat unser Geschlecht einen Tunichtgut hervorgebracht, einen Hasardeur. Er suchte sein Glück in den vielen Feldzügen dieser Jahre, kämpfte auf allen Seiten, wo auch immer man ihn benötigte. Dann schwängerte er eine Nichte, wurde aus dem Haus geworfen und zog wieder in den Krieg. Als Condottiere erwarb er große Ländereien. Und Schätze. Gold und Silber aus dem Orient, das er gut zu verstecken wusste, in einer Höhle an der neapolitanischen Küste. Bevor er starb, kehrte er zurück. Angeblich, um sich zu versöhnen. In Wirklichkeit hielt er Ausschau nach einem schwarzen Schaf, wie er es gewesen war, einem jungen, begabten Querkopf. Er fand diesen Mann – und vererbte ihm alles. Unter einer Bedingung: Der Rest der Familie dürfe nichts erfahren.»

Er sah in die Runde.

«Und tatsächlich: Der junge Erbe war begabt und klug, genau wie der Condottiere, von dem er seine Schätze bekommen hatte. Er beließ das Geld nicht in der Höhle, er investierte es. Und genauso taten es alle seine Nachfahren. Einer von ihnen gründete zum Beispiel eine Bank in Paris, finanzierte die Kriege Napoleons und zugleich die Kriege seiner Gegner. Der Schatz vermehrte sich. Die Familie hielt sich immer fern von diesen jungen Männern. Und so erfuhr sie nie, wie unermesslich reich sie geworden waren.»

Federico machte eine Pause, trank einen Schluck und blickte über die Tafel und alle Köpfe hinweg in die Ferne, zu dem großen Lichtermeer der Stadt Rom.

«So ging es weiter von Generation zu Generation. Einige bewahrten das Vermögen nur, die meisten vermehrten es.

Einer von ihnen finanzierte sogar den Aufstieg der Agnellis. Während der Industriellen Revolution wurde er unermesslich reich, und während der beiden Weltkriege wurde alles in die Schweiz gebracht. Und dann, es ist nun einige Jahrzehnte her, wurde ich als Erbe eingesetzt.»

Federico wartete, bis wieder Ruhe eingekehrt war.

«Ich war schon zum Priester geweiht, aber viel zu unruhig, um Pfarrer zu werden. Es zog mich in den diplomatischen Dienst des Vatikans. Ich war im Ausland tätig, in verschiedenen Nuntiaturen, und längere Zeit in den Vereinigten Staaten. Ich interessierte mich für alle Länder, in denen ich tätig war. Ich erforschte sie geradezu.»

«Vor allem erforschte er die Damenwelt dieser Länder», flüsterte Paolo. «Sagt die Familienlegende.»

«Dabei eckte ich gelegentlich an und erwarb mir so den Ruf eines schwarzen Schafs. Eines Tages, ich war bereits Kardinal, rief mich Großonkel Antonio zu sich. Einige von euch werden sich noch an ihn erinnern. Er erzählte mir die Geschichte, die ich euch gerade erzählt habe. Dann diktierte er sein Testament, in meiner Anwesenheit. Er setzte mich als alleinigen Erben ein. Bald darauf starb er.»

«Dieser Halunke!» Paolo starrte fasziniert zu Federico, dann wandte er sich leise an Giulia: «Sein Leben lang hat er so getan, als sei er ein armer Schlucker.»

«Mir war bald klar, dass ich mein Leben ändern musste. Das Vermögen war bereits sehr groß, ich musste mich darum kümmern. Also zog ich mich zurück aus der Kurie, wurde Privatier. Viele von euch hat diese Entscheidung erstaunt. Es gab Gerüchte. Aber es waren nicht die Frauen, die mich veranlassten, meine Laufbahn aufzugeben.»

«Mag sein, dass es nicht *nur* Frauen waren. Aber es waren *auch* Frauen.» Frech grinste Paolo seine Cousine an.

Das sagt ja gerade der Richtige, dachte Giulia, verkniff sich aber die Bemerkung.

«Ich habe meine Karriere in der Kirche beendet, um das Familienvermögen zu bewahren. In aller Stille. In meiner Zeit an der amerikanischen Nuntiatur hatte ich die USA kennengelernt. Ich hatte kluge junge Männer getroffen. In New York. In San Francisco. Sie waren begeistert von Computern, wollten eine neue Welt gestalten und suchten jemanden, der sie finanzierte. Ich gab ihnen Geld, mit dem sie Firmen gründeten. In Garagen, Kellern, Hinterhöfen. Nicht alle Deals führten zum Erfolg, einige schon. Jedenfalls hat sich unser Familienvermögen beträchtlich vermehrt, meine Lieben.»

«Wenn das stimmt», murmelte Giulia, «dann war er einer der ersten Investoren im Silicon Valley. Und wenn er tatsächlich Anteile hält an den Blue Chips, dann …»

«Ich bin der Tradition gefolgt», sagte Federico. «Ich habe das Vermögen unserer Familie vermehrt und habe zugleich verschwiegen, dass es dieses Vermögen gibt. Der Tradition folgend.»

Er machte eine wirkungsvolle Pause.

«Sicherlich fragt ihr euch, weshalb ich nun mit dieser Tradition breche. Nun, der Grund ist sehr einfach: Über Jahrhunderte hinweg hatte der offizielle Teil unserer Familie immer genug Geld, um über die Runde zu kommen. Daneben gab es das schwarze Schaf, das heimlich den Schatz vermehrte. Jetzt sind wir an einem Punkt angekommen, an dem ihr – jedenfalls die meisten von euch – restlos bankrott seid.»

Er sah freundlich in die Runde.

«Darum möchte ich die Familie und das heimliche Vermögen wieder vereinen. Aber nicht, indem ich das Geld einfach verteile – mit der Gießkanne, wie man so schön sagt. Denn was würdet ihr tun? Ihr würdet es verprassen, jeder auf seine Weise. Und in zehn Jahren stünden wir genau dort, wo wir heute stehen. Nein, meine Lieben. Ich habe einen anderen Plan. Einen Plan, den bislang nur der Heilige Vater kennt. Und diesen Plan möchte ich euch heute Abend mitteilen.»

*

Vorsichtig öffnete Immaculata die Tür zu Petrus' Privatkapelle. Jetzt war ihre Stunde gekommen. Sie würde auch Kapelle und Sakristei, wie es ihre Pflicht war, einer gründlichen Reinigung unterziehen.

Und sie würde alle Hilfsmittel des Bösen finden.

War es nicht schon schlimm genug, dass Petrus die Abendstunden nicht für die Lektüre frommer Schriften nutzte, sondern bei seinen Saufkumpanen verbrachte? Weitaus schlimmer war es jedoch, dass er auch am heiligen Sonntag seinem Laster frönte. Immaculata hatte es zunächst sehr begrüßt, dass Petrus sich sonntags häufiger in seine Privatkapelle zurückzog, wo er für knapp zwei Stunden nicht gestört werden wollte. Ja, sie hatte den plötzlichen Sinneswandel sogar auf ihren guten Einfluss zurückgeführt. Wenn er die Kapelle verließ, wirkte er zuweilen ernst und bedrückt («Heute habe ich den Weg zu Gott nicht gefunden, liebe Immaculata.»), an anderen Tagen heiter und beschwingt («Heute stand der Himmel offen!»).

Das hatte sie irgendwie misstrauisch gemacht. Schließlich hatte sie angefangen, über die päpstlichen Befindlichkeiten Buch zu führen und festgestellt, dass Petrus immer dann spirituell gekräftigt wirkte, wenn seine Lieblingsmannschaft im Fußball gewonnen hatte.

Heute galt es, dieses Übel an der Wurzel auszurotten!

Die Kapelle hatte sie rasch überprüft. Sie bot kaum Versteckmöglichkeiten für einen Fernseher oder ähnliche Technik. Altar, Bibel, Gebetsbank – nichts.

Also die Sakristei.

Sie öffnete die Tür und bemerkte nicht den Kater, der ihr hinterherschlich und es sich zwischen den Altardecken und Paramenten bequem machte. Während Immaculata sich über eine Stunde lang vom Schrank mit den Priestergewändern über Kommoden mit Gerätschaften zur Heiligen Messe bis zu einem Regal mit alten Mess- und Gesangbüchern vorarbeitete, beschäftigte sich Monsignore intensiv mit den Spitzenborten und Troddeln an den verschiedenen Leinentüchern. Nachdem er seine Krallen geschärft und die einzelnen Fäden verteilt hatte, machte er sich an den besonderen Stolz der päpstlichen Haushälterin: die Kelchwäsche aus reinweißem Damast.

Währenddessen nahm Immaculata die vergilbten Bücher in die Hand und wischte mit angeekelter Miene die verstaubten Ledereinbände ab. Wie sollte man hier ein TV-Gerät verstecken? Bei einem dicken Band – dem *Jahrbuch der Heiligen 1957* – stutzte sie. Er war zu leicht für seinen Umfang, und irgendetwas klapperte. Als sie das Buch aufschlagen wollte, stellte sie fest, dass es gar keine Seiten gab, nur einen kleinen Verschluss an der Seite, den sie nervös aufhakte: Das angebliche Buch erwies sich als Kästchen, in dem ein schwarz schimmerndes, flaches Gerät lag, wie es auch Contessa Giulia benutzte. Bezeichnete sie es nicht als … Tablett? Daneben lag, sorgsam zusammengerollt, ein Kabel.

Immaculata suchte nach einem Anschaltknopf, fand ihn und drückte ihn beherzt. Der Bildschirm flammte auf. Und zeigte kleine, beschriftete Symbole unter denen *Gazzetta dello Sport, AS Roma* und andere Begriffe standen, die ganz offensichtlich aus der Sphäre dieses rohen, geistlosen und dem Mammon verpflichteten Kampfspiels stammten. Dem Fußball!

Für einen kurzen Augenblick dachte sie daran, das Gerät einfach verschwinden zu lassen. Doch dann ging sie damit in die Küche und zog eine große Bratpfanne aus dem Schrank. Sie legte das schwarze Ding hinein, nahm einen Fleischklopfer zur Hand und ließ ihn so oft herniedersausen, bis nur noch winzige Stückchen aus Plastik und Glas in der Pfanne lagen.

In ihrem heiligen Zorn bemerkte sie nicht, dass Monsignore den Moment abpasste und sich durch den Türspalt in die sonst streng verbotene Küche quetschte. Er duckte sich unter dem großen Tisch, bis die Haushälterin den Raum wieder verließ. Die Tür zur Speisekammer würde er alleine schaffen.

Gewissenhaft trug Immaculata die Pfanne zurück in die Sakristei und füllte die Splitter in die Buchhülle. Kurz darauf kam sie noch einmal und legte einen Bogen des päpstlichen Briefpapiers dazu, auf dem sie in ihrer akkuraten Handschrift notierte: *Du sollst keine Götter haben neben mir.*

Das leise Knurpsen aus der Küche überhörte sie.

Jetzt konnte sie in Ruhe schlafen.

Samstag

Es war früh am Morgen, als Giulia hinunter in den Park ging.

Die Terrasse, auf der sie gestern Abend noch gesessen hatten, lag verwaist da. Wie es die Familientradition wollte, wurde das Frühstück neben dem alten Swimmingpool serviert, der sich ein Stück versetzt hinter dem Schloss befand.

Eigentlich handelte es sich bei dem Pool um ein großes Brunnenbecken aus der Renaissance, das irgendein Vorfahre der Santinis umfunktioniert hatte. Daneben waren jetzt kleine Tische aufgestellt. Die Sonnenschirme waren schon etwas in die Jahre gekommen, genau wie die Rattansesselchen. Es waren immer noch dieselben wie vor zwanzig Jahren, als sie hier mit Paolo Wettschwimmen veranstaltet hatte und nach geheimen Schätzen getaucht war.

Ein kurzer Blick in die Runde: Von der Verwandtschaft war weit und breit noch niemand zu sehen. Zum Glück war auch ihre Mutter noch nicht auf, die konnte sie jetzt am allerwenigsten gebrauchen.

Unter einem Sonnensegel war das Frühstücksbuffet aufgebaut worden, mit Croissants, Biscotti, Konfitüren und einer marmeladenüberkrusteten *Torta della Nonna*; auch eine Kaffeemaschine stand dort.

«Nun, Contessa?»

Giulia schrak zusammen.

In einem der Liegestühle lag der Heilige Vater. Er trug

einen weißen Bademantel und las die *Gazzetta dello Sport*, hinter der er fast ganz verschwand.

«Schon so früh auf den Beinen?», fragte Petrus.

«Ich habe nicht viel geschlafen heute Nacht.»

«Das kann ich verstehen.»

«Wie, das können Sie verstehen? Wie wäre es mit etwas mehr Mitgefühl?», sagte Giulia grimmig. «Und überhaupt: Sie waren die ganze Zeit eingeweiht und haben mir nichts gesagt?»

Petrus versuchte, sich ganz hinter seiner Zeitung zu verstecken.

«Was machen Sie eigentlich schon um diese Uhrzeit am Pool?», fragte Giulia.

«Ich war schwimmen. Einfach göttlich, liebe Giulia, dieses Vergnügen habe ich nicht oft. Aber ich bin sehr früh gekommen. Nicht jeder möchte den Heiligen Vater in Badehose sehen.»

Giulia legte ihren Morgenmantel ab, trat ans Becken, zögerte kurz – und sprang. Sie musste an ihren Traum denken. An dieses Gefühl, keine Luft zu bekommen. Im Dunkeln um sich zu schlagen. Sie schloss die Augen und tauchte, schwamm einige Meter unter Wasser, tauchte wieder auf, kraulte. Das Becken war nur kurz, sie wendete und schwamm zurück.

Schwimmen. Einfach nur schwimmen.

Und dabei nachdenken: über den gestrigen Abend. Über Federicos Ansprache. Und über seinen Plan.

Erneut wendete Giulia. Am Beckenrand stand jetzt der alte Alfredo, Gärtner und unentbehrliches Faktotum. Giulia kannte ihn seit Kindertagen und winkte ihm zu. Alfredo nickte kurz und begann, die kleinen Tischchen am Beckenrand abzuwischen.

Eine Bahn Kraulstil, in hohem Tempo.

Dann Wechsel, eine Bahn Rückenschwimmen.

Giulia sah in den tiefblauen, wolkenlosen Himmel.

Und dachte an Federicos Rede.

«Ich bin zu alt», hatte Federico mit mildem Lächeln gesagt, *«um unbequeme Wahrheiten hinter höflichen Floskeln zu verbergen. Seien wir ehrlich: Nahezu alle in dieser Familie haben es zu nichts gebracht. Und, ganz nebenbei: Auch über meine Fehler sehe ich nicht hinweg. Als ich jung war, habe ich viel Zeit damit verbracht, mein Vermögen zu vergrößern. In den letzten beiden Jahrzehnten saß ich vor allem auf der Terrasse dieses wunderbaren Palastes, habe Schach gespielt, gute Bücher gelesen und alte Weine getrunken. Natürlich hätte ich in dieser Zeit auch wohltätige Werke tun können. Oder Intrigen spinnen, um ein Familienmitglied als künftigen Papst aufzubauen. Oder ich hätte unsere umfangreiche Kunstsammlung ordnen und einen Katalog anlegen können. Aber nein, das alles habe ich nicht getan. Und blicke nun in die Zukunft, nicht zurück. Es geht mir ausschließlich darum, mein Vermögen in gute Hände zu geben. Und es geht mir darum, diese Familie vor dem finanziellen Ruin zu retten. Vielleicht lassen sich beide Ziele gleichzeitig erreichen.»*

Die Stimmung war gespannt gewesen bis zum Äußersten.

«Mein Plan sieht so aus. Erstens: Ein Familienmitglied erbt alles. Es führt nur zu Streit und Zwietracht, wenn das Geld aufgeteilt wird. Ganz bestimmt wird dieses eine Familienmitglied seiner Verwandtschaft aushelfen, sollte sich eine Notlage abzeichnen. Aber es ist wichtig, dass das Vermögen im Kern zusammengehalten und nicht wie mit der Gießkanne verteilt wird. Zweitens: Es soll sich um ein kluges, charakterstarkes Familienmitglied handeln, das ein wenig zum schwarzen Schaf neigt. Drittens: Ich möchte die Tradition meiner Vorfahren beenden, die das Vermögen heimlich vererbt haben – an der Familie vorbei, sozusa-

gen. Denn ich möchte Vermögen und Familie zusammenführen. Darum soll das Familienmitglied, das mein Vermögen erbt, verheiratet sein. Und Kinder haben. Oder sich zumindest Kinder wünschen. Unsere Familie soll eine Zukunft haben. Sie soll weiterleben. Dafür benötigt sie Geld – aber vor allem benötigt sie Menschen.»

«Dieser Plan wird nicht funktionieren», hatte Paolo geflüstert. «Alle verheirateten Familienmitglieder sind weder klug noch charakterstark. Und die Klugen und Charakterstarken sind nicht verheiratet.»

Der Beckenrand.

Giulia hielt sich kurz fest, atmete durch, wendete noch einmal.

Sie schwamm jetzt auf das Schloss zu. Strahlend weiß lag es in der Morgensonne, eingerahmt von Pinien. Gerade kam Edoardo den Kiesweg entlang. Der fromme Edoardo, Großcousin und Mitglied ihrer Jugendclique. Gestern hatte sie nicht mehr mit ihm sprechen können; er war erst spät angereist und wirkte auch jetzt noch etwas verschlafen.

Nun waren sie wirklich alle wieder vereint.

Fast wie früher.

Unter dem Zelt versuchte Schwester Rosalia, die Kaffeemaschine in Gang zu setzen. Schwester Rosalia – die auffallend junge und attraktive Haushälterin Federicos, die unter ihrer Nonnenhaube so merkwürdig schön aussah. Giulia schätzte sie nicht älter als Ende dreißig. Alfredo trat zu ihr, hantierte an den Hebeln. Giulia hörte, wie die Kaffeemaschine rumpelte; ein dünner Pfiff strich über die Wasseroberfläche.

Ein *caffè*, dachte sie. Ein *caffè* würde ihr helfen. Sie würde die Bahn zu Ende schwimmen und dann einen *caffè* trinken. Und dann noch einige Bahnen schwimmen.

Danach würde sie einen klaren Kopf haben.

Und dieses Bild für einige Zeit vergessen können: Federico, wie er aufrecht am Kopfende der Tafel stand. Federico, wie er Worte sprach, die ihr Leben verändern würden. So oder so.

«Nun sag schon den Namen, Federico!», hatte jemand gerufen. «Wer aus der Familie bekommt den Schatz?»

«Ach ja, der Name! Wie ihr vielleicht schon bemerkt haben dürftet: Es gibt niemanden, der alle Anforderungen zugleich erfüllt. Natürlich sind einige aus unserer Mitte verheiratet, aber sind es gerade diejenigen, die wir als klug und charakterstark bezeichnen würden?»

Wieder Gemurmel, diesmal deutlich empörter.

«Nun ja ... Darum, meine Lieben, ist meine Wahl auf ... Giulia gefallen. Sie ist intelligent und mit allen Wassern gewaschen. Bei ihrem Chef – dem Heiligen Vater – ist sie in eine gute Lehre gegangen. Aber, Giulia: Du bist nicht verheiratet. Diesen kleinen Fehler solltest du korrigieren. Und zwar jetzt, liebe Nichte, denn ich habe nicht mehr viel Zeit. Der Tod steht vor der Tür, er hat sogar schon angeklopft. Darum möchte ich meine irdischen Angelegenheiten geregelt wissen. Bevor der Einzug ins Paradies ansteht – nach einer Runde im Fegefeuer, fürchte ich.»

Federico hatte sein Glas erhoben.

«Lasst uns auf Giulia trinken, meine kluge, schöne, charakterstarke Nichte. Möge sie das Geschlecht der Santinis in eine glorreiche Zukunft führen. Und zwar, und dass ist meine Bedingung: Indem sie innerhalb einer Woche heiratet. Dann erst werde ich mein Testament unterzeichnen. Falls Giulia binnen einer Woche, also bis zum kommenden Samstag, nicht verheiratet ist, wenn sie sich nicht verheiraten möchte oder kann, habe ich mir eine andere Lösung überlegt. In diesem Fall werde ich ein Testament unterzeichnen, mit dem das gesamte Vermögen einem wohltätigen

Zweck zufällt. Das Geld wird die Familie verlassen. Für immer.
Denn ich sehe sonst niemanden hier, der es verantwortungsvoll
verwalten und zusammenhalten könnte. Das Geld möge dann zu
Gott gehen, der es mir auch einst gegeben hat. Salute!»

Giulia wickelte sich in ein Badehandtuch, setzte sich auf einen der kleinen Rattansessel, direkt am Becken und schloss für einen Moment die Augen. Sie hörte das Pfeifen der Kaffeemaschine, leise Stimmen und die Vögel im Park.

Es war friedlich hier.

Deutlich friedlicher als am Vorabend.

Die Anspannung in der Familie hatte sich bald gelöst und war, unter Einwirkung von Frizzante und Frascati, in Euphorie umgeschlagen. Alle gingen fest davon aus, dass Giulia – dieses liebenswürdige Mädchen – ihre Onkel und Tanten, Cousins und Cousinen, Neffen und Nichten an ihrem Geldsegen werde teilhaben lassen. Tante Eugenias Einwand, dass Giulia bislang nicht sehr heiratslustig gewesen sei, wurde vor allem von Giulias Mutter energisch beiseitegewischt. Im Laufe des Abends lief sie zur Hochform auf. Selbstverständlich werde Giulia, angelockt vom großen Geld, vor den Altar treten. Und falls nicht, dann werde das Vermögen doch sicherlich nicht vollständig einem wohltätigen Zweck zufallen … Man lebe schließlich in Italien, hier zähle nur die Familie. Federico werde sich schon ein Schlupfloch offenlassen.

Giulia war direkt nach der Ansprache zu Federico gegangen und hatte ihn um ein Gespräch gebeten. Sie hatte ihn am Arm genommen und einige Schritte zur Seite geführt, fort von der großen Tafel. Sie hatten auf der alten Steinbank Platz genommen, die unter der Pinie beim Schloss stand. Fast wie durchscheinend saß er da, vom Mondlicht beschienen, mit weißem Haar, freundlich lächelnd.

Die lange Ansprache hatte ihn enorme Kraft gekostet, Giulia spürte es deutlich, doch sie konnte ihm nicht ersparen, was zu sagen war. Und so erläuterte sie ihm – mit ruhigen Worten, die ihre Erregung verbargen – die Gründe, weshalb sie sein Angebot ablehnen werde. Sie erklärte ihm, dass sie nichts mehr liebe als ihre Freiheit und ihre Unabhängigkeit. Sie sei nicht dafür geboren, einer Familie vorzustehen, einem weit verzweigten Clan mit all seinen Spannungen und Konflikten. Zudem mache sie sich nur wenig aus Geld und lebe gerne in ihrer kleinen Wohnung in Rom am Campo de' Fiori. Vor allem aber gebe es keinen Mann in ihrem Leben. Und sie habe nicht vor, diesen Zustand innerhalb von einer Woche zu ändern.

Es war ihr ungeheuer schwergefallen, die richtigen Worte zu finden – immerhin hatte er ihr ein Angebot unterbreitet, das ohne jeden Zweifel eine Auszeichnung bedeutete. Eine besondere Ehre. Außerdem war er das Familienoberhaupt, ihr Großonkel und ein Kardinal! Seltsamerweise hatte er ihr nicht widersprochen, nur freundlich gelächelt, sie in den Arm genommen und ihr ins Ohr geflüstert, er habe seine Gründe. Dann hatte er sie gebeten, ihre Entscheidung nicht vorschnell zu treffen, sondern abzuwarten, ein bis zwei Tage. Er hätte lange gebetet und vertraue auf den Herrn, der ihr den richtigen Weg weisen werde. Es werde sich alles finden, zum Guten wenden. Dann hatte er ihr eine gute Nacht gewünscht und war zu Bett gegangen.

Und sie selbst? Sie war zu den anderen zurückgegangen, wie betäubt, ohne die ausgelassene Stimmung an der Festtafel wirklich wahrzunehmen.

Irgendjemand hatte dann Champagner aus dem Schlosskeller geholt. Onkel Leonardo hatte zu viel getrunken und im Beisein aller seinen Friseur angerufen, ihm ein Liebesgeständnis gemacht und beteuert, ihn demnächst in seinem neuen Sportwagen abzuholen. Giulias Mutter war ganz aus dem Häuschen gewesen und hatte sich sofort mit Tante Ludovica zusammengesetzt, um eine möglichst vollständige Liste mit den heiratsfähigen Männern der römischen Oberschicht zu erstellen. Endlich würde ihre Tochter vor den Altar treten, sie konnte es kaum erwarten! Und Ludovicas Töchter, Giulias jüngere Cousinen Gaia und Ilaria, hatten unter dem Hashtag *#Wirsindreich* mehrere Tweets abgesetzt und auf Instagram Selfies von sich, der Champagnerflasche und der teuren Uhr ihres Großcousins Paolo gepostet.

Giulia war bald gegangen und hatte sich hingelegt. Aber sie hatte keinen Schlaf gefunden und noch bis zum frühen Morgen die Stimmen von der Terrasse gehört, die Rufe, das Gelächter. Zwischendurch hatte es Streit gegeben, die Stimmung war ins Aggressive gekippt. Dann wieder Lachen. Schließlich Gesänge.

«Du siehst aus, als könntest du einen *caffè* gebrauchen», sagte plötzlich jemand.

*

Giulia drehte sich um. Hinter ihr stand Cousine Rebecca.

«Du bist ein Engel», sagte Giulia. «Ich nehme einen Cappuccino.»

«Ich bring ihn dir.»

Rebecca ging zum Zelt und sprach mit Alfredo und Rosalia. Paolo und Edoardo kamen dazu und sagten offensichtlich etwas, was Rebecca ärgerte. Paolo konnte es nie lassen, seine Schwester hochzunehmen … Jedenfalls zeigte sie den beiden die kalte Schulter, während die Männer weiter mit Alfredo scherzten. Kurz darauf brummte die Kaffeemaschine erneut.

Giulia hatte ihrer Cousine ratlos hinterhergesehen. Wie schaffte sie es nur, so früh am Morgen schon so perfekt auszusehen? Mit einer weißen, schmal geschnittenen Caprihose, einem dunkelblauen seidenen Top, einem dezenten Tuch von Hermès, den goldenen Creolen, dazu goldene Slippers und exakt gescheiteltes, golden schimmerndes Haar?

Rebecca war ihr von ihrer Mutter immer als leuchtendes Vorbild vorgehalten worden. Wenn sie im Sandkasten gespielt hatten, waren Rebeccas helle Sommerkleidchen genauso makellos wie zuvor – während jedes Kleid Giulias deutliche Schmutzspuren aufwies.

Dagegen war Rebecca nie brillant in der Schule gewesen, anders als Giulia. Ja, sie war bienenfleißig und gewissenhaft, die Röcke waren nie zu kurz, das Haar stets glatt und akkurat frisiert. Auf den Debütantinnenbällen tanzte sie mit den richtigen Männern und heiratete schließlich Gustavo, einen braven Bankier aus alter Familie mit Goldrandbrille, dessen zunächst so hoffnungsvolle Karriere bei einer florentinischen Privatbank im mittleren Management versandete. Und anders als Giulia hatte Rebecca bereits drei Kinder in die Welt gesetzt – ein männlicher Nachkomme war natürlich auch dabei.

Im Gespräch sagte Rebecca, wenn sie überhaupt etwas sagte, nie etwas Falsches. Ihre Kleider waren elegant, ihre Figur geschmeidig. Bemerkenswert war außerdem ihr Organisationstalent. Bei ihren Einladungen wäre es undenkbar gewesen, dass die Farbe der Servietten nicht mit dem Blumenschmuck harmonierte. Kindergeburtstage und Kommunionsfeiern, Familienurlaube und Weihnachtsgeschenke – alles, was Rebecca in die Hand nahm, war perfekt.

«Dein Cappuccino!»

«Oh danke.» Der Milchschaum überragte den Tassenrand.

Trotzdem lief nichts über. Auf der Untertasse lag ein Plätzchen, wie gemalt.

«Magst du dich zu mir setzen?», fragte Giulia.

«Gerne.» Rebecca nahm Platz.

Sie hatte für sich nur ein Glas Wasser geholt, dazu etwas Obst. Giulia schaufelte kräftig Zucker in ihren Cappuccino und wartete ab, über welche Umwege Rebecca das Thema der Stunde ansteuern würde. Zunächst ging es um Urlaubspläne (Rebecca plante für den Herbst einen Dubaitrip mit Gustavo), dann um alte Zeiten (Rebecca erinnerte an die Wasserschlachten hier im Pool), dann um den immer stärkeren Verkehr, die immer verrückteren Immobilienpreise und die immer schlechtere Luft in Rom.

«Aber darum musst du dir ja bald keine Sorgen mehr machen», sagte Rebecca gerade und nahm ein Stückchen Melone.

«Wie meinst du das?»

«Ihr werdet doch sicherlich hier aufs Schloss ziehen.»

«Wir?»

«Ja, du und der Mann, den du heiraten wirst.»

Giulia trank ihren Cappuccino aus. «Danke für den *caffè*. Ich werde noch einige Runden schwimmen. Es war gestern alles sehr verwirrend für mich.»

Sie stand auf, trat zum Beckenrand und sprang mit einem eleganten Hechtsprung ins Wasser.

*

Eine Bahn.

Noch eine.

Da geschah es! Für einen kurzen Augenblick wurde ihr schwarz vor Augen. Sie sackte unter Wasser, strampelte, kam wieder hoch.

Einige Schwimmzüge – dann wieder Schwärze.

Alles drehte sich, sie schluckte Wasser, sank. Verzweifelt versuchte sie, wieder aufzutauchen, wusste aber nicht, wo oben war.

Lichtblitze flammten durch die Finsternis.

Giulia strampelte, kämpfte weiter, versuchte, sich aufzubäumen. Aber ihre Beine gehorchten ihr nicht mehr. Sie wurden schwer, genau wie ihre Arme. Ihr Kopf schmerzte. Alles drehte sich.

Ihr Traum.

Ihr Albtraum, kürzlich, in der Nacht vor der Abreise. Das Kinderspiel im Park. Im selben Swimmingpool. Viele, viele Jahre zuvor.

Dunkelheit.

Schwärze.

Auf einmal wollte sie sich nicht mehr wehren. Eine große Lähmung breitete sich in ihrem Körper aus.

Sinken, sie wollte nur noch sinken.

Immer tiefer.

Wohin auch immer.

Bilder tauchten auf.

Ihr Vater, mit seiner Gelehrtenbrille auf der Nase, erklärte ihr etwas, doch sie konnte seine Stimme nicht verstehen.

Ihre Mutter, perlenbehangen, tanzte Walzer mit Papst Petrus und rief ihr zu mitzutanzen.

Sie waren im Ballsaal des Schlosses, überall brannten Kerzen. Dann hörte sie eine Stimme hinter sich, eine Männerstimme. Sie drehte sich um und sah eine Ritterrüstung, wie sie oben in der Galerie stand. Ganz offensichtlich steckte der Mann in der Rüstung, hatte aber das Visier heruntergelassen, sodass sie ihn nicht sehen konnte.

In ihr breitete sich eine völlige Ruhe aus.

Nur noch schlafen, vergessen, sinken.

Dunkel.

Sie wurde ruhig, ganz ruhig. Sie fiel und fiel – bis starke Hände nach ihr griffen und sie nach oben zerrten. Ans Licht.

*

Eine wundersame Erscheinung beugte sich über sie. Es war eine Frau, umgeben von einem hellen goldenen Glanz.

«Bist du ... ein Engel?», flüsterte Giulia.

«Nein, Kindchen», sagte eine vertraute Stimme. «Ich bin deine Tante Eugenia.»

«Wo bin ich?»

«In der Bibliothek. Auf dem Sofa. Du hattest einen Schwächeanfall. Im Schwimmbecken. Paolo hat dich aus dem Wasser gezogen. Und dann haben wir dich mit vereinten Kräften hierher befördert. Falls du geistlichen Beistand benötigst: Der Heilige Vater ist auch da.»

Giulia schlug die Augen auf. Es war dunkel in der Bibliothek, die Vorhänge waren zugezogen. Riesige Bücherregale zogen sich die Wände hinauf. In einem Ohrensessel, gegenüber dem Sofa, saß Petrus und blickte sorgenvoll zu ihr hinüber.

«Es war alles ein bisschen viel gestern, nicht wahr?», sagte Tante Eugenia.

Giulias Lieblingstante, über deren undefinierbares Alter sehr unterschiedliche Theorien kursierten, trug einen goldglänzenden Bademantel aus Seide und einen farblich passenden, kunstvoll gewickelten Turban. Aus ihren üppig gefüllten Schmuckschatullen hatte sie sich, selbst für einen morgendlichen Ausflug zum Pool, reichlich bedient.

«Ich ... ich weiß nicht ...», sagte Giulia matt. «Eigentlich ... habe ich mich gut gefühlt. Es ging so ... schnell.»

Eugenia beugte sich vor: «Möglicherweise wolltest du dich einfach nur von Paolo retten lassen? Ich könnte dich verstehen. Ein Bild von einem Mann. Ein Adonis. Es war ein wunderbarer Anblick, Schätzchen: Wie er dich tropfnass durch die Halle trug … mit diesen bronzierten Muskeln … Und dein schwarzes Haar hing nass bis auf den Boden! Du sahst perfekt aus: ein blasser Teint wie Schneewittchen. Vielleicht habe ich morgen auch einen Schwächeanfall. Falls Paolo am Beckenrand steht. Aber vermutlich sitzt dort nur der Heilige Vater und rührt keinen Finger. Oder sind Sie zufällig Rettungsschwimmer, Heiliger Vater?»

«Ich bin Geistlicher. Ich rette nur Seelen. Vor dem Fegefeuer und der Verdammnis. Bei manchen Leuten ist das Schwerstarbeit.»

«Mich können Sie nicht meinen. Ich habe gelebt wie Jesus. Er hat junge Männer um sich geschart – nichts anderes habe ich auch getan.»

«Ich sehe gewisse Unterschiede zwischen Jesus und Ihnen, liebe Eugenia. Jesus hat seine Jünger unterrichtet und ihnen den Weg zum Heil gewiesen.»

«Ich habe die jungen Männer auch unterrichtet. Und sie haben alle den Weg zum Heil gefunden, Heiliger Vater.»

Giulia setzte sich ächzend auf.

«Kindchen!» Eugenia breitete eine Decke über sie. «Ich sollte mich mehr um dich kümmern und nicht mit dem dicken Papst streiten. Frierst du auch nicht? Jedenfalls hast du alles richtig gemacht. Federico hat dich zum Heiraten aufgefordert – und gleich darauf lässt du dich von Paolo retten. Ich habe mich auch einmal retten lassen. Im Hôtel de Paris in Monte Carlo. Alain Delon hat mich aus dem Pool gezogen. Ich hatte gehofft, er trägt mich in seine Suite. Aber er hat mich nur zum Krankenwagen getragen.»

«Dort gab es bestimmt hübsche Sanitäter.» Giulia schien ihre Lebensgeister langsam wiederzufinden.

«Nur Schwestern. Aber dann, mitten in der Nacht, ging die Tür auf und der Onkel Doktor kam herein. Und wisst ihr, wer es war? Alain Delon im Arztkittel. Er hatte mich nicht in seine Suite bringen können, weil dort schon seine Geliebte wartete. Nun, wo war ich stehen geblieben ... Paolo ist jedenfalls nicht verheiratet. Und immerhin seid ihr ja nur Cousin und Cousine, keine Geschwister.»

«Eugenia!» Giulia hustete. «Ich will Paolo nicht heiraten.»

«Sei nicht leichtfertig, mein Engel. Du wirst nicht jünger. Jetzt rettet er dich noch wegen deines Aussehens. In zwanzig Jahren rettet er dich höchstens wegen deiner Kreditkarte. Nun schauen Sie nicht so pikiert, Heiliger Vater. Ich spreche nur Wahrheiten aus. Noch eine Parallele zu Jesus.»

«Ich schaue nicht pikiert. Ich mache mir Sorgen.»

«Weshalb?» Eugenia sah Petrus erstaunt an.

Dieser ignorierte ihren Blick und wandte sich direkt an Giulia. «Ich kenne dich schon sehr lange. Du neigst nicht zu Schwächeanfällen. Im Gegenteil. Meistens läufst du zur Hochform auf, wenn es Schwierigkeiten gibt. Warum also heute? Und darum frage ich mich, ob es wirklich nur die Aufregung war. Oder die Hitze. Möglicherweise hat auch jemand nachgeholfen.»

«Heiliger Vater!» Tante Eugenia blickte missbilligend in Richtung Ohrensessel. «Überall wittern Sie Verbrechen. Falls Sie einen Kriminalfall aufklären möchten, begeben Sie sich bitte in den Vatikan. Dort werden Sie reichlich Gelegenheit haben. Hier draußen, in den Bergen, ist ein Ort der Ruhe und des Friedens.»

«Kurz vor dem Schwimmen hast du einen *caffè* getrunken.» Petrus ließ sich nicht stören. «Ich habe es beobachtet.

Von meinem Liegestuhl aus. Ich habe mir erlaubt, unauffällig die Tasse einzupacken, als Paolo dich ins Schloss trug.» Er stand auf und zog die zierliche Tasse aus der Seitentasche seines Frotteebademantels.

«Wir müssen die Kirchensteuer erhöhen», sagte Eugenia. «Der Heilige Vater hat es nötig, Kaffeetassen zu klauen.»

«Wir machen ein Experiment, liebe Eugenia. Ich behaupte, dass in diesem Cappuccino irgendeine Substanz war, die Giulia außer Gefecht setzen sollte. Sie behaupten das Gegenteil. Wir werden das überprüfen. Auf dem Tassenboden ist eine dicke Schicht Zucker. Und an den Tassenwänden befindet sich *crema*. Das müsste genügen.»

Auf dem Sofatischchen standen Gläser und eine Karaffe mit Wasser. Petrus goss etwas Wasser in die Tasse, schwenkte sie und beobachtete, wie sich die *crema* auflöste.

«Bitte, liebe Eugenia.»

«Es sieht nicht sehr appetitlich aus. Aber ich scheue keine Mühen, um Ihnen eine Niederlage zuzufügen.»

Sie trank.

«Ich bin putzmunter.»

«Wird Ihnen schwindelig? Verschwimmt Ihr Blick?»

«Ich sehe völlig klar. Vor mir steht ein dicker Papst in einem weißen Bademantel, der etwas spannt über dem Bauch.»

Plötzlich brach ihr Blick. Eugenia knickte ein, konnte sich noch kurz aufstützen und landete dann weich auf dem dicken Perserteppich.

«Hochmut kommt vor dem Fall», sagte Petrus zufrieden. «Manchmal sogar im doppelten Sinne.» Er beugte sich über Eugenia und tätschelte ihr die Wange.

Sie schlug die Augen auf und lächelte verwirrt. Dann sah sie den weißen Frotteebademantel des Heiligen Vaters.

«Alain», hauchte sie verzückt. «Ich wusste, du würdest zurückkommen …»

«Ich bin nicht Alain Delon. Ich bin nur der dicke Papst, der wieder einmal recht hatte. Jemand will dich umbringen, Giulia. Und dieser Jemand meint es ernst.»

*

Giulias Kopf fühlte sich an, als ob sie die ganze Nacht durchgetrunken hätte. Ihre Reaktionen waren verlangsamt, und es kam ihr immer noch so vor, als könnte sie nur verschwommen sehen.

Sie hatte einige Stunden geschlafen und war mit einem Bärenhunger aufgewacht. Eugenia hatte Petrus aufgesucht, beide in ihr Auto verfrachtet und hinauf in die Hügel gefahren. Nun sah Giulia zu, wie Eugenia zu dem Imbisswagen unter den Bäumen ging und die Bestellung aufgab. Der Händler säbelte dicke Scheiben *porchetta* herunter. Das gegrillte Spanferkel am Spieß mit Speck, Rosmarin und Zitrone war eine der Spezialitäten in den Colli Romani. Hier, in den Hügeln oberhalb des Schlosses, aß man an schlichten Holztischen im Freien, direkt aus dem Packpapier. Dazu gab es kühlen Weißwein aus Frascati.

Endlich, ihre Lebensgeister waren zurückgekehrt.

Sie war hungrig. Und sie war ungeheuer wütend.

Energisch schnitt sie sich ein Stück Weißbrot herunter, fummelte eine Scheibe fettige *porchetta* aus dem Papier und türmte beides aufeinander. Nach einigen Bissen hielt sie inne und sah Petrus und Eugenia an.

«Ich werde jetzt eine Rede halten», sagte sie langsam und mit schwerer Zunge. Würde sie die richtigen Worte finden? Ihr Kopf schmerzte immer noch, ihre Hände gehorchten ihr nur mühsam.

Aber ihre Gefühle waren sehr klar.

Sie bestanden im Wesentlichen aus einem hell lodernden, gewaltigen Zorn.

«Diese Familie», sagte sie, «wird seit Jahrhunderten von Männern beherrscht. Mächtigen, herrschsüchtigen, starken Männern. Gestern Abend haben wir eine Revolution erlebt: Federico Santini will seine Macht, sein Vermögen, seine Stellung in die Hände einer Frau legen. Und keine zwölf Stunden später treibt diese Frau bewusstlos im Schwimmbecken. Weil irgendjemand in diesem Clan nicht damit umgehen kann, dass ausgerechnet Contessa Giulia – weiblich, Mitte dreißig, friedfertig und lebensfroh – dieser Familie vorstehen soll. Weil sie kein Patriarch ist vom alten Schlag. Kein bewährter Intrigant, gestählt in den Schlachten des Vatikans und der italienischen Politik. Niemand mit Narben und Blut an den Händen. Sondern eine Frau. Eine ganz normale Frau. Ohne Machogockelei, ohne narzisstische Allüren, ohne Gier und Geltungssucht – in aller Bescheidenheit. Irgendjemand in dieser Familie kann damit nicht umgehen. Vielleicht auch mehrere, wer weiß. Und so beschließt man, dass diese junge Frau sterben soll. Ein Badeunfall, ausgerechnet jetzt, wo sie erben soll. Wie tragisch! Das zarte junge Ding! Wie Ophelia treibt sie im Wasser, eigentlich ein wunderschöner Anblick, schaut nur! Ich sehe sie am Beckenrand stehen, all diese herrschsüchtigen Männer und geltungssüchtigen Frauen, und auf meine Leiche schauen, unten, am Beckenboden. Ich höre ihre betroffenen Worte auf meiner Beerdigung, bevor sie darangehen, Federicos Vermögen zu verteilen.»

Wütend aß sie weiter.

«Aber nicht mit mir!», rief sie dann und funkelte Eugenia und Petrus zornig an. «Nicht mit Contessa Giulia Santini.

Ich bin eine *Frau*. Ich bin eine *italienische Frau*. Ich bin eine *stolze italienische Frau*. Und ich lasse mich nicht abschlachten. Schon gar nicht von der eigenen Familie.»

«Deine Familie», sagte Eugenia behutsam, «ist vielleicht nicht ganz so grauenhaft, wie du sie dargestellt hast. Etwas verschroben vielleicht, etwas merkwürdig …»

«Aber irgendjemand», wandte Petrus ein, «wollte Giulia töten. Das steht fest.»

«Und diese Person, Tante Eugenia, werde ich finden. Ich will wissen, wer mich davon abhalten wollte, das Familienoberhaupt der Santinis zu werden. Und zu erben. Und dann – gnade ihm Gott, diesem Dreckskerl.»

«Es könnte auch eine Frau sein», sagte Eugenia. «Die Frauen der Santinis sind zu allem fähig.»

«Also bist du bereit, das Familienoberhaupt zu werden?», fragte Petrus behutsam. «Weil du es begrüßt, dass nach Jahrhunderten endlich eine Frau das Ruder ergreift?»

«Ich begrüße es, dass Federico eine Frau für fähig hält, diesen Job zu machen», stellte Giulia klar. «Aber ich habe sein Angebot trotzdem abgelehnt. Bereits gestern, gleich nach seiner Rede. Er hat mich um Bedenkzeit gebeten, doch meine Entscheidung steht fest: Ich liebe meine Freiheit. Meine Eigenständigkeit. Mein Leben, so, wie es ist. Und ich werde nicht das Oberhaupt dieser verkommenen Bande. Allerdings werde ich herausfinden, wer mich umbringen wollte – das ist mein einziges Ziel. Danach kann sich um das Erbe kümmern, wen immer Federico dazu ausersehen will. Bis auf den Täter natürlich. Der sitzt dann hoffentlich im Gefängnis. Falls ich mich nicht vorher zu einem spontanen Akt der Selbstjustiz habe hinreißen lassen.»

«Du sprichst wie eine Santini», sagte Eugenia stolz. «Aber bedenke: Wenn du das Erbe ablehnst, verlässt das Vermögen die Familie. Federico will es einem frommen Zweck widmen. Das hat er gesagt.»

«Wir sind in Italien. Familie ist alles. Federico wird einen Weg finden, damit die Familie zu ihrem Recht kommt. Er will nur etwas Druck aufbauen, um eine Lösung durchzusetzen. Nein, mein Entschluss steht fest: Ich werde nicht erben. Und ich werde nicht heiraten. Aber ich werde den Täter finden.»

«Das dürfte nicht so einfach sein.» Petrus sah besorgt aus.

«Wieso? Sie sind alle hier versammelt.»

«Aber Federicos Geburtstag ist heute zu Ende. Sicher, einige werden bleiben, um hier ihre Ferien zu verbringen. Die anderen werden sich in alle Winde zerstreuen und erst in einem Jahr wiederkommen. Du hast keine Chance, Giulia. Wie willst du Verdächtige befragen, Spuren sichern, Indizien sammeln? Es sei denn …»

«… es sei denn?», fragte Giulia gereizt und nahm eine weitere *porchetta*-Portion in Angriff.

«Es sei denn, in einer Woche findet eine Hochzeit statt. Dann werden alle bleiben – egal, was sie eigentlich vorhatten. Denn diese Hochzeit würde das Schicksal der Familie verändern.»

«Ich werde nicht heiraten. Das sagte ich schon, nicht wahr? Erstens gibt es keinen Mann in meinem Leben …»

«Ein Umstand, den man leicht ändern kann», sagte Eugenia. «Ich hatte meistens das umgekehrte Problem: Es gab zu viele Männer in meinem Leben.»

«… und zweitens werde ich meine Freiheit nicht aufgeben. Nicht für diese mordgierige Familie.»

«Du musst ja auch gar nicht heiraten.»

«Sie sprechen in Rätseln, Heiliger Vater. Eben sagten Sie doch, dass die Familie nur bleibt, wenn eine Hochzeit stattfindet.»

«Und genau darum solltest du der Familie heute mitteilen, dass du heiraten wirst. Damit gewinnst du eine Woche Zeit, um den Täter zu finden. Deine Chancen wären nicht schlecht, Giulia. Denn der Täter muss wieder zuschlagen, wenn er verhindern will, dass du erbst. Falls du nicht herausfindest, wer dich am Pool töten wollte, stellst du ihn eben beim nächsten Anschlag.»

«Und falls der nächste Anschlag Erfolg hat, ist sie tot», sagte Eugenia trocken. «Ich bin mir nicht sicher, ob mich dieser Plan überzeugt.»

«Aber *mich* überzeugt dieser Plan. Ich bin eine Santini. Ich bin eine Frau. Ich bin …»

«… eine stolze italienische Frau, du sagtest es bereits», warf Eugenia ein.

«… und darum werde ich kämpfen. Ich werde in die Schlacht ziehen und keine Gefahr scheuen. Sicher, es ist ein hohes Risiko. Aber es ist den Preis wert. Doch ich werde Hilfe brauchen», fügte Giulia hinzu. «Allein schaffe ich es nicht.»

«Falls es um den fehlenden Mann geht, *tesoro*, musst du dir keine Sorgen machen. Wir nehmen einfach mein Telefonbuch zur Hand. Auch im Ü40-Bereich findet sich dort der eine oder andere Volltreffer.»

«Ich meine nicht den Mann, Tante Eugenia», sagte Giulia. «Ich meine die Suche nach dem Täter. Werden Sie mir helfen, Heiliger Vater?»

Petrus sah den Hügel hinunter auf Federicos Zauberschloss inmitten von Wasserspielen, Wiesen und Alleen. Die Küche war vorzüglich, Federicos Weinkeller legendär. Seine Pflichten als Oberhaupt der Weltkirche konnten etwas warten: Die Bischofskonferenz war vorüber, der Trubel hatte sich gerade erst gelegt, die Kurie schnaufte dieser Tage durch, erholte sich von allen Aufregungen. Sein Sommersitz in Castel Gandolfo war nur eine halbe Autostunde entfernt, er konnte täglich zu Besuch kommen. Und ein kleines Abenteuer in den Sommerferien würde ihm guttun.

«Es ist immer eine Freude, wenn der Hirte zu seinen Schafen spricht», sagte Eugenia. «Aber wir möchten den Hirten nicht davon abhalten, entspannt die Landschaft zu betrachten.»

«Der Hirte schaut nach dem Wolf aus. Denn der Wolf möchte die Schafe fressen», sagte Petrus. Dann wandte er sich an Giulia: «Ich habe mich entschlossen, dir zu helfen. Aber nur unter … gewissen Bedingungen.»

«Der Herr schenkte seine Liebe ohne Bedingungen. Schade, dass sein Stellvertreter nicht ebenso großzügig ist.»

Petrus ignorierte Eugenia und erwiderte, Giulia fest im Blick: «Erstens: Du handelst nicht auf eigene Faust, das ist zu gefährlich. Wir müssen uns absprechen. Wir müssen unser Vorgehen koordinieren.»

«Ich ahne schon Ihre zweite Bedingung», sagte Eugenia. «*Sie* sind es, der das Vorgehen koordiniert.»

«Wir müssen uns gemeinsam eine Strategie überlegen. Und bei der Umsetzung werde ich, sagen wir mal, den Takt vorgeben. Übrigens werden wir auch Federico einbeziehen.»

«Federico?»

«Wenn du das Erbe nicht antrittst – warum auch immer –, ist sein Plan gescheitert. Das Vermögen verlässt die Familie. Und genau das möchte er doch verhindern, nicht wahr?»

«Was schlagen Sie vor, Heiliger Vater?», fragte Giulia.

«Du wirst der Familie mitteilen, dass du heiraten wirst. Und dass du bereit bist, das Erbe anzunehmen. Dann wirst du mich bitten, die Trauung vorzunehmen. Natürlich werde ich zusagen. Auf diese Weise kann ich die Hochzeitsvorbereitungen unauffällig begleiten. Und natürlich musst du der Familie einen Bräutigam präsentieren, sonst bist du nicht glaubhaft. Und du musst die Hochzeit so vorbereiten, dass jeder glaubt, du würdest tatsächlich heiraten wollen: Brautkleid, Ringe, Essen – und so weiter. Dann haben wir sieben Tage Zeit, um den Täter zu finden. Wir müssen sehr wachsam sein. Denn er wird wieder zuschlagen.»

«Wann soll ich es der Familie sagen?»

«Gleich heute. Beim Abendessen.»

«Es muss jemand gewesen sein, der am Pool war», sagte Giulia. «Jemand, der Zugriff hatte auf meine Tasse …»

«Richtig», sagte Petrus. «Nach meiner Erinnerung waren fünf Personen in der Nähe der Kaffeebar. Werden sie heute beim Abendessen dabei sein?»

«Vermutlich schon, die Familienmitglieder kommen bestimmt. Und Alfredo lässt sich bei solchen Festlichkeiten auch blicken. Rosalia allerdings nicht, die ist, soweit ich weiß, bei einer Versammlung ihres Ordens. Im Gästehaus.»

«Ausgezeichnet!» Petrus schien nun voller Elan. «Dann treffen wir uns vor dem Essen am Pool. Ein guter Ort, um die Erinnerung zu aktivieren. Wir werden versuchen, den heutigen Morgen zu rekonstruieren. Und du erzählst mir alles, was du über unsere fünf Verdächtigen weißt. Beim Abendessen zeigst du sie mir. Vielleicht ergibt sich auch ein zwangloses Gespräch mit dem einen oder anderen.»

«Und dann?»

«Dann fährst du mich nach Castel Gandolfo. Ich möchte eine Nacht schlafen. Und morgen schmieden wir einen Plan.»

«Und nun solltest du dich beruhigen, Kindchen», schaltete sich Eugenia ein. «Mörder sollte man mit kühlem Kopf fangen.»

«Noch nie in meinem Leben war ich so wütend. Es wird ein großer Kampf. Und ich werde ihn gewinnen!»

*

«Unsere liebe Mitschwester Innocenzia ist vor den Herrn getreten», sagte Schwester Restituta. «Als Älteste in unserem Orden ist es meine Aufgabe, die Wahl zur Äbtissin zu leiten. Ich selbst stelle mich übrigens nicht zur Wahl. Mit hundertundzwei Jahren benötige ich etwas Ruhe. Außerdem habe ich dieses Amt bereits ausgeübt. Zwischen 1947 und 1982.»

Restituta liebte es, auf ihr Alter und ihre Verdienste hinzuweisen. Aus sehr kleinen Augen, kaum sichtbar in dem von Runzeln durchfurchten Gesicht, betrachtete sie die siebzehn Frauen, die sich in dem kargen Raum versammelt hatten.

«Ihr wisst um die Tradition unseres Ordens. In unserer Gemeinschaft versammeln sich Frauen, die ihren Lebensinhalt darin sehen, hohen Geistlichen den Haushalt zu führen. Bischöfen. Kardinälen.»

«Und Päpsten», ergänzte Schwester Immaculata mit sanfter Stimme.

Schwester Restituta ließ sich nicht stören. «Unser Orden wurde gegründet vor Jahrhunderten. In dieser Zeit trafen Bischöfe und Kardinäle sehr häufig äußerst merkwürdige Entscheidungen, wenn sie ihre Haushälterinnen auswählten. Sie achteten nicht auf Frömmigkeit und Tugend, sondern auf gewisse ... äußere Merkmale. Und sie pflegten einen unzüchtigen Umgang mit diesen Frauen. Daraufhin hatte der Heilige Vater, Papst Gregor XIII., eine Gemeinschaft von Frauen gegründet, die sich durch ein asketisches und zuchtvolles Leben auszeichnen. Es waren Frauen, die sich gerade nicht auf eine oberflächliche und schändliche Art durch gewisse … äußere Merkmale auszeichneten. Er betraute sie mit der Aufgabe, den Bischöfen und Kardinälen alle häuslichen Mühen abzunehmen – und sie zugleich anzuhalten zu einem tugendhaften Leben. In dieser Tradition stehen wir, liebe Mitschwestern.»

Mit stolzer, zufriedener Miene blickte sie die siebzehn Frauen der Reihe nach an. Die meisten hatten die Sechzig überschritten. Nur als ihr Blick auf Schwester Rosalia fiel, runzelte sie die Stirn.

«Unser besonderer Auftrag bringt es mit sich, dass wir nicht, wie andere Orden, in einem Kloster zusammenleben. Unser Platz ist bei unseren Vorgesetzten. Doch wann immer wir Zeit finden, versammeln wir uns hier, in diesem bescheidenen Haus, zum Gebet. Wir tauschen uns aus über die große Herausforderung, Bischöfe und Kardinäle von der Sünde abzuhalten. Denn es sind Männer, die wir auf ihrem Weg begleiten. Und Männer – wir alle wissen das – sind schwach. Warum hat der Herr Eva erschaffen? Nicht etwa, um Adam eine Gefährtin zu geben. Nein! Er hat Eva erschaffen, damit jemand auf Adam aufpasst! Für Geistliche gilt dies nicht anders als für gewöhnliche Männer. Ständig erliegen sie irgendwelchen Sünden. Und darum benötigen sie uns. Wir sind der Stachel in ihrem schwachen Fleisch. Und dieser Stachel muss schmerzen.»

Wieder blickte sie zu Schwester Rosalia, als wollte sie überprüfen, ob die mit Abstand Jüngste der Frauen ihren Worten zustimmte. Aber Rosalia sah sie nur freundlich aus ihren großen Augen an und schwieg.

«Ich will es ganz offen aussprechen: Gott der Herr hat uns auserwählt, weil wir hart und hässlich sind. Jedenfalls die meisten unter uns. Das ist unser Schicksal. Und unser Auftrag ist es, unsere Vorgesetzten zu disziplinieren. Wir erfüllen ihn seit Jahrhunderten. Wir, die Haushälterinnen der Kardinäle und Bischöfe am Heiligen Stuhl!»

Wieder sah sie zu Schwester Rosalia, auf die ihre Beschreibung ganz offensichtlich nicht zutraf.

«Nun, meine Mitschwestern: Wer stellt sich zur Wahl?» Sie schaute in die Runde.

Immaculata schwieg. Es war wichtig, sich nicht vorzudrängen. Möglicherweise würde man sie sogar vorschlagen. In diesem Fall würde sie sich überrascht und beschämt zeigen, den Vorschlag zurückweisen und auf ihre vielfältigen Pflichten verweisen.

Aber niemand meldete sich.

«Ich frage noch einmal», sagte Restituta. «Wer stellt sich zur Wahl?»

Immaculata hob die Hand.

«Schwester Immaculata?»

«Ich möchte eine Erklärung abgeben», sagte Immaculata würdevoll. «Wie ihr alle wisst, liebe Mitschwestern, leite ich den päpstlichen Haushalt. Diese Aufgabe fordert mich bis an den Rand meiner Kräfte. Denn der Heilige Vater ist umzingelt von Teufeln, die nach seiner schwachen Seele greifen. Sie tragen viele Namen: Pasta, Prosciutto und Parmesan. Chianti und Calcio. Birra und Barolo. Nun, liebe Mitschwestern, ihr wisst, was ich meine.»

Mehrere Frauen nickten.

«In meinem Leben gibt es keine Zeit, weitere Aufgaben zu übernehmen. Aber wenn es so sein sollte, liebe Mitschwestern, dass niemand unter euch die Last zu tragen vermag – nun, dann würde ich mich opfern.»

Immaculata blickte in die Runde. Niemand, das wusste sie genau, würde ihr in die Quere kommen. Sie hatte viele Gespräche geführt in den letzten Monaten. Den Haushälterinnen der Bischöfe hatte sie diskret verdeutlicht, dass ihre Vorgesetzten nur dann Kardinal werden könnten, wenn auch die Leiterin des päpstlichen Haushalts ihr Einverständnis erklärt. Den Haushälterinnen der Kardinäle hatte sie unter dem Siegel strengster Verschwiegenheit anvertraut, dass der Papst einen personellen Umbau der Kurie plane: Altgediente Haudegen sollten sich zurückziehen, jüngere Kardinäle nachrücken. Schwester Catarina zum Beispiel müsste damit rechnen, dass ihr Chef künftig an Macht verlieren werde. Natürlich, so hatte Immaculata ihr versichert, wäre da noch etwas zu retten. Oder Schwester Agnes: Ihr Kardinal würde wohl die Kongregation für die Evangelisierung der Völker übernehmen müssen. Als oberster Missionar würde er – natürlich in Begleitung seiner Haushälterin – in fremde Länder reisen müssen, in denen es Krokodile gebe und Kannibalen. Es sei denn, der Papst würde einen anderen Kardinal mit dieser Aufgabe betrauen. Worauf sie, Immaculata, möglicherweise hinwirken könnte …

Siebzehn Frauen.

Siebzehn Stimmen.

Beziehungsweise sechzehn Stimmen. Denn Immaculata hatte keine Ahnung, wie Schwester Rosalia zu ihr stand.

Die junge Nonne war erst vor einigen Jahren zu ihnen gestoßen. Sie leitete den Haushalt von Kardinal Federico, einem – aus Immaculatas Sicht – äußerst fragwürdigen Freund des Heiligen Vaters. Im Gegensatz zu ihren Mitschwestern sah sie nicht nur passabel aus, sondern war nahezu schön. Sie hatte ein volles, rundes Gesicht und dunkelbraunes glänzendes Haar, dessen Ansatz unter der Haube hervorschaute. Dazu ganz ungewöhnlich blaue Augen.

Im Orden hatte es längere und sehr grundsätzliche Debatten gegeben, als Rosalia um Aufnahme gebeten hatte.

Einige Nonnen hatten einen plumpen Trick Federicos vermutet: Der Kardinal wolle von seinem unmoralischen Lebenswandel ablenken und sich reinwaschen, indem seine Haushälterin dem als äußerst streng bekannten Orden beitritt. Andere waren der Meinung, dass jüngere und vor allem schöne Frauen aus grundsätzlichen Gründen bei ihnen nichts verloren hatten. Verkörperten sie nicht die Sünde, die es eigentlich zu bekämpfen galt?

Doch Rosalia hatte auch Fürsprecherinnen, die sich gerührt zeigten von ihrer Geschichte, die Immaculata jedoch für ein reines Ammenmärchen hielt: Sie sei in ihrem früheren Leben unglücklich gewesen. Kardinal Federico habe ihr zu einem Neuanfang verholfen und ihr eine Stelle in seinem Haushalt angeboten. Dort habe sie zu Gott gefunden. Schließlich sei sie zur Haushälterin des Kardinals aufgestiegen, suche aber einen Ausgleich zu dem Trubel und der vielen Arbeit.

Am Ende hatte eine knappe Mehrheit für ihre Aufnahme gestimmt. Sie war anfangs misstrauisch beobachtet worden, hatte aber, ohne sich anzubiedern, inzwischen viele Sympathien gewonnen. Sie war zu allen freundlich und half immer, wenn eine der älteren Frauen Hilfe benötigte. Und im Gegensatz zu den älteren Nonnen war sie mit moderner Haustechnik vertraut, konnte Waschmaschinen programmieren und im Internet die exotischen Lebensmittel bestellen, nach denen es einigen Kardinälen verlangte. Die Strenge des Ordens begrüßte sie ausdrücklich: Der Mensch brauche Moral und Maßstäbe, sonst sei er gefährdet. Allerdings verband sie, anders als einige der älteren Mitschwestern wie Restituta und Immaculata, Strenge mit Freundlichkeit.

Irgendwann gelang es ihr, den Kardinal davon zu überzeugen, ein altes Stallgebäude in die Hände des Ordens zu geben. Damit hatte sie die Herzen vieler Mitschwestern gewonnen. Mit ausrangierten Möbeln vom Dachboden des Schlosses richtete sie dort ein Ferien- und Erholungsheim ein, in dem die Nonnen – anfangs zögerlich, dann immer häufiger – ihre Urlaube verbrachten. Unten in den Stallungen befand sich nun eine Kapelle, und im Stockwerk darüber, wo die Stallknechte geschlafen hatten, reihten sich an einem langen Gang die Zellen der Nonnen. Rosalia war es gelungen, das Gebäude so in Stand zu setzen, dass es immer noch einfach und beinahe karg wirkte und trotzdem sein nostalgischer Charme zur Geltung kam.

Umgeben von der herrlichen Parklandschaft hatten sich die Nonnen ein Refugium geschaffen, gegen das nicht einmal Immaculata grundsätzliche Einwände vorbringen konnte. Sie hatte lediglich den Flur mit Bildern von Märtyrerinnen dekoriert, die Zentralheizung gedrosselt und die Kissen von den Gebetsbänken entfernt. Als sie bemerkte, dass ihre Mitschwestern das Gebäude liebten, verbrachte auch sie immer wieder einige Tage hier, um diskret Wahlkampf zu betreiben.

«Schwester Rosalia?» Restituta blickte irritiert zu ihrer Mitschwester, die ihre Hand gehoben hatte. «Möchtest du etwas beitragen?»

Rosalia nickte freundlich.

«Ja. Ich möchte euch gerne mitteilen, dass ich bereit bin, das Amt der Äbtissin zu übernehmen.»

*

Nicht mehr lange, und die Familie würde sich zum Essen auf der Terrasse versammeln. Es war bald 21 Uhr, der Pool lag verlassen da. Das Wasser schimmerte abgründig in der Dämmerung.

Petrus schob zwei Korbstühle an den Beckenrand.

«Setz dich», sagte er zu Giulia. «Wie geht es dir?»

«Mein Zorn ist nicht verraucht.»

«Aber du bist in der Lage, einige klare Gedanken zu fassen?»

«Ich werde mir Mühe geben.»

«Wir wollen versuchen, das Geschehen zu rekonstruieren. Ich saß dort hinten, im Liegestuhl, du schwammst im Wasser. Und in dem weißen Zelt, in dem die Kaffeemaschine stand und der Tisch mit den Croissants …»

«… waren Alfredo und Rosalia.»

«Alfredo», sagte Petrus. «Der Gärtner.»

«Ich war mir sicher, dass jemand aus der Familie der Täter sein muss», sagte Giulia. «Aber es waren auch Menschen am Pool, die nicht zur Familie gehören.»

«Das eine schließt das andere nicht aus. Was weißt du über Alfredo?»

«Alfredo? Der ist schon sehr lange da. Er muss mindestens siebzig sein oder noch viel älter. Und das Merkwürdige ist – er sah auch schon immer so aus. Braungebrannte Haut von der Arbeit im Freien. Ein unbewegter, fast mürrischer Gesichtsausdruck. Sehr groß, sehr kräftig. Die Haare waren früher schwarz, nicht weiß, aber das ist auch schon der einzige Unterschied zu heute. Er kümmert sich um den Garten, zusammen mit einigen Leuten aus dem Ort. Und er hilft im Haus, wenn es viel zu tun gibt. Als Kinder sind wir ihm eher aus dem Weg gegangen. Manchmal mussten wir ihn etwas fragen, zum Beispiel, wenn wir im Park eine Hütte bauen wollten. Oder wenn wir Werkzeuge brauchten für irgendwelche Basteleien. Er hat uns dann immer geholfen, aber auf eine etwas … brummige Weise.»

«Wir wollen ein Spiel spielen», schlug Petrus vor. «Schließe die Augen. Und jetzt denke an Alfredo. Welches Bild siehst du?»

«Alfredo in Gärtnermontur und Gummistiefeln, wie er über den regennassen Rasen hinter dem Schloss läuft. Er trägt irgendeine Gerätschaft über der Schulter. Eine Axt. Oder eine Säge. Und schaut streng geradeaus. Er geht langsam, gemessen, sicher.»

«Lebt er hier im Schloss?»

«Nein. Weiter hinten im Park steht ein zerfallenes Gewächshaus. Früher, vor hundert Jahren, hat man dort im Winter die Zitronen- und Orangenbäume eingestellt. Heute werden sie von einer Großgärtnerei abgeholt, im November, und im Frühjahr wiedergebracht. Das Gewächshaus ist in die Jahre gekommen, ich war schon ewig nicht mehr dort. Wie ein Skelett sah es damals schon aus, mit seinen rostigen Metallstangen. Nebenan gibt es einen steinernen Anbau, sehr romantisch. So wie ein altes englisches Cottage. Dort wohnte Alfredo, damals jedenfalls.»

«Gibt es einen Grund, weshalb er verhindern will, dass du erbst?»

«Nein. Wir kennen uns zwar seit vielen Jahren, aber irgendwie auch nicht. Was sollte er gegen mich haben?»

«Alfredo hat die Kaffeemaschine bedient», sagte Petrus. «Eine günstige Gelegenheit. Und bei ihm stand Rosalia, Federicos Haushälterin. Eine merkwürdige Erscheinung. Ich werde mich bei Federico nach ihr erkundigen.»

«Merkwürdig? Weshalb?»

«Es gibt Nonnen, die klug sind. Es gibt Nonnen, die tüchtig sind. Es gibt Nonnen, die jung sind. Und manchmal gibt es Nonnen, die schön sind. Rosalia vereint alle diese Eigenschaften. Das irritiert mich.»

«Sie ist tatsächlich schön», sagte Giulia. «Aber auf eine

merkwürdige Weise. Irgendwie … blass. Beinahe … durchscheinend. Wie …»

«… eine Madonna von Raffael», sagte Petrus nachdenklich. «Seit heute hat sie übrigens frei. Ihr Orden – ich weiß gar nicht, welcher Orden – hat eine Zusammenkunft. Sie hat vorgekocht, und ein Mädchen aus dem Dorf wird servieren.»

«Übrigens gibt es noch eine Gemeinsamkeit mit Alfredo», sagte Giulia. «Abgesehen davon, dass sie beide die Kaffeemaschine bedient haben.»

«Auch Rosalia hat keinen Grund, dich als Erbin zu verhindern. Meinst du das?»

«Genau.»

Für einen Augenblick war es still am Pool, nur das leise Sirren der Grillen war zu hören, von den Wiesen her. Petrus zog einen Zettel aus seiner Soutane und begann, ein Papierschiffchen zu falten. Exakt legte er die Ecken übereinander, knickte das Blatt, knickte es wieder.

«Kommen wir zu den anderen, die noch dabeistanden. Deine Clique. Da wäre einmal die junge Dame, die dir den *caffè* serviert hat.»

«Warten Sie!», sagte Giulia. «Wir wollen auch bei Rosalia das Spiel spielen. Wenn Sie die Augen schließen und an Rosalia denken, dann …»

«… sehe ich eine Kapelle. Es ist dunkel. Kerzen brennen. Rosalia kniet an einer Gebetsbank. Sie lächelt. Aber …»

«… ihr Lächeln ist maliziös», ergänzte Giulia. «Nicht sanftmütig, sondern sehr hart.»

«Ja, so könnte es sein», sagte Petrus. «Aber natürlich sind das Vorurteile. Wir müssen abwarten. Kommen wir also zu …

«… Rebecca, der perfekten Rebecca. Sie ist das schlechte Gewissen meiner Jugend.»

«Weshalb?», fragte Petrus. Inzwischen hatte er das Blatt mehrfach geknickt.

«Der Satz, den ich als junges Mädchen am häufigsten gehört habe, lautete: ‹Nimm dir doch ein Vorbild an Paolos Schwester!›»

Giulia erzählte: von Rebeccas Schönschrift und ihren knitterfreien Kleidern. Ihrem allzeit perfekten Betragen. Den drei reizenden Kindern: Alessandra, Alessio und Adorata. Und dem geschmackvoll eingerichteten Haus.

«Mochtest du sie?», fragte Petrus.

«Es war nicht so, dass ich sie nicht mochte. Sonst hätte es ja auch nicht funktioniert mit unserer Clique. Aber sie war so anders als ich. Und ob sie mich mochte, das weiß ich nicht. Vermutlich schon. Sie war immer freundlich zu mir.»

«Und das Bild?»

«Rebecca beim Debütantinnenball. Das war so ein Ritual damals im Hochadel, und vermutlich ist das heute noch so. Rebeccas Kleid war wunderschön. Pastellfarben mit Spitzen. Ich sehe sie, wie sie durch den Saal schreitet. Wie eine Herzogin. Milde lächelnd. Mich hatten sie dagegen in ein altes Kleid von *mamma* gesteckt, das angepasst wurde. Mode der späten fünfziger Jahre. Papa hatte gesagt, dass sie für mein Hochzeitskleid notfalls einen Tizian verkaufen würden, aber nicht für den Debütantinnenball. Auch sonst ging alles schief.»

«Weshalb?»

«Ich hatte mir gewünscht, dass Paolo mein Tanzpartner ist. Eigentlich hatten wir nicht viel zu tun miteinander in Rom. Unsere Clique gab es nur im Sommer, hier draußen. Aber in diesem Sommer – ich war sechzehn – hatte ich mich rettungslos in Paolo verliebt. Und so lange mit dem Zaunpfahl gewinkt, bis er mich endlich fragte, ob wir zusammen zu dem Ball gehen.»

«Und?»

«Wir gingen zum Ball. Wir tanzten. Aber sonst passierte gar nichts.»

«Ich verstehe.» Petrus beugte sich vor und betrachtete voller Konzentration das Papiergebilde in seiner Hand. Dann lächelte er, faltete es auf und betrachtete das weiße Segel, das aus dem Bootsrumpf aufragte. «Für einen Moment war ich mir nicht sicher, ob ich es noch kann», sagte er zufrieden. «Aber es geht noch.»

Giulia war in Gedanken versunken. «Paolo war nett zu mir … aber er hat sich nicht gemeldet nach dem Ball … im nächsten Sommer war ich im Ausland. Ja, und dann hat sich alles verlaufen … Ach, wir hätten ohnehin nicht zusammengepasst.»

«Weshalb nicht?»

«Ich war das Mädchen mit der Zahnspange und den Büchern. Er war der Beau. Tennis, Handball, Skifahren – Paolo war stets überall dabei. Gegensätze ziehen sich an, sagt man, aber es gibt Grenzen. Und wenn Sie mich nach einem Bild fragen: Ich sehe ihn, sommerbraun, im weißen Tennisdress. Die Sonne scheint, er hechtet einem Ball hinterher. Am Spielfeldrand stehen bewundernde Onkel und ein Mädchen mit Zahnspange. Oder am Pool, athletisch. Er war schon immer ein exzellenter Schwimmer.»

«Aber außer Paolo war noch jemand da, heute Morgen, ich erinnere mich nur nicht mehr genau …»

«Ich glaube, ich habe noch Edoardo gesehen. Er hat sich ebenfalls einen *caffè* geholt und saß später in der Nähe des Swimmingpools. Neben Paolo. Aber er ist nicht für mich ins Wasser gesprungen …»

«Edoardo ist auch mit dir verwandt, oder?», fragte Petrus.

«Um einige Ecken herum, wie man so sagt. Der Sohn eines Großcousins, oder so ähnlich. Und darüber hinaus ein ganz komplizierter Fall. Ich weiß nicht, ob wir ihn noch vor dem Abendessen schaffen.»

«Wir gehen gleich hinüber zur Terrasse. Unterwegs wirst du mir von ihm erzählen. Aber um noch einmal auf Rebecca und Paolo zurückzukommen: Warum sollten sie verhindern wollen, dass du erbst? Geht es um Geld? Nehmen wir an, Federico würde kein Testament machen, dann würde die normale Erbfolge greifen. Seine nächsten Verwandten würden erben. Also eigentlich eure Väter. Und ganz bestimmt nicht Paolo und Rebecca.»

«Wenn überhaupt, dann hätte *ich* einen Grund, Rebecca zu ermorden. Damit sie mir nicht weiter ständig als Vorbild präsentiert werden kann.» Giulia seufzte und stand auf. «Wollen wir jetzt hinübergehen?»

«Warte noch einen Augenblick, bitte.» Petrus kniete sich an den Beckenrand und beugte sich nach vorne. Dann setzte er behutsam das Papierschiffchen aufs Wasser und gab ihm einen kleinen Stoß.

Die Sonne war inzwischen untergegangen, ein warmes Abendlicht lag auf den Hügeln. Giulia sah das Schiff, wie es weiß der Mitte des Beckens entgegentrudelte. Und für einen Augenblick war sie wieder im Wasser, verlor die Kontrolle, sah das Licht über sich, die Oberfläche, und konnte sie nicht erreichen. Allen Versuchen zum Trotz.

*

Immaculata war es gewohnt, auch bei ungewöhnlichen Ereignissen Contenance zu wahren.

Sie hatte keine Miene verzogen, als sie Petrus in der Sakristei der päpstlichen Privatkapelle angetroffen hatte, wie er mit seinen Lieblingsbischöfen einige Flaschen Peroni leerte. Als sie auf dem Schreibtisch des Heiligen Vaters den Entwurf einer päpstlichen Enzyklika mit dem Titel *Auch Gott hat gute Laune* gefunden hatte, hatte sie nicht – wie sie es vielleicht als junge Nonne getan hätte – einen erbitterten Streit mit dem Papst angezettelt, sondern das Papier ohne weiteren Kommentar in ihrem Küchenherd verbrannt.

Und selbst jetzt, als ihr Rosalia den Fehdehandschuh hinwarf, zeigte sie keine Regung.

Restituta hingegen brauchte einige Augenblicke, bis sie sich gefangen hatte. «Vielleicht könntest du uns berichten, Rosalia, weshalb du unsere Äbtissin werden möchtest. Das ist keine leichte Aufgabe. Gerade für eine junge Frau. Ich weiß das, weil ich dieses Amt selbst innehatte. Von 1947 bis 1982.»

Rosalia nickte freundlich. «Gerne. Es ist eine etwas komplizierte Geschichte. Wie ihr wisst, leite ich den Haushalt des Kardinals Federico. Seine Eminenz hat uns im Garten das alte Stallgebäude überlassen. Ich habe den Umbau organisiert und kümmere mich um das Anwesen. Dabei habe ich gemerkt, dass es mir Freude macht, etwas für unseren Orden zu tun. Und für euch. Aber das ist nicht der eigentliche Grund, weshalb ich mich bewerben möchte. Ich bewerbe mich wegen des Testaments.»

«Du sprichst in Rätseln, liebe Schwester», mahnte Restituta.

«Der Kardinal hat mich kürzlich zu sich gerufen und mir mitgeteilt, dass er nicht mehr lange leben wird. Er möchte, dass sein Schloss und sein Vermögen in der Familie bleiben. Aber er weiß noch nicht, ob er in der Familie einen passenden Erben finden wird. Jemanden, der das Erbe zusammenhält, eigene Kinder hat und die Familie in die Zukunft führt. Es gibt da eine Nichte, die er für geeignet hält. Sie heißt Contessa Giulia. Vermutlich kennst du sie, liebe Immaculata, denn sie arbeitet für den Heiligen Vater. Als Pressesprecherin. Aber sie wird nur erben, wenn sie in Kürze heiratet. Falls nicht, soll das Vermögen für fromme Zwecke verwendet werden.»

«Ich verstehe immer noch nicht, was das alles mit deiner Bewerbung zu tun hat», mahnte Restituta.

«Kardinal Federico traut der Kirche nicht mehr. Beziehungsweise ihren Vertretern. Er hält sie alle für – nun, ich möchte das nicht wiedergeben. Er hat sich sehr hart über die Kurie und die meisten Kardinäle geäußert. Er hält sie wohl für … Heuchler. Darum möchte er sein Vermögen nicht dem Heiligen Stuhl anvertrauen. Oder irgendwelchen Einrichtungen und Personen, die dem Heiligen Stuhl nahestehen.»

«Wir wissen alle, dass dieses Urteil berechtigt ist», warf Immaculata ein. «Allerdings frage ich mich, ob Kardinal Federico solche kritischen Äußerungen zustehen. In der Heiligen Schrift heißt es, dass man nicht den Splitter aus dem Auge des Bruders ziehen soll, wenn man selbst einen Balken im Auge hat.»

«Nun, wie auch immer», fuhr Rosalia fort. «Er möchte, dass sich fromme Menschen um sein Vermögen kümmern. Aber keine Kleriker. Und so ist er auf die Idee gekommen, *uns* seinen Reichtum anzuvertrauen. Ja, ihr habt richtig gehört: unserem Orden. Falls Contessa Giulia nicht heiratet, werden wir die einzigen Erbinnen sein. So hat es mir Federico erklärt. Außerdem hat er mich gebeten, als Äbtissin des Ordens zu kandidieren. Damit er weiß, wer sich um seinen Besitz kümmern wird. Ich habe lange mit mir gerungen, ob ich mir diese Aufgabe zutraue. Aber mit Gottes Beistand will ich es versuchen.»

«Ich kenne Kardinal Federico nicht näher», sagte Restituta. «Aber wenn ich etwas Zeit in unserer bescheidenen Klause verbringe, sehe ich ihn manchmal. Er sitzt auf der Terrasse seines Schlosses, betrachtet den Sonnenuntergang und trinkt Rotwein. Währenddessen zerbröckelt sein Schloss. Was sollte er uns schon vererben können?»

«Einen Berg Schulden, vermute ich.» Immaculata lächelte milde.

Da erzählte Rosalia die Geschichte des Kardinals. Sie erzählte von seinem geheimnisvollen Vorfahren, von Federicos Vergangenheit als Bankier des Vatikans, von seinem Ausstieg aus der Kurie. «Ich kenne mich nicht aus mit diesen Dingen», schloss sie bescheiden. «Aber Kardinal Federico hat mir erklärt, dass er einer der reichsten Männer Italiens ist.»

Restituta wartete, bis sich die Unruhe im Raum gelegt hatte, dann sagte sie: «Es ist sehr ungewöhnlich, was wir heute vernommen haben, liebe Schwestern. Und ich weiß nicht recht, was ich davon halten soll. Weltlicher Besitz ist eine Last. Spricht nicht der Herr davon, dass eher ein Kamel durch ein Nadelöhr passt, als dass ein Reicher in den Himmel kommt? Aber mit einem hat Kardinal Federico recht: Wenn er wirklich möchte, dass sein Geld einem frommen Zweck zufließt, dann ist es bei uns besser aufgehoben als im Vatikan. Weil wir fromm sind, liebe Schwestern. Und weil wir Frauen sind.»

«Kardinal Federico hat eine sehr gute Meinung von Frauen», sagte Rosalia, während Immaculata leise schnaubte.

«Darum hat er auch in seiner Familie eine Frau für sein Erbe ausgewählt. Nun, man wird sehen. Denn zunächst einmal ist der Kardinal noch am Leben. Und unser Orden erbt nur dann, wenn diese Giulia – hieß sie nicht so? – unverheiratet bleibt. Bis wann muss sie denn in den Stand der Ehe getreten sein, um erben zu können?», fragte Restituta.

«Bis zum Ende der nächsten Woche.»

«Dann schlage ich vor, dass wir mit der Wahl der Äbtissin warten. Sollte der Orden tatsächlich zum Erben eingesetzt werden, läge es möglicherweise tatsächlich nahe, dass Rosalia dieses Amt übernimmt. Gibt es Einwände gegen diesen Vorschlag?»

Niemand meldete sich.

Immaculata saß derweil in sich versunken da. «Herr», betete sie unhörbar, «du allein weißt, warum du mir diese Prüfung auferlegt hast. Ich persönlich halte sie – um ganz offen zu sein – für überflüssig. Habe ich nicht viele Male bewiesen, dass ich zu Höherem befähigt bin? Aber, wie dein Sohn so schön sagte: Nicht mein, sondern dein Wille geschehe. Doch mein Unverständnis möchte ich zu Protokoll geben, Herr. Und eines möchte ich klarstellen: Du hast diesen Kampf gewollt, nicht ich. Rosalia gegen Immaculata. Immaculata gegen Rosalia. Ich werde diesen Kampf mit aller Härte führen. Also beschwere dich nicht, oh Herr, wenn es Ärger gibt. Und sieh dir dieses Madonnengesicht noch einmal genau an. Denn es kann sein, dass es sich demnächst etwas verändern wird. Ich denke an rot geweinte Augen. Oder an Schlimmeres. Man wird sehen. Amen.»

*

«Fünf Menschen waren am Pool», sagte Petrus, als sie über die Wiese zum Schloss gingen. «Alfredo, der Gärtner. Rosalia, die Haushälterin. Der schöne Paolo. Die perfekte Rebecca. Alle hatten die Gelegenheit, den Kaffee zu vergiften, aber niemand hat ein Motiv. Kommen wir zu Edoardo – ein besonders komplizierter Fall, wie mir scheint.»

«Edoardo stieß erst ein bisschen später zu unserer Clique», sagte Giulia. «Er ist früh Waise geworden. Erst starb sein Vater, dann seine Mutter. Paolos Vater hat ihn damals aufgenommen. Er war ein netter Kerl. Aber er war ... seltsam.»

Sie sprach nicht weiter. Petrus sah sie von der Seite an.

«Vermutlich war es nicht einfach, an Paolos Seite aufzuwachsen», nahm er den Faden auf. «Ein sportlicher Beau, der leibliche Sohn seines Vaters – und er, ein Waisenjunge. Womöglich war Edoardo, was das Äußere angeht, auch etwas weniger ... auffällig.»

«Das Aussehen war nicht der Punkt, glaube ich», sagte Giulia. «Er war kein Posterboy wie Paolo, aber auf seine Weise schon so etwas wie ... hübsch. Einen Kopf kleiner als Paolo. Dunkle Locken. Und ... stiller. Zurückhaltender. Nachdenklicher. Man konnte sich gut mit ihm unterhalten. Er hatte einen Hang zu schrägen Ideen, interessierte sich für Außerirdische. Oder für die Frage, wo Atlantis liegt. Solche Sachen halt. Irgendwann fing er an, in jeden Gottesdienst zu gehen. Etwas ungewöhnlich für einen Jungen von fünfzehn, sechzehn Jahren. Haben Sie das in dem Alter auch gemacht?»

«Höchstens in jeden zweiten. Wenn überhaupt. Meistens habe ich Fußball gespielt.»

«Eben. Edoardo dagegen baute sich einen kleinen Altar im Teepavillon. Und wollte Priester werden. Er studierte Theologie und begann eine ziemlich straffe, kirchliche Laufbahn.»

«Beim Abendessen fiel mir auf, dass er ... ein wenig distanziert war. Er ging mir aus dem Weg. Der Rest der Familie verhielt sich so, wie man es eben tut, wenn der Heilige Vater zu Besuch kommt. Du weißt, was ich meine: die ganze Knickserei und Ringküsserei. Nicht aber Edoardo.»

«Ich vermute, dass er mit Ihrem Kurs nicht ganz einverstanden ist. Wir dachten alle, dass er in der Kirche Karriere machen würde. Stattdessen ging er in die USA. Er hatte im Priesterseminar einen jungen Amerikaner kennengelernt, der Kontakt hatte zu schwerreichen amerikanischen Katholiken. Milliardären, heißt es. Erzkonservativ. Sie gründeten gemeinsam eine Organisation, die den Katholizismus erneuern will. Wobei erneuern heißt: Rückführung ins Mittelalter. Edoardo wurde eine Art Geschäftsführer. Sie wissen, wovon ich spreche?»

«Ich befürchte, du meinst die *Holy Family*.»

«So ist es. Ein weltweiter Club von smarten jungen Leuten, ohne Muff und Spießigkeit. Sie veranstalten Seminare, Tagungen, Festivals. Finanziert wird alles über Spenden. Inzwischen haben sich einige äußerst wohlhabende Katholiken aus Europa angeschlossen. Aus Frankreich, Italien, Spanien.»

«Ich kenne sie nur zu gut», sagte Petrus nachdenklich. «Sie möchten junge Frauen ermutigen, auf ihre Berufstätigkeit zu verzichten, um ausschließlich für die Familie da zu sein. Beziehungsweise für das männliche Familienoberhaupt.»

«Außerdem bekämpfen sie den Islam, den Materialismus, Schwule und Liberale. Und natürlich Sie, Heiliger Vater. Sie sind sogar der Hauptfeind, zusammen mit dem Islam. Weil Sie die Kirche reformieren wollen.»

«Halleluja!», sagte Petrus und blieb stehen. «Mir bleibt auch nichts erspart an diesem Wochenende.»

«Machen Sie es sich nicht zu leicht», gab Giulia zu bedenken. «Edoardo und die Seinen sind vielleicht etwas konservativ, aber auf sehr moderne Weise. Das sind keine vergreisten Reaktionäre von vorgestern, sondern wirklich smarte Jungs. Businessleute. Global unterwegs.»

«Sie tragen Keuschheitsgürtel, heißt es.»

83

«Unsinn. Sie haben strenge Regeln. Wer Mitglied wird, muss keusch leben, bis er heiratet. Dann muss er austreten. Und alle Mitglieder treten für Ehe und Familie ein. Beides ist kein Verbrechen.»

«Trotzdem, sie vertreten merkwürdige Lehren», sagte Petrus. «Sprechen von der Apokalypse, die bald bevorsteht. Und in meiner Person sehen sie das erste Anzeichen des baldigen Weltuntergangs …»

«Sie gehen davon aus, dass der westliche Materialismus am Ende ist. Darum wird es bald einen großen Bürgerkrieg geben, in dem alles untergeht. Und aus den Trümmern wird eine neue, heilige Welt entstehen. Voller Gottesfurcht und Glaubensstärke.»

«Mit Edoardo an der Spitze.»

«Geführt von tugendsamen Männern – wie Edoardo.»

«Und damit es etwas schneller geht mit dem Bürgerkrieg, verunsichern sie die Menschen mit Gerüchten und Verschwörungstheorien.»

«So heißt es», sagte Giulia. «Sie sind gut vernetzt in der Medienwelt. Und äußerst aktiv in den sozialen Netzwerken.»

«Die Kirche hat fromme Menschen voller Herzensgüte hervorgebracht», sagte Petrus. «Und Kreuzritter, die das Blut der Heiden vergießen wollten. Und zwischen diesen Extremen gibt es einen armen, bemitleidenswerten Mann, der vermitteln soll.»

«Sie meinen den guten alten Heiligen Vater?»

«Ich meine, dass wir jetzt etwas essen sollten.»

Sie hatten die Terrasse erreicht. Die Stimmung war gelöst, wurde bei den Antipasti noch besser und steigerte sich zu begeistertem Jubel, als Giulia aufstand, zwei Gläser aneinanderschlug und lächelnd in die Runde sah.

«Lieber Onkel Federico, liebe Familie! Ich möchte eine Erklärung abgeben.»

*

Giulia ging die geschwungene Steintreppe hinunter, die von der Terrasse in den Park führte. Der Applaus und die Bravorufe nach ihrer Rede hallten in ihr nach. Der begeisterte Jubel ihrer Familie, die in Giulia ihre künftige Geldgeberin sah.

Jetzt wollte sie für einen Augenblick allein sein.

Und dorthin gehen, wohin sie schon als junges Mädchen gegangen war, wenn sie ihre Ruhe brauchte.

Sie lief am Najadenbrunnen und an der großen Buchsbaumhecke vorbei bis zu dem kleinen Trampelpfad, der in den hinteren Teil des Parks führte. Hier zog sich ein Wäldchen den Hügel hinunter. Das Gläserklirren und Lachen waren kaum mehr zu hören. Bald blitzte der kreisrunde Teepavillon weiß durch die Bäume auf – das Versteck ihrer Sommerclique.

Der Ort, an dem sie als Kinder gespielt hatten, wenn die Großen ihren Vergnügungen nachgingen. An dem sie, einige Jahre später, Musik gehört, heimlich geraucht (Paolo) und kitschige Romane (Rebecca) gelesen hatten. An dem sie mit Edoardo diskutiert hatten, der sie erst von der Existenz von Ufos, später von Seelenwanderung und schließlich von der heiligen katholischen Kirche als einzigem Weg zum Heil überzeugen wollte.

Der ideale Ort, um zur Ruhe zu kommen. Denn sie musste zur Ruhe kommen. Wut und Zorn waren notwendig, um Kraft zu finden für die Aufgaben, die vor ihr lagen.

Um die Angst zu überwinden.

Aber vor allem brauchte sie einen kühlen Kopf.

Von außen sah der Pavillon unverändert aus. Sicher, die weiße Farbe blätterte ab, die Scheiben waren verschmutzt, das Dach hing ein wenig durch, und ein Fenster war mit Brettern vernagelt. Aber vor dem Eingang standen noch die rostigen Gartenmöbel, auf denen sie nächtelang gesessen und die Nachtischreste aus der Schlossküche vertilgt hatten.

Behutsam drückte sie gegen die Tür. Sie gab sofort nach.

In der Mitte des großen Raums stand das Sofa aus abgewetztem, purpurrotem Samt (Rebeccas Platz), weiter hinten der Ohrensessel (ihr Platz). Der alte Sekretär mit seinen tausend Schubladen, ebenfalls ein Dachbodenfund, hatte ihnen als Schatztruhe gedient. Jeder von ihnen hatte eine Schublade exklusiv für sich besessen, die anderen Fächer hatten ihnen gemeinsam gehört. Als Kinder hatten sie dort Muscheln von Strandausflügen aufbewahrt, Fundstücke aus dem Park, Krimskrams aller Art.

An den weiß gestrichenen Holzwänden hingen, wild durcheinander, selbst gemalte Kinderbilder, Rebeccas Celine-Dion-Poster, verblichene Fotos (Paolo in Eros-Ramazotti-Pose, Rebecca im Tennisdress). Und hinter einem kleinen Urwald aus Orangen- und Zitronenbäumchen, die zum Überwintern hier eingestellt und offenbar nie abgeholt worden waren, stand, zugedeckt mit einem weißen Leinentuch, ihr Kindheitstraum!

Giulia rückte einige Terrakottatöpfe zur Seite und zog vorsichtig an dem weißen Stoff. Nach und nach kam eine hohe Vitrine zum Vorschein mit gläsernen Flügeltüren.

Sie kniete sich hin.

Und betätigte den verborgenen Hebel.

Die Türen schwangen auf.

Das alte Puppenhaus hatte im oberen Stockwerk sechs nebeneinanderliegende Räume: Auf der einen Seite lagen ein Schlafzimmer mit einem roséfarbenen Himmelbett, ein Ankleidezimmer und ein kleiner Salon mit zierlichen Sesseln, Brokattapete und goldenen Vorhängen. Auf der anderen Seite gab es eine Bibliothek mit echten kleinen Büchern, eine Bildergalerie mit winzigen Gemälden sowie eine kleine Kapelle, die ganz ähnlich aussah wie die im großen Schloss: mit Altar, Spitzendeckchen und einem Altarbild, das die Jungfrau Maria zeigte. In der Mitte, zwischen den Räumen, lag ein Ballsaal, ausgestattet mit gläsernen Kronleuchtern, der sich über zwei Etagen zog. Und ganz unten war ein Stall mit zwei Pferden – und eine Küche mit einem großen, gusseisernen Herd, in dem man ein richtiges Feuer entfachen konnte.

Sie erinnerte sich noch, wie glücklich sie war, als Onkel Federico dieses Prachtstück vom Dachboden geholt hatte, ausdrücklich dazu ermuntert von Tante Eugenia. Fünf oder sechs Jahre alt musste sie damals gewesen sein.

Am Anfang war immer noch ein Erwachsener dabei gewesen, wenn sie mit dem Puppenhaus spielten, aber schon bald war diese Regel vergessen. Das Puppenhaus wurde niemals weggeräumt, selbst dann nicht, als sie Teenager waren. Es erinnerte an glückliche Kindheitssommer und an stundenlanges Spiel. Einmal, da waren sie vielleicht dreizehn oder vierzehn, arrangierten die Jungen im Puppenschlafzimmer fragwürdige Szenen, was zu einer heftigen Verstimmung mit Rebecca und ihr selbst führte. Nur durch eine Riesenportion Eis, das Edoardo in der Schlossküche erbettelt hatte, konnte der Ärger wiedergutgemacht werden.

Mein Gott, wie lange war das her, dachte Giulia.

Sie klopfte das staubige Sofa ab und setzte sich vorsichtig. Es knarzte und krachte etwas, aber es hielt. Durch die Fenster, die vermutlich seit Jahrzehnten nicht geputzt worden waren, drang mattes Licht, in dem der Staub tanzte.

Giulia schloss die Augen und stellte sich vor, wie sie hier saßen: Rebecca, Nägel feilend, in einen Kitschroman vertieft. Paolo, Liegestützen übend auf seiner Matratze; er plante damals eine Olympiakarriere als Schwimmer, wenn sie sich recht erinnerte. Edoardo am Beginn seiner Frömmlerphase, wie er die Madonnenstatue auf seinem Hausaltar abstaubte. Und dann sie selbst, in den Ohrensessel gekauert und Simone de Beauvoir lesend.

Sie öffnete die Augen.

Alles schien ihr so unwirklich. Es war ein Museum ihrer Vergangenheit, in dem wohlige und heitere Erinnerungen ausgestellt wurden. Aber auch solche, die schmerzlich, peinlich und lästig waren.

Giulia trat an die Wand, an der sie Fotos befestigt hatten, Polaroids in grellen Farben, viele davon verblichen: Rebecca in ungelenken Modelposen. Edoardo im Petersdom, ein Bild, das so aufgenommen war, dass die Taube im großen Fenster der Apsis über ihm zu schweben schien – als ob ihn der Heilige Geist erleuchten würde. Und Paolo als Cäsar, ein Bettlaken um die Schulter gewickelt und vermutlich angetrunken. Wo er wohl den Lorbeerkranz aufgetrieben hatte? Es war der Caligulasommer gewesen. Hatten sie nicht erst gestern darüber gesprochen? Edoardo war so entrüstet gewesen, damals. Weil Caligula ein Gewaltherrscher gewesen war. Ein Sadist. Ein Psychopath. Und schließlich sie selbst in ihrer Ich-will-schlau-sein-und-nicht-schön!-Phase, in der sie dem Machismo den Kampf geschworen hatte. Tiefe Stirnfalte, riesige Zahnspange, schwarze Hornbrille und Verweigerung von allem, was ihre Freundinnen als Frisur akzeptiert hätten. Unter dem Arm trug sie immer mehrere Bücher.

Skeptisch.

Abwartend.

Beobachtend.

Giulia ging zurück zum Puppenhaus, kniete sich hin. In dem großen Ballsaal, unter dem Kronleuchter, stand die Prinzessin. Im hellblauen Ballkleid und mit einem goldenen Krönchen auf dem blondgelockten Haar. Um sie herum gruppierten sich einige Fürsten und Herzöge in Abendgarderobe, ordensgeschmückt und mit bunten Schärpen über der Brust.

Und da sah sie es.

Der zartblaue Stoff war zerrissen.

Im Rücken der Prinzessin steckte, silbern blitzend, ein spielzeugkleiner, aber messerscharfer Dolch.

∗

«Es muss schon fast Mitternacht sein, oder? Ich muss dringend ins Bett. Aber ich meine, mich zu erinnern, dass man bis zum Castel Gandolfo nur eine halbe Stunde fährt», sagte Petrus.

Und gähnte.

«Exakt eine halbe Stunde», antwortete Giulia und lenkte den Cinquecento behutsam um eine Haarnadelkurve. «Nachdem es schon dunkel ist, werden wir ja nicht wieder in einer Schafherde steckenbleiben!»

Inzwischen hatte sie sich gut im Griff. Die Prinzessinnenpuppe ruhte in ihrer Handtasche, hinten, auf dem Rücksitz.

Sie war handlungsfähig.

Und kampfbereit.

«Ich werde etwas übermüdet aussehen – morgen, bei der Sonntagsmesse», sagte Petrus.

«Warum schlafen Sie nicht einfach aus?», schlug Giulia vor. «In Castel Gandolfo vermuten doch alle, dass Sie noch in

Rom sind. Und in Rom glauben alle, dass Sie schon in Castel Gandolfo sind. Und in Wirklichkeit liegen Sie im Bett.»

«Jesus sagte zu Petrus: Du bist der Fels, auf den ich meine Kirche baue. Er sagte nicht: Du bist das Kopfkissen, auf dem die Kirche schlummert.»

«In der Kirche ist es dämmrig.» Giulia bremste für ein Stachelschwein, das über die Straße trabte. «Niemand wird Ihre Augenringe sehen.»

«Während der Messe nicht. Aber danach, wenn ich vom Balkon winke.»

«Dann lassen Sie das Winken weg.»

«Aber ich liebe das Winken. Jedenfalls in Castel Gandolfo. Dieser kleine Dorfplatz gibt mir zumindest einige Wochen im Jahr die Illusion, ich wäre ein kleiner Gemeindepfarrer geblieben und lebte in einer überschaubaren, gemütlichen Welt. Die Leute stehen unten, ich kann jeden Einzelnen sehen. Die Fahnen vor dem Zeitschriftenladen wehen, der Brunnen plätschert. Menschen sitzen in dem kleinen Restaurant an der Ecke unter großen Sonnenschirmen, einen Teller *bucatini all'amatriciana* vor sich. Sie essen, trinken einen Schluck Wein, sehen den Papst und freuen sich. Mehr kann ich nicht verlangen. Und glaube mir, Giulia: Das ist selten genug.» Er stellte den Sitz nach hinten. «Nun, ich werde etwas vorschlafen.»

«Aber es ist eine wunderbare Nacht.»

«Ich weiß, und ich liebe die nächtlichen Albaner Berge. Diese sanften Hügel. Die verlassenen Piazze. Die dunklen Seen. Aber ich bin ja noch einige Zeit hier draußen, also muss ich mir das nicht gleich heute ansehen.»

Mit zufriedenem Lächeln schloss er die Augen.

«Was ich noch sagen wollte …», brummte er dann.

«Ja?»

«Deine Ansprache vorhin ... sie war großartig. Wenn ich so predigen könnte!»

«Meine Eltern taten mir leid. Meine Mutter hat natürlich mit allen Tricks versucht, den Namen meines künftigen Ehemanns aus mir herauszupressen. Mein Vater hatte seinen traurigen Schnauzbartblick aufgesetzt. Aber ich habe allen gesagt, dass sie meinen Bräutigam nicht kennen.»

«Es wird nicht ganz einfach sein, den Richtigen zu finden. Denn es muss jemand sein, der die Familie überzeugt. Jemand, der über beträchtliche schauspielerische Fähigkeiten verfügt.»

«Ich habe bereits einen Plan», sagte Giulia.

Aber da war Petrus schon eingeschlafen.

«Fährst du gleich zu Federico zurück?», fragte Petrus, immer noch schläfrig, als sie in den Hof des Päpstlichen Palastes in Castel Gandolfo rollten. Unterstützt von einem Schweizergardisten hievte er seinen Koffer aus dem Cinquecento.

«Später. Ich muss noch mit jemandem sprechen.»

«Ich verstehe. Na, dann wünsche ich gute Gespräche. Komm doch bitte morgen Mittag zum Essen vorbei, da bereden wir alles Weitere. Ich habe mir schon meine Gedanken gemacht ... Bis dahin eine gute Heimreise. Und natürlich: *Sogni d'oro* – Träume aus Gold!»

*

Giulia wusste, wo sie ihn finden würde, in dieser sternklaren Nacht.

Über breite Treppen, lange Gänge und menschenleere Saalfluchten erreichte sie die Dachterrasse, den höchsten Punkt der Palastanlage. Unten glänzte der Albaner See wie ein großes dunkles Auge. Einzelne Lichter leuchteten wie Glühwürmchen am anderen Ufer auf. Am Ende der langgestreckten Fläche befand sich ein kleines Häuschen, überwölbt von einer mächtigen, silbrig glänzenden Dachkuppel, die jetzt weit offenstand.

Noch vor hundert Jahren hatte sich die Sternwarte, mit der päpstliche Astronomen die Weiten des Alls erforschten, im Vatikan befunden. Als Rom immer heller wurde, hatte man sie nach Castel Gandolfo verlegt. Inzwischen war sie kaum mehr in Gebrauch; ein Ableger in der Wüste in Arizona, wo es gänzlich finster war in den Nächten, lieferte bessere Ergebnisse. Aber immer noch hatte die päpstliche Sternenforschung hier ihr Zentrum; mehrere Astronomen lebten in Castel Gandolfo, suchten Gott und die Weiten des Weltalls und behüteten die Schätze – etwa das kleine Stückchen Mondstein, das ein amerikanischer Präsident einem der Vorgänger von Petrus geschenkt hatte.

Giulia wusste, dass Francesco diesen Ort liebte.

Eben wollte sie die schmale Treppe zum Eingang der Sternwarte hinaufgehen, als sie ihn bemerkte.

Er stand an der Mauerbrüstung, den Rücken zu ihr gewandt, und sah hinunter auf den Albaner See. Wie immer trug er den Habit seines Ordens, das braune Gewand der Franziskanermönche, mit einem groben Strick umgürtet.

Sie blieb ruhig stehen und sah zu ihm hinüber: zu Padre Francesco, dem Privatsekretär seiner Heiligkeit.

Niemand hatte verstanden, warum Petrus ihn ausgewählt hatte, damals, vor vielen Jahren. Ihn, einen unerfahrenen Mönch aus dem Rietital. Giulia erinnerte sich an seine Unbeholfenheit, an sein Staunen über die Wunder der großen Stadt Rom und an die rührende Naivität, mit der er sich in den Intrigensumpf des Vatikans hineinwagte. Aber er hatte, allen Spöttern zum Trotz, nicht nur überlebt, sondern war stärker geworden, souveräner und reifer. Geblieben waren seine dunklen, inzwischen an einigen Stellen ergrauten Locken, sein Große-Jungs-Lächeln und sein Dreitagebart, der sich allen Versuchen einer gepflegten Rasur widersetzte.

Irgendwann hatte Francesco, der Franziskanermönch, sich in sie verliebt. Sie hatte das an seinen Blicken gesehen, an seiner Verlegenheit, wenn sie sich begegneten. Und daran, wie er sich bemühte, ihr aus dem Weg zu gehen. Nach einiger Zeit hatte er sich unter Kontrolle gehabt, sie hatten wieder miteinander geredet, sich sogar angefreundet. Doch Giulia, begehrtester Single in der Ewigen Stadt, hatte irgendwann verstanden, dass sie sich ebenfalls verliebt hatte. Nicht in einen der smarten Jungs aus ihren Kreisen, sondern in einen Franziskanerpater: warmherzig und nachdenklich, frei von Eitelkeit und Aufschneiderei. An der Amalfiküste, einen kurzen, rauschhaften Sommer lang, hatten sie so getan, als ob es kein Zölibat gäbe. Und sich danach in das Unvermeidliche gefügt und ihre alten Rollen wiederaufgenommen: Giulia als elegant-kompetente Pressesprecherin und Francesco als frommer Privatsekretär. Sie hatten ein freundschaftlich-kollegiales Verhältnis vereinbart. Und sich beide an diese Verabredung gehalten.

Francesco löste sich von der Mauer, wandte sich dem Observatorium zu und stieg die kleine Seitentreppe zum Eingang hinauf.

Giulia wartete, bis er in der Sternwarte verschwunden war. Dann folgte sie ihm.

Die Kuppelschalen waren vollständig geöffnet. Der blauschwarze Nachthimmel, übersät von tausend leuchtenden Sternen, bildete das Dach der Sternwarte.

«*Buona notte*, Francesco.»

Francesco stand auf der Empore vor dem mächtigen, weit ausgefahrenen Teleskop, das hinauf ins Dunkle ragte.

«*Buona notte*, Giulia.»

«Hast du etwas entdeckt heute?»

«Alles in Ordnung dort draußen. Ich habe einen Asteroiden beobachtet, der ziemlich nah an der Erde vorbeifliegt. Übrigens, du missachtest gerade unsere Verabredung.»

«Unsere Verabredung?»

«Keine nächtlichen Begegnungen an romantischen Orten.»

«Diese Sternwarte ist beeindruckend, ja. Aber romantisch? Ich sehe Fernrohre und allerlei technische Geräte.»

«Es liegt an deinem Verständnis von Romantik. Komm rauf zu mir.»

Giulia erklomm die steile Treppe bis zur Empore.

«Und jetzt sieh durch das Fernrohr. Was siehst du?», fragte Francesco.

«Sterne.»

«Nicht romantisch?»

«In meiner Klasse gab es einen Jungen namens Marco. Er beherrschte die Sternbildermasche. Ein ganz billiger Trick: In einer sternklaren Nacht fing er an, den etwas hübscheren Mädchen der Schule die Sternbilder zu erklären. Wenn die Mädchen irgendwann Nackenschmerzen bekamen vom Hinaufschauen, hatte er eine tolle Idee: Man könnte sich doch auf die Wiese legen oder an den Strand, da sei es viel bequemer. Und spätestens bei Kassiopeia, die vom Ungeheuer gefressen werden soll, gab er den Helden Perseus – und befreite dich. Nicht vom Ungeheuer natürlich, aber von allem anderen.»

Francesco lachte. «Sieh noch einmal hin. Was siehst du?»

«Einen hellen Kringel.»

«Die Andromedagalaxie. Sie ist unser Nachbar, die nächste Galaxie neben der Milchstraße.»

«Was ist das noch mal, eine Galaxie? Bedenke: Ich bin Kunsthistorikerin. Und Philosophin ...»

«Eine Ansammlung von Sternen. Hier in der Milchstraße gibt es etwa dreihundert Milliarden Sterne.»

«Und wie viele Galaxien gibt es?»

«Ungefähr eine Billion.»

«Das ist ... unvorstellbar.»

«Genau. Eine Billion Galaxien, in jeder viele Milliarden Sterne. Ein erhabener, majestätischer Anblick. Aber auch ein Anblick, der tiefe Einsamkeit und Verlassenheit auslöst – so geht es jedenfalls mir. Welche Bedeutung habe ich, hat mein Leben angesichts dieser Billionen von Himmelskörpern? Hat es einen Sinn, dass auf einem dieser Himmelskörper ein höheres Säugetier namens Padre Francesco existiert, einige Jahrzehnte lang? Schon Thales von Milet hat im sechsten Jahrhundert vor Christus die Sterne beobachtet. Er soll gesagt haben, der ganze Kosmos sei beseelt und voller Gottheiten.»

Thales von Milet ... Giulia musste an den gestrigen Abend denken. An das Gespräch mit ihrer Mutter. Wer würde sich mit ihr schon unterhalten wollen ...?

Mit einigermaßen fester Stimme sagte sie dann: «Ich bin gespannt, wie du nun die Brücke zur Romantik schlägst.»

«Ich glaube an Gott, Giulia, du weißt es. In ihm finde ich Sinn. Ich glaube daran, dass er da ist, dass er mich liebt. Gott ist die Liebe. Er liebt mich, dich, alle Menschen hier und alle diese Galaxien. Hier in der Sternwarte spüre ich, wie groß seine Liebe ist. Liebe – so groß wie das Universum. Noch romantischer geht es nicht, oder?»

Es war ganz still im Observatorium.

Giulia sah die Andromedagalaxie.

Und spürte Francesco neben sich.

Das Universum.

Francesco.

Und dann, als ihr eben schwindelig wurde und sie nach dem Geländer der Empore tasten wollte, fragte er: «Wie war es eigentlich bei deinem Onkel Federico?»

«Darüber wollte ich mit dir sprechen», sagte Giulia und löste ihr Auge vom Teleskop.

«Offenbar ziemlich aufregend», sagte Francesco. «Du siehst ... verwirrt aus.»

«Um es kurz zu machen: Federico will mir ein Milliardenvermögen vererben. Jemand will mich umbringen. Und ich muss heiraten.»

«Jemand will dich umbringen?» Francesco sah sie entsetzt an. «Wieso glaubst du das?»

«Weil es heute einen Anschlag auf mich gab.» Sie erzählte ihm kurz, was geschehen war. Dann zog sie die Prinzessinnenpuppe aus ihrer Handtasche hervor. Der Dolch blitzte silbern im Mondlicht.

«Du musst abreisen. Sofort!», rief Francesco erschrocken.

«Nein, im Gegenteil. Ich werde bleiben und kämpfen. Ich werde den Menschen finden, der mich töten will.»

«Das ist ungeheuer leichtsinnig. Warum tust du das?»

«Ich freue mich, dass du dich sorgst. Danke, Francesco. Aber deine Frage müsste doch eigentlich lauten: Warum willst du heiraten? Und vor allem: *Wen*?»

Er wandte sich seinem Fernrohr zu. «Also gut: Warum willst du heiraten? Und vor allem: Wen?»

«Dich.»

«Nun, Giulia, da gibt es ein kleines, aber nicht unwesentliches Problem ...»

«Francesco, natürlich werden wir nicht wirklich heiraten. Trotzdem werden wir allen sagen, dass du aus dem Orden aussteigen willst und um Dispens ersucht hast. Schon vor längerer Zeit. Und gerade jetzt läuft die Frist ab, darum *kannst* du mich heiraten. Und in meiner Nähe sein. So lange, bis wir den Täter gefunden haben. Dann beenden wir das Spiel, und du kannst wieder deine Sterne beobachten.»

«Aber warum dieses Spiel?»

«Hör mir zu ... Ich ... mir ist klar, dass ich Unmögliches von dir verlange, aber ich habe Angst, Francesco. Große Angst. Jemand will mich töten. Vermutlich jemand aus meiner eigenen Familie. Und darum möchte ich dich in meiner Nähe haben. Du bist der Einzige, dem ich vollkommen vertraue. Ich brauche dich, damit du auf mich aufpasst. Mir nicht von der Seite weichst, wenn die Schlacht beginnt. Ich habe lange nachgedacht, wem ich vertrauen könnte ... Mir ist niemand eingefallen. Außer dir.»

«Ich bin ein Mönch, Giulia. Ich habe mich entschlossen, mein Leben der Wahrheit zu widmen. Du verlangst, dass ich ... als Schauspieler auftrete? In einem rätselhaften und gefährlichen Spiel?»

«Du warst einmal ein Mönch, vor vielen Jahren. In Umbrien, in deinem Kloster. Du hast Kranke gepflegt und die Landwirtschaft versorgt. Du hast eure Kirche renoviert und die Krankenkommunion ausgefahren. Aber dann bist du nach Rom gekommen. Als Privatsekretär des Heiligen Vaters. Seitdem bist du ein Schauspieler – in einem rätselhaften und gefährlichen Spiel, wie du sagst. Der Vatikan ist ein Theater, eine Bühne. Manchmal werden Komödien gegeben. Meistens aber Kriminalstücke. Manchmal auch beides zusammen. Denk an alles, was wir bereits erlebt haben: Wie oft mussten wir tricksen und täuschen, nur um zu überleben?»

«Aber dann?», sagte Francesco. «Was passiert, wenn das

Spiel vorbei ist? Wenn ich meine Rolle als Bräutigam gespielt habe? Was ist dann?»

«Dann schlüpfst zurück in deine Rolle als Privatsekretär.»

«Das wird nicht möglich sein, Giulia. Natürlich könnte ich danach allen sagen, dass es nur ein Scherz war. Aber niemand würde das akzeptieren. Die Provokation wäre viel zu groß. Bedenke doch: Ein Privatsekretär des Papstes ersucht um Dispens, um zu heiraten! Petrus müsste sich von mir trennen. Für immer.»

Giulia schwieg lange.

«Ja», sagte sie dann. «Du hast recht. Ich war zu egoistisch. Ich habe nur an mich gedacht, nicht an Petrus. Vergiss einfach, was ich gesagt habe. Ich finde eine andere Möglichkeit.» Sie wandte sich ab mit hängenden Schultern und begann, die Treppe hinunterzusteigen.

«Warte!»

«Ja?»

«Dieses Theaterstück mit dem Titel *Vatikan*, von dem du sprachst. Nun, ich frage mich immer häufiger, ob ich nicht schon viel zu lange mitspiele. Ob es nicht Zeit wäre, das Engagement zu beenden. Und zurückzugehen ins Kloster. In letzter Zeit waren diese Fragen sehr drängend, Giulia.»

«Was willst du damit sagen?»

«Wenn ich mich einlasse auf deinen Plan, dann wäre es der letzte Akt in diesem Stück. Ein furioser letzter Akt, zugegeben. Ich würde erklären, dass ich um Dispens ersucht habe. Ich würde deinen Verlobten spielen, für eine kurze Zeit. Und dann, wenn alles vorbei ist, würde ich gehen. Irgendwohin. Vielleicht auch zurück in mein Kloster. Nach Umbrien. Ich habe so oft Sehnsucht nach den grünen Hügeln meiner Heimat. Und meine Mitbrüder sind alt, sie brauchen Hilfe.»

Francesco drehte das Teleskop zu sich, nahm einige Einstellungen vor und sah hindurch. «Dieser Asteroid», sagte er schließlich, «den ich beobachtete habe. Er ist wie du. Ein schlanker, eleganter Himmelskörper, der viel zu nahe an der Erde vorbeifliegt. Gefährlich nahe.»

«Aber er wird nicht einschlagen», sagte Giulia. «Und das ist entscheidend, oder?»

«Man kann ihre Bahn berechnen», erklärte Francesco. «Und nach all diesen Berechnungen wird er nicht einschlagen. Hoffen wir, dass sich tatsächlich niemand verrechnet hat.»

Sie kletterte noch einmal zu ihm hinauf und sah ihn an. «Dann kommen wir jetzt zur Sache: Willst du mich heiraten?»

Sonntag

«Wir müssen reden, Francesco», sagte Francesco.

Er stellte die kleine, aus Holz geschnitzte Figur des Heiligen Franziskus vor sich auf den Tisch. Ein Mitbruder hatte sie ihm geschenkt, damals, als er das Kloster verlassen hatte und nach Rom aufgebrochen war.

«Giulia will mich heiraten. Nur zum Schein, natürlich. Jetzt staunst du, was?»

Franziskus sah ihn an, freundlich und unbewegt.

«Ich weiß, du hättest abgelehnt. Oder? Aber, sei ehrlich: Du hattest es leichter als ich. In gewisser Hinsicht. Eine wilde Jugend in Assisi, Wein und Partys, Freunde und Mädchen. Und dann die völlige Umkehr. Ich dagegen … ich war immer ein braver Junge. Ich habe früh zu Gott gefunden. Die Mädchen in meiner Gemeinde …»

Beinahe schien es ihm, als hätte Franziskus eine Augenbraue gehoben.

«Mag sein, dass sie … für mich geschwärmt haben. Sie hielten mich vielleicht für einen hübschen Kerl. Dunkle Locken. Dreitagebart, weil ich zu faul war zum Rasieren. Und ich hatte diesen Hang zu tiefsinnigen Gesprächen. Das mochten sie. Aber ich wollte nichts von ihnen. Ich wollte durch die umbrischen Berge wandern, in den alten Dorfkirchen beten, mit den Tieren reden. Sie haben mir nie geantwortet – anders als dir. Aber ich war ihnen nahe. Auch den Bäumen, den Sternen, der ganzen Schöpfung. Ich wurde Mönch und war glücklich. Dann kam die Berufung nach Rom. Der Heilige Vater. Der Vatikan. Und Giulia ...»

Franziskus stützte sich auf seinen Stab.

Abwartend.

Gelassen.

«Wir haben ja schon oft darüber gesprochen, nicht wahr, Francesco? So kann es nicht mehr weitergehen. Der Vatikan hat mir den Seelenfrieden geraubt. Ich habe meine Sache gut gemacht, glaube ich – aber ich vermisse die Wälder so sehr, die Seen, den reinen Himmel. Und ich habe die Intrigen satt, die Bürokratie und die Eitelkeiten.»

Franziskus nickte – so schien es Francesco jedenfalls, als er sich müde die Augen rieb.

«Aber vor allem kann es mit Giulia nicht so weitergehen. Ich muss einen Schlussstrich ziehen unter mein bisheriges Leben. Ich muss fort aus dem Vatikan, wohin auch immer. Giulias Bitte, dass ich ihren Verlobten spiele, ist ein radikaler Ausstieg. Ein Donnerschlag. Wenn das Spiel zu Ende ist, wenn alle wissen, dass es ein Spiel war ... gibt es ein Erdbeben am Heiligen Stuhl. Der Privatsekretär des Papstes hat Hochzeit gespielt. Was Petrus dazu sagt? Nun, wir werden sehen.»

Er hielt inne und suchte nach den richtigen Worten, damit Franziskus ihn verstand.

«Ich bin beunruhigt, Francesco. Verwirrt und wie betäubt. Aber nicht so sehr, weil meine Zeit bei Petrus enden wird. Sondern ...»

Er beugte sich zu der kleinen Holzfigur hinunter, bis er sich auf Augenhöhe mit dem Heiligen befand.

«Du weißt, was ich getan habe. Aber Giulia weiß es noch nicht.»

*

Am liebsten mochte Petrus die Hühner.

Natürlich waren auch die schwarz-weißen Kälbchen auf ihren Weiden nett anzusehen. Aber die Hühner führten ihr ganz eigenes Leben. Sie wohnten in ihrem kleinen Dorf, bestehend aus runden, kegelförmigen Häuschen. Sie gingen ein und aus, schwatzten, besuchten sich und hatten es ungeheuer wichtig miteinander. Ein Nachmittag bei den Hühnern hatte ihn schon oft gerettet. Stunden konnte er hier sitzen und nachdenken.

Hier, auf dem Bauernhof des Papstes in Castel Gandolfo.

Es war eine grandiose Idee seiner Vorgänger gewesen, in diesem kleinen Ort in den Albaner Bergen die päpstliche Sommerresidenz zu errichten und sie im Laufe der Jahrhunderte mit ungewöhnlichen Vorzügen auszustatten – etwa einer Sternwarte (Papst Pius XI.) und einem Schwimmbecken (Papst Johannes Paul II.). Aber der beste Einfall ging auf Papst Pius XI. zurück, der hier in den dreißiger Jahren Gewächshäuser, Viehställe und einen Bauernhof errichtet hatte.

Petrus liebte diesen Ort.

Direkt nach dem Segensgruß vom Balkon – und noch vor dem Mittagessen – war er hierherspaziert. Die schier endlosen Kieswege entlang, vorbei an den Blumenrabatten und Buchsbaumhecken, an den Zypressenalleen und Springbrunnen. Der Bauernhof lag mitten in den riesigen Parkanlagen, die zur Sommerresidenz gehörten. Nahezu alle Päpste der jüngeren Zeit hatten sich um ihre Landwirtschaft gekümmert, ganz besonders Johannes XXIII. Und auch Petrus liebte den Bauernhof, der den gesamten päpstlichen Haushalt mit frischem Mozzarella und mit Ricotta versorgte, mit Milch und Joghurt. Mit Obst, Gemüse und Honig. Und eben mit Hühnereiern. Etwa dreihundert Eier legten die Damen jeden Tag – jedenfalls dann, wenn sie in Stimmung waren.

Heute Morgen hatte er, wie immer in Castel Gandolfo, sein Frühstücksei auf dem Tisch vorgefunden, dazu einen Krug frische Milch, saftige Tomaten und cremigen Mozzarella. Das Hauspersonal, das direkt aus dem Ort stammte, war wie immer liebenswürdig und freundlich gewesen.

Ein Huhn zerrte an seiner Soutane. Erst als er sich hinunterbeugte, ließ es laut gackernd von ihm ab.

Vermutlich wollte es ihn ans Mittagessen erinnern. Petrus hatte die Bauernfamilie, die sich um den päpstlichen Hof kümmerte, gebeten, ein einfaches Essen vorzubereiten, auf der Terrasse des Bauernhofs. Padre Francesco würde dabei sein, sein Privatsekretär. Und Giulia würde vom Schloss herüberkommen.

Und dann würden sie einen Plan schmieden.

※

Außen schwarz wie die Hölle und innen hell wie das Himmelslicht: Das dunkle Holzofenbrot aus dem nahegelegenen Örtchen Genzano war eine wirkliche Delikatesse, die Petrus schon öfter bei seinen Besuchen in Castel Gandolfo probieren durfte. Aufgeschnitten in dicken Scheiben lag es vor ihm bereit, daneben eine große Schale eingelegter Oliven.

Direkt unter den Platanen – eine Sitzbank stand gleich vor ihrem Haus – hatte Bäuerin Antonietta den Tisch gedeckt. Energisch stellte sie eine große Pfanne *frittata* auf den Tisch, ein hoch aufgegangenes Omelette mit Rosmarin, Basilikum und Tomaten aus dem eigenen Garten. Mit dem Messer schnitt sie große Stücke heraus und servierte zuerst dem Heiligen Vater, dann Giulia und Francesco.

«Ich hatte heute Vormittag ein kurzes Gespräch mit meinem alten Freund Giovanni Frascati, Chefarzt an der Gemelli-Klinik in Rom», sagte Petrus, während er in Vorfreude seinen Teller musterte. «Wie ihr vielleicht wisst, ist sein Fachgebiet die Anästhesie. Er hat mir den kleinen Gefallen getan, Giulias Cappuccinotasse zu untersuchen, die ich gestern noch per Eilboten hingeschickt habe.»

«Und?» Giulia spürte, wie der Zorn wieder in ihr aufstieg.

«Wie ich es erwartet hatte. Der Kaffee enthielt ein starkes Beruhigungsmittel, das nach wenigen Minuten eine extreme Müdigkeit hervorruft, benommen macht und die Muskeln entspannt. Ein Wunder, dass du überhaupt noch in den Pool springen konntest. Wer weiß, wenn du noch eine halbe Stunde gewartet hättest: Vielleicht wärst du dann alleine am Pool gewesen. Und niemand hätte dich rechtzeitig hinausziehen können. Das Mittel wirkt übrigens nicht lange, darum bist du kurze Zeit später schon wieder ansprechbar gewesen. Ein solches Beruhigungsmittel kann sich jeder besorgen, hat mir Dottore Frascati erklärt. Notfalls über das Internet. Das heißt: Weiterhin ist jeder verdächtig, der sich in der Nähe deines Cappuccinos aufhielt. Mhm, köstlich!»

Petrus schob sich entzückt noch ein Stück *frittata* in den Mund und griff gleich zum nächsten.

«Wer auch immer es war, inzwischen habe ich eine Botschaft vom ihm erhalten», erklärte Giulia. «Oder von ihr.»

«Eine Botschaft?»

Giulia stellte die Prinzessinnenpuppe auf den Tisch. Sie lächelte vornehm und milde, beinahe so, als ob sie den Dolch in ihrem Rücken noch nicht bemerkt hätte.

«Woher stammt sie?»

«Aus dem Teepavillon. Dem Treffpunkt unserer Clique. Ich habe Ihnen auf der Hinfahrt davon erzählt.»

«Eine Prinzessin als Botin.» Petrus schüttelte nachdenklich den Kopf. «Wie feinsinnig …»

«Ich werde sie später zurückbringen. Vielleicht schickt sie uns noch weitere Botschaften.»

«Nun, diese Botschaft ist eindeutig», sagte Petrus. «Der Täter wird wieder zuschlagen. Und damit, Giulia, komme ich zu deinem Verlobten.»

«Meinem Verlobten?»

«Wir benötigen jemanden, der dir nicht mehr von der Seite weichen wird. Einen Leibwächter, sozusagen. Die Aufgabe dieses Mannes wird es sein, einen zweiten Anschlag zu verhindern. Wachsam zu sein. Einzugreifen. Der einzige Mann, der dies unauffällig leisten kann, ist dein Verlobter. Niemand wird sich wundern, wenn er in deiner Nähe ist. Natürlich muss er ein Profi sein.»

«Und, an wen dachten Sie?»

«An Franz Xaver Wyss.»

«Wie bitte?»

Petrus griff zu einer Mappe, die er den ganzen Vormittag schon mit sich herumschleppte und die nun auf dem Tisch lag.

«Ich habe gestern Abend noch telefoniert. Mit dem Vatikan. Heute hat mir ein Bote diese Dokumente aus Rom gebracht. Franz Xaver Wyss war in jungen Jahren Kommandant der Schweizergarde. Er kennt den Vatikan, er kennt unsere Kreise. Nach seiner Zeit in der Garde arbeitete er für eine Sicherheitsfirma. Personenschutz und dergleichen. Er beherrscht mehrere Nahkampftechniken und ein ganzes Arsenal an Schusswaffen. Aber vor allem: Er sieht glänzend aus! Jeder wird nachvollziehen, dass eine Contessa sich an diesen Mann binden will. Wir werden behaupten, dass er ein Geschäftsmann aus Zürich ist. Ein Vermögensberater.

Sehr verschwiegen und diskret, und darum im Internet nicht auffindbar.»

«Das klingt reizvoll», sagte Giulia. «Gibt es Fotos?»

«Natürlich. Bitte.» Petrus zog mehrere Bilder aus der Mappe.

«Sehr ansehnlich», sagte Giulia. «Und er kann tatsächlich Karate und dergleichen?»

«Natürlich.»

«Was meinst du?», fragte Giulia und reichte die Bilder Francesco.

«Ein smarter Typ», sagte Francesco. «Schade, dass du dich schon gebunden hast, Giulia. Vielleicht solltest du nochmals darüber nachdenken?»

«Du hast dich … schon gebunden?» Petrus sah sie verblüfft an. «Warum weiß ich davon nichts?»

«Weil man den Vater der Braut fragt, ob er mit der Heirat einverstanden ist. Und nicht den Vorgesetzten, jedenfalls in der Regel.»

«Grundsätzlich hast du natürlich recht. Aber es sind besondere Umstände, nicht wahr? Darum wäre es mir lieber, wenn ich mir den Herrn zumindest ansehen könnte. Ist er verschwiegen?»

«Absolut», sagte Francesco.

«Du kennst ihn bereits?», fragte Petrus irritiert.

«Mehr oder weniger.»

«Wird er bereit sein, etwas für dich … zu riskieren?»

«Das hat er schon häufiger getan», sagte Giulia.

«Katholisch ist er doch, oder?»

«Katholischer als Ihnen lieb ist, Heiliger Vater», sagte Francesco.

«Wie sieht er aus? Wird man nachvollziehen können, dass Giulia ihn heiraten will?»

«Es geht so», sagte Francesco. «Etwas zerknittert. Er hat einen anstrengenden Chef.»

«Kenne ich ihn?»

«Nachdem Sie darauf bestehen …» Francesco erhob sich und strich sein Habit glatt. «Darf ich um die Hand Ihrer Pressesprecherin bitten? Nur zum Schein, natürlich. Wir werden sagen, dass ich um Dispens ersucht habe, schon vor längerer Zeit. Und dass die Frist jetzt abgelaufen ist. Ich bin also frei.»

Petrus sah von Francesco zu Giulia.

Von Giulia zu Francesco.

Und dann begann er zu lachen.

Sein massiger päpstlicher Körper schüttelte sich, Lachtränen traten in seine Augen. Er lachte und lachte, bis ihm die Luft wegblieb und er erschöpft zu seinem Wasserglas griff.

*

Der Pavillon wirkte schäbiger, als er ihn in Erinnerung hatte. Die Farbe blätterte von den Brettern ab, Spinnweben verdeckten die Fensterscheiben.

Edoardo drückte die Tür auf und trat ein.

Innen sah alles so aus wie damals. Nur kleiner, beengter, staubiger. Er erinnerte sich an ein Paradies, an einen wilden, geheimnisvollen Ort. Und nun sah er alte Möbel, vertrocknete Pflanzen und Mäusekot.

Weil du das Paradies nicht mehr sehen willst, sagte eine Stimme in ihm. Weil du ausgezogen bist aus dem Paradies, damals, voller Einsamkeit und Verzweiflung.

Weil es niemals ein Paradies war, korrigierte er die Stimme. Sondern eine Bruchbude, angefüllt mit pubertärer Verwirrung. Mit Träumereien, Hoffnungen und etwas Dunklem, das keinen Ort in ihm haben durfte.

Aber dann war er zur Wahrheit durchgebrochen.

Zum Licht.

Und darum erkannte er heute, wie es um diesen Ort stand.

Er betrachtete die Poster und Pinnwände. Er zog einige Schubladen auf, holte Dinge heraus, Panini-Bilder und Spielzeugautos aus den frühen Jahren, Musikkassetten und vergilbte Zeitschriften aus späterer Zeit. Alte Schulhefte mit Zeichnungen: das Universum. Der Urknall. Seelenwanderung im Buddhismus.

In einer Ecke, hinter dem riesigen Puppenhaus und neben den Orangen- und Zitronenbäumchen, stand sein Altar. Mit fünfzehn oder sechzehn hatte er ihn errichtet. Rebecca war es ein wenig peinlich gewesen, Giulia hatte gespöttelt. Er hatte ein verrostetes Blumenregal vom Dachboden geholt und an die Wand gerückt, eine löchrige Damastdecke darübergebreitet und Kerzen aufgestellt. Manchmal hatte er Blumen gepflückt, wenn Alfredo außer Sicht war, und in den Wasserkaraffen drapiert, die er in der Teeküche des Pavillons gefunden hatte. Die Holzwand hinter dem Regal wurde zum Altarbild: Erst hatte er eine Raffael-Madonna hingepinnt, Postkartenmitbringsel von einer Klassenfahrt nach Florenz. Im Laufe der Zeit hatte er Heiligenbildchen, Polaroidfotos und Schwarz-Weiß-Kopien aufgehängt und Rosenkränze darum arrangiert. So war eine spirituelle Landkarte entstanden, ein Bilderbogen des Heils, mit raffinierten Bezügen zwischen den einzelnen Bildern und Objekten.

Die anderen waren damit überfordert gewesen.

Witze und Provokationen, später Gleichgültigkeit. Paolo hatte Superman aus einem Comic geschnitten und an ein Kruzifix geheftet. Und Giulia hatte die Raffael-Madonna, nach einer nächtelangen Diskussion über Gottesbeweise, durch Simone de Beauvoir ersetzt und das Original erst wieder herausgerückt, als er versprochen hatte, nach seiner Papstwahl die Höllenstrafen für Atheisten abzuschaffen.

Giulia.

Er sah hinüber zu ihrer Pinnwand: Konzertkarten und Zeitungsausschnitte, Urlaubsfotos vom Kindergarten bis zur höheren Schule. Giulia mit Zahnspange. Giulia mit dicken Brillengestellen. Giulia am Strand in den hochgeschlossenen Badeanzügen, die ihr sittenstrenger Vater verordnet hatte.

Giulia.

Stundenlang hatten sie hier gelesen, sie in ihrem Ohrensessel, er in seiner Hängematte. Er erinnerte sich an einen verregneten *Anna-Karenina*-Sommer und an ihren Versuch, Shakespeare im Original zu lesen. Da waren sie vierzehn gewesen – oder fünfzehn? Er hatte ihr irgendwann eine zweisprachige Ausgabe aus Rom besorgt, weil sie ständig ihre Teetasse umwarf, wenn sie Wörter nachschlug. Überhaupt die Teetasse: Sie brühte am Morgen (Was heißt am Morgen? Sie schliefen alle bis zum späten Vormittag!) Tee auf, irgendwelche Kräutertees von Alfredo, und trank im Laufe des Tages die Kanne aus. Immer stand ein bauchiger Henkelbecher vor ihr, aus dem es dampfte. Irgendwann hatte er sich ihr, umnebelt von Lavendeldüften, angeschlossen. Und weil es keine weiteren Tassen gab in ihrem Pavillon und nie jemand daran dachte, eine zweite zu besorgen, teilten sie sich den Henkelbecher. Er dachte an ihren Arm, sommerbraungebrannt, der sich plötzlich zwischen sein Gesicht und das Buch schob, wenn sie den Becher von ihrem Sessel hinüberreichte. Wortlos, beim Umblättern.

So viel Nähe.

So viel Vertrautheit.

So viele Möglichkeiten.

Wenn da nicht dieser Tag gewesen wäre, Jahre zuvor, am Ende der Kindheit. Der Tag, an dem er die Kontrolle verloren hatte. Der Tag, an dem er alles verspielt hatte, unwiederbringlich. Seitdem stand er in ihrer Schuld, auch wenn sie nie davon erfahren durfte.

Niemals wichen diese Bilder von ihm: nicht, wenn er ihr Tee einschenkte. Nicht, wenn sie ihm ein Zitat aus ihren Büchern vorlas und nach seiner Meinung fragte. Nicht, wenn er ihr nachsah, wie sie den Weg zum Schloss einschlug, ihrer schlaksigen, großen Gestalt. Er war ein Sünder. Er hatte alle Rechte verwirkt. Für immer.

Edoardo riss ein Foto von ihrer Pinnwand, das erste, auf dem man sah, dass sie eine Schönheit werden würde: Sie hielt eine Rede, als Schülersprecherin, und sah so klug aus, so elegant und so rein.

Er stellte das Foto auf den Altar und kniete sich nieder.

Er würde für sie beten.

Alles andere lag in Gottes Hand.

*

«Dürfen wir erfahren, was Sie so erheitert, Heiliger Vater?», fragte Giulia gereizt.

Petrus trank noch einen Schluck.

«Ich musste eben an den Gesichtsausdruck Immaculatas denken, wenn sie es erfährt. Und dann an die Kurie. Was werden sie sich aufregen! All die Erzkonservativen und Reaktionäre! Was werden sie gackern! Wie werden sie sich aufplustern!»

«Gackern? Aufplustern?»

«Ich war vorhin beim Hühnergehege», sagte Petrus. «Und habe über die Menschen nachgedacht. Und über ihre Ähnlichkeit zu anderen Geschöpfen Gottes.»

«Aber haben Sie auch bedacht, was danach kommt?», fragte Giulia vorsichtig. «Francesco wird nie wieder als Privatsekretär für Sie arbeiten können. Nach dieser Show wird es kein Zurück geben. Selbst dann, wenn alles gut ausgeht – und wir alle überleben.»

«*Wer Augen hat zu sehen, der sehe.* So heißt es in der Schrift. Ich habe Augen. Und ich habe schon seit längerer Zeit bemerkt, dass Francesco … nicht mehr ganz mit dem Herzen dabei ist. Nicht wahr, Padre?»

Francesco schwieg.

«Francesco wird mich sowieso irgendwann verlassen, eher früher als später. Wie es jetzt aussieht, wird es ein Abschied sein mit Pauken und Trompeten.»

«Ich wusste nicht, dass Sie es bemerkt haben», sagte Francesco.

Petrus, nun wieder ernst, sah ihn an: «Ich habe dir viel zugemutet, Francesco, als ich dich nach Rom holte. In ein Leben, für das du eigentlich nicht gemacht bist. Du hast die Aufgabe glänzend gemeistert. Aber mir war immer klar, dass du nicht ein Leben lang bei mir bleiben wirst. Nun, Kinder: Ihr habt jedenfalls meinen Segen!»

Längere Zeit aß er schweigend.

Niemand sagte etwas.

«Kommen wir zu unseren Verdächtigen», sagte Giulia schließlich. «Sie wollten sich mit ihnen beschäftigen. Gestern, beim Abendessen.»

«Leider hatte ich keinen Erfolg», sagte Petrus. «Edoardo ist mir aus dem Weg gegangen. Aus Alfredo bekommt man kein Wort heraus, er ist ein wenig … verstockt. Und Rebecca und Paolo sind Meister in der Kunst des Smalltalks. Es tut mir leid, Giulia, aber ich verstehe weiterhin nicht, weshalb einer von ihnen verhindern will, dass du erbst. Wir brauchen ein Motiv. Ein belastbares Motiv. Alle fünf hatten die Gelegenheit zum Mord. Aber warum hätten sie es tun sollen?»

«Das müssen wir herausfinden», sagte Giulia. «Ich werde mit Rebecca und Paolo reden. Sie gehören zu meiner alten Clique. Es wird nicht schwer sein, ins Gespräch zu kommen.»

«Ein guter Vorschlag. Wir müssen wissen, wie sie zu Federicos Plan stehen. Und zu dir als künftiger Clanchefin.»

«Ich werde mir Mühe geben.»

«Du musst unauffällig sein. Sie dürfen nicht merken, dass wir Verdacht geschöpft haben. Und du darfst dich nicht in Gefahr bringen. Francesco kann nicht immer bei dir sein.»

«Und Edoardo?»

«Ist ein Problem», sagte Petrus. «Er wird nicht mehr mit uns reden, sobald er erfährt, wen Giulia heiraten wird: Francesco ist ein abtrünniger Priester. Giulia hat ihn auf Abwege geführt. Und ich gebe alldem meinen Segen.»

«Wir haben uns früher einmal ganz gut verstanden, bevor er ein bisschen seltsam wurde», sagte Giulia. «Ich dachte sogar eine Zeitlang, dass er …»

«Was dachtest du?»

«Nichts. Ich werde versuchen, irgendwann eine ruhige Minute mit ihm zu finden.»

«Ich bin nicht ganz überzeugt, dass dir das gelingen wird. Um ehrlich zu sein, beunruhigt mich die Gegenwart dieses Erzreaktionärs ein wenig. Ich werde mir etwas einfallen lassen.»

«Und Rosalia?»

«Wir müssen mehr über sie wissen, um ein Motiv zu erkennen.» Petrus beäugte kurz die *frittata*-Pfanne, entschied sich aber dann gegen eine vierte Portion. «Und der einzige Mensch, der etwas über Rosalia weiß, ist Federico. Ich werde mit ihm sprechen.»

«Dann bleibt für mich nur Alfredo», sagte Francesco. «Er ist ein einfacher Gärtner. Vielleicht vertraut er einem einfachen Franziskanermönch.»

«Einem Ex-Mönch», sagte Giulia.

«Auch bei Alfredo könnte uns Federico weiterhelfen», sagte Petrus. «Er arbeitet für ihn. Seit Jahrzehnten.»

«Auch Eugenia könnte nützlich sein für unsere Ermittlungen», sagte Giulia. «Sie ist die ältere Schwester meiner Mutter. Niemand kennt die Familie so gut wie sie – Klatsch, Skandale, Intrigen.»

«Sie nimmt mich nicht ernst», brummte Petrus.

«Sie nimmt niemanden ernst. Sich selbst auch nicht.»

«Na schön», seufzte Petrus. «Dann beziehen wir sie ein. Aber sie muss sich streng an meine Regeln halten.»

«Francesco und ich fahren also hinüber», sagte Giulia. Sie sah den Franziskanermönch an. «Ich rufe meine Eltern gleich an, um uns anzukündigen. Francesco wird natürlich ganz formvollendet bei meinem Vater um meine Hand anhalten. Dann präsentiere ich ihn dem Rest der Familie als meinen Verlobten. Und wir warten ab, wer mich umbringen möchte …»

Gerade als die Bäuerin mit der brodelnden *caffetiera* in der Hand die Terrasse betrat, um den Espresso zu servieren, zog in der Ferne eine Staubwolke auf. Es war völlig windstill, doch merkwürdigerweise löste sie sich nicht auf, sondern kam immer näher.

Die Luft flirrte, und so dauerte es etwas, bis Petrus inmitten der schwarzen Partikel eine wohlbekannte Gestalt erkannte: Schwester Immaculata.

Steif und hager stieg sie aus einem Elektromobil und bedeutete dem Fahrer, der sofort umdrehen wollte, mit einer harschen Handbewegung zu warten. Dann schritt sie auf ihren kleinen Tisch zu. Unter dem Arm trug sie einen altmodischen Strohkorb mit Deckel, und für einen kurzen Moment überlegte Petrus, ob sie ihm vielleicht tatsächlich ein Mittagessen gekocht hatte. Er verwarf den Gedanken aber gleich wieder, als er ihre Miene sah, denn die verhieß nichts Gutes.

«Hier sitzt er also, der Heilige Vater, bei *caffè* und *cornetti.*» Sie warf einen übellaunigen Blick auf den Teller, den Antonietta gerade aus dem Haus trug. «Entspannt im Urlaub, während die Vorsteherin des päpstlichen Haushaltes», sie betonte die Worte absichtlich, «mit der Sorge um den gesamten Vatikan zurückblieb, die Belange der heiligen katholischen Kirche allein in ihrer zarten Hand …»

«Einen wunderschönen guten Tag auch dir, liebe Immaculata. Lange haben wir uns nicht gesehen. Möchtest du dich nicht setzen?»

Immaculata sah angewidert auf den Klappstuhl, den er ihr anbot.

«Vielen Dank, aber ich wollte Ihnen nur das hier vorbeibringen.»

Mit einem Ruck setzte sie ihren Korb auf dem Stuhl ab.

«Ich jedenfalls übernehme hierfür keine Verantwortung mehr. Nach alldem, was in den vergangenen vierundzwanzig Stunden im Apostolischen Palast passiert ist, habe auch ich Erholung mehr als nötig. Ich habe beschlossen, meinen mehr als verdienten Urlaub zu nehmen. Seit Jahren habe ich mich abgearbeitet ohne einen einzigen freien Tag. Nun ist es genug.»

Sie zitterte vor Empörung und zog sich ihre Nonnenhaube gerade.

«Es hat sich eine hervorragende Gelegenheit ergeben: Solange Sie in Castel Gandolfo faulenzen und den lieben Gott einen guten Mann sein lassen, werde ich mich in das Ferienhaus der Bußfertigen Begoninnen hier ganz in der Nähe zurückziehen. Ruhe, Abgeschiedenheit, Gebete, das ist das, was ich jetzt brauche. Und diese Ausgeburt der Hölle» – sie nickte mit dem Kinn in Richtung Korb – «lasse ich hier.»

Damit drehte sie sich abrupt um, stieg zu dem verdutzten Fahrer in das Elektromobil und verschwand wieder in einer Staubwolke.

Als Giulia vorsichtig den Deckel des Korbes hob, war ein wütendes Fauchen zu hören. Heraus sprang Monsignore, rieb seinen dicken Kopf an den Beinen des Papstes und war mit einem Satz auf seinen wieselflinken Pfötchen verschwunden: in Richtung Hühnerstall.

*

Giulia hielt das Steuer umklammert, starrte auf die Straße und versuchte, sich zu konzentrieren.

Sie verdrängte die Visionen aus dem Swimmingpool.

Die Lichter.

Und die Dunkelheit, diese absolute Schwärze. Für einen Augenblick fühlte sie sich wieder benommen, zu Tode erschöpft und kraftlos, erlebte noch einmal das Gefühl, gewaltsam aus dem Leben gezogen zu werden. Sich von ihrem Körper und ihrem ganzen Sein zu entfernen, davonzugleiten in ein namenloses Nichts.

Sie fuhr jetzt zu ihrer Familie zurück, in der man ihr den Tod wünschte. Und neben ihr saß der Mann, der ihren Ehemann spielen sollte.

In guten wie in schlechten Zeiten, so sagte man bei der Trauung.

Bis dass der Tod …

Sie warf einen kurzen Blick auf den Beifahrersitz. Francesco hatte sich umgezogen. Er trug eine helle Sommerhose, ein weißes Hemd und hatte sich, wer weiß woher, eine Sonnenbrille ins Haar geschoben.

Er sah unverschämt gut aus – und Giulia begriff, dass sie alles rückgängig machen musste. Sie brachte ihn in Gefahr, zog ihn hinein in ein lebensgefährliches Spiel, das nichts mit ihm zu tun hatte. Gar nichts.

Tränen stiegen ihr in die Augen.

Sie blinkte und überholte einen Lieferwagen.

«Giulia?»

Sie zuckte zusammen.

Francesco sah sie ruhig an. «Ich wollte dir nur sagen, dass ich bei dir bin. Auch wenn das hier nur eine Theateraufführung wird. Ich begleite dich auf die Bühne. Ich stehe an deiner Seite. Und ich stütze dich, wenn das Licht ausgeht …»

«Ich habe gerade noch einmal über all das nachgedacht. Francesco. Lass uns das Ganze jetzt gleich beenden, das ist unsere letzte Chance. Wir sollten …»

«Vorsicht!» Francesco griff von der Seite ins Lenkrad und riss das Steuer nach links. Der Cinquecento kam ins Schleudern und geriet auf die Gegenfahrbahn. Gerade noch rechtzeitig, denn von rechts schoss ein dunkler Jeep aus einer kleinen Seitenstraße und raste, ohne einen Augenblick vom Gas zu gehen, nur ein paar Zentimeter an ihnen vorbei.

Francesco gelang es, das Auto zurück auf die richtige Fahrbahn zu lenken. Er legte Giulia die Hand auf den Arm.

«Fahr rechts ran. Bitte.»

Sie zitterte am ganzen Körper, als sie den Fiat zum Stehen brachte. Francesco nahm sie in den Arm.

«Ich fahre weiter. Und am besten wäre es, wir drehten noch einmal um und würden zum Castel Gandolfo zurückfahren, damit du dich erst einmal erholen kannst.»

«Denkst du, dass das Absicht war?» Giulias Stimme zitterte.

«Ehrlich gestanden, das kann ich mir fast nicht vorstellen. Die Straße ist so eng und schlecht einsehbar. Und der Jeep kam mit voller Geschwindigkeit aus diesem winzigen Waldweg angerauscht, der hat uns noch nicht einmal richtig wahrgenommen.»

Sie ließ ihren Kopf auf das Lenkrad sinken. «Zum ersten Mal habe ich wirklich Angst.»

«Nur, weil ein Idiot sich nicht an die Straßenverkehrsregeln hält?»

«Nein. Nicht weil *irgendein* Idiot nicht Autofahren kann.»

«Sondern?»

«Weil ich den Idioten kenne. Der schwarze Jeep gehört Paolo. Und der ist eigentlich gar nicht da. Er wollte heute mit Freunden nach Anzio fahren. Ans Meer.»

*

Das Mittagessen in der Sonne, die anschließende schweißtreibende Jagd nach Monsignore quer durch den Hühnerstall – Petrus fühlte sich so erschöpft wie nach einer ganztägigen Sitzung mit den Leitern seiner Kongregationen. Außerdem spürte er eine unangenehme Unruhe in sich. Er hatte das Gefühl, etwas Wichtiges, etwas ganz Offensichtliches in der Geschichte mit Federicos Erbschaft übersehen zu haben.

Aber er kam einfach nicht darauf, was es war.

In jedem Fall würde ihm ein kleines Schläfchen jetzt guttun. Er packte den schnurrenden Monsignore etwas kräftiger unter dessen dicken Bauch und steuerte sein Schlafzimmer an. Sie beide würden es sich jetzt erst einmal gemütlich machen, schließlich hatte er ja offiziell Urlaub.

«Immaculata! Ich dachte, du wärest längst gefahren.»

«Das werde ich auch tun. Aber vorher wollte ich hier nach dem Rechten sehen. Ich kenne meine Pflichten.»

Seine Koffer lagen geöffnet auf dem Bett.

Davor stand ein großer Müllsack.

«Was meinst du mit ‹nach dem Rechten sehen›»?

«Sie haben einige Dinge eingepackt, die Sie gar nicht benötigen. Und dafür haben Sie auf einige Dinge verzichtet, die Sie unbedingt benötigen.»

«Und die Dinge, die ich nicht benötige …»

«… befinden sich in diesem Müllsack. Ich lasse sie nach Rom schicken.»

Petrus warf einen Blick in den Müllsack: mehrere Badehosen, leichte Sommersandalen, ein seidener Schlafanzug (das Geschenk eines japanischen Kardinals), das Badehandtuch mit dem Wappen seines Lieblingsfußballvereins, einige Kriminalromane.

Auf dem Bett stapelten sich Immaculatas Mitbringsel: kratzige Schlafanzüge, die zehnbändige Buchreihe *Märtyrer des frühen Christentums* und das Expanderset *Bauch weg in 30 Tagen*, in dem Immaculata einen adäquaten Ersatz für die aus der Mode gekommenen Geißeln sah.

«Ich habe dem Hauspersonal einige Notizen hinterlassen, wie Sie Ihren Tagesablauf gestalten möchten. Gelegentlich werde ich zu Überraschungsbesuchen vorbeischauen.»

«Nur keine Mühe», sagte Petrus und freute sich stillschweigend, dass ihr entscheidende Funde verborgen geblieben waren: die Peroni-Flaschen, auf die Francesco neue Etiketten geklebt hatten (*Weihwasser aus Lourdes, Weihwasser aus Fatima, Weihwasser aus Guadeloupe*) und die im Innenfutter der Koffer eingenähten Sportzeitungen.

«Was planst du eigentlich in deinem Urlaub?», fragte er

und setzte den bei Immaculatas Anblick entsetzt strampelnden Monsignore auf den Boden.

«Den Begriff ‹Urlaub› halte ich nicht für angemessen. Ich werde einige Tage im Ferienhaus meines Ordens verbringen. Dort werde ich beten. Für unseren Orden, damit der Heilige Geist uns erleuchte und wir die richtige Äbtissin wählen. Aber vor allem für Contessa Giulia. Ich mache mir große Sorgen um sie.»

«Tatsächlich?»

Petrus sah misstrauisch zu seiner Haushälterin hinüber. Immaculata neigte nicht zu menschlichen Regungen wie Anteilnahme und Mitgefühl. Wer Pech hat im Leben, so pflegte sie zu sagen, werde von Gott gestraft oder geprüft. In beiden Fällen gebe es keinen Grund zum Jammern.

«Sie ist sehr unruhig in letzter Zeit. Fahrig. Bedrückt.»

«Und woran leidet unsere Contessa – deiner Meinung nach?»

«Es überrascht mich nicht, dass Sie diese Frage stellen, Heiliger Vater. Für die Frauen in Ihrer Umgebung haben Sie niemals viel Sensibilität aufgebracht. Es liegt doch auf der Hand, wonach sich eine Frau in Giulias Alter sehnt: Sie möchte endlich ihrer Bestimmung als Frau folgen können.»

«Du meinst: Sie möchte in ein Kloster eintreten?»

«Unsinn!», schnaubte Immaculata. «Nur wenige sind auserwählt, diesen schweren Weg zu beschreiten. Nein, Heiliger Vater: Gott der Herr hat die Frau erschaffen, damit sie einem treusorgenden und frommen Mann als Ehefrau zur Seite steht und Kinder gebärt. Darin findet sie ihre Bestimmung. Aber im Falle Giulias hat sich noch kein Mann gefunden, soweit ich weiß …»

Petrus starrte sie an. Versuchte Immaculata tatsächlich, ihn über Giulias Männerbekanntschaften auszuhorchen?

«Aber wie soll eine Frau auch den Mann fürs Leben finden, wenn sie in unerträglicher Weise von ihrem Vorgesetzten ausgebeutet wird», fuhr Immaculata fort.

Petrus sah ihr zu, wie sie seine Lieblingspantoffeln im Müllsack versenkte. Verzeih mir, Herr, betete er dann. Verzeih mir das, was ich jetzt gleich tun werde. Aber findest du nicht auch, Herr, dass es irgendwann einmal genug ist?

Er drehte den Sessel am Fenster so, dass er eine gute Sicht auf Immaculata haben würde, und scheuchte Monsignore, der es sich hier gerade bequem gemacht hatte, von der Sitzfläche. Dann nahm er Platz und sammelte sich für das Schauspiel, das er gleich würde betrachten können: den völligen Zusammenbruch seiner Haushälterin.

«Ich muss dir etwas anvertrauen, liebe Immaculata», sagte er dann mit sanfter Stimme. «Noch wissen nicht viele davon. Und ich zögere etwas, dir von diesen Entwicklungen zu berichten. Denn du möchtest dich erholen, nicht wahr? Es könnte aber sein, dass dein innerer Friede Schaden nimmt, wenn ich weiterspreche.»

Immaculatas Intriganz, das wusste Petrus genau, wurde nur noch von ihrer Neugier übertroffen.

«Offenbar suchen Sie nach einem Menschen, dem Sie sich anvertrauen können», sagte Immaculata. «Wenn es Sie erleichtert, werde ich die schwere Last mit Ihnen tragen.»

«Contessa Giulia», sagte Petrus langsam und betonte jedes Wort, «wird heiraten.»

Immaculata fuhr herum, ihre Augen blitzten. «Habe ich nicht gespürt, dass sie sich nach einem Mann sehnt! Ich danke dem Herrn, dass sie ihrer Bestimmung folgen darf. Wer wird es sein, mit dem sie vor den Altar treten wird? Und vor allem: wann?»

«Das ist es ja gerade», sagte Petrus und gab seiner Stimme

einen kummervollen Klang. «Niemand pocht so eisern darauf wie Sie, liebe Immaculata, dass Priester, diese Männer Gottes, ihren Pflichten nachkommen und nicht abirren vom Wege ...»

«Wer ist es?», zischte Immaculata. Ihr Mund war ein schmaler Strich, ihre Finger umklammerten den Müllsack.

«Padre Francesco hat um Dispens ersucht», sagte Petrus. «Schon vor einem Jahr. Contessa Giulia und er werden heiraten.» Er lehnte sich zurück und wartete auf ihren Zornesausbruch.

Aber nichts geschah.

Immaculata atmete schwer, ihre Hände zitterten. Dann richtete sie sich auf und sah Petrus würdevoll an: «Ich weiß, was Sie jetzt denken, Heiliger Vater: Sie denken an den Schatten, der auf Ihr Papsttum fällt, wenn ausgerechnet *Ihr* Privatsekretär dem Zölibat entsagt. Voller Zorn und Groll verdammen Sie ihn. Voller Verzweiflung beklagen Sie, dass er seine Gelübde nicht einhalten will. Aber hören Sie zunächst auf die Worte einer einfachen Frau, Heiliger Vater: Es ist die Liebe, die sein Herz angerührt hat! Gott hat das Feuer der Liebe in seiner Seele entzündet. Und weil seine Seele rein ist, so brennt auch die Flamme seiner Liebe in Reinheit! Ich verurteile ihn nicht, Heiliger Vater. Ich werde für sein Glück beten. Für sein Glück – und für das Glück der Contessa und ihrer Kinder. Wann werden sie Hochzeit feiern? Noch in diesem Sommer?»

Fassungslos sah Petrus sie an und suchte nach Gründen. Abtrünnige Priester gehörten nach Immaculatas Auffassung in den tiefsten Kreis der Hölle; die Beschreibung ihrer Folterqualen gehörte zu ihren Glanznummern.

Warum jetzt diese Milde? Von welcher Bosheit wurde sie geleitet?

«Später werde ich die Contessa ja sehen», sagte Immaculata. «Wie freue ich mich, ihr gratulieren zu können!»

«Du wirst sie … sehen? Ich dachte, du wirst jetzt endlich in das Ferienhaus deines Ordens fahren?»

«Aber das werde ich doch!», flötete Immaculata.

«Und Contessa Giulia … macht im Ferienhaus deines Ordens Urlaub?»

Immaculata, von einer für Petrus unerklärlich guten Laune erfüllt, schnürte den Müllsack zu. «Das Ferienhaus befindet sich auf dem Anwesen des Kardinals Federico», sagte sie dann. «Wussten Sie das nicht? In den alten Stallgebäuden, hinten im Park.»

Petrus wusste nicht, was er antworten sollte. Federico hatte einmal erwähnt, dass er die Stallungen einem Orden überlassen hatte. Aber er hatte nicht geahnt, dass seine Haushälterin dort ihr Unwesen treiben würde.

Immaculata schleifte den Müllsack zur Tür. Dort drehte sie sich um. «Übrigens nehmen wir Gäste auf. Für eine spirituelle Auszeit. Fasten, Beten und vor allem Buße. Vielleicht klopfen Sie einmal an der Pforte und bitten um Aufnahme. Sie würden enorm davon profitieren.» Dann nickte sie Petrus würdevoll zu, schleifte den Müllsack endgültig aus dem Zimmer und schloss die Tür.

Petrus stand auf, trat ans Fenster und sah hinaus auf die Hügel.

Er hatte geahnt, dass es schwer werden würde.

Aber so schwer?

Erschöpft setzte er sich auf sein Bett, auf dem sich Monsignore längst zusammengerollt hatte. Immaculatas Reaktionen waren normalerweise berechenbar wie der Katechismus. Warum nur scherte sie aus ihrem natürlichen Muster aus? Irgendetwas stimmte hier nicht. Er musste herausfinden, was.

Und zwar so schnell wie möglich.

Es war ein Fehler gewesen, von diesem geheimnisvollen Schloss nach Castel Gandolfo zu fliehen, zu seinem Bauernhof, zu seinen Obstbäumen. Er musste dorthin zurück – und bleiben. So lange, bis er herausgefunden hatte, warum Contessa Giulia sterben sollte. Und warum Immaculata ihre weiche Seite entdeckt hatte.

Warum so viele Gewissheiten wankten.

Er griff zum Telefon. «Ich brauche einen Wagen. Nein, nur eine kurze Fahrt … zum Schloss des Kardinals Federico Santini. Ich werde für einige Tage dort bleiben … meinen Koffer packe ich selbst, vielen Dank … Nein, Sie müssen Schwester Immaculata nicht Bescheid geben, die Gute hat so viel um die Ohren … Ach ja, eine Bitte noch: Schwester Immaculata und ich haben ein wenig ausgemistet. Alter Krimskrams. Die Schwester hat alles in einen Müllsack gepackt. Verfrachten Sie doch den Sack in das Auto, mit dem wir zum Schloss fahren; im Dorf veranstalten sie einen Flohmarkt zu Gunsten des Kindergartens.»

Petrus legte auf.

Eigentlich hatte er einen Erholungsurlaub geplant. Ein Abenteuerurlaub hatte jedoch auch seinen Reiz.

*

Giulias Vater stand oben an der Treppe vor dem Schloss. Offensichtlich hatte er dort schon eine ganze Weile auf sie gewartet. Seine Gelehrtenbrille blitzte in der Nachmittagssonne.

Ganz der Grandseigneur alter Schule, ein Büchermensch, ein freundlicher Gelehrter. Die Geschichte seiner Heimatstadt Rom kannte er bis in letzte Einzelheiten. Zwar war es ihm, wie fast allen seinen Verwandten, nicht gelungen, das

Familienvermögen zu vermehren oder auch nur zu erhalten. Doch Giulia hatte nur die besten Erinnerungen an ihre Kindheit in dem alten Familienpalazzo, der in der Altstadt Roms seit Jahrhunderten vor sich hin bröckelte. In allen Lebenslagen hatte ihr Vater sie verstanden. Sie liebte ihren Vater sehr. Er hatte ihr Geschichten erzählt, wenn sie als kleines Mädchen krank im Bett lag; er hatte sie getröstet, wenn sie als junges Mädchen an Liebeskummer litt. Er hatte sie gebildet und belehrt, aber nie bevormundet. Sie verdankte ihm alles.

Gerührt schloss Odoardo Santini seine Tochter in die Arme.

Dann drückte er Francesco die Hand. «Es ist sehr freundlich von Ihnen, dass Sie meine Tochter hierher begleiten, Padre.»

«Gerne. Aber ich bin kein Padre mehr, Signor Santini.»

«Ach!»

«Ich habe um Dispens ersucht. Schon vor längerer Zeit.»

«Deswegen tragen sie auch keinen Habit», sagte Odoardo Santini und bemühte sich, sein Erstaunen zu verbergen. «Es ist mir gleich aufgefallen. Darf man fragen, weshalb Sie den geistlichen Stand verlassen?»

«Ich liebe eine Frau. Das ist mit meinen Gelübden nicht vereinbar.»

«Ich bewundere Ihren Mut», sagte Odoardo nachdenklich. «Für den Privatsekretär des Heiligen Vaters ist das ein großer Schritt. Aber die Macht der Liebe …»

«Ja, die Macht der Liebe», zwitscherte Giulias Mutter, die in diesem Augenblick auf die Freitreppe rauschte und nur die letzten Worte ihres Mannes gehört hatte. Sie trug ein golden- und cremefarbenes Seidenwickelkleid und bewegte sich, wie fast immer, am Rande der Hysterie. Zur Feier des

Tages führte sie den gesamten Goldschmuck der Familie aus, der ihr glitzernd an Hals, Ohren und Armen baumelte. Mit weit ausgebreiteten Armen wehte sie auf ihre Tochter zu und umarmte sie theatralisch.

Dann wandte sie sich an Francesco. «Sie müssen wissen, Padre: Diese Tage stehen ganz im Zeichen der Liebe! Stellen Sie sich vor: Unsere Contessa wird endlich heiraten! Ich kann gar nicht sagen, wie mich dieser Tag stolz macht und glücklich. Seit Jahren sehne ich diesen Augenblick herbei. Meine Tochter wird eine Braut! Was das für eine Mutter bedeutet! Ungewöhnlich spät zwar, aber immerhin noch rechtzeitig, bevor ich die Hoffnung auf Nachkommen aufgeben musste. Ist das nicht wunderbar, Padre?»

«Ich freue ich sehr für Ihre Tochter», sagte Francesco steif. «Aber, wie ich gerade schon zu Ihrem Mann sagte: Ich bin kein Padre mehr.»

«Ach! Aber Giulia hätte sich so gefreut, wenn Sie die Trauung vollzogen hätten! Ihr seid doch so gut befreundet, nicht wahr? Weshalb verlassen Sie denn den geistlichen Stand?»

«Ich liebe eine Frau.»

«Sie Schlimmer!» Signora Santini drohte ihm neckisch mit dem Finger. «Nun, ich wünsche Ihnen alles Glück dieser Erde! Die Liebe führt uns auf ungewöhnliche Wege. Aber es sind immer Wege zum Glück, nicht wahr? Wir dürfen auf die Liebe vertrauen. Auch Sie, Padre!»

«Er vertraut auf die Liebe, *mamma*», sagte Giulia leicht gereizt. «Ich weiß es. Nebenbei: Hast du alles vorbereitet?»

«Eine kleine intime Runde im Salon. Wie du es wolltest. Nur die engsten Verwandten. Eugenia ist natürlich dabei. Und dann wirst du uns endlich verkünden, wen du heiraten wirst! Ich bin ja so aufgeregt, mein Liebes! Um ehrlich zu sein: Es laufen schon Wetten. Ich tippe auf Ernesto Borghese.

Du stehst doch auf gebildete Männer. Und Ernesto hat sogar schon ein Buch geschrieben!»

«Ich weiß», sagte Giulia. «Eine Art Katalog über seine Sportwagensammlung. Und jetzt lass uns nach oben gehen.»

«Kommen Sie doch mit, Padre!», trillerte Giulias Mutter. «An diesem Freudentag sind alle eingeladen!»

«Gerne, Signora Santini.»

«Emerenziana! Sagen Sie doch einfach Emerenziana zu mir.»

«Oh, wie die römische Märtyrerin ...»

«Odoardo, hast du das gehört? Heutzutage ist es so selten geworden, dass jemand etwas mit meinem Namen anfangen kann. Entzückend. Einfach entzückend!»

Im Salon war ein Tisch mit Sektgläsern aufgebaut. Tante Eugenia hatte eine Flasche entkorkt, schenkte sich eben ein Glas ein und prostete Francesco zu.

«Francesco! Wie schön, Sie zu sehen! Sie begleiten die Verurteilte zum Schafott? Wie es sich für einen Priester gehört?»

«Aber Eugenia», erregte sich Signora Santini. «Wir stoßen doch erst später an!»

«Ich teste nur Giulias Henkersmahlzeit», sagte Eugenia und nahm einen Schluck. «Wie geht es Ihnen, Padre?»

«Mir geht es gut. Aber, wie ich schon zu Ihrer Schwester sagte: Ich bin kein Padre mehr.»

Eugenia verschluckte sich fast. «Als Privatsekretär des dicken Papstes bekäme ich auch Glaubenszweifel.»

Francesco lächelte. «Ich habe keine Glaubenszweifel. Aber ich liebe eine Frau. Darum habe ich um Dispens ersucht. Schon vor längerer Zeit.»

«Tatsächlich!» Eugenia betrachtete ihn erfreut. «Nun, dann hat Gott der Welt zurückgegeben, was der Welt gehört. Jedenfalls der Damenwelt.»

Giulia schlug zwei Gläser gegeneinander, suchte nach Worten und wusste plötzlich nicht mehr, was sie sagen sollte. Hilfesuchend sah sie zu ihrem Vater. Dann zu Francesco. Dann wieder zu ihrem Vater.

Sie sah, wie er die Augenbrauen hob, lächelte und zu Francesco blickte.

Sie nickte verzweifelt.

Da stand Odoardo Santini auf, räusperte sich und blickte in die Runde. «Ich möchte vorab einige Worte sagen. Schon viele Jahre hoffen meine Frau und ich, dass Giulia sich einmal verheiraten wird. Bis heute haben wir vergebens gewartet. Aber nun, meine wunderbare Tochter, willst du endlich vor den Altar treten. Deine Mutter und ich, die ganze Familie – wir freuen uns mit dir! Und ich kann dir versprechen, dass wir deinen Bräutigam mit offenen Armen in der Familie aufnehmen werden. Wer immer es auch sein wird. Du bist klug, Giulia – und darum wirst du einen klugen Mann gewählt haben. Du bist warmherzig – und darum wirst du einen warmherzigen Mann gewählt haben. Du fürchtest Gott – und darum wirst du einen frommen Mann gewählt haben. Wer es auch ist: Deine Mutter und ich werden mit deiner Wahl einverstanden sein! Auch dann, wenn sie uns überraschen wird, nicht wahr, Emerenziana?»

«Aber natürlich!», flötete Giulias Mutter.

«Auch dann, wenn er nicht aus unseren Kreisen kommt», sagte Odoardo.

«Selbstverständlich!» Giulias Mutter klang schon weniger euphorisch.

«Auch dann, wenn er nicht vermögend sein sollte.»

«Aber Odoardo – was redest du denn da!»

«Und selbst dann, wenn sich um diese Heirat ein Skandal entfachen würde! Wir werden zu dir stehen, Giulia, wer immer es auch sein wird. Wir werden ihn lieben, so wie du ihn liebst. Nicht wahr, Emerenziana?»

Giulia wischte sich eine Träne aus dem Auge und sah stolz zu ihrem Vater. Noch nie hatte er, der stille Gelehrte, eine so flammende Rede gehalten. Ihre Mutter sagte nichts mehr, sah verwirrt in die Runde und versuchte zu verstehen.

Odoardo blickte zu seinem künftigen Schwiegersohn. «Ich glaube, Sie möchten uns etwas sagen, Francesco.»

«So ist es.» Francesco richtete sich auf und trat einen Schritt vor. «Signor Santini, darf ich Sie um die Hand Ihrer Tochter bitten?»

*

Der Gesang der Zikaden war ohrenbetäubend. Sie mussten überall in den Pinien sitzen, trommelten, schnarrten und surrten in der warmen Abenddämmerung. Schon lange hatte Francesco sie nicht mehr so laut gehört.

Und schon viel zu lange war er nicht mehr auf dem Land gewesen. Er dachte an sein Kloster im Rietital. An seine Heimat Umbrien, in der die Olivenbäume silbrig glitzerten. Eine wilde Sehnsucht packte ihn.

Nach Natur und Einfachheit.

Nach Frieden.

Der Nachmittag mit Giulias Eltern und Eugenia war hoch-emotional gewesen. Und Francesco war noch immer verwirrt. Jahrelang hatte er sich mit der Liebe zu Giulia gequält, hatte mit sich, mit Gott, mit seinen Gefühlen gehadert. War in die Einsamkeit zurückgeflohen. Hatte sich ermahnt, sich von ihr entfernt. War ihr wieder nähergekommen und näher. Er hatte alles bedacht – und verworfen. Und jetzt, da alles nur ein Spiel war, jetzt, da diese echte Liebe mit einer falschen Hochzeit gekrönt werden sollte, war plötzlich alles möglich.

Giulias Vater war glücklich. Ihre Mutter war im Begriff, den Schock zu überwinden. Und Kardinal Federico hatte ihnen seinen Segen gegeben. Es gab kein Problem, das nicht mit einem Gläschen Champagner weggetrunken werden konnte, dachte er bitter. Es war einfach absurd.

Seit gestern Abend hatten sich die Ereignisse überschlagen. Dabei hatte er alles genau geplant. Sorgfältig. Schritt für Schritt. Aber jetzt hatte Giulia ihn überrumpelt. Und er hatte sich überrumpeln lassen. Alles hatte sich für ihn verändert. Alle Gewissheiten, an denen er festgehalten, an die er geglaubt hatte. Wie auch immer dieses Spiel enden würde: Er würde nicht mehr derselbe sein wie zuvor. Aber war er das in den letzten Wochen und Monaten überhaupt noch gewesen?

Er war froh, aus dem Schloss wegzukommen. Er ging weiter durch das kleine Waldstück, das sich den Hügel hinunterzog. Er roch das Harz der Bäume, spürte den Kies und die Nadeln unter seinen Füßen. Um zum Gärtnerhaus zu gelangen, sollte er sich rechts halten, hatte Eugenia ihm gesagt, und durch das Wäldchen bis zu der kleinen Kaskade gehen. An dieser entlang führten Steinstufen einen gewundenen Pfad hinunter, die Bäume öffneten sich zu einer Lichtung.

Francesco machte Halt an einer zerbröckelten Marmorbank.

Und sah sich um.

Der Park erschien ihm fast noch weitläufiger zu sein als die Vatikanischen Gärten. Und niemand war zu sehen. Er setzte sich, zog Strümpfe und Schuhe aus und nahm sie in die Hand. Barfuß stapfte er quer über die Lichtung den Hügel nach unten. Das Gras war feucht und leicht moosig unter den Bäumen, je weiter er ging, desto härter wurde der Boden.

Unten schloss sich ein niedriges Labyrinth aus Buchsbaumhecken an, in der Mitte plätscherte ein Brunnen mit einer halbnackten Figur der Venus, der Göttin der Liebe. Von hier waren die Zikaden nur noch ein fernes Flüstern.

Hinter einem niedrigen Steinmäuerchen entdeckte er das Gärtnerhaus, ganz aus Naturstein gemauert. Daran schmiegten sich die rostigen Eisenstäbe eines schnörkeligen und erstaunlich großen Gewächshauses, das offenbar schon lange nicht mehr in Gebrauch war.

Davor stand Alfredo, groß und aufrecht in einer schmutzigen Arbeitshose, sein wettergegerbtes Gesicht verschattet von einem Strohhut. In der einen Hand hielt er eine lange und sehr spitze schwarze Schere, in der anderen einen großen Eimer mit frisch abgeschnittenen Buchsbaumzweigen.

Francesco war einfach losgegangen und hatte sich noch gar keine richtige Strategie zurechtgelegt. Wie sollte er dem Gärtner nur begegnen?

«Oh, Alfredo, entschuldigen Sie, ich wollte Sie auf gar keinen Fall bei Ihrer Arbeit stören», sagte Francesco.

Der Gärtner schwieg.

Und Francesco wusste erst einmal nicht weiter.

«Ich habe Sie gesucht … Wissen Sie … ich beschäftige mich seit einiger Zeit mit der Aufzucht von … von Olivenbäumen …»

Täuschte er sich, oder leuchtete plötzlich so etwas wie Interesse in Alfredos Augen?

«Und da dachte ich mir, ob Sie mir dazu vielleicht ein paar Fragen beantworten könnten?»

Alfredo stellte seinen Eimer ab, legte vorsichtig die Schere hinein, wischte sich die Hände an seiner Hose ab und musterte Francesco bis hinunter zu seinen nackten Füßen.

«Na ja», fuhr Francesco jetzt beherzt fort, «ich habe mich

früher um eine ganze Olivenplantage gekümmert. Aber ich habe ein einzelnes Bäumchen von Giulia geschenkt bekommen. Schon vor Jahren. Das habe ich umgetopft, doch die Blätter welken und rollen sich ein.»

«Mhm. Hat es genug Sonne?»

«Mehr als genug.»

«Steht's nicht zu feucht?»

«Wo denken Sie hin?»

«Probieren Sie im Frühjahr mal, die alten Triebe rauszuschneiden, damit das Bäumchen wieder Kraft bekommt. Sonst müsste ich mal einen Blick darauf werfen.»

«Das wäre großartig. Michele, unser Gärtner im Vatikan, ist leider nicht mehr der Jüngste und verabschiedet sich demnächst in den Ruhestand.»

Francesco sah dem Alten zu, der wieder angefangen hatte, den Buchsbaum zu beschneiden.

«Wie lange sind Sie denn schon bei Kardinal Federico tätig?»

«Seit Jahrzehnten.»

«Dann gibt es niemanden, der den Park und das Schloss so gut kennt wie Sie.»

«Wie meinen Sie das?»

«Na ja, ich habe gehört, Sie arbeiten nicht nur im Garten, sondern auch in der Küche. Eugenia hat mir verraten, dass Sie ein ganz phantastischer Koch sind.»

«Oh, Signora Eugenia übertreibt.» Er lächelte verlegen.

«Haben Sie denn für das Frühstück gestern auch etwas hergerichtet?»

«Sie meinen Spiegelei und Speck und so? Nee, da sind die Santinis ganz traditionell: *cornetti, caffè e basta ...*»

«Haben Sie denn auch den *caffè* für Contessa Giulia zubereitet?»

«Sie hat einen Cappuccino getrunken.» Plötzlich sah ihn Alfredo misstrauisch an. «Wieso fragen Sie?»

«Erinnern Sie sich daran ganz genau?»

«Natürlich. Schwester Rosalia hat mir nämlich genau in diesem Moment eine Kanne mit aufgeschäumter Milch gebracht, das kann ich mit der alten Maschine da draußen gar nicht machen. Ich habe die Milch frisch aufgegossen und Signora Rebecca gegeben.»

«Und die hat die Tasse dann an Giulia weitergereicht.»

«Hören Sie, das mit der Contessa tut mir furchtbar leid.»

Alfredo schwieg einen Moment zu lang. Fast schien es Francesco, als wollte er noch etwa sagen. Aber dann nahm er nur kurz den Hut ab, drehte ihn zwischen seinen großen Händen und setzte ihn entschlossen wieder auf.

«Ich muss gehen. Muss den Schnitt hier noch fertigmachen und die Rosen gießen.»

«Was züchten Sie denn eigentlich in Ihrem Wintergarten?»

Alfredo drehte sich um und ging einen Schritt auf ihn zu. «Hören Sie, Signore. Mag sein, dass Sie unsere schöne Contessa heiraten. Und dass Sie dann hier der neue Herr sind und auch was zu sagen haben. Aber solange ich lebe, ist das mein Revier. Verstehen Sie: Sie drinnen, ich draußen. Dieser Garten ist mein Werk, seit Jahren schon. Und dieses Gewächshaus ebenfalls. Ich möchte hier meine Ruhe haben, haben Sie mich verstanden?»

Damit schnappte er sich seinen Eimer, drehte sich um und stapfte zu seinem Gewächshaus zurück.

*

«Ihr Wagen kommt gleich», sagte der Hausdiener.

«Vielen Dank.»

Um die Wartezeit zu überbrücken, zog Petrus seine Aktentasche hervor und drückte auf Tante Eugenias Nummer, die er seit ihrem Abenteuer an der Amalfiküste in seinem Handy eingespeichert hatte.

«*Pronto?*»

«Herzlichen Glückwunsch!», rief Petrus. «Sie haben kürzlich beim Gewinnspiel *Fit durchs Fegefeuer* mitgemacht. Ich freue mich für Sie, dass Sie den ersten Preis gewonnen haben.»

«Ich mache nie bei Gewinnspielen mit, Heiliger Vater», sagte Eugenia. «Und fit fürs Fegefeuer bin ich schon längst. *Den* Teufel möchte ich sehen, den ich nicht unter den Tisch trinke. Was wäre denn der erste Preis gewesen?»

«Ein Aufenthalt im Gästehaus der Bußfertigen Begoninnen. Fasten, Beten und Buße. Nebenbei könnten Sie sich … ein wenig umhören. Und umsehen. Schwester Rosalia kümmert sich um das Haus.»

«Schwester Rosalia war am Pool, als Giulia unterging, nicht wahr?»

«Richtig.»

«Ich soll mich ein wenig … umhören.»

«Richtig. Nach möglichen Motiven zum Beispiel.»

«Ich verstehe. Aber Schwester Rosalia würde mich erkennen. Sie sieht mich jedes Jahr bei Federicos Fest.»

«Schwester Rosalia ist nicht immer im Haus. Sie können ihr aus dem Weg gehen.»

«Außerdem müsste ich einen Schleier tragen», überlegte Eugenia laut. «Einen Witwenschleier. Denn ich suche das Kloster auf, um Abstand zu gewinnen vom Tod meines geliebten Gatten.»

«Der wievielte Gatte war es doch gleich?»

«Sie können auf mich zählen, Heiliger Vater. Ich hatte ohnehin damit gerechnet, dass Sie auf meinen Spürsinn zurückgreifen würden.»

Der dunkle Wagen kam die Auffahrt herauf. Der Chauffeur stieg aus, lief eilfertig um das Auto herum und öffnete die hintere Tür. Kurz bevor er sie wieder schloss, huschte unbemerkt ein Schatten in den Wagen.

Ein ziemlich dicker Schatten.

Und er hinterließ große, dreckige Pfotenabdrücke auf Petrus' weißer Soutane.

*

Die Restaurantterrasse bot einen verschwenderischen Blick ins Tal. Sogar die Lichter von Rom ließen sich in der Ferne noch erkennen. Direkt gegenüber, etwas weniger hell angestrahlt, lag Federicos Schloss. Das weiche Licht zauberte alle Mauerrisse und Schäden einfach weg. Wie ein Stückchen Gold lag es da auf dem Hügel.

Aber jetzt war keine Zeit für Träumereien. Sie musste mit der Recherche beginnen. Mit der Suche nach dem Menschen, der sie umbringen wollte.

«Auf dich!» Giulia hob ihr Glas. «Und: Danke, dass du mich aus dem Pool gezogen hast.»

«Es war mir eine Ehre, Cousinchen, obwohl ich gestehen muss: Ich habe schon etwas gezögert, bevor ich hineingesprungen bin. Meine Frisur saß perfekt, ich hatte mein Lieblingshemd an und noch nichts gefrühstückt. Aber es wäre undankbar gewesen. Schließlich hast du mich auch schon mal vor dem Ertrinken gerettet.»

«Ich? Dich?»

«Unsere Poolpartys. Erinnerst du dich nicht? Wir hatten im Geräteschuppen ein altes Schlauchboot gefunden und nachts zum Pool getragen. Es reichte gerade für uns vier.»

«Und für jede Menge Alkohol. Aus Federicos Hausbar. Jetzt erinnere ich mich.»

«Hochprozentige Sachen. Ich war nach kurzer Zeit völlig betrunken. Und wollte schwimmen gehen, in diesem Zustand.»

«Was ich verhindert habe. Na schön, dann sind wir jetzt quitt.»

«Nicht ganz. *Du* musstest deine Frisur nicht ruinieren.»

Giulia lachte. «Und jetzt sind wir erwachsen, jeder hat sein eigenes Leben. Aber wir haben uns nicht ganz aus den Augen verloren. Wir treffen uns immer noch bei Federico – und wir schwimmen immer noch in diesem Pool. Wer hätte das gedacht, damals?»

«Rebecca. Sie hat ihr ganzes Leben genau geplant. Und diesen Plan hat sie durchgezogen: standesgemäße Heirat, perfekte Kinder – und jährliche Sommerfeste bei Federico. Die anderen ...»

«... hatten keinen Plan.» Giulia lächelte. «Ich jedenfalls nicht.»

«Stimmt. Wir hatten verrückte Ideen, aber keinen Plan. Edoardo mit seiner Sinnsuche. Du mit deinem Emanzenkram. Und ich hatte immerhin zwei Vorlieben: Sport und Alkohol.»

«Verkauf dich nicht unter Wert.»

«Wie meinst du das?»

«Antike. Die Römer.»

«Ich? Die Römer? Im Lateinunterricht war ich mäßig.»

«Ich meine nicht das humanistische Gymnasium. Ich meine den Caligulasommer.»

«Ach das!» Paolo wurde plötzlich ernst. «Eine Spinnerei. Ehrlich gesagt: nur eine Erweiterung der Vorlieben Sport und Alkohol.»

«Damals hatte ich einen anderen Eindruck. Es waren Jungen aus der Klasse, oder, mit denen du herumgezogen bist?»

«Kann sein.» Er wirkte plötzlich abweisend.

«Sieh an, das ist dir unangenehm!» Giulia betrachtete ihn amüsiert. «Du warst Caligula, nicht wahr? Stolz, herrschsüchtig, elitär. Um dich herum dein Gefolge.»

«Kinderfasching. Freude am Verkleiden. Ein letzter Versuch, dem Ernst des Lebens auszuweichen. Der mir nicht so recht liegen würde – das ahnte ich schon damals.» Jetzt klang er wirklich ärgerlich. «Aber ich hatte ja dich, als Mahnerin und Warnerin.»

«Mich? Es war doch Rebecca, die uns ständig ein schlechtes Gewissen machte, wenn wir im Sommer keine Vokabeln wiederholen wollten.»

«Aber du warst es, die mich auf den Weg der Tugend und Selbsterkenntnis führen wollte. Ich sehe uns noch sitzen, in unserer Hütte. Ich, im Tennisdress, braungebrannt, Sonnenbrille ins Haar geschoben.»

«Sehr gutaussehend», sagte Giulia. «Fast schon ein schöner Mann.»

«Ich jammere herum, erkläre das Leben für sinnlos und oberflächlich. Überall Mittelmaß, Spießigkeit, Langeweile. Kein Kick, keine Grenzüberschreitung, keine Herausforderung. Und du erklärst mir die Welt: Ich soll kämpfen. Ich soll mein Leben in die Hand nehmen. Ich soll zu mir selbst stehen!»

«Für eine kurze Zeit wollte ich Psychoanalytikerin werden, damals. Ich dachte mir wohl, wer dich aushält, hält alles aus.»

«Vermutlich bist du tatsächlich der einzige Mensch, der alle meine Geheimnisse kennt.» Er musterte sie aufmerksam.

Aber Giulia reagierte nicht.

Der Kellner brachte zwei große Teller mit Antipasti: karamellisierte *scamorza*, Ricotta mit Honig und kleinen

Walderdbeeren in Balsamico, dazu gegrilltes und frittiertes Gemüse.

«Was ich dich schon die ganze Zeit fragen wollte», sagte Giulia. «Hatten meine Vorträge und Belehrungen eigentlich Erfolg?»

«Wie meinst du das?»

«Hast du dein Leben in die Hand genommen? Oder, anders gefragt: Bist du glücklich?»

«Die ganz großen Fragen!» Paolo klaute ihr eine Erdbeere und machte sich dann über seinen Teller her. «Wollen wir damit nicht bist zum Dessert warten?»

«Nein. Verdrängen und Aufschieben helfen nicht.»

«Auch so ein Satz von damals! Also: Ich bin nicht unglücklich. Aber es ist noch Luft nach oben. Wie bei den meisten Menschen, vermute ich.»

«Wovon lebst du?»

«Geschäfte.»

«Welche?»

«Alle möglichen. Was sich so ergibt.»

«Also von den Zuschüssen deines Vaters.»

«Mag sein, dass er gelegentlich etwas springen lässt», sagte Paolo, ein wenig unwillig. «Aber heute zahlst ja Gott sei Dank du die Rechnung.»

«Sorry, ich wollte dir nicht auf die Nerven gehen.»

«Offenbar hast du Angst, dass ich dich anpumpen werde – wenn du Federicos Vermögen geerbt hast.»

«Falls ich Federicos Vermögen erbe.»

«Wieso solltest du nicht?»

«Findest du denn, dass ich eine gute Clanchefin abgeben würde?»

«Du hast die nötige Härte. Und du bist eine exzellente Menschenkennerin. Andererseits …»

«Ja?»

«Du liebst deine Freiheit. Und nachdem du schon im Job mit einem ziemlich schrägen Laden zu tun hast, frage ich mich, ob du dir auch noch eine irre Familie antun willst.»

«Sieh mal an! Du kennst mich also auch ziemlich gut.»

«Immerhin hast du ja einen ganz netten Kerl gefunden. Fürs Heiraten.»

«Eifersüchtig?»

«Ich hatte kurz daran gedacht, mich bei dir zu bewerben, als Federico seine Rede hielt. Wir hätten zwei Fliegen mit einer Klappe schlagen können: Du hättest einen standesgemäßen Bräutigam präsentieren können, und ich wäre meine Geldprobleme losgeworden.»

«Tante Eugenia wäre begeistert gewesen. Sie war ganz verzückt, als du mich tropfnass durch die Halle getragen hast.»

«Die Rettung der schönen Giulia durch den Helden Paolo wird jedenfalls in Eugenias Anekdotenschatz eingehen.»

«Die ganze Begebenheit hat mich an eine andere Poolgeschichte erinnert.»

Sie sah ihn scharf an. Er brauchte ein bisschen.

«Du meinst ... damals ... wir waren dreizehn oder vierzehn oder so. Und du bist plötzlich einfach untergegangen.»

«Ich habe einen gezielten Schlag auf den Kopf bekommen ...»

«Hast du immer behauptet. Wahrscheinlich hast du dir deinen Dickschädel nur irgendwo angehauen ... Jetzt erinnere ich mich auch: Wir haben dieses extreme Spiel gespielt. Cool eigentlich ...»

«*Du* hast mich allerdings damals nicht herausgezogen.»

«Nein, das war Edoardo. Dafür habe ich damals das Spiel gewonnen.» Er sah sie nachdenklich an. «Komisch, dass sich das noch einmal wiederholt.»

«So komisch fand ich das allerdings nicht. Jedenfalls habe ich diesmal nichts auf den Kopf bekommen.»

«Was war es dann? Ich habe immer noch nicht verstanden, warum du das Bewusstsein verloren hast.»

«Ich auch nicht. Plötzlich wurde mir schwarz vor Augen. Entweder der Kreislauf – oder irgendjemand hat mir etwas in den Kaffee geschüttet.»

«Warum sollte das jemand tun?»

«Verwandtenmorde haben eine lange Tradition in der römischen Oberschicht. In der Antike, in der Renaissance. Warum nicht auch heute.»

«Ich jedenfalls freue mich, wenn du erbst.» Paolo trank sein Glas leer. «Dann ist mein Auskommen gesichert. Schließlich bin ich dein Held und Retter.»

«Übrigens, mein Held und Retter, da fällt mir noch ein Hobby aus deiner Jugend ein – neben Tennis, Caligula, Alkohol und Selbstmitleid: Autos.»

«Die kamen erst später.»

«Wirklich? Heute fährst du jedenfalls einen ziemlich edlen Jeep, oder?»

«Seit wann interessierst du dich für Autos?»

«Gar nicht. War nur so ein Gedanke.»

Sie plauderten noch über neue Restaurants in Rom, die aktuelle Regierungskrise, die Serienhighlights des Sommers und Geheimtippbuchten an der Küste. Giulia war nicht ganz konzentriert und ging im Geiste die Liste möglicher Mordmotive durch. Hatte sie im Gespräch bereits alles abgeklappert?

Ja.

Hatte er irgendeine Reaktion gezeigt?

Wenn sie ehrlich war: nein.

Neid auf ihre künftige Stellung als Clanchefin: nein.

Verschmähte Liebe: bestimmt nicht.

Finanzielle Gründe: wenig wahrscheinlich.

Nur bei einem Thema hatte er merkwürdig reagiert. Nicht aufbrausend oder abwehrend, sondern seltsam … ausweichend. Giulia ging das Gespräch noch einmal durch, verglich seine Reaktionen, suchte nach Spuren von schlechtem Gewissen, nach Ablenkungsmanövern, nach verbaler Tarnung und Trickserei. Und wieder kam sie zu derselben Erkenntnis. Es gab nur ein Thema, über das Paolo nicht reden wollte: Caligula.

*

An die ehemaligen Stallungen erinnerten nur noch die hohen Bögen. Und das gemauerte Ziegelwerk. Große Fenster öffneten sich zum Park, der hier hinten ganz urwüchsig belassen war. Der Blick ging hinaus auf eine große Wildblumenwiese. In der Ferne sah man gerade noch ein Eckchen des Schlosses.

Vor den Fenstern, mit direktem Zugang zur großen, kahlen und blank gescheuerten Küche, hatten die Nonnen einen akkurat ummauerten und abgetrennten Gemüsegarten angelegt. Eugenia erkannte Kohlrabi und Möhren, daneben Salbei und Petersilie.

«Wir erwarten von unseren Gästen, dass sie sich in das Klosterleben einfügen», erklärte Restituta. «Kloster auf Zeit – das ist keine spirituelle Wellness. Gelegentlich sprechen hier Damen vor, die sich eine kleine geistliche Auszeit gönnen möchten: etwas Meditation, ein wenig Heilkräuter ernten im Klostergarten, erbauliche Andachten. Aber so läuft das nicht bei uns, meine Liebe.»

«Es ist gerade die Strenge Ihres Ordens, die mich anzieht.» Tante Eugenia trug ein schwarzes Witwenkleid und einen weit ausladenden Hut in derselben Farbe, von dem ein dunkler Schleier über ihr Gesicht fiel. «Gott hat mir schwere Prüfungen auferlegt. Ich suche Orientierung und Halt.»

«Ein Todesfall?»

«Mein Gemahl.»

«Beten Sie für ihn. Das verkürzt die Jahre im Fegefeuer.»

«Wieso glauben Sie, dass er ins Fegefeuer muss?»

«Weil er ein Mann ist. Männer sind Sünder. Und Sünder müssen ins Fegefeuer.» Restituta musterte die verschleierte Frau kritisch. «Sie kennen die Aufgaben unseres Ordens?»

«Sie kümmern sich um die Kardinäle und Bischöfe», sagte Eugenia. «Als Haushälterinnen, meine ich.»

«Richtig. Darum weiß ich, wovon ich spreche, wenn ich Männer für Sünder halte. Dieses Gebäude hier ist nicht unser Kloster, sondern das Gästehaus, in dem wir uns von unserem harten Dienst erholen. Für wenige Tage im Jahr – aber immerhin. Schwester Rosalia betreut das Anwesen. Sie ist eigentlich Haushälterin bei Kardinal Federico.»

«Er lebt in dem Schloss dort hinten, nicht wahr?»

«Richtig. Dieses Gästehaus gehört zur Schlossanlage. Früher waren hier die Stallungen untergebracht. Aber wir haben nichts zu tun mit dem Kardinal. Unser Gästehaus hat einen separaten Eingang, wie Sie gesehen haben. Wie lange möchten Sie bleiben?»

«Bis ich meinen inneren Frieden wiedergefunden habe», sagte Eugenia.

«Wir werden Sie zum Putzen einteilen. Die meisten Gäste finden ihren inneren Frieden sehr schnell wieder, wenn sie putzen müssen. Kommen Sie, ich zeige Ihnen Ihre Zelle.»

Die Zelle erwies sich als ein winziges Kämmerchen. Eine Pritsche, eine Gebetsbank, einige Kleiderhaken an der Wand und ein wackliges Bücherbord – mehr an Einrichtung gab es nicht.

«Sie haben wenig Gepäck mitgebracht», sagte Restituta beifällig. «Sehr vorausschauend. Sie werden nichts brauchen. Öffnen Sie ihren Koffer.»

Restituta durchwühlte den Inhalt, konfiszierte eine Körperlotion und einen Föhn. Beifällig musterte sie die frommen Bücher, die Eugenia aus der Bibliothek des Schlosses eingepackt hatte.

«Sie meinen es wirklich ernst», sagte sie anerkennend und übersah, wie Eugenia erwartet hatte, den Reißverschluss im Innenfutter. «Gottes Lohn wird nicht auf sich warten lassen. Jetzt händigen Sie mir bitte noch Ihr Smartphone aus. Sie sollen sich hier ganz auf Gott konzentrieren.»

Eugenia überreichte ihr ein defektes Gerät. Sie hatte es einer Küchenkraft im Schloss abgekauft, nachdem sie vom Handyverbot im Gästehaus gehört hatte.

«Ihre Duschzeit ist von vier Uhr fünfzig bis fünf Uhr. Montag bis Samstag kalt, Sonntag lauwarm, an Hochfesten heiß. Die Zeiten für Essen und Andachten finden Sie auf dem Gebetspult. Ich wünsche Ihnen eine gute Nacht.»

Als Restituta gegangen war, hängte Eugenia Hut und Schleier an einen Kleiderhaken und fingerte den versteckten Reißverschluss an ihrem Koffer auf. Sie zog ihr Handy hervor, trat ans Fenster und sah hinaus in den dichten Wald, der den hinteren Teil des Parks abschloss.

«Es kann losgehen. Erster Stock, ein Zimmer ungefähr in der Mitte, Parkseite.»

Wenig später bemerkte sie die dunkle Gestalt zwischen den Bäumen. Sie zog eine Wäscheleine aus dem Kofferfach, öffnete das Fenster und beugte sich hinaus.

Unten stand ein Hilfskoch aus dem Schloss.

Eugenia ließ die Wäscheleine herunter und beobachtete, wie Ernesto eine prall gefüllte Tasche an die Schnur knotete.

Wenig später breitete sie ihre Beute auf der Pritsche aus: ein großes Weißbrot, daneben Fenchelsalami und Parmaschinken in hauchdünnen Scheiben. Ein Schälchen mit pikant eingelegten Sardellen, etwas Pecorino, frische Feigen und dazu ein Fläschchen Frascati. In einem Etui aus Stoff fand sie Besteck und einen Korkenzieher. Sie wickelte einen Teller aus einer großen Stoffserviette und zog aus einem Pappkästchen ein Weinglas, sorgfältig zwischen Schaumstoffschichten gebettet.

Das Smartphone summte leise.

«Zufrieden?», fragte Petrus.

«Etwas Tischschmuck wäre schön gewesen. Und ein Kerzenleuchter. Aber ich will mich nicht beklagen. Sie haben sich Mühe gegeben, das respektiere ich.»

«Wenn Sie übermütig werden, gebe ich Immaculata einen Wink.»

«Dann fliege ich raus – und das kann nicht in Ihrem Sinne sein, Heiliger Vater. Denn dann kann ich nicht mehr ermitteln. Also halten Sie mich besser bei Laune. Zum Frühstück hätte ich gerne frische Croissants und etwas von der selbstgemachten Stachelbeermarmelade.»

«Wann darf ich servieren?»

Eugenia trat an das Gebetspult und musterte den Tagesplan. «Gegen acht Uhr, um diese Zeit ist die Morgenandacht beendet. Und das Frühstück. Die Schwestern ziehen sich zur stillen Kontemplation in ihre Zellen zurück.»

«Es gibt Frühstück? Also brauchen Sie meine Carepakete gar nicht!»

«Ich kann mir ungefähr vorstellen, was man hier unter Frühstück versteht. Natürlich werde ich nichts davon essen, wenn ich mit den anderen im Refektorium sitze. Seit dem Tod meines Gatten bekomme ich schließlich keinen Bissen herunter. Und jetzt wünsche ich Ihnen eine gute Nacht, Heiliger Vater. Ich möchte mich dem Gebet widmen.»

Eugenia startete eine Tonaufnahme, die sie vorhin im Schloss angefertigt hatte: «Gegrüßet seist du, Maria, voll der Gnade …», deklamierte ihre Stimme voller Inbrunst vom Handy. «Du bist gebenedeit unter den Frauen und gebenedeit ist die Frucht deines Leibes.»

Sie lauschte ihrer Stimme, lächelte zufrieden und entkorkte die Weinflasche.

*

Sein Koffer stand in der Mitte des Zimmers.

Daneben der Müllsack, dessen Inhalt er vor Immaculata gerettet hatte.

Rosalia hatte ihm denselben Raum zur Verfügung gestellt, den er bei Fredericos Geburtstagsfeier bewohnt hatte: ein großes, lichtdurchflutetes Eckzimmer im zweiten Stock, ausgestattet mit knarzenden dunklen Möbeln aus früheren Jahrhunderten. An den Wänden hingen Frühwerke von Guido Reni – Durchschnittswerke aus der Santinisammlung, für die man in der Großen Galerie keinen Platz gefunden hatte: Madonnen und Engelchen. Von den Fenstern sah man in den Park, über die Buchsbaumlabyrinthe und die große Fontäne hinweg bis zum Waldrand.

Petrus packte aus und genoss es, die *Gazzetta dello Sport* – außerhalb des Herrschaftsbereichs von Immaculata – offen auf dem Nachttisch drapieren zu können. Als er eben seine Zahnbürste in ein Glas steckte, klopfte es.

Francesco stand in der Tür.

«Heiliger Vater, soll ich Ihnen beim Auspacken helfen?»

«Tritt ein, mein Sohn. Ich bin beinahe fertig.»

Francesco kramte in dem riesigen Barockschrank nach

Kleiderbügeln und hängte die Soutanen auf. «Vermissen Sie Castel Gandolfo sehr? Und Ihre ungestörte Erholung?»

«Das ist es nicht ...», sagte Petrus und trat ans Fenster.

Alfredo schnitt die Hecken. Auf einem schattigen Weg gleich beim Schloss spielten einige ältere Herren Boule. Bald würde auf der Terrasse die große Tafel gedeckt werden.

«Was ist es dann, Heiliger Vater?»

«Dies ist ein so wunderschöner Ort. Genauso schön wie Castel Gandolfo – wenngleich es hier keine Hühner gibt. Aber es ist auch ein gefährlicher Ort. Ein Zauberschloss, in dem das Böse umgeht. Man hat versucht, Contessa Giulia zu töten. Man wird es wieder versuchen ...»

«Wir werden die Contessa beschützen», sagte Francesco heftig. «Sie und ich – mit unseren Mitteln.»

«Du gehst einen schweren Weg, Francesco.»

«Ich weiß.»

«Du spielst einen Bräutigam. Eine ungewöhnliche Rolle für einen Franziskanerpater.»

«Mein Leben an Ihrer Seite war immer ungewöhnlich. Ich wollte als Mönch leben, in einem kleinen Bergkloster in Umbrien. Und dann hat es mich in den Vatikan verschlagen. An Ihre Seite. In eine Sphäre von Macht und Größe.»

«Und in die Sphäre von Contessa Giulia.»

«Auch das, Heiliger Vater.»

«Du weißt, dass es kein Zurück mehr gibt. Ein Priester, der um Dispens ersucht hat, ist ausgestoßen.»

«Aus dem Vatikan, aber nicht aus der Gemeinschaft der Gläubigen. Ich weiß nicht, wohin dieses Spiel führen wird, Heiliger Vater. Zunächst einmal möchte ich nur das Leben der Contessa beschützen. Der Herr wird meine Schritte leiten.»

«Nebenbei könntest du auch mich beschützen.»

«Sie, Heiliger Vater?»

«Du hast ja wahrscheinlich schon von Giulia erfahren, dass ihr Großcousin zur *Holy Family* gehört.»

«Ja. Sie hat mir davon erzählt.»

«Ob Edoardo mit dem Anschlag auf Giulia zu tun hat, wird man sehen. Aber ganz bestimmt kann er nicht akzeptieren, dass der Privatsekretär des Papstes um Dispens ersucht und heiraten will. Und noch weniger, dass der Papst die Hochzeit vollziehen wird. Diese Hochzeit ist die größte Provokation, die ich der Kurie und den Konservativen je zugemutet habe – und ich habe mich, was Provokationen betrifft, nur sehr selten zurückgehalten.»

«Das ist wahr.»

Auf der Kommode neben dem Bett legte Petrus Handtuch und Badehose bereit.

«Ich räume ein, dass die Situation auch ein wenig ... interessant ist. Eine Contessa, die ermordet werden soll. Ein Priester, der um Dispens ersucht. Ein Papst, der den entlaufenen Priester verheiratet. Und das alles in der Nähe eines Pools und bei herrlichem Sonnenschein. Es könnte ein faszinierender Sommer werden, Francesco!»

Montag

Am Morgen war es im Park noch angenehm kühl. Trotz des heißen Tages, der heraufzog, wirkte die Natur belebt, frisch, ausgeruht. Die Wasserspiele benetzten die Luft mit tausend schillernden Tröpfchen. Sogar einen Regenbogen konnte Petrus zwischen den bemoosten Steinen erkennen.

Federico hatte ihm einen Spaziergang in den Park vorgeschlagen, außer Hörweite der neugierigen Verwandtschaft. So hatten sie sich auf den verschlungenen Kieswegen weit vom Schloss entfernt, hatten die Terrasse, die großen Rasenflächen mit ihren Skulpturen, den Najadenbrunnen und ein kleines Wäldchen hinter sich gelassen, und standen nun vor einem großen Becken, das von einem Halbkreis aus Nischen und Bögen eingefasst wurde. Ein Wasserfall ergoss sich von oben in die verschiedenen Kanäle. Überall sprudelte, gurgelte, rauschte es. Eine gewaltige Symphonie.

«Das ist ein Wassertheater. Eine phantastische Erfindung meiner Vorfahren», sagte der Kardinal. «Hinter diesen Bögen aus Stein verstecken sich verschiedene Figuren. Nymphen, Naturwesen, Götter – getrennt von uns Menschen nur durch einen hauchdünnen Vorhang aus Wasser und Dunst. Sie spielen uns etwas vor. Ein jeder hat seine Rolle im großen Welttheater. Der Spaziergänger, der vorbeikommt, kann sie beobachten und die Symbole und Verweise erraten. Ein großer Spaß. Seit Jahrzehnten versuche ich schon, den geheimen

Botschaften meiner Vorfahren auf die Schliche zu kommen …
Der Satyr hier vorne, der da auf seiner Flöte bläst, ist Marsyas.
Er wird den großen Gott Apoll zum musikalischen Wettstreit
herausfordern. Siehst du ihn, hier mit seiner Kithara?»

Federico deutete auf die gegenüberliegende Nische, in der
ein nackter Apoll auf seiner Leier spielte.

«Du wirst wissen, wie das Ganze endet.»

«Ja. Ich kenne die Sage. Apoll gewinnt», sagte Petrus.

«Apoll gewinnt, das stimmt, und seine Rache ist fürchterlich. Denn sie hatten verabredet, dass der Sieger mit dem
Verlierer tun darf, was immer er will. Apoll bestraft also den
Tölpel, der dachte, einen Gott besiegen zu können. Er nimmt
ein scharfes Messer und zieht ihm genüsslich die Haut ab.
Anschließend hängt er sie in einer Quellgrotte auf. Das Blut
färbt den Fluss, der dort entspringt, ganz rot. Man hat mir
erzählt, dass meine Vorfahren sich manchmal mit Gästen
einen Spaß erlaubten und das Wasser im Brunnen ebenfalls
rot färbten. Stell dir vor, das ganze Becken rot von alldem
Blut …»

Federico hielt inne, er wirkte plötzlich erschöpft.

«Entschuldige, mein Freund, ich fürchte, ich muss mich
hinsetzen. Meine Krankheit macht sich immer wieder be-
merkbar. Aber hier am Brunnenrand ist es schön kühl.»

Petrus setzte sich neben ihn.

«Wir müssen abbrechen», sagte Federico unvermittelt.
«Der Preis ist zu hoch. Ich wollte, dass Giulia erbt. Aber
nicht um den Preis, dass ihr Leben in Gefahr ist.»

«Aber deine Nichte möchte nicht, dass wir abbrechen. Du
unterschätzt sie. Giulia will den Täter finden. Und sie ist bereit, dafür einen gewissen Preis zu zahlen. Sicherlich nicht
den Preis, dass sie ihr Leben verliert. Aber sehr wohl den
Preis, dass sie für einige Zeit in Gefahr schwebt.»

«Es ist im Pool passiert», sagte Federico langsam. «Als sie schwamm. Und du vermutest, dass ihr *caffè* vergiftet war ...»

«Ich vermute es nicht, ich weiß es.»

«Dann muss der Täter in der Nähe des Pools gewesen sein.»

«Richtig. Es kommen nur fünf Personen in Betracht. Alle hatten eine gute Gelegenheit, aber keiner scheint ein Motiv zu haben. Ich bin zu dir gekommen, weil du diese Personen kennst. Einige weniger gut, andere sehr gut.»

«Um wen handelt es sich?»

«Beginnen wir mit Rosalia.»

«Unsinn!» Federico fuhr auf. «Rosalia ist eine fromme Frau. Eine Nonne. Sie ist zu keinem bösen Gedanken fähig. Ich verbürge mich für sie.»

Petrus seufzte. «Wir kommen nicht weiter, wenn wir bestimmte Verdächtige ausklammern. Giulia geht es nicht anders als dir: Am Pool waren mehrere Menschen, zu denen sie ein gutes Verhältnis hat, zu einigen schon seit Jahrzehnten. Also, Federico, könnte Rosalia einen Grund haben, Giulia zu töten?»

«Nein!», erwiderte Federico heftig. «Sie kennt meine Nichte nicht einmal. Jedenfalls nicht näher als die anderen Gäste.»

«Aber es wäre möglich, dass sie deinen Plan ablehnt», sagte Petrus. «Nehmen wir an, Giulia erbt und zieht ins Schloss. Was würde dann mit Rosalia geschehen? Wäre sie weiterhin die Haushälterin?»

«Über diese Frage habe ich nie nachgedacht», sagte Federico. «Aber Giulia wäre gut beraten, sie zu behalten. Rosalia ist eine phantastische Verwalterin, intelligent, umsichtig, stilvoll. Zudem verständnisvoll, warmherzig und freundlich.»

«Ich habe mich schon immer gefragt, wie du sie kennengelernt hast. Wir wissen beide, dass sie eine ungewöhnliche Haushälterin ist. Jung, klug und – seien wir ehrlich: schön.»

Federico hatte sich wieder gefangen. «Ich kenne sie schon länger. Sie ist aus ihrem früheren Beruf ausgestiegen. Erst hier, bei mir, hat sie sich dem Glauben zugewandt. Und ist den Begoninnen beigetreten.»

«War es ihre Idee, die Stallungen als Gästehaus des Ordens zu nutzen?»

«Ja. Sie hat einen außerordentlichen Sinn fürs Praktische.»

«Ich verstehe.» Petrus dachte kurz nach, dann fragte er: «Welchen Beruf hat sie denn früher ausgeübt?»

«Sie hat es einmal erwähnt ... ich weiß es nicht mehr ... Wer war denn noch am Pool?», fragte Federico.

«Paolo, Rebecca, Edoardo ...»

«Giulias Jugendclique.» Federico lächelte. «Ich sehe sie noch vor mir, wie sie als Kinder durch den Park toben. Aber warum sollte einer von ihnen ...»

«Genau das frage ich mich auch.»

«Sicher, es gab Spannungen. Manchmal. Wie das so ist bei Kindern. Und als Jugendliche haben sie sich sehr unterschiedlich entwickelt. Anders, als erwartet. Wir hatten alle erwartet, dass Rebecca hervortritt. In welcher Weise auch immer – gesellschaftlich, im Beruf. Aber sie hat sich eingefügt, ihrem Mann den Rücken freigehalten. Paolo war schon immer ein Taugenichts. Ein hübscher Kerl, aber ohne Substanz. Und Edoardo ...»

«... ist Priester geworden. Wie du. Eigentlich sollte er dir am nächsten stehen.»

«Ich weiß, was du meinst, mein Freund. Aber so ist es nicht gekommen.»

«Warum nicht?», fragte Petrus.

«Edoardo ist jemand, der genau weiß, was Gut und Böse

ist. Er kennt keine Zweifel. Immer nur Schwarz oder Weiß – aber niemals Grau.»

«Und du ... du bist ein Zweifler?»

«Ich bin neugierig auf die Welt. Ich suche nach Antworten. Edoardo muss nicht nach Antworten suchen, er kennt sie schon. Als Jugendlicher war er noch anders. Er hat diskutiert, stundenlang. Mit seinen Freunden, vor allem mit Giulia. Aber auch mit mir. Es war ein Ringen mit sich selbst. Und irgendwann, ganz plötzlich, musste er nicht mehr suchen. Er wusste alles.»

«Weil es die Kirche so lehrte.»

«Weil *er* die Lehren der Kirche so zurechtgestutzt hat, bis sie ganz einfach zu sein schienen. So machen es alle Fanatiker. Aber zum Glauben gehört der Zweifel, nicht wahr, mein Freund? Wer nicht mehr zweifelt, der glaubt auch nicht – denn er weiß. Aber Wissen ist kein Glaube.»

«Du magst ihn nicht.»

«Er ist mir nicht geheuer.»

«Wäre er in der Lage, einen Mord zu begehen?»

«Ich weiß es nicht. Wer kann das schon mit Sicherheit von einem anderen Menschen sagen?»

«Also fehlt ein Motiv. Auch hier.»

«Es scheint so.»

«Bleibt Alfredo.»

Federico lachte. «Ich kenne keinen Menschen, der weniger zu einem Mord in der Lage wäre als er.»

«So etwas Ähnliches hast du heute schon einmal gesagt. Über Rosalia.»

«Du kennst einige Geschichten aus meinem Leben, die nicht jeder kennt.» Federico schob mit der Hand ein paar Kieselsteine am Brunnenrand zur Seite. «Diese hier habe ich dir nie erzählt. Und ich möchte dich bitten, sie für dich zu behalten. Die Geschichte handelt von einem Jungen aus bestem römischen Hause. Langer Stammbaum, alter Adel. Er war begabt, besuchte die besten Schulen, sollte in der Gesellschaft seinen Platz einnehmen. Dann starb seine Mutter, völlig überraschend. Ein tragischer Unfall. Er hatte seine Mutter sehr geliebt, sie war eine wunderschöne und warmherzige Frau gewesen. Daran zerbrach er. Er war ein künstlerisch begabtes, sensibles Kind, neigte zu Grübelei und Selbstzweifeln. Nach der Schule ging er aufs Konservatorium, studierte Klavier. Dann brach er ab, studierte Philosophie, brach wieder ab, fing an zu reisen. Indien, Nepal. Es waren die siebziger Jahre, eine wilde Zeit. Er nahm Drogen, aber in Maßen. Er meditierte. Er suchte nach etwas, wusste aber nicht, was es war. Vermutlich … sein inneres Gleichgewicht. Seinen Seelenfrieden.»

«Und? Hat er ihn gefunden?»

«Er kam nicht mehr zurück aus Indien. Man ließ ihn suchen. In einem Ashram, bei einem verrückten Yogi, verlor sich seine Spur. Er sei in den Himalaya aufgebrochen, hieß es. Irgendwann wurde er für tot erklärt.»

«Aber er ist nicht tot.»

«Ich hatte mich gerade erst von der Kurie zurückgezogen und war in dieses Schloss gezogen, als er eines Nachts hier auftauchte. Ich habe ihn nicht gleich erkannt. Wir hatten uns, bevor er verschwand, sehr nahegestanden. Darum hat er mich aufgesucht. Er fragte mich, ob er für einige Tage bei mir wohnen könnte. Aus Tagen wurden Wochen, dann Monate. Er machte sich nützlich, vor allem im Garten. Irgendwann zog er in das Gärtnerhaus und blieb.»

«Aber die bessere Gesellschaft Roms war hier bei dir zu Gast. Hat ihn niemand erkannt?»

«Niemand. Er hatte sich den zotteligen Bart wachsen lassen, den er heute noch trägt. Er war hager geworden, runzliger. Er hatte sich zu Fuß von Indien nach Europa durchgeschlagen, in größter Armut. Das zehrt aus – und hinterlässt Spuren im Gesicht.»

«Ich habe ihn nur von Ferne gesehen. Er wirkte auf mich …»

«… zufrieden. Ausgeglichen. Das, was er weder bei den Yogis noch bei den Drogen gefunden hat, fand er hier. In meinem Park. Ein merkwürdiger Scherz des Schicksals.»

«Also gibt es niemanden», sagte Petrus, «dem du diesen Mordversuch zutraust.»

«Zumindest niemanden, der sich aufdrängt», sagte Federico. «Alfredo und Rosalia können wir ausschließen. Und die anderen drei? Die haben eigentlich keinen Grund, nicht wahr?»

«Wenn du meinst …»

«Aber die entscheidende Frage ist ja auch nicht, wer es war», sagte Federico. «Die entscheidende Frage ist, ob es einen zweiten Versuch geben wird. Möglicherweise einen erfolgreichen Versuch. Wir wussten beide, dass mein Plan … etwas ungewöhnlich ist. Ich hatte hysterische Anfälle irgendwelcher Tanten eingeplant. Wütende Kritik einiger eitler Onkel, die sich übergangen fühlen. Ich hatte eingeplant, dass Giulia wütend ablehnt – in diesem Fall würde das Geld eben einem guten Zweck zugeführt werden. Aber ich hatte nicht eingeplant, dass jemand versuchen würde, Giulia zu töten. Darum frage ich dich jetzt, Petrus: Kannst du für ihre Sicherheit garantieren? Kannst du mir versprechen, dass dieses Spiel gut enden wird?»

«Die Frage stellt sich nicht mehr», sagte Petrus. «Du hast dieses Spiel begonnen. Du kannst es nur noch beenden, indem du Giulia wieder enterbst. Solange du an deinem Plan festhältst, musst du akzeptieren, was sie tut. Und glaube mir, alter Freund: Sie ist wild entschlossen, zunächst den Täter zu finden.»

«Ich bin dir dankbar, dass du zurückgekommen bist aufs Schloss. Castel Gandolfo ist zwar nicht weit entfernt, aber doch zu weit, um auf Giulia aufzupassen.»

«Und nicht zu vergessen Francesco. Ihr Verlobter», ergänzte Petrus.

«Ein Mönch ...»

«Ein ehemaliger Mönch. Jemand, dem sie vertraut. Jemand, dem *ich* vertraue. Jemand, der schon viele gefährliche Situationen überstanden hat.» Petrus trank sein Glas leer. «Fasse dich, Federico. Denke nach. Jeder Hinweis auf ein Motiv ist wertvoll. Und nimm es mir nicht übel, wenn ich dir noch einen guten Rat gebe ...»

Federico wirkte jetzt sehr müde. «Welchen Rat?»

«Denke vor allem über die Verdächtigen nach, die über jeden Zweifel erhaben sind – aus deiner Sicht.»

*

Rebecca hatte, wie immer, den Ehrgeiz, perfekt zu sein.

«Ich habe dir schon ein paar To-do-Listen für die Hochzeit ausgedruckt. Schließlich haben wir keine Zeit.»

Für einen kurzen Augenblick empfand Giulia so etwas wie Scham. Sie ermittelte gegen ihre Freunde aus Kindertagen. Sie unterstellte ihnen, zu einem Mord fähig zu sein. Paolo, Edoardo. Und Rebecca. Ausgerechnet der braven, perfekten, tugendhaften Rebecca.

«Danke. Das ist lieb von dir.»

Rebecca legte eine cremefarbene Mappe auf das Tischchen in der Bibliothek. Drumherum hatte sie locker ein Band aus Spitze und Chiffon gewickelt. Dann ließ sie sich in einen der Sessel sinken. Sie trug ein lindgrünes Kostüm an diesem Morgen, völlig knitterfrei – der Rock endete exakt eine Handbreit unter dem Knie. Die Haare hatte sie zu einem lockeren Dutt aufgesteckt, sodass die kleinen Perlenohrringe gut zur Geltung kamen. Ein schmales goldenes Armband und eine ebenso schmale Uhr von Cartier komplettierten den Look.

Giulia warf sich auf das Sofa gegenüber. Ihre Locken standen wild nach allen Richtungen vom Kopf ab. Zu einer Frisur hatte sie sich um acht Uhr früh noch nicht durchringen können. Und ihr helles Sommerkleid hatte sie gerade frisch aus dem Koffer gezogen – genau so sah es auch aus.

«Oh, Becca, du siehst umwerfend aus.»

«Ach, ich hatte heute Morgen gar keine Zeit, mich fertig zu machen. Alessio ist schon so früh aufgewacht, und Adorata wollte unbedingt noch vor dem Frühstück schwimmen gehen. Dann musste ich noch Gustavos Handgepäck zusammensuchen – er ist für eine Woche geschäftlich in London. Das frühe Aufstehen habe ich gleich dazu genutzt, einige Telefonate mit der Malerfirma und dem Dekorateur zu führen. Wir haben ja gerade die Handwerker im Ferienhaus. Ich habe mit den Kindern zusammen gefrühstückt, Rosalia noch etwas bei der Vorbereitung zum Mittagessen unterstützt und zwei Päckchen für Freundinnen zum Geburtstag fertig gemacht. Wenigstens hatte ich noch kurz Zeit, eine kleine Exceltabelle zu deinen Hochzeitsvorbereitungen anzulegen.»

Es war unfassbar frustrierend, fand Giulia. «Ich bräuchte jetzt erst einmal einen *caffè* …», sagte sie matt.

Rebecca lächelte.

Ein leichtes, unbestimmtes Lächeln, das Giulia nicht ganz einordnen konnte.

«Warte kurz, ich hole mir einen», sagte sie schnell.

Barfuß lief Giulia durch das Treppenhaus und den Salon auf die Terrasse. In der Ferne sah sie ihre Eltern am Swimmingpool.

«Huhu, Giulia-Antonia …» Ihre Mutter, mit einem wagenradgroßen Hut auf dem Kopf und einer enormen Sonnenbrille vor den Augen, winkte ihr zu.

«Hast du gut geschlafen, Engelchen, so kurz vor deinem großen Tag? Wir müssen noch den Termin wegen des Hochzeitskleids besprechen, Herzchen», rief sie über alle Köpfe hinweg.

Das fehlte gerade noch, dachte Giulia. Sie und ihre Mutter gemeinsam in einem Brautmodenladen. Sie fragte sich, wer eher verrückt werden wurde: die Verkäuferinnen oder die Braut. Emerenziana Santini neigte zum großen Auftritt, zur grellen Inszenierung. Giulia liebte ihre *mamma* und bewunderte ihren Mut zu gewagten modischen Experimenten. Aber sie ertrug Emerenzianas Standesdünkel nur kurzzeitig und flüchtete sich, wann immer es ging, zu ihrem Vater. Sie würde, wie es sich für eine Tochter gehörte, ihre *mamma* in alle Hochzeitsvorbereitungen einbeziehen – und die wirklich wichtigen Fragen mit Rebecca und Eugenia klären. Rebecca war ein Organisationsgenie – und Eugenia war ihr Schutzengel.

Konzentriert widmete sie sich der Kaffeemaschine. Weder Alfredo noch Rosalia waren zu sehen. Sie bereitete einen Espresso zu, schnappte sich zwei Croissants, legte sie auf einen Teller und verschwand wieder im Haus.

«Möchtest du?» Sie hielt Rebecca einladend den Teller hin.

«Danke dir, aber morgens nehme ich immer nur meinen Ayurveda-Tee. Außerdem verzichte ich gerade auf Zucker und Weißmehl. Das tut mir unglaublich gut.»

Giulia sah, dass Rebecca inzwischen einen kleinen Laptop aufgeklappt hatte und eifrig die Spalten einer Exceltabelle füllte.

«Ich habe jetzt schon einiges eingetragen, aber du hast wahrscheinlich noch viel mehr Wünsche. Bei der Auswahl habe ich mich ein bisschen an meiner eigenen Hochzeit orientiert.»

Giulia blickte ihr über die Schultern.

Die Liste war voll. Trotzdem wirkte Rebecca unzufrieden.

«Das ist jetzt womöglich ein bisschen unübersichtlich. Ich hatte meine eigene Planung natürlich auf mehrere Listen aufgeteilt: zwölf bis sechs Monate vor der Hochzeit, sechs bis vier Monate vor der Hochzeit etc. Aber wir haben nur eine einzige Woche Zeit, genauer gesagt nur noch fünf Tage. Ich weiß gar nicht, wie das alles gehen soll. Vieles können wir nicht mehr perfekt hinbekommen.»

Sie sah ein bisschen mutlos aus, fand Giulia.

«Nun ja, vieles erübrigt sich auch. Das Hochzeitsdatum ist vorgegeben. Den Pfarrer müssen wir nicht mehr anfragen – Papst Petrus hat sich schon bereit erklärt. Die Location dürfte auch klar sein. Und die Familie musst du nicht extra einladen, die ist sowieso schon vor Ort. Möchtest du noch eine Hochzeitsplanerin beauftragen?»

Giulia sah ihre Cousine verwirrt an.

«Wieso Hochzeitsplanerin?»

«Giulietta, sieh mich nicht so schafig an. Normalerweise legt man die Gestaltung einer Hochzeit in die vertrauensvollen Hände einer professionellen Hochzeitsplanerin. Jedenfalls in unseren Kreisen. Ich kenne auch zwei, drei hervorragende Adressen. Allerdings sind die Damen natürlich über Jahre im Voraus ausgebucht …»

«Könnte nicht Tante Eugenia …?»

«Mit unserer Tante habe ich mich bereits unterhalten. Ihr Kommentar: ‹Ich kümmere mich um alles, was Spaß macht, Herzchen. Also Geschenke, Champagner, Torte, Brautkleid.›»

«Na, vielen Dank, für das Kleid fühlt sich auch schon meine Mutter zuständig.»

«Der ganze Rest …»

«Welcher Rest denn?»

«Nun ja – Fotografen, Gästeliste, Einladungen, Zeremonienmeister, Tischordnung, Tischdeko, Blumenschmuck, Trauringe, Haare, Make-up. Trauzeugen, Brautjungfern, Tischreden, Musikbegleitung und Tanzmusik, Catering und Kuchen fürs Buffet, Cocktailempfang, Menü, Weine, Speisekarten … Du bist ja ganz blass. Vielleicht solltest du erst einmal deinen *caffè* trinken …»

«Wir müssen es ja nicht gleich übertreiben. Eigentlich dachte ich an einen eher kleinen, familiären Rahmen …»

«Mach dich nicht lächerlich, Giulietta. Du bist eine Contessa und durch deine Stellung im Vatikan eine der bekanntesten Frauen in ganz Rom. Du wirst durch diese Hochzeit unermesslich reich werden und nach der Heirat eine exponierte gesellschaftliche Stellung einnehmen. Deine Kinder werden später einmal …»

«Hör auf, Becca, bitte, hör auf. Ich möchte, dass nur der engste Familienkreis eingeladen wird und die Öffentlichkeit erst einmal nichts erfährt. Ich möchte alles so klein und intim wie möglich halten. Ich würde mich außerdem freuen, wenn du die Planung übernehmen könntest. Und … und wenn du meine Trauzeugin werden würdest.»

Für einen kurzen Augenblick hatte sie das Gefühl, dass Rebecca sich freute. Doch dann setzte ihre Cousine wieder einen geschäftlich-neutralen Gesichtsausdruck auf.

«Gerne. Die Familie muss schließlich zusammenhalten.»

«Ich bin mir sicher, dass du genau die Richtige dafür bist», legte Giulia nach. «Schon als Kinder waren unsere Rollen ja so verteilt: ich die verträumte Chaotin, du die zielgerichtete, perfekte Vorzeigetochter.»

«Du meinst wohl: Du warst die intellektuelle, vor Esprit sprühende, superintelligente Lieblingsnichte, die sofort Karriere machte.» Rebecca klang scharf, ihre Gesichtszüge wurden spitz.

Überrascht sah Giulia sie an. «Hey, das stimmt ja überhaupt nicht. Du wurdest mir immer als das leuchtende Vorbild hingehalten: deine Kleidung, dein Auftreten, dein Stilbewusstsein, deine Kinder, deine perfekte Ehe mit deinem perfekten Mann. Ich bin Mitte dreißig, immer noch nicht verheiratet, Pressesprecherin des Papstes, und ich heirate obendrein einen ehemaligen Mönch, was wahrscheinlich zu einem heftigen Skandal führen wird.»

«Nimm dich doch nicht immer so wichtig, Giulia-Antonia! Wie aufregend: Milliardärshochzeit und auch noch ein Skandal! Hast du dir eigentlich schon einmal überlegt, dass es tatsächlich Leute gibt, die einfach so vor sich hin leben, die versuchen, eine gute Gastgeberin, Mutter, Ehefrau zu sein? Ohne großes Aufhebens und Skandal? Die ihren Alltag und ihren Haushalt organisieren, ganz ohne Schlagzeilen? Und dafür am Ende nicht den Hauptgewinn ziehen?»

«Becca, ich wusste gar nicht …» Giulia war ehrlich entsetzt über den Gefühlsausbruch ihrer Cousine. Aber binnen Sekunden wirkte Rebeccas Miene wieder so glatt und gleichgültig wie zuvor.

«Nun, das tut hier alles nichts zur Sache, Liebes. Ich kümmere mich jetzt mal um die wichtigsten Dinge.»

Sie stand auf.

«Wenn du noch etwas brauchst, sprich mich einfach an,

ich bin gleich wieder auf meinem Zimmer. Doch jetzt entschuldige mich: Ich habe Alessio versprochen, mit ihm kurz runter zu den alten Kutschen zu gehen.»

*

Es klopfte.

«Schwester Immaculata?»

«Bitte?»

«Der Heilige Vater möchte Sie sprechen.» Die Stimme ihrer Mitschwester klang aufgeregt.

«Er möge unten an der Pforte warten», antwortete Immaculata hoheitsvoll. «Ich möchte zunächst meine Gebete beenden.»

«Er steht aber schon vor deiner Tür», sagte Petrus gereizt.

«Dann wird er dort noch einen kleinen Augenblick stehen bleiben.» Immaculata war entschlossen, ihrer Mitschwester, die draußen, neben Petrus, vor der Tür ihrer Zelle wartete, die Macht der päpstlichen Haushälterin klar vor Augen zu führen. Das würde ihre Autorität und damit ihre Chancen bei der Wahl deutlich erhöhen.

Sie murmelte Gebetsworte, während sie rasch die Wärmflasche unter die Bettdecke schob, die flauschigen Handtücher im Koffer verschwinden ließ und den Teppich zusammenrollte, der auf den kalten Fliesen lag. Mit einem Fußtritt beförderte sie ihn unter das Bettgestell. Auf dem Bücherbord schob sie die Taschenbücher *Macchiavelli für Manager* und *Führung heute: Klare Kante statt langer Leine* nach hinten und rückte die Bände *Blutzeuginnen Christi* und *Lehren der Mystikerinnen* nach vorne.

«Herein!»

Petrus trat ein. Immaculata kniete vor dem Gebetspult und leierte die letzten Worte des Glaubensbekenntnisses herunter.

«Amen!», sagte Petrus, als sie geendet hatte und aufgestanden war. «Darf ich mich setzen?»

«Bitte. Ich werde stehen bleiben. Bequemlichkeit ist aller Laster Anfang.»

Er nahm auf der Bettkante Platz. Immaculata stand stocksteif da, ließ einen Rosenkranz durch ihre Finger gleiten und beäugte misstrauisch den Heiligen Vater, der sich in gefährlicher Nähe zu ihrer Wärmflasche niedergelassen hatte.

«Ich freue mich, Sie in meiner einfachen Klause begrüßen zu dürfen», sagte Immaculata steif. «Möge Sie Ihnen als Anregung dienen für ein einfaches, gottgefälliges Leben.»

Petrus verdrängte alles, was er gerne gesagt hätte, und setzte sein Sonntagspredigtgesicht auf, umstrahlt von Milde und Freundlichkeit.

«Es hat mich bewegt, liebe Immaculata, was du kürzlich über Giulia und Francesco gesagt hast. Ich hatte damit gerechnet, dass du den Padre verurteilen wirst. Aber du hast Verständnis gezeigt für ihre Liebe.»

«*Gott ist die Liebe*», sagte Immaculata feierlich. «So steht es in der Schrift. Warum sollte ich kein Verständnis zeigen für Giulia und Francesco? Was Gott verbinden will, das soll der Mensch nicht trennen.»

«Aber möglicherweise gibt es jemanden, der diese Liebe trennen will.»

«Ach!»

«Giulia hat einen Cousin, der in kirchlichen Dingen … etwas altmodische Auffassungen vertritt. Auffassungen, die du, liebe Immaculata, längst überwunden hast. Für diesen Cousin bedeutet es vermutlich einen ungeheuren Skandal, wenn Giulia einen ehemaligen Priester heiratet – Dispens hin oder her. Er sieht die Ehre seiner Familie beschmutzt, die Ehre des Priesterstands, die Ehre der Kirche. Er wird alles daransetzen, diese Ehe zu verhindern. Es könnte sogar sein, dass er versuchen wird, diese Verbindung mit Gewalt zu verhindern.»

«Sie sprechen von ... Edoardo Santini?»

«Richtig. Wir sind uns einig, liebe Immaculata, dass er sich irrt, nicht wahr? Dass es ein Frevel wäre, würde er versuchen, eine Liebe zu verhindern, die Gott gefügt hat.»

Immaculata zögerte nur einen Moment, dann nickte sie entschlossen.

«Leider wissen wir nicht genau, was er plant», sagte Petrus. «Wir wissen noch nicht einmal, ob er die Heirat wirklich ablehnt. Außerdem ...»

«Ja?»

«Giulia hatte kürzlich einen kleinen Unfall.»

«Am Pool. Ich habe zufällig davon gehört.»

«Wie sollte dir auch etwas verborgen bleiben, liebe Immaculata? Jedenfalls war er bei diesem Unfall in der Nähe. Und es ist nicht auszuschließen, dass er etwas damit zu tun hatte.»

«Dann muss man diesem Verdacht nachgehen!», zischte Immaculata.

«So ist es. Ich befürchte allerdings, dass Edoardo mir gegenüber nicht sehr offen sein wird. Vermutlich vertraut er nur Menschen, die ebenfalls etwas konservativere Ansichten vertreten.»

«An wen dachten Sie?», fragte Immaculata misstrauisch.

«Offen gesagt: an dich.» Petrus lächelte huldvoll. «Natürlich ist mir bekannt, dass du inzwischen dem liberalen Lager angehörst. Aber das weiß noch niemand – außer mir. Vielleicht könntest du noch einmal in deine alte Haut schlüpfen und eine reaktionäre, erzkonservative, mittelalterliche Immaculata spielen? Nur zum Schein, natürlich. Es wäre ein großes Opfer, ich weiß. Aber so könntest du das Vertrauen von Edoardo gewinnen. Wir würden erfahren, was er plant. Und wir könnten Giulias Leben retten. Falls er tatsächlich zum Äußersten bereit ist.»

«Heiliger Vater!» Immaculata richtete sich auf. «Sagen Sie der Contessa, dass sie auf mich zählen kann. Ich bin zu jedem Opfer bereit, um diese Liebe zu retten. Sie ist Gottes Wille – und ich bin seine Dienerin. Ich werde in die Schlacht ziehen – als Kreuzritterin der Liebe!»

*

Giulia saß in der Bibliothek und kämpfte sich durch Rebeccas Listen. Sie hatte nach der hochzeitserfahrenen Eugenia gesucht, um diesen Wahnsinn zu ordnen – aber ihre Lieblingstante war außer Haus.

«Trauringe», stand da. Daneben: «Kissen für die Trauringe.»

«Identische Einstecktücher beziehungsweise Blumengesteck für die Trauzeugen.»

«Süßigkeiten für die Blumenkinder zur Belohnung.»

Sie war froh, dass sie schon einen Bräutigam hatte – zu den Trauringen hatten sie sich noch überhaupt keine Gedanken gemacht. Der reinste Irrwitz, eine Hochzeit zu organisieren, die nie stattfinden würde. Aber am Ende winkte als Belohnung der Täter.

Der Mensch, der versucht hatte, sie zu töten.

Über das ganze Tamtam, das mit einer solchen Riesenfeier verbunden war, hatte sie sich in ihrem Leben noch nie Gedanken gemacht. Wenn sie einmal *richtig* heiraten würde, dann wahrscheinlich nur im allerkleinsten Kreis. In einem ganz schlichten weißen Kleid, mit vielen Blumen … Aber nachdem eine richtige Hochzeit nur mit einem *falschen*

Bräutigam in Frage kam, konnte sie sich diese Gedanken gleich schenken.

Sie klappte die Mappe wieder zu.

Das alles überforderte sie. Sie musste eine Hochzeit organisieren in nur einer Woche, obwohl sie gar nicht heiraten *wollte*. Und sie sich einen Mann ausgesucht hatte, den sie gar nicht heiraten *konnte*. Sie fühlte sich leicht schwindelig. Waren das immer noch Nachwirkungen des mysteriösen Betäubungsmittels? Wieder spürte sie für einen Augenblick eine große Wut in sich aufsteigen. Nein, sie musste den Überblick behalten. Sie musste das Spiel spielen.

Sie musste die Spielregeln festlegen.

Am besten, sie ging jetzt zu Rebecca, um die nächsten Schritte (Brautkleid? Friseurtermin? Fotograf?) zu besprechen. Und dann arbeitete sie nach und nach den Hochzeitsplan ab. Und hielt dabei die Augen auf. Hoffentlich war Rebecca nicht mehr beleidigt. Vorhin hatte sie merkwürdig reagiert, als sie ihren Perfektionismus erwähnte – was doch eigentlich als Kompliment gedacht war.

Mit der Mappe unter dem Arm stieg Giulia nach oben. Rebecca bewohnte mit ihrer Familie eine ganze Suite von Räumen im zweiten Stock. Auch Giulia hatte dort ihr Zimmer – aber im anderen Flügel.

Sie lief den Gang entlang, vorbei an spätbarocken Wandgemälden, die alle Details aus der Landschaft der Castelli Romani zeigten: das idyllisch gelegene Rocca di Papa, das sich wie der Turm zu Babel den Hügel hinaufschraubte. Daneben Castel Gandolfo mit Blick über den Albaner See. In der Mitte hing natürlich der Familiensitz der Santinis, riesig am Rand des spielzeugkleinen Dorfes. Dann die weitläufige Klosteranlage von Grottaferrata. Und daneben der geheimnisvolle dunkle Nemisee, an dessen Ufern zu römischer Zeit angeblich ein Liebesheiligtum zu Ehren der Göttin Diana gestanden hatte.

Giulia zögerte kurz, zählte zur Sicherheit noch einmal die Türen ab und klopfte dann an. Keine Antwort. Sie legte das Ohr ans Türblatt und lauschte. Keine Kinderstimmen, keinerlei Geräusch. Sie klopfte noch einmal, dann trat sie ein.

Im Zimmer war es dämmrig, die schweren hölzernen Fensterläden waren zugeklappt. Zwei kleine weiß lackierte Betten standen unter den Fenstern, bezogen mit flauschigen hellblauen Decken. In der Ecke ein drittes, mit rosafarbenen geblümten Kissen und einem kleinen Himmel darüber. Zwischen den beiden Betten ein halbhohes Regal mit Kinderbüchern, sorgfältig aufgereiht und offensichtlich nach Farben sortiert. Alle Bände sahen aus wie neu.

In einer anderen Ecke konnte Giulia ein kunstvoll gefertigtes hölzernes Schaukelpferd erkennen und einen Kindertisch mit vier Stühlchen, gedeckt mit dem zierlichen Puppenporzellangeschirr, an das sie sich aus ihrer eigenen Kinderzeit noch dunkel erinnerte.

Hier sah es nicht nach einer Ferienwohnung aus, sondern so, als wäre Rebecca gerade eben noch mit einem Designer durchgegangen. Den ganzen Raum hätte man sofort auf Instagram posten können.

Sie öffnete die Flügeltür zum Salon. Rebecca hatte offensichtlich alle halbwegs ansehnlichen antiken Möbel aus dem Schloss zusammengesammelt und hier kunstvoll arrangiert. Ein zierliches Biedermeiersofa mit seidenbezogenen Höckerchen, eine Vitrine mit feinem Porzellan. Ein verschnörkelter Sekretär mit Intarsienarbeiten, auf dem Rebeccas Laptop lag.

Giulia durchquerte den Raum und blinzelte kurz in das

Schlafzimmer, das ebenfalls im Dämmerlicht lag. Sie entdeckte zwei massive Betten mit tadellos straff gezogenen Laken, die Umrisse eines großen Kleiderschranks und den Spiegel einer Frisierkommode. Auch hier Fehlanzeige, offensichtlich störte sie Rebecca nicht beim Mittagsschlaf ... Sie drehte sich um, als ihr Blick noch einmal auf den Laptop fiel. Eigentlich benötigte sie ja nur die Liste mit dem genauen Zeitplan. Würde Becca etwas dagegen haben, wenn sie noch einmal nachsah? Vermutlich nicht. Sie hatten nie Geheimnisse voreinander gehabt. Zumindest früher, als Kinder, hatten sie alles geteilt, Puppen und Muscheln, Märchenbücher und Bonbons. Später würde sie es ihr sagen.

Der Bildschirm war hochgeklappt. Giulia drückte eine Taste und sofort flammte das Licht auf. Die Schreibtischoberfläche war mindestens so aufgeräumt wie der Rest der Zimmerflucht, die Ordner waren feinsäuberlich beschriftet und alphabetisch geordnet: von *Dekorationsideen* über *Geschenke Freunde*, *Familienurlaube* bis hin zu *Zuckerfreie Ernährung*. Dann entdeckte sie den Ordner *Giulia*. Sie betätigte die Maustaste und sofort klappten mehrere Exceltabellen auf. Sie überflog die Bezeichnungen: *Catering*, *Gästeliste*, *Sitzordnung* und stieß endlich auf das Dokument *Tabellarischer Organisationsplan*. Bevor sie darauf drücken konnte, fiel ihr ein weiterer Ordner auf, weiter unten auf der Bildschirmoberfläche. Auch dieser hieß *Giulia*.

Sie öffnete ihn. Er war ebenfalls unterteilt in Rubriken wie *Porträts*, *Interviews*, *Zeitungsartikel*. Sie klickte auf *Klatsch* und scrollte durch uralte Fotos. Bilder, die sie auf einer Cocktailparty mit ihrem ehemaligen Verlobten Nicolas de Montvert zeigten oder im knappen Bikini am Pool in einer britischen Lifestylezeitschrift. Auf anderen war sie zu sehen an der Seite von Papst Petrus in Castel Gandolfo. Sogar ein

Paparazzifoto war darunter: sie mit Tante Eugenia an Bord einer Riva vor einer sehr blauen Amalfiküste.

Giulia ließ sich auf den zierlichen Sekretärstuhl sinken.

Becca musste alle diese Artikel und Fotos aus dem Internet gezogen haben. Einige Überschriften und Sätze waren rot hervorgehoben. Wie: «Die Contessa zeigt Beinfreiheit im Vatikan», «mit ihrer unkonventionellen und offenen Art wirbelt sie den Klerus durcheinander», «Glaube in seiner schönsten Form», «wilde Lockenpracht», «doppelt promovierte Kunsthistorikerin und Philosophin» ... Was sollte das?

Ihr ganzes Leben steckte in diesem Ordner, auch Dinge, die sie selbst vergessen, eher noch verdrängt hatte. Warum schnüffelte ihre Cousine derart intensiv hinter ihr her? Was wollte sie mit all diesen Schnipseln aus ihrem Leben?

Giulia stand auf und fühlte sich, als würde sie sofort wieder in Ohnmacht fallen. Sie wartete auf die Dunkelheit. Aber sie kam nicht.

*

«Was haben Sie herausgefunden?»

«Nichts.» Eugenia sprach leise und schirmte das Smartphone mit der Hand ab. «Dieses Gästehaus birgt keine Geheimnisse. Und dieser Orden vermutlich auch nicht.»

«Sie sollten auf Schwester Rosalia achten.»

«Sie kommt täglich vorbei, macht einen Rundgang durchs Haus und geht dann in das Büro. Unten im Erdgeschoss. Ich gehe ihr aus dem Weg, weil sie mich erkennen könnte, trotz Witwenschleier.

«Haben Sie die Nonnen befragt? Gespräche geführt? Kontakte geknüpft?»

«Das ist nicht so einfach. Die meiste Zeit wird hier geschwiegen.»

«Was die Ermittlungen erschwert, Ihnen aber gut bekommen dürfte, liebe Eugenia.»

In diesem Augenblick klopfte es.

Eugenia drückte das Gespräch weg, schob das Smartphone unter ihre Bettdecke und rückte den Witwenschleier zurecht.»

«Herein!»

Restituta stand in der Tür. «Darf ich eintreten?»

«Selbstverständlich, Schwester.»

Restituta setzte sich, in Ermangelung anderer Möbel, neben Eugenia auf die Bettkante. «Ich war früher Äbtissin in diesem Orden», begann sie. «Von 1947 bis 1982. Jetzt, im Alter, trete ich etwas kürzer. Und mache mir das Leben etwas schöner.»

«Das haben Sie sich zweifellos verdient», sagte Eugenia und fragte sich, worauf Restituta abzielte.

«Ich habe kaum mehr Aufgaben im Orden», sagte Restituta. «Bis auf die Betreuung der Gäste. Die geistliche Betreuung, meine ich. Darum habe ich gerne ein Auge auf unsere Gäste.»

Durch den schwarzen Witwenschleier konnte Eugenia ihren Gesichtsausdruck nicht genau erkennen, glaubte aber, einen eigentümlichen Unterton herausgehört zu haben.

«Um es kurz zu machen: Gestern stand ich am Fenster. Ich sah einen Mann, der durch den Wald aufs Haus zuschlich. Und ich sah, wie Sie ein Bündel zu ihrem Fenster hochzogen. Wollen Sie das leugnen?»

«Nachtwäsche», sagte Eugenia. «Und ein Bademantel. Mir ist manchmal etwas kühl, wissen Sie. Ich wollte das Haus nicht aufwecken. Darum habe ich …»

«Unsinn. In dem Bündel steckte ein Fresspaket. Wissen Sie, ich betreue unsere Gäste schon länger. Nahezu alle finden einen Weg, um Fresspakete ins Kloster zu schmuggeln. Und Sie sind dabei ungeheuer erfindungsreich.»

«Was ... was werden Sie nun tun?»

«Ich bin 102 Jahre alt. Ich war Äbtissin von 1947 bis 1982. Jetzt bin ich in einem Alter, in dem ich mir das Leben etwas schöner machen möchte.»

«Das sagten Sie bereits.»

«Es gibt zwei Möglichkeiten. Die eine Möglichkeit ist: Ich hole meine Mitschwester, die für Ordnung und Disziplin im Hause zuständig ist. Wir durchsuchen Ihr Zimmer. Und falls wir fündig werden, wird meine Mitschwester ... gewisse Maßnahmen ergreifen.»

«Wie heißt Ihre Mitschwester?»

«Immaculata. Sie kennen sie nicht.»

«Und ... die zweite Möglichkeit?»

«Wir teilen.»

«Wir teilen?»

«Ich bin jetzt in einem Alter, in dem ich mir das Leben etwas schöner machen möchte. Das sagte ich doch schon. *Du bereitest vor mir einen Tisch*, heißt es in einem Psalm. Warum sollte ich von diesem Tisch nicht essen? Ich bin bei bester Gesundheit. Und ich habe den Fraß in diesem Orden satt, meine Liebe. Also?»

«Es ist nicht mehr viel da, offen gestanden. Aber ich bekomme Nachschub. Und ich kann Bestellungen aufgeben.»

«Sie sind raffinierter als die bisherigen Gäste. Die meisten schmuggeln bei ihrer Ankunft ein riesiges Paket ins Haus. Und leiden, wenn es zur Neige geht. Was kann man denn bestellen?»

«Was immer Sie möchten.»

«Nur Dinge, die es hier im Dorf gibt – oder auch andere Leckereien?»

«Auch andere Leckereien. Tun Sie sich keinen Zwang an.»

Eugenia zog ihre Schreibmappe vom Bücherbord und schlug sie auf. Restituta war genau die Chance, auf die sie gehofft hatte – und Eugenia war entschlossen, sie zu nutzen.

«Also? Wonach sehnen Sie sich schon lange? Vielleicht ein Geschmack aus der Kindheit? Und, ganz wichtig: Vergessen Sie den Wein nicht! Denken Sie daran: Sie sind 102 Jahre alt. Sie haben es sich verdient. Und, wenn ich mir auch diese Bemerkung erlauben darf: So viele Chancen werden nicht mehr kommen in Ihrem Alter ...»

Die Äbtissin starrte sie an, verzichtete aber auf eine Zurechtweisung. Stattdessen erklärte sie: «Ich komme nicht aus dieser Gegend, müssen Sie wissen. Ich komme aus dem Norden. Ich war Haushälterin des Erzbischofs von Turin. Im Piemont.»

«Barolo. Ich verstehe.»

«Als ich jung war», sagte Restituta, «bevor ich Nonne wurde, habe ich in der Gastwirtschaft meiner Eltern geholfen. Es war eine einfache Osteria. Wir hatten sehr gute Weine. Nicht für uns, natürlich, sondern für die Gäste. Aber manchmal, wenn etwas übrig blieb ...»

«Ich werde sehen, was sich machen lässt», sagte Eugenia.

*

Sie musste nachdenken. Unbedingt. Alles drehte sich im Kreis.

Rebecca mit all ihren Dateien und Fotos.

Und dann das Abendessen mit Paolo, der sich ihr auf merkwürdige Weise entzogen hatte, elegant und charmant, ohne Angriffsflächen. Nur bei einem Thema hatte er, für einen kurzen, kaum merklichen Moment Emotionen gezeigt.

Bei Caligula.

Was hatte es mit dieser merkwürdigen Leidenschaft auf sich? Und was hatte das alles mit ihr zu tun? Sie hatte auf ihre gemeinsamen Ferien angespielt, auf die Sommer im Teepavillon, auf Paolos schräge Römerspiele.

Caligula.

Giulia tippte den Namen in ihr Smartphone, studierte die Trefferliste, rief eine Seite auf: *Caligula, römischer Kaiser, 12 bis 41 n. Chr., Kaiser von 37 bis 41 n. Chr.*

Also war er neunundzwanzig Jahre alt geworden und hatte nur vier Jahre lang regiert. Sie las die Stichworte:

Gewaltherrschaft.

Todesurteile.

Willkür.

Ermordung durch die Prätorianergarde.

Damnatio memoriae – Vernichtung des Andenkens.

Kein wirklich sympathischer Bursche, dachte Giulia und überflog den Artikel: Offenbar hatte Caligula, Mitglied der kaiserlichen Familie, eine schwierige Jugend. Er wuchs bei Soldaten auf, begleitete seinen Vater auf Feldzüge. Als er neunzehn war, starb sein Vater – vielleicht durch Gift. Dann kam es zu einer Kette von brutalen Morden: Ein Elitesoldat versuchte, die Kaiserfamilie nach und nach um die Ecke zu bringen – möglicherweise, um sich selbst zum Kaiser zu machen.

Morde.

In der kaiserlichen Familie.

Morde.

Familie.

Giulia blieb an den Begriffen hängen.

Sie versuchte, sich zu konzentrieren, und las weiter. Caligula, vorsichtig und schlau, überlebte die Attentate. Er gewann das Vertrauen des amtierenden Kaisers Tiberius und wurde sein Nachfolger. Warum liebte ihn Tiberius, der alte Kaiser? Weil sie gemeinsame Hobbys hatten? Folterspiele und Ausschweifungen jeder Art ... Oder waren dies nur Gerüchte, von den Nachfahren in die Welt gesetzt, um Caligulas Andenken zu beschädigen? Genauso wie die Berichte über den Inzest mit seiner Schwester?

Folterungen.

Ausschweifungen.

Inzest.

Die Worte formten sich zu einer Stimme in ihrem Kopf. Ganz leise.

Möglicherweise, sagte Giulia zu der Stimme in ihrem Unterbewusstsein, handelst du nicht anders als die Nachfahren des Caligula: Du setzt Gerüchte in die Welt. Du bauschst harmlose Ereignisse auf. Du legst falsche Spuren.

Möglicherweise tue ich das, antwortete die Stimme.

Möglicherweise aber auch nicht.

Giulia vertiefte sich in die nächsten Abschnitte: Bald nach seinem Machtantritt erkrankte Caligula schwer – und verwandelte sich danach, wie der antike Dichter Sueton schrieb, in ein Scheusal. Unter den römischen Senatoren wütete er furchtbar: Hinrichtungen, Verbannungen, erzwungene Selbstmorde. Überhaupt schien er Gewalt und Grausamkeit in jeder Spielart geliebt zu haben: blutige Zirkusspiele, Folterungen, Vergewaltigungen. Caligula war ein Sadist, dem Cäsarenwahn verfallen. Er wollte sogar sein Pferd zum Konsul krönen lassen. Er zwang adlige Frauen zur Prostitution. Die römische Oberschicht atmete auf, als er endlich starb, hingeschlachtet von den Prätorianern.

Grausamkeiten.

Folterungen.

Sadismus.

Das ist doch Irrsinn, sagte Giulia zu der Stimme in ihrem Unterbewusstsein.

Vielleicht. Vielleicht auch nicht.

Aber er ist mein Cousin, sagte Giulia zu der Stimme. Er war ein Jugendlicher. In einer wilden Clique. Es war ein heißer Sommer. Sie waren am Strand, auf den Dorfplätzen, in den Clubs. Sie haben zu viel getrunken; vielleicht haben sie auch etwas geraucht. Irgendwann genügte es ihnen nicht mehr, mit ihren Vespas über die Piazze zu brettern und zotige Lieder zu grölen. Also haben sie schräge Partys veranstaltet. Irgendjemand kam auf die Idee mit den Römern. Natürlich, es waren ja alles Knaben aus bestem Hause, alle besuchten sie ein humanistisches Gymnasium. Und einige ihrer Väter waren bestimmt davon überzeugt, dass sich der Stammbaum ihrer altehrwürdigen Familien bis zu Cäsar zurückverfolgen ließ. Ja, ein wenig Größenwahn und Narzissmus gehörte dazu bei Jungs aus diesen Kreisen. Also haben sie sich Togen gefertigt aus Bettlaken und Tischtüchern. Sie haben Lorbeerkränze geflochten und wüste Feste gefeiert. Am Strand. In den Wäldern. Verkleidet. Vielleicht waren auch Mädchen dabei. Ich jedenfalls nicht – und er hat mich auch nie dazu eingeladen.

So einfach willst du es dir machen? Wenn es nur um die Römer gegangen wäre, warum dann ausgerechnet Caligula?

Weil seine Vita schillernd klingt, sagte Giulia. Düster, exzentrisch, abgehoben. Und weil Jungs eben so sind, in diesem Alter.

Kann sein. Aber vielleicht gibt es ja auch noch eine andere Erklärung.

Ach ja?

Ich erzähle dir eine andere Geschichte, sagte die Stimme. *Sie handelt von der Langeweile eines endlosen Sommers, die sich* mit Strandpartys und Dorfmädchen und Peroni-Bierdosen nicht *mehr betäuben ließ. Die Hitze und der Alkohol benebelten die Sinne, betäubten die Vernunft. Am Anfang war es ein Kadaver am Strand, irgendein angespülter Fisch, der den Göttern geopfert wurde, umtanzt von betrunkenen Jungs. Sie krönten Paolo zum Kaiser, zerschnitten die Bierdosen, wanden daraus einen Lorbeerkranz. Sie forderten Spiele von ihrem Kaiser. Zirkusspiele. Grausame Spiele. Mit ihrem Cäsar an der Spitze brachten sie immer neue Opfer, blutige Opfer, damit der Sommer ewig währen und der Rausch nie enden würde. Und verloren die Kontrolle über ihr Spiel, irgendwo in den Wäldern, an den Rändern der Vulkankrater, in einer leeren Fabrikhalle. Und sie erwachten, als der Sommer zu Ende war, mit blutigen Händen und voller Schuld aus ihrer Trunkenheit.*

Könnte es nicht auch so gewesen sein?

Schluss jetzt! Giulias Anordnung war unmissverständlich.

Die Stimme schwieg, die Bilder verblassten, sanken zurück in die Tiefen ihres Unterbewusstseins.

Nur eine letzte Frage noch, sagte Giulia.

Ja?

Wer hat ihn auf die Idee mit Caligula gebracht? Warum er und nicht Cäsar, Augustus oder Marc Aurel?

Onkel Federico, sagte die Stimme wie aus weiter Ferne. Er hat euch Geschichten erzählt, erinnerst du dich? Jede Geschichte wurzelt in einer anderen Geschichte. Paolos Geschichte wurzelt in Federicos Geschichten. Frag doch ihn …

*

Vom Hinterausgang der Schlossküche gelangte man in einen kleinen, von einer Mauer umgebenen Küchengarten. Hier zog Rosalia – angeleitet von Alfredo – Salbei, Basilikum, Minze und Rosmarin, außerdem kleine, feste Tomaten,

Paprika, Artischocken, Romana- und Puntarellesalat. Es war still und windgeschützt, und selbst am späten Abend strahlten die Steine noch eine angenehme Wärme ab. In einer Ecke dieses *hortus conclusus* hatte Alfredo eine Laube aus wildem Wein angelegt. Vom höchsten Punkt hing – es ging auf Mitternacht zu – eine Laterne herunter und beschien einen Teller mit Antipasti.

«Ich habe uns eine kleine Stärkung zubereitet», sagte Petrus mit glänzender Laune. «Rosalia verbringt die Abende im Gästehaus. Bei ihren Mitschwestern. Also konnte ich mich ungestört in der Küche betätigen. Ein Vergnügen, das mir im Vatikan leider nicht vergönnt ist. Wie ihr wisst, habe ich früher als Gemeindepfarrer sehr gerne gekocht – für den ganzen Kirchenchor, wenn es sein musste. Nun, wir werden sehen, ob ich aus der Übung gekommen bin. Es gibt heute nur eine Kleinigkeit: Bruschette mit Knoblauch eingerieben, darauf Tomaten und frisches Basilikum. Außerdem habe ich mir erlaubt, ein paar dieser hervorragenden kleinen Artischocken zu ernten. Ich habe sie entstielt, entblättert und mit Minze, Salz und Petersilie gekocht. Frische Zitronen hat mir Francesco vorhin noch aus dem Park mitgebracht. Eine hervorragende Creme zum Weißbrot. Voilà! Außerdem habe ich noch Pecorino und diesen wirklich sehr guten Schinken im Kühlschrank gefunden.»

«Großartig!», sagte Giulia. «Und jetzt noch ein Glas Wein, dann erinnert dieser Horrortrip sogar entfernt an Urlaub. Ich werde mal in der Küche nachsehen …»

«Auch dafür ist gesorgt!» Petrus griff unter die Sitzbank und zog einen Korb hervor. Er verteilte Gläser, entkorkte den Frascati Spumante und goss ein.

«Ich halte es für wichtig, dass wir uns einmal am Tag sehen. Ungestört. Um unsere Erkenntnisse auszutauschen und die nächsten Schritte zu planen. Gleich zu Beginn möchte ich auf einen besonders erfreulichen Umstand hinweisen: Contessa Giulia lebt!»

«Ich habe einen großen Bogen um den Pool gemacht», sagte Giulia. «Außerdem werde ich aufs Autofahren verzichten.»

«Aufs Autofahren?», fragte Petrus.

«Bei der Fahrt von Castel Gandolfo hierher, Francesco saß neben mir, hatte ich fast einen Unfall. Ein Jeep hat mir die Vorfahrt genommen. Paolo fährt dieses Modell.»

«War es nur dieses Modell – oder Paolo?», fragte Petrus alarmiert.

«Ich bin mir … inzwischen nicht mehr sicher.» Giulia trank einen Schluck. «Langsam sehe ich überall Mörder. Aber es sind ja nur noch vier Tage. Spätestens am Samstag, dem Tag der Pseudohochzeit, ist alles vorbei. Dann verhaften wir den Täter, ich lehne offiziell das Erbe ab – und erhole mich in meiner Wohnung in Rom von diesem Wahnsinn.»

«Diese Antipasti sind jedenfalls nicht vergiftet», warf Francesco ein und bestrich sich eine Weißbrotscheibe mit Artischockencreme.

«Freut mich, dass es euch schmeckt. Da geht es euch besser als Eugenia. Ich habe sie im Gästehaus der Begoninnen einquartiert. Dort ist eine karge Kost üblich. Allerdings habe ich mir erlaubt, ihr den Aufenthalt etwas zu erleichtern.» Und Petrus berichtete kurz von Eugenias Recherchen.

«Ich bin gerührt», sagte Giulia. «Wer Eugenia kennt, der weiß, wie groß dieses Opfer ist.»

«Ich habe mich übrigens ein wenig mit Alfredo befasst», sagte Francesco. «Ein etwas brummiger und verschlossener Typ, der nicht will, dass man ihm zu nahe kommt. Ich habe versucht, ihn von meiner Begeisterung für das Gärtnern zu überzeugen, und werde in den nächsten Tagen öfter das Gespräch mit ihm suchen. Vielleicht kann ich ihn so erreichen.»

«Und du, Giulia?»

Giulia überlegte. Was hatte sie herausgefunden? Edoardo war ihr den ganzen Tag aus dem Weg gegangen. Cousine Rebecca sammelte Material über sie; ein ungewöhnliches, aber nicht kriminelles Verhalten. Und Paolo? Der war smart, freundlich und oberflächlich, wie immer. Sollte sie von seinem Caligulatick erzählen? Schon jetzt, bevor sie wusste, ob etwas dahintersteckte? Sicher, Petrus hatte klare Regeln festgelegt, kürzlich, beim *porchetta*-Essen: Niemand ermittelt auf eigene Faust, er allein koordiniert die Ermittlungen. Aber wäre es ein Verstoß gegen diese Regeln, jetzt erst einmal zu schweigen? Rebecca, Paolo und sie waren Freunde gewesen. War einer von ihnen der Täter? Nein, das erschien ihr unvorstellbar. Und die Sache mit dem Jeep ... sie konnte sich tatsächlich geirrt haben.

«Fehlanzeige», sagte sie dann. «Mit Edoardo konnte ich noch nicht sprechen, er ging mir aus dem Weg. Aber ich habe mich mit Rebecca und Paolo unterhalten. Smalltalk. Rebecca will mir bei den Hochzeitsvorbereitungen helfen. Vielleicht ergibt sich daraus eine Spur.»

Petrus drehte nachdenklich das Weinglas zwischen seinen Fingern.

Sie wich seinem Blick aus.

*

«Was wollen wir eigentlich verändern am Schloss?», fragte Giulia.

«Verändern?»

«In einer Woche sind wir verheiratet. Und irgendwann gehört das Schloss uns.»

177

Sie saßen auf einer Bank am Waldrand, jenseits der großen Wiese. Weit vor ihnen leuchtete das Schloss im Mondlicht. Giulia hatte nach dem Gespräch bei Petrus eine Flasche Frascati aus der Schlossküche geholt und Francesco zu einem Spaziergang aufgefordert. Mit der Begründung, dass sie ihre Rolle als Verlobte überzeugend spielen müssten. Weshalb romantische Nachtspaziergänge unbedingt notwendig seien.

«Ich glaube, wir werden in die Zimmer Richtung Osten ziehen – was meinst du?» Giulia deutete auf einen Seitenflügel. «Ich mag es, wenn morgens die Sonne aufs Bett scheint. Aber die Räume brauchen neue Tapeten. Heller, wärmer. Und die schweren Samtvorhänge fliegen raus.»

«Wir spielen doch nur Theater, Giulia.»

«Aber die Aufführung gelingt nur, wenn du sie ernst nimmst. Also gib dir ein wenig Mühe und denke darüber nach, wie du aus diesem Kasten ein Liebesnest zauberst.»

«Na schön.» Francesco betrachtete den riesigen, prachtvollen Bau. «Ich glaube, wir müssen gar nichts verändern am Schloss. Denn wir werden nicht dort einziehen. Es passt nicht zu uns. Es ist zu groß, zu prunkvoll. Ich sehe uns eher ...»

«Ja?»

«In einem Landhaus. Einem Bauernhof. Meinetwegen auch in einem alten Pfarrhaus, irgendwo in einem kleinen Dorf.»

«Landpfarrer kannst du nicht mehr werden. Aber vielleicht Dorfschullehrer?» Giulia sah müde aus, wirkte aber merkwürdig aufgedreht. «Finanziell müssten wir irgendwie hinkommen mit Federicos Milliarden. Also könntest du auch zu Hause bleiben und mir bei den Kindern helfen. Morgens, vor allem. Wie schon gesagt: Ich mag es, wenn die

Morgensonne aufs Bett scheint. Wenn Anna und Alessandro schreien, stehst also du auf und machst das Fläschchen. Dann deckst du den Tisch im Garten. Unter den blühenden Obstbäumen. Das hat man doch auf dem Land, oder?»

«Marta und Matteo.»

«Bitte?»

«Unsere Kinder heißen nicht Anna und Alessandro. Außerdem haben wir vier Kinder.»

«Bei vier Kindern bleibst du auf jeden Fall zu Hause. Du fütterst also die Kinder, räumst den Frühstückstisch ab und bringst die Ältesten zur Schule, während ich ausreite. Wir haben doch einen Stall hinter unserem Landhaus, oder? Beim Reiten komme ich auf gute Ideen für meinen Roman, den ich in der Gartenlaube schreibe. Am späten Vormittag. Während du das Mittagessen kochst.»

«Du brauchst einen Haussklaven, keinen Ehemann.»

Giulia lachte. «Könntest du das denn sein: mein Ehemann?»

«Nicht so, wie du es beschrieben hast.»

«Aber wie dann?»

«Ich habe keine Erfahrung mit Beziehungen. Du gehst ein hohes Risiko ein mit dieser Ehe.»

«Übrigens will ich gar nicht, dass du den Haushalt alleine machst», sagte Giulia nachdenklich. «Und die Kinder. Natürlich sollst du mithelfen. Aber ich will auch eine gute *mamma* sein. Für Anna und Alessandro. Und ich will …»

«Da wären wir bei einem wichtigen Punkt», sagte Francesco. «Was willst du eigentlich?»

«Ich weiß es nicht», sagte Giulia. «Eigentlich bin ich glücklich. Ich wohne in der schönsten Stadt der Welt. Am Campo dei fiori. Mit vielen Büchern und einer kleinen Dachterrasse. Ich habe Freunde, eine Aufgabe. Und natürlich eine schräge, aber liebenswerte Familie. Aber manchmal, weißt du, manchmal …»

«Wir müssen nicht darüber sprechen. Vielleicht sollten wir einfach nur unsere Rollen spielen – bis der Vorhang fällt.»

«… manchmal», sagte Giulia, ohne auf seine Worte zu achten, «wäre es schön, wenn jemand da wäre. Es sind nur kleine Momente. Ich sitze auf der Terrasse, und der Wein ist alle. Da wäre es schön, wenn jemand sagen würde: ‹Bleib sitzen, ich hole noch eine Flasche.› Oder ich komme nach Hause, abgekämpft und müde. Die Frisur sitzt nicht mehr perfekt. Und im Flurspiegel sehe ich, dass die Falten schon wieder tiefer geworden sind. Dann stelle ich mir manchmal vor, dass jemand da wäre, der sagt: ‹Du siehst müde aus – aber es ist so wunderbar, dass du jetzt hier bist.› Oder dann, wenn man wütend ist über die Dummheit der Welt, wenn alles sinnlos scheint und leer: Dann wünsche ich mir jemanden, der mich in den Arm nimmt und sagt: ‹Du hast recht, alles ist so dumm, sinnlos und leer – aber ich liebe dich. Und nur darauf kommt es an.›»

«Ja», sagte Francesco. «Letztlich kommt es nur darauf an.»

«Über alles andere könnten wir uns einigen», sagte Giulia. «Alessandro oder Matteo, Schloss oder Landhaus – alles nicht so wichtig. Aber du müsstest mich lieben, verstehst du? Nicht so, wie du Gott liebst, als Mönch. Denn Gott ist perfekt. Er macht keine Fehler. Er ist Anfang und Ende, Alpha und Omega. Aber ich bin nicht perfekt. Ich mache Fehler. Ich bin nicht Alpha und Omega, sondern Aglio und Olio. Ich will keine überirdisch schöne Göttin sein. Daran sind übrigens fast alle meine Beziehungen gescheitert: Weil die Männer eine Göttin wollten. Ich will auch nicht immer nur klug und brillant sein. Daran sind nämlich all diejenigen Beziehungen gescheitert, die nicht daran gescheitert sind, dass ich keine Göttin bin: Weil Männer eine Frau wollten, die immer klug und brillant ist, und nie tollpatschig, albern oder einfach nur langweilig. Verstehst du, was ich meine?»

«Ja. Aber ich will nicht darüber nachdenken.»

«Warum nicht?»

«Weil es sinnlos ist. In einer Woche wird alles enden. Und dann?»

«Aber diese Woche, Francesco, diese eine Woche! Natürlich, es ist ein Spiel für die anderen. Aber könnte es nicht auch ein Spiel für uns sein? Wir wissen nicht mehr, wer wir sind. Du wolltest immer Mönch sein – und kannst es nicht mehr. Ich wollte immer unabhängig sein und frei – und frage mich, ob es nur darauf ankommt. Wir haben eine Woche Zeit, uns ein neues Leben auszumalen. Wir können Schlösser einrichten und Landhäuser. Wir können Namen für zwei, drei, vier, fünf Kinder vereinbaren. Wir können nach Rom ziehen, in die Albaner Berge oder nach Umbrien.»

«Die Morgensonne im Schlafzimmer», sagte Francesco. «Da klingt sehr schön. Ich habe das nie erlebt, vermutlich gingen meine Zimmer immer in andere Himmelsrichtungen.»

«Hier im Schloss habe ich ein herrliches Zimmer. Riesige Fenster, genau nach Osten. Es war schon immer mein Zimmer. Schon als Kind. Soll ich es dir zeigen?»

«Dein Zimmer?»

«Mein Zimmer. Und in fünf Stunden auch die Morgensonne.»

Dienstag

NOCH VIER TAGE BIS ZUR HOCHZEIT

Die Sonnenstrahlen tanzten auf dem Wasser des Pools, und der Morgen war so heiter und friedlich, dass Giulia für einen kurzen Moment hoffte, sie hätte die vergangenen Tage nur geträumt.

Sie hatte sich ihren Cappuccino vorsichtshalber selbst zubereitet und setzte sich nun neben Federico.

«Ich werde das Schloss nicht verändern», sagte Giulia. «Und den Park auch nicht.»

«Einen frischen Anstrich könnten die alten Mauern vertragen», sagte Federico, der im Schatten eines Sonnenschirms saß. Er sah bleich aus, tiefe Ränder lagen unter seinen Augen. «Und einige Hecken könnte man zurückschneiden. Alfredo ist ein Romantiker; er liebt das Dickicht und den Wildwuchs.»

«Aber es ist alles voller Geschichten», sagte Giulia, «und die Geschichten will ich nicht zurückschneiden. Geschichten, die du uns erzählt hast. Über die Menschen, die hier früher lebten, auf dem Schloss und in den Dörfern. Aber auch Geschichten, die wir gespielt haben. Manchmal hat sich das eine mit dem anderen vermischt: Du hast etwas erzählt – und wir haben es nachgespielt. Und dann sind da natürlich all die Geschichten, die ich hier gelesen habe.»

«Im Teepavillon, vermute ich», sagte Federico und lächelte.

«Natürlich, wo sonst? Mit Paolo habe ich kürzlich über

182

alte Zeiten geredet. Über unsere Spiele und über deine Erzählkunst. Es gab einen Sommer, da war Paolo ganz begeistert von Caligula. Hast du ihn dazu inspiriert?»

«Schon möglich. Diese Hügel hier wurden nicht erst von unseren Familien besiedelt, sondern schon vorher von den römischen Clans der Renaissance und des Barocks. Und noch viel früher, in der Antike, bewohnten die Großen Roms hier prachtvolle Villen und Landhäuser. Viele haben Spuren hinterlassen: edle Geister wie Cicero, problematische wie Caligula. Ja, ich habe euch viel erzählt vom alten Rom. Das erschien mir wichtig, denn das Pauken von Lateinvokabeln allein genügt nicht, um die Vergangenheit zu verstehen.»

«Aber Caligula, warum gerade er? Paolo war ganz besessen von ihm.»

«Ich kann mich nicht daran erinnern, aber es wundert mich nicht. Paolo hatte als Jugendlicher einen etwas … morbiden Geschmack. Außerdem Selbstzweifel, Gefühle von Verlassenheit. Nun, das hat sich gelegt, glaube ich.»

«Manchmal wundere ich mich, wie gut du uns beobachtet hast. Dabei waren wir doch die meiste Zeit für uns.»

«Ja, aber ihr wart ein spannendes Gespann: der versponnene Edoardo, der testosterongesteuerte und schwankende Paolo, die sittsame Rebecca …»

«Ich hatte immer den Eindruck, dass Rebecca und mich Welten trennen», sagte Giulia. «Eigentlich dachte ich, sie würde sich gar nicht für mich interessieren. Aber nun musste ich feststellen, dass sie sich sehr stark mit mir auseinandergesetzt hat.»

«Wie meinst du das?»

«Sie hat Fotos von mir gesammelt, nicht nur von früher. Außerdem Zeitungsausschnitte.»

Federico setzte sich auf und wirkte plötzlich sehr überrascht. «Tatsächlich?»

«Ja.» Giulia schüttelte leicht den Kopf. «Wenn ich es nicht besser wüsste, dann würde ich sagen, sie ist besessen von mir.»

*

«Ist es ein Zeichen, oh Herr?»

Edoardo kniete auf dem Boden seines Zimmers, den Blick auf das große Kruzifix gerichtet, das an der Wand hing.

«Ich frage dich, oh Herr: Hast du zu mir gesprochen? Was soll geschehen mit jenen, die deine Gebote missachten? Werden sie ihre Strafe erst im Tode erhalten, wenn sie vor den Richter treten, oder schon jetzt? Als Warnung und Mahnung für alle anderen, auf dem rechten Weg zu bleiben? Gib mir ein Zeichen, oh Herr!»

Das Kruzifix hing ruhig an der Wand.

Kein Augenzucken des Heilands.

Kein Wackeln der Dornenkrone.

«Ich klage an, oh Herr, den Padre Francesco, Privatsekretär Seiner Heiligkeit. Er hat das Keuschheitsgelübde missachtet und ein Mädchen verführt. Er hat die Treue vergessen, die er dem Heiligen Vater schuldet, und um Dispens ersucht. Er folgt niederen Trieben und nicht dir, oh Herr. Außerdem klage ich, mit noch größerer Inbrunst, den Heiligen Vater selbst an. Nicht nur ist er nicht eingeschritten gegen das sündige Treiben am Heiligen Stuhl. Er gibt sich sogar dafür her, das gotteslästerliche Brautpaar zu trauen und damit das Sakrament der Heiligen Ehe zu besudeln. Wie willst du sie strafen, oh Herr? Gib mir ein Zeichen!»

Nichts.

Oder doch?

Ein Lichtschein auf dem Antlitz des Heilands.

Edoardo fuhr herum und sah die Vorhänge vor dem offenen Fenster wehen. Sonnenstrahlen brachen zwischen ihnen durch, tanzten in der staubigen Luft, umspielten das Kruzifix.

«Bald, oh Herr, werde ich mit dem *Inneren Kreis* sprechen. Wir werden handeln müssen. Gib uns ein Zeichen, oh Herr, weise uns den Weg!»

Nichts.

Und dann, leise, mit fast heiserer Stimme, ergänzte Edoardo: «Und mir, oh Herr, gib mir ein Zeichen, was mit dem Mädchen geschehen soll. Denn du weißt, was ich getan habe.»

*

«Pomeranzen.»

«Du meinst Orangen», knurrte Petrus.

«Nein. Pomeranzen sind eine ganz alte Züchtung, eine Art Mischung aus Pampelmuse und Mandarine. Sie leuchten wie Äpfel aus Gold. Wahrscheinlich waren mit den ‹Goldenen Äpfeln der Hesperiden› aus der griechischen Mythologie auch Pomeranzen gemeint.»

«Du überraschst mich immer wieder, Francesco. Woher kennst du dich so gut aus?»

«Sie wissen ja, dass ich mich in Umbrien um eine ganze Olivenplantage gekümmert habe. Die Zucht und Pflege von alten Kulturpflanzen haben mir schon immer viel bedeutet. Die Arbeit in der freien Natur fehlt mir wirklich sehr … Wussten Sie, dass ein Tee aus Pomeranzenschalen blutdrucksenkend und herzstärkend wirkt?»

«Vielleicht sollte ich den mal vor der nächsten Kuriensitzung trinken … Aber warum fängst du jetzt immer wieder von diesen Pomeranzen an?»

«Na ja, Bäumchen in guter Qualität sind nicht so einfach zu bekommen. Alfredo hat mir darüber heute Nachmittag einen längeren Vortrag gehalten. Wie besprochen, habe ich ihn nochmals im Garten besucht und ihm angeboten, beim Umtopfen der Zitruspflanzen zu helfen. Nach einer Weile ist er etwas zutraulicher geworden und hat mir erzählt, dass er heute noch wegfährt. Nach Florenz. Dort gibt es angeblich eine Raritätengärtnerei, die eine seltene Züchtung von Pomeranzen anbietet …»

«Wenn du noch einmal Pomeranzen sagst, dann platze ich …»

Francesco ließ sich nicht aus der Ruhe bringen und fuhr fort: «Er will sich dort umsehen, mit den Gärtnern reden und erst morgen im Laufe des Vormittags wieder zurück sein.»

«Kommen wir jetzt also endlich zum Punkt?»

«Nun, ich frage mich, ob Alfredo etwas zu verbergen hat. Sein Cottage ist winzig, ich hatte heute Gelegenheit, einen Blick hineinzuwerfen. Ein Tisch, ein Stuhl, ein Bett. Nichts Verdächtiges. Alles sauber gescheuert und ordentlich. Als ich aber am Gewächshaus vorbeikam und mich für die Pflanzen darin interessierte, hat er mich schnell vorbeigezogen. Er schien ängstlich darauf bedacht, dass ich dort nicht hineingehe. Vielleicht ist er ja nur ein Eigenbrötler. Vielleicht steckt aber auch mehr dahinter.»

«Und nun möchtest du seinen Ausflug nach Florenz nutzen …»

«Ich dachte, das ist eine einzigartige Gelegenheit. Alfredo scheint sonst so gut wie nie den Park zu verlassen.»

«Du hast recht, einen Versuch ist es wert. Ich meinerseits werde mich im Teepavillon umsehen.»

«Im Teepavillon?»

Petrus seufzte. «Ja, ich möchte mir den Ort anschauen, der für Giulias Jugendclique so wichtig war. Es ist nur ein Gefühl. Eine Ahnung, was passiert sein könnte. Ich suche nach einem Fingerzeig aus der Vergangenheit. Verstehst du?»

*

Paolos Smartphone.

Es lag auf dem Tisch, schwarz und glänzend.

Und war aktiviert.

Paolo wollte sich einen *caffè* holen, um das Mittagessen abzurunden. Sie hatte nur wenige Minuten – und musste sich sofort entscheiden. Denn gleich würde sich der Sperrbildschirm anschalten. Dann wären alle Geheimnisse in diesem kleinen schwarzen Kasten wieder verschlossen.

Falls dort Geheimnisse zu finden waren.

Giulia zögerte. Es war Paolo, der sie aus dem Pool gefischt hatte. Er war nett zu ihr gewesen, auch nach Federicos Fest, hatte keine Anzeichen von Neid und Eifersucht gezeigt. Bei ihrem Abendessen hatte sie alle nur denkbaren Motive abgeklopft – Fehlanzeige, überall.

Wäre da nicht diese Stimme in ihrem Unterbewusstsein.

Caligula.

Ein heißer Sommer in den neunziger Jahren.

Und Paolos merkwürdige Nervosität, sobald sie dieses Thema anschnitt.

Rasch griff sie nach dem Smartphone. Wonach sollte sie suchen? Begriffe rasten durch ihr Hirn, verknüpften sich.

Caligula.

Sommer.

Strand.

Blut.

Sie drückte auf den Bildschirm. Eine goldene Maske flammte auf. Darüber ein Schriftzug: *Caligula – Oderint dum metuant.*

«Mögen sie mich hassen, wenn sie mich nur fürchten», murmelte Giulia. «Der Wahlspruch Caligulas!»

*

«Barolo!», lallte Restituta. «Der Geschmack meiner Heimat! Ich fühle mich um mindestens drei Jahrzehnte verjüngt!»

Folglich muss sie sich wie siebzig fühlen, dachte Eugenia und entkorkte die zweite Flasche. «Noch ein Schlückchen?»

«Nur zu!» Restituta streckte ihr das Weinglas entgegen.

Die Nonne lagerte in einem provisorischen Sessel, den Eugenia mit Hilfe ihrer Bettdecke auf der schmalen Pritsche errichtet hatte. Neben ihr, auf einer Stoffserviette, hatte Eugenia die Köstlichkeiten ausgebreitet, die Federicos Küche geliefert hatte. Nicht alles war in den Speisekammern des Kardinals vorrätig gewesen; für den Käse war ein Hilfskoch eigens nach Rom gefahren.

Aber es hatte sich gelohnt.

Restituta war glücklich.

Und so benebelt, dass Eugenia unauffällig mit ihren Recherchen beginnen konnte.

«Rosalia spendiert nie ein Schlückchen Wein?», fragte sie. «Auch nicht zu den Festtagen? Sie könnte doch gelegentlich eine Flasche aus Federicos Küche schmuggeln …»

«Vielleicht würde sie das sogar», sagte Restituta mit schwerer Stimme. «Wenn ich mich nicht irre, ist sie ein ganz nettes Mädel. Aber die Gesetze des Ordens verbieten es. Und es gibt unbestechliche Hüterinnen dieser Gesetze hier im Haus.»

«Sie erwähnten kürzlich eine gewisse … Immaculata», sagte Eugenia.

«Ach, die Imma, das alte Schlachtross», grunzte Restituta. «Sie ist mindestens so scheinheilig wie ich.»

«Wie meinen Sie das?»

Restituta beugte sich vor: «Sie ist die Haushälterin des Heiligen Vaters, müssen Sie wissen. Der gute Petrus ist offenbar ein recht genussfreudiger Typ, heißt es. Gutes Essen, gute Weine.»

«Er sieht etwas dick aus im Fernsehen», sagte Eugenia.

«Genau! Natürlich bekämpft Immaculata diese Neigungen. Fraß und Völlerei sind Sünden!» Restituta verspeiste ein Stückchen Käse und spülte mit Barolo nach. «Aber ganz heimlich …»

«Ganz heimlich?»

«Trüffelpralinen!», krähte Restituta und verschluckte sich fast vor Lachen. «Sie versteckt sie in der päpstlichen Küche. Hinter den Auflaufformen, ganz hinten im Schrank. Natürlich kann sie dieses Teufelszeug nicht selbst kaufen. Das würde Aufsehen erregen im Laden. Darum besorge ich sie. Angeblich für meinen Chef, einen etwas verfressenen Kardinal. Sie verputzt ungeheure Mengen davon. Aber nach außen ist sie die Tugendhaftigkeit in Person, die olle Imma. Darum sieht sie auch die Erbschaft so kritisch.»

«Die Erbschaft?»

«Kardinal Federico. Er ist kein armer Schlucker, wie alle immer dachten. Wenn er stirbt, soll eine junge Frau aus der Familie erben. Aber nur, wenn sie bis dahin unter der Haube ist. Falls nicht, geht alles an den Orden. Wir sollen es für fromme Zwecke ausgeben.»

«Der Orden bekommt alles, wenn die Familie nicht erbt?» Eugenia gelang es kaum, ihr Erstaunen zu verbergen. «Und warum ist Immaculata dagegen?»

«Der Orden könnte sich verändern. Luxus und Dekadenz,

verstehen Sie? Aber das ist nicht der eigentliche Grund.» Sie kicherte. «Vor allem geht es um Rosalia.»

«Was hat Rosalia denn mit dem Erbe zu tun?»

«Unser Orden hat gerade keine Äbtissin. Natürlich will Imma den Job haben, machtgierig wie sie ist. Aber nun hat sich Rosalia beworben. Und wenn Rosalia das Riesenerbe an Land zieht, stehen ihre Chancen gut. Viele Schwestern werden darin einen Fingerzeig Gottes sehen. Außerdem kennt sich Rosalia gut aus mit Verwaltungskram. Sie kümmert sich ja auch um dieses Erholungsheim hier.»

«Und darum ist Immaculata gegen das Erbe?»

«So ist es», gluckste Restituta. «Auch wenn sie davon ganze Lastwagen mit Trüffelpralinen kaufen könnte …»

Eugenia goss nach. «Salute! Auf die Erbschaft!»

Sie tranken. Restituta fielen beinahe die Augen zu. Der richtige Zeitpunkt, fand Eugenia, um die entscheidenden Fragen zu stellen.

«Warum vererbt dieser Kardinal sein Geld eigentlich einem Nonnenorden?»

«Na, zunächst mal vererbt er es ja in der Familie. Wir erben nur, wenn das junge Ding keinen Mann findet.» Restituta kicherte. «Aber dann kann sie ja immer noch in unseren Orden eintreten und bei uns erben. Sie wäre nicht die Einzige, die hier landet, weil es mit den Kerlen nicht geklappt hat. Wenn ich zum Beispiel an meinen Giovanni denke …»

«Natürlich», fiel ihr Eugenia ins Wort, bevor Restituta die tragische Geschichte ihrer Jugendliebe näher ausführen konnte. «Aber warum ausgerechnet der Orden? Ich verstehe ja, dass ein Kardinal das Geld für fromme Zwecke verwenden möchte. Aber gäbe es da nicht andere mögliche Erben? Solche, die mehr von Geld verstehen? Kirchliche Stiftungen und dergleichen?»

«Angeblich misstraut er dem Vatikan und allen Leuten, die sich dort herumtreiben. Aber das ist nicht der eigentliche Grund, wenn Sie mich fragen ...»

«Und was ist der eigentliche Grund?»

«Rosalia. Federico vertraut ihr. Wenn die Familie nicht erbt, soll sie sich um das Vermögen kümmern. Und das geht nur, wenn der Orden erbt.»

«Ist es nicht ungewöhnlich, dass ein Kardinal ausgerechnet auf seine Haushälterin baut, wenn es um Finanzielles geht?»

«Ziemlich ungewöhnlich.»

«Und wie erklären Sie sich das?»

«Es gibt natürlich Gerüchte. Vermutungen. Ist Ihnen nichts aufgefallen an Rosalia?»

«Sie ist sehr jung. Und sehr schön.»

«So ist es.»

«Sie meinen ...»

«Ich meine gar nichts. Aber der Kardinal hat einen gewissen Ruf, verstehen Sie? Außerdem ist sie auch noch intelligent. Schlau sind wir alle hier – sonst würden wir nicht überleben als Haushälterinnen. Aber wir sind lebensklug, bauernschlau. Rosalia dagegen ist intelligent. Hochintelligent. Und mysteriös.»

«Mysteriös?»

«Ja. Sie fährt jede Woche, immer mittwochs, nach Rom, mit dem kleinen Lieferwagen. Angeblich auf den Markt. Alfredo produziert viel, aber nicht alles. Aber niemals darf eine der Schwestern mit. Obwohl viele Lust hätten auf eine kleine Spritztour, das dürfen Sie mir glauben.»

*

Francesco war auf seinem Weg durch den Park niemandem begegnet. Die Sonne ging gerade unter und beleuchtete die Rosen vor Alfredos Gärtnerhaus. In wildem Orangerot flammten sie an der Hauswand empor. Dahinter, halb zugewuchert von hohem Gras und Brombeeren, stand das Gewächshaus. Durch die Glasscheiben konnte Francesco hohe Pflanzen erkennen. Er drückte die alte Klinke. Die Tür war verschlossen.

Er bückte sich und hob die Türmatte an. Nichts. Dann suchte er in den Gummistiefeln und auf dem Mäuerchen unter den losen Steinen. Schließlich fand er den Schlüssel im Gemüsebeet – auf dem Boden einer blechernen Gießkanne.

Es war ein großer verschnörkelter Metallschlüssel. Und er ließ sich überraschend leicht im Schloss des Gewächshauses drehen.

Drinnen empfing Francesco schwüle Luft. Vertrocknete Palmwedel versperrten ihm den Weg. Von irgendwoher war leises Wasserplätschern zu hören.

Die letzten Sonnenstrahlen brachen durch die trübe Glasdecke und zauberten ein dunstiges Licht. In der Mitte konnte er einen großen Teich erkennen, der früher einmal prächtig ausgesehen haben musste. Jetzt schimmerte in dem steinernen Becken eine grünliche Flüssigkeit, von Algen und Entengrütze bedeckt. Schilfgras wuchs rundherum und bildete ein fast undurchdringliches Dickicht.

An der Seite standen große Terrakottatöpfe, doch die Pflanzen darin, fast alle mannshoch, waren dürr und vertrocknet. Nun konnte Francesco sehen, dass einige Glasscheiben im hinteren Teil des Gewächshauses zerbrochen waren. In einer Ecke standen alte Schaufeln, Spaten und Sensen, völlig verrostet und offensichtlich seit Jahrzehnten nicht mehr benutzt. Eine Schubkarre ohne Reifen lehnte daneben.

Enttäuscht machte er sich auf den Rückweg. Alfredo nutzte das Gewächshaus, wenn überhaupt, als Geräteschuppen für altes Gerümpel.

Er hielt die Klinke schon in der Hand, als er erneut das Wasser plätschern hörte.

Irgendwo musste hier ein Springbrunnen sein.

Francesco wagte sich wieder einige Schritte hinein und lauschte. Das Geräusch kam von ganz hinten. Er zwängte sich vorsichtig an den rostigen Geräten vorbei, stolperte über einen Stuhl ohne Sitzfläche, strauchelte und hielt sich an einer der Metallstangen fest.

Und jetzt sah er es, das Wasser, durch die zersplitterten Scheiben hindurch. Es war kein Springbrunnen, sondern ein kleiner Bach, der nicht innen, sondern außerhalb des Gewächshauses glänzend und sprühend vorbeiplätscherte, um dann in der Tiefe zu verschwinden.

Francesco tastete sich voran und versuchte, nach draußen zu sehen. Bisher hatte er immer gedacht, das Schlossgelände würde am Gärtnerhaus enden. Doch jetzt musste er erkennen, dass sich genau hinter Alfredos Refugium eine neue Welt auftat. Hier endete zwar der lieblich gestaltete Schlosspark mit all seinen Rosenrabatten, Bougainvilleen und Buchsbaumhecken. Doch hinter dem Gewächshaus fiel der Schlosshügel steil und felsig ab in ein unbekanntes Gebiet. Und ein schmaler Hohlweg schraubte sich nach unten. Er konnte ihn durch die zerbrochenen Scheiben hindurch sehen.

Hinter Schlingpflanzen und morschen Palmwedeln fast versteckt, entdeckte Francesco eine kleine, halbhohe Eisentür. Sie war nur angelehnt. Als er sie aufzog, wehte ihm von draußen ein kühler Windhauch entgegen: wie ein Gruß aus der Unterwelt.

*

Ein Teepavillon, dachte Petrus. Sie haben sich in einem Teepavillon getroffen.

Er dachte an Trastevere, an seine Kindheit. Dort gab es keine Teepavillons. Es gab auch keine Orte, die nur ihnen, den Kindern, gehört hatten. Das Leben spielte sich auf der Straße ab. Sie trafen sich am Brunnen auf der Piazza Santa Maria in Trastevere, sie tobten durch die Straßen, sie versteckten sich in Kohlenkellern. Seine Schwestern Maria und Marta hatten früh die Schule abbrechen müssen, um arbeiten zu gehen.

Petrus betrachtete die verstaubten Möbel und die Pinnwände im Dämmerlicht. Auf den Fotos sah er Paolo in Badehose und Rebecca im Tennisdress. Worüber hatten sie sich unterhalten? Über die philosophischen Werke, die Giulia gelesen hatte? Wohl kaum. Er stellte sich vor, wie sie hier saßen, auf dem alten Ohrensessel, in der vergilbten Hängematte. Hatten sie feinsinnige, elegante Scherze gemacht – oder waren sie genauso zotig und derb gewesen wie seine Clique in Trastevere? Hatten sie Wut und Kummer gezeigt – oder ihre Gefühle hinter kultivierten Fassaden verborgen, wie es die erwachsenen Santinis so gut verstanden?

Antwortet mir, dachte Petrus.

Zeigt mir, wer ihr seid.

Aber sie blieben still. Gespensterkinder aus längst vergangener Zeit, rätselhaft und unergründbar für einen Jungen aus Trastevere.

Petrus untersuchte die Kommoden. Er blätterte durch Kunstpostkarten, die zu Giulia passten, vielleicht gekauft in den großen Museen Europas, die sie mit ihren Eltern besucht hatte. In einer Schublade, die ganz offensichtlich Edoardo gehörte, fanden sich Devotionalien verschiedenster Art: Madonnenstatuen, spielzeugfigurengroß, unter anderem aus Lourdes, und Rosenkränze in unterschiedlichen

Ausführungen. Und bestimmt war es Rebecca, die all diese Parfümproben und eingetrockneten Lippenstifte aufbewahrt hatte, die er hier entdeckte. Und dann Paolo. Petrus wühlte in zahlreichen Panini-Bildchen, zusammen mit den Teilnahme- und Ehrenurkunden von Tennisturnieren, die Paolos Namen trugen. Ganz unten in dieser Schublade lag eine herausgerissene Seite aus der Zeitschrift *Wunderwelt der Wissenschaft*. Petrus strich die zerknitterten Seiten glatt und studierte das Inhaltsverzeichnis: *Das Ende der Tempelritter – Geheimnisvolle Riesenkraken – Attentat vor vierzig Jahren: Wer waren die Kennedy-Mörder? – Menschenopfer der Inka.* Und dann, mit dickem Stift markiert: *Blutrausch im Alten Rom: sadistische Todesstrafen, perverse Zirkusspiele.*

Immerhin eine Parallele zu uns, dachte Petrus: Auch wir haben das alte Rom nachgespielt, in Trastevere, auf historischem Boden. Wir haben Cäsars Mörder gejagt und Nero, den Brandstifter, verhaftet. Aber wir haben mit Holzschwertern gefochten und die Kämpfe eingestellt, wenn einer am Boden lag.

Hatte Paolo das auch getan?

Petrus steckte den Artikel ein und suchte weiter. Am Ende hatte er eine kleine Schachtel mit Fundstücken beisammen, Kinderkram, Trophäen der pubertierenden Santinikinder: ein vergilbtes Bändchen mit Liebeslyrik (Giulia), Michelangelos *Pietà* aus Plastik (Edoardo), verspiegelte Sonnenbrillen (Paolo), ein Tagebuch, in rosa Seide gebunden (Rebecca). Er würde seine Funde mit auf sein Zimmer nehmen und auf der Kommode aufbauen. Er würde sie anschauen und versuchen, die junge Santiniclique zu verstehen.

Er, der Junge aus Trastevere.

*

«Es ist schon interessant, ein wenig hinter die Kulissen zu blicken», sagte Eugenia. «Eigentlich bin ich ja gekommen, weil ich nach dem Tod meines Mannes eine kleine Auszeit benötige. Einkehr und Erbauung, wissen Sie? Aber nun habe ich auch noch gelernt, wie so ein Orden tickt. Recht weltlich, muss ich sagen.»

«Diese Inszenierung können Sie sich sparen», sagte Restituta spöttisch und schenkte sich den letzten Rest Barolo ein. Sie vertrug offensichtlich mehr, als Eugenia gedacht hatte, und schien nun wieder ganz klar im Kopf. «Sie sind keine Witwe und suchen auch nicht den inneren Frieden. Sie sind gekommen, um etwas über den Orden herauszufinden.»

«Wie ... wie kommen Sie denn darauf?»

«Rosalia. Sie wussten, dass sie jung und schön ist.»

«Aber ich habe sie doch gesehen. In der Kapelle.»

«Rosalia war nicht da. Sie konnten sie nicht gesehen haben. Und wussten trotzdem, wie sie aussieht.»

«Sie haben mir eine Falle gestellt.»

«Wie, glauben Sie, habe ich so viele Jahrzehnte als Äbtissin überlebt? Mit Menschenkenntnis und Misstrauen, meine Liebe. Es ist mir egal, warum Sie das alles wissen möchten. Aber ich mache Ihnen ein Angebot: eine Flasche Barolo für jede weitere Information. Wenn Sie nicht zahlen, informiere ich Rosalia.»

«Aber wie kommt der Wein zu Ihnen?»

«Ich wohne drei Fenster weiter links. Einen Fresskorb kann ich nicht mehr hinaufziehen in meinem Alter. Aber für eine Flasche Wein reicht es. Einverstanden?»

«Was wissen Sie über Rosalias Vergangenheit? Über die Zeit, bevor sie Haushälterin bei Kardinal Federico wurde?»

«Eine interessante Frage. Viele hier im Orden wüssten gerne mehr darüber, aber Rosalia blockt alles ab. Sie habe einen völlig anderen Beruf ausgeübt, früher, hat sie mir mal gesagt. Aber welcher Beruf das war, darüber wollte sie nicht sprechen. Ich halte sie für sehr intelligent, wie gesagt. Und mir ist aufgefallen, dass sie gut Englisch spricht. Reicht das schon für eine Flasche Barolo? Noch nicht ganz, fürchte ich.»

«Rosalia ist ihr Ordensname, vermute ich.»

«Richtig. Sie hat es besser getroffen als ich.»

«Und wie lautet ihr richtiger Name?»

«Den kenne ich nicht.»

«Gibt es keine Akten hier im Orden, in denen man nachschauen könnte?»

«Doch, die gibt es. Rosalia kümmert sich darum. Vermutlich finden Sie alles im Schloss.» Restituta ließ die letzten Tropfen Barolo in ihr Glas rinnen. «Ich heiße eigentlich Anna. Anna! Wie lange ist es her, dass mich jemand so genannt hat! Ich habe noch Giovannis Stimme im Ohr, wie er ‹Anna› seufzt, beim Tanzen. Er hatte so eine Art, den Namen auszusprechen, die ich nie vergessen werde. Sie müssen wissen, dass Giovanni …»

«Man kommt also nicht an Rosalia vorbei, wenn man etwas über Rosalia erfahren möchte», sagte Eugenia nachdenklich.

«So ist es», sagte Restituta. «Und nun helfen Sie mir hoch, bitte.» An der Tür drehte sie sich noch einmal um. «Viel Glück bei der Suche, meine Liebe. Und denken Sie an die Flasche. Morgen, zweiundzwanzig Uhr, unter meinem Fenster.»

«Wird geliefert. Und nun schlafen Sie gut. Vielleicht träumen Sie von Giovanni.»

«Ich träume jede Nacht von Giovanni. Dabei ist er schon seit Jahrzehnten tot. Nur fünfundachtzig Jahre hat er geschafft.» Sie öffnete die Tür und schwankte hinaus. «Aber immerhin. Als mein Ehemann hätte er es höchstens auf fünfundsechzig gebracht.»

*

Der Hügel, auf dem das Schloss stand, fiel hinter dem Gewächshaus steil nach unten ab. Francesco tastete sich voran, verlor aber auf dem glitschigen Trampelpfad den Halt und rutschte ein ganzes Stück den Weg hinunter, bis er sich an einer Baumwurzel festklammern konnte.

Es war dunkel und kühl in dieser Senke. Der heitere Garten des Schlosses mit seinen Rosensträuchern und sorgfältig geharkten Kieswegen schien auf einmal kilometerweit entfernt. Die Bäume waren höher, viel höher als im Park. Sie bildeten knorrige Formen und wuchsen über seinem Kopf zu einem dichten Dach zusammen. Rechts und links rahmten Felsblöcke den Hohlweg ein, der über und über mit Moos bewachsen war. Dazwischen plätscherte der Bach, bis er sich plötzlich verengte und als Wasserfall in ein moosgrünes Becken stürzte, weit unten in der Tiefe.

Sollte er weitergehen? Er hatte weder Taschenlampe noch Handy dabei – und der Weg führte rutschig weiter nach unten.

Ob es hier etwas zu entdecken gab?

Vermutlich nicht.

Andererseits: Alfredo hatte den Eingang zu diesem verborgenen Tal getarnt. Er hatte den Schlüssel versteckt und den Kindern im Schloss Angst eingejagt, sodass sie das Gärtnerhaus und seine Umgebung mieden. Denn dieser merkwürdige Hohlweg – Francesco war sich ganz sicher – musste der Geheime Wald sein, den Giulia einmal erwähnt hatte, kürzlich, bei einem Abendspaziergang: ein Schattenreich am Rande des Hügels, in dem es spuken sollte.

Warum war es Alfredo so wichtig, die Kinder mit Gruselgeschichten von seinem Reich fernzuhalten? Vermutlich nur deshalb, weil es hier gefährlich war. Neben dem schmalen, matschigen Pfad fielen Felswände jäh in die Tiefe ab; abgebrochene Stämme versperrten den Weg.

Francesco tastete sich vorsichtig weiter vorwärts. Der Pfad wurde stellenweise so schmal, dass er sich an Felsvorsprüngen festklammern musst, um nicht abzurutschen. Das dämmrige Licht drang nur noch diffus durch die knorrigen Kastanien und Eichen.

Dann, hinter einer Biegung, sah er sie.

Eine Frau, die am Rande des Weges unter einem Busch lag, zusammengekrümmt, seltsam verdreht, wie unter großen Schmerzen. Ein schmaler Arm ragte unter dem Geäst hervor, ein langes Kleid fiel auf den schlammigen Weg.

Ohne nachzudenken, lief er los, fasste nach ihrer Hand – und zog sie sofort zurück.

Er hatte sich narren lassen! Hier lag gar keine Frau, nur eine Steinskulptur, fein gearbeitet. Und täuschend echt.

Francesco schwitzte, wischte sich über die Stirn und sah sich um. Neben ihm, im grünen Dämmerlicht, lag der Teich, der den Wasserfall auffing. Dahinter riss ein Monster sein Maul auf – bereit, die zierliche steinerne Frau zu verschlingen.

Je weiter er sich vorwärtsbewegte, desto mehr Figuren traten aus den Baumschatten hervor: Hinter den Büschen lauerten geflügelte Löwen, Frauen mit Fischschwänzen, Krieger mit Wolfsköpfen und Pferdehufen, Hyänen mit aufgerissenem Maul und riesenhaften Pfoten. Alle aus Stein, alle mit grünen Flechten und Moosen überwachsen, mit feinen Grashalmen wie mit Haaren bedeckt.

Er war in einen Zauberwald geraten, halb furchteinflößend, halb magisch und wunderbar.

Aber wer hatte ihn angelegt?

Und warum?

Irgendwann lichteten sich die Bäume, traten auseinander, bildeten einen Halbkreis um eine Wiese, in deren Mitte ein rundes weißes Tempelchen stand.

Francesco trat näher, stieg die drei Stufen hinauf und betrachtete die frischen Rosen, die auf den Stufen lagen. Flammend orangerot. Sie waren offensichtlich heute erst hierhin gelegt worden. Und sie erinnerten ihn sofort an die Rosen vor Alfredos Gärtnerhaus.

Er betrat das Rondell. In der Mitte stand eine hohe, schlichte Steinstele, an deren einer Seite zwei weinende Engel kauerten.

Mit den Fingern fuhr er im Halbdunkel die eingravierte Inschrift nach. Es waren nur zwei Worte: *Catarina Annunziata*.

Sonst nichts.

Keine weiteren Namen oder Inschriften. Keine Daten. Keine Erklärung. Aber darüber war noch etwas, ein Foto, eingelassen in den Stein. Die Aufnahme in Schwarzweiß zeigte das Gesicht einer Frau im Profil. Sie hatte die langen dunklen Haare hochgesteckt.

Francesco setzte sich auf die Stufen und versuchte, seine Panik zu unterdrücken. Diese Nase, der Mund ... Ein Foto, das gar nicht hier sein durfte.

Nicht auf diesem Grab.

Nicht in diesem gespenstischen Wald.

*

«Die Antipasti gestern – und eure durchaus wohlwollende Reaktion darauf – haben mich ermutigt, heute einen *primo piatto* zu kochen», sagte Petrus. «Es gibt eine schöne *amatri-*

ciana. Ernesto war so freundlich, mir ein Stück Speck, natürlich *guanciale*, vom Markt mitzubringen. Ich habe mich inspirieren lassen von Rosalias herrlichen Tomaten, die wirklich eine ganz eigene Süße haben. Ein bisschen Knoblauch, Basilikum, Salz – und fertig. Wir sollten noch ein wenig für Eugenia übriglassen. Ich habe ihr eine Nachricht geschickt. Sie wird bald zu uns stoßen.»

Es war spät am Abend. Der Salbei und der Rosmarin im Garten dufteten intensiv. Petrus reichte jedem einen Teller und wuchtete einen großen Topf auf die Mitte des Tischs.

Dann verteilte er die Pasta.

«Die kleine Stärkung wird euch guttun. Ihr seht beide etwas mitgenommen aus.»

«Ich hatte ein seltsames Erlebnis», sagte Francesco zögernd. «Nein, es war eigentlich eher verstörend.»

Petrus schenkte ihm ein Glas Frascati ein. «Vielleicht möchtest du uns davon erzählen? Verstörende Erlebnisse verlieren ihre Macht, wenn man bei einem Teller Pasta darüber redet. Ich erprobe dieses Mittel nach jeder Bischofskonferenz.»

«Ich habe mich bei Alfredo umgesehen.» Francesco berichtete von seinem Ausflug in den Geheimen Wald, den phantastischen Skulpturen, dem runden Tempelchen und der Inschrift: *Catarina Annunziata*. Das Foto verschwieg er. «Unter der Inschrift … aber vielleicht bilde ich mir das alles auch nur ein. Heiliger Vater, ich wäre Ihnen dankbar, wenn Sie selbst einen Spaziergang in den Geheimen Wald unternehmen könnten. Falls Sie dasselbe sehen wie ich …»

«Du willst nicht mehr erzählen?», fragte Giulia neugierig.

Francesco schüttelte den Kopf.

«Dann bin ich aber sehr gespannt, was der Heilige Vater dort entdeckt», sagte Giulia. «Hauptsache, *ich* muss nicht in den Geheimen Wald.»

«Warst du denn nie dort?», fragte Francesco.

«Als wir klein waren, haben wir uns nicht getraut. Es war streng verboten. Außerdem sollte es dort spuken. Irgendwann, als wir etwas älter waren, überwog die Neugier. Natürlich wurden wir erwischt. Von Alfredo.»

«Und der hat euch eine Strafpredigt gehalten?», fragte Petrus.

«Nein. Eben nicht. Aber es hat ihn … verletzt. Er war erschrocken, beinahe verstört. Und er hat uns eindringlich gebeten, nie wieder dorthin zu gehen. Und dann kam Frederico zu uns ins Teehaus. Das tat er sonst nie. Er hat uns erzählt, dass der Geheime Wald ein besonderer Ort ist, der nur Alfredo gehört. Und er hat uns gebeten, das zu respektieren.»

«Und das habt ihr getan?»

«Ja. Außerdem war es kein Ort, an dem man sich gerne aufhält. Er ist …»

«… ungeheuer traurig», sagte Francesco.

«Genau. Traurig. Das trifft es.»

Petrus spießte einige Penne mit der Gabel auf. «Da ich mindestens zwei Teller essen werde, wird mir ein Spaziergang morgen sehr guttun. Übrigens ist mir die Pasta wirklich gelungen, wenn man bedenkt, dass ich völlig außer Übung bin. Vielleicht hätte ich noch etwas mehr Speck nehmen können …»

«Es schmeckt hervorragend», bestätigte Giulia. «Außerdem kann ich Rosalias Abendessen nicht mehr richtig genießen. Wer weiß, was irgendwer daruntermischt. Darum habe ich mich schon seit Stunden auf unseren Mitternachtsimbiss gefreut.»

«Wir sollten darauf anstoßen, dass du einen weiteren Tag überlebt hast», sagte Petrus. «Keine Mordversuche, keine Anschläge. Oder habe ich etwas übersehen?»

«Es geht mir prächtig», sagte Giulia.

«Und deine Recherchen?»

«Morgen ist Paolo fällig. Bislang ist er mir ausgewichen.»

«Und du bist dir sicher, dass du allein mit ihm fertig wirst?», fragte Francesco. Er nahm ihre Hand und sah sie liebevoll an. «Ich möchte auf gar keinen Fall, dass du dich in Gefahr begibst. Lieber spreche ich mit ihm.»

«Ich bin meine ganze Jugend allein mit ihm fertig geworden. Vermutlich ist er völlig harmlos. Außerdem hat er mich aus dem Pool herauszogen – und nicht hineingeschubst.»

«Ich selbst habe auch nicht viel zu bieten», sagte Petrus. «Außer dieser Pasta, natürlich. Und einem Gedicht.»

«Einem Gedicht?», fragte Giulia.

«Ich versuche noch immer, diese merkwürdige Welt der Santinis zu verstehen. Heute war ich im Teepavillon. In eurem Jugendversteck, Giulia. Ich habe einige Fundstücke mitgenommen. Um darüber … wie soll ich sagen … zu meditieren. Um zu verstehen, wie ihr gelebt habt, damals. In einer Schublade fand ich ein Tagebuch. Rebeccas Tagebuch.»

«Rebecca hat Tagebuch geführt? Daran kann ich mich gar nicht erinnern.»

«Tagebuch ist wohl auch der falsche Ausdruck», sagte Petrus und fischte die schmale Kladde aus den Tiefen seiner Soutane. «Es ist eher eine Art pubertäres Notizbuch. Und es handelt vor allem von dir, Giulia. Rebecca hält kurze Szenen darin fest. Augenblicke. Und kommentiert sie. Nicht sehr liebenswürdig. Hier ein Beispiel: ‹So klug. Und so hässlich, mit dieser riesigen Zahnspange.›»

«Ich habe nichts davon bemerkt», sagte Giulia leise. «Sie war immer freundlich zu mir. Nicht herzlich, aber nett. Wie man eben nett ist zueinander, in einer Clique.»

«Es sind nicht viele Notizen», sagte Petrus. «Offenbar hat

sie rasch den Spaß verloren an ihren Betrachtungen. Ganz am Ende fand ich auch noch dieses Gedicht:

> *Giulia, die Contessa,*
> *weiß immer alles besser.*
> *Spricht nur noch von ihren doofen*
> *Dichtern und Philosophen.*
> *Dicke Brille, große Spange,*
> *jedem Jungen wird gleich bange.*
> *Hält mich für blöd und banal,*
> *doch das ist mir ganz egal,*
> *in Italien muss die Frau*
> *nämlich hübsch sein, nicht nur schlau.*
> *Dein Grinsen wird dir noch vergehen.*
> *Irgendwann, du wirst schon sehen,*
> *schneid ich die Hängematte ab,*
> *du stürzt herunter, bis ins Grab.*
> *Tust du länger noch so cool,*
> *ertränke ich dich bald im Pool,*
> *grab dich ein am Meeresstrand,*
> *befreit von dir ist dann das Land.*

Nun ja», beendete Petrus seine Lesung, «nicht gerade ein Meisterwerk. Pubertätslyrik.»

«Aber es passt alles zusammen.» Giulia runzelte die Stirn, während Francesco sie besorgt ansah. «Sie hat Buch geführt über mich. Damals – und jetzt wieder. Sie hat mich damals gehasst – und heute immer noch.»

«Wie meinst du das: Sie hat Buch geführt über dich?» Francesco wirkte noch beunruhigter.

Giulia erzählte von Rebeccas Aufzeichnungen, die sie auf deren Laptop entdeckt hatte.

«Und davon erzählst du uns nichts?» Francesco war jetzt außer sich. «Ich kenne deine Cousine ja nicht näher, aber womöglich ...»

«Francesco hat recht. Rebecca hat sich gewünscht, dass du stirbst», sagte Petrus. «Jedenfalls als junges Mädchen. Und zwar im Pool – unter anderem.»

«Und Sie glauben, sie wünscht sich das immer noch?», fragte Giulia.

«Es ist eine merkwürdige Welt», sagte Petrus. «Und ich verstehe sie immer noch nicht. Schlossterrassen und Teepavillons. Römischer Adel, die bessere Gesellschaft, wie man so sagt. Ich bin ein einfacher Junge aus dem Arbeiterviertel Trastevere, wie ihr wisst.»

«Also kommt es wieder einmal auf mich an.» Tante Eugenia war in der Rosenlaube erschienen. «Wie schön, dass immerhin ich einige Neuigkeiten zu bieten habe. Sonst würden diese Ermittlungen völlig im Sande verlaufen.»

«Heiliger Vater, Sie sehen ganz ausgezehrt aus», sagte Petrus. Er stand auf. «Darf ich Ihnen einen Teller Pasta anbieten?»

Während Eugenia die Tomatensoße auf ihren Nudeln verteilte, berichtete sie von ihren Erkenntnissen. Und niemand bemerkte, wie Petrus immer nachdenklicher wurde. Er hatte sich zurückgelehnt, die Augen geschlossen und versuchte einzuordnen, was Eugenia erzählte.

Denn Federico hatte ihn belogen.

Ganz offensichtlich hatte Rosalia ein Motiv: Wenn Giulia nicht erbte, würde Federicos gigantisches Vermögen an den Orden der Bußfertigen Begoninnen gehen. Vermutlich würde Rosalia Äbtissin werden. Und damit heimliche Schlossherrin. Dieser Zusammenhang musste Federico doch klar gewesen sein. Warum hatte er ihn verschwiegen?

«Heiliger Vater?»

«Bitte?»

«Sie wirken ganz abwesend», sagte Giulia.

«Ich plane den morgigen Tag», sagte Petrus. «Du, liebe Giulia, solltest tatsächlich noch einmal versuchen, mit Rebecca und Paolo ins Gespräch zu kommen. Hast du sie denn schon gefragt, ob sie deine Trauzeugen werden wollen?»

«Rebecca schon, Paolo noch nicht.»

«Dann wäre das doch eine schöne Gelegenheit.»

«Ich bleibe in deiner Nähe, Giulia», sagte Francesco. «Wer weiß, was deiner Verwandtschaft sonst noch so einfällt. Ich habe mich zwar für morgen mit Alfredo im Garten verabredet. Er braucht Hilfe bei den Zitrusbäumchen und Pomeranzen. Aber ich werde das Gelände nicht verlassen, und immer wieder nach dir sehen.»

Eugenia kicherte. «Na, dabei will ich bestimmt nicht stören. Stattdessen werde ich mich jetzt einmal der längst überfälligen Hochzeitsvorbereitung widmen. Wenn ich nicht so viel Erfahrung hätte, würde ich sagen, wir sind etwas in Verzug!»

«Ich hatte mir eigentlich einen beschaulichen Spaziergang in den Geheimen Wald vorgenommen», sagte Petrus. «Aber die Erholung muss noch warten. Zuvor werde ich nach Rom fahren. Auf den Wochenmarkt. Denn morgen ist Mittwoch. Wann, sagten Sie, fährt Rosalia immer dorthin?»

«Sehr früh.»

«Ich hatte es befürchtet», sagte Petrus. «Aber dieses Opfer werde ich bringen. Um der Wahrheit willen.»

*

«Ich habe nachgedacht», sagte Giulia, als sie mit Francesco den Tisch abräumte.

«Worüber?»

«Über den Wohnort. Ich bin einverstanden, wenn wir aufs Land ziehen. Weil du es so willst. Aber ich möchte meine Wohnung in Rom behalten. Damit ich jederzeit in die Stadt kann, wenn mich die Sehnsucht überkommt. Einverstanden?»

«Falls ich gelegentlich eine Auszeit im Kloster nehmen kann. Vielleicht einmal im Jahr?»

«Überhaupt kein Problem. Auch häufiger, wenn du magst.»

«Und was machen wir mit dem Schloss?»

«Darum kümmert sich Rosalia. Ich werde es der Familie zur Verfügung stellen. Jeder, der mag, kann hier wohnen, feiern, sich erholen. Wir renovieren das Nötigste – ansonsten lassen wir alles so, wie es ist.»

«Ich möchte, dass Alfredo bleibt. Ich mag ihn.»

«Aber natürlich! Er gehört doch zum Schloss. Damit hätten wir übrigens die wichtigsten Punkte geklärt. Wohnort: Landhaus und Rom. Kinderzahl: maximal vier. Job: Dorfschullehrer und Autorin. Einkommen: Federicos Erbe. Wir sollten uns noch über die Freizeitgestaltung verständigen. Ich lese gerne, wie du weißt.»

«Ich bete gerne.»

«Das verträgt sich gut. Solange du leise betest, kann ich lesen. Noch etwas?»

«Die Ausrichtung des Schlafzimmers.»

«Morgensonne – das hatten wir doch schon geklärt?»

«Ich bin mir nicht sicher. Vielleicht … sollte ich es noch mal testen?»

Mittwoch

Es war dunkel. Es roch nach Tomaten.

Und es rumpelte.

Petrus saß im Laderaum des Kleinlasters und freute sich, dass sein Plan – zumindest bis jetzt – funktionierte. Rosalia, so hatte es in der Küche geheißen, fuhr schon gegen sieben Uhr morgens auf den Markt, um noch hochwertige Ware zu ergattern. Darum hatte sich Petrus gegen halb sieben zum alten Lieferwagen geschlichen. Die Tür des Laderaums war nur angelehnt. Er war hineingeklettert und hatte sich hinter ein paar muffigen Obstkisten zusammengekauert und einige Kartoffelsäcke über sich gezogen.

Ein perfektes Versteck.

Es sei denn, Rosalia würde sich im Laderaum zu schaffen machen. Dann würde er behaupten, dass man ihn bewusstlos geschlagen hätte und offenbar entführen wollte. Rosalia würde bestürzt sein, dass die Gangster ausgerechnet ihren Lastwagen ausgesucht hatten, um den Heiligen Vater fortzuschaffen. Es würde langwierige Untersuchungen geben, die irgendwann im Sande verlaufen würden.

Aber wenn es funktionierte, dann hätte er gute Chancen, dem Geheimnis der schönen Nonne auf die Spur zu kommen.

Seine Knie schmerzten und die Säcke kratzten. Rosalia nahm die Kurven rasant; immer wieder schlug er mit dem

Rücken gegen die Seitenwand des Laderaums. Er trug keine Uhr und hatte jedes Zeitgefühl verloren. Vielleicht fuhren sie erst zehn Minuten, vielleicht schon eine halbe Stunde.

Irgendwann bemerkte er, dass der Motor nicht mehr so regelmäßig brummte. Sie hielten, fuhren an, hielten wieder. Gelegentlich hupte es. Offenbar hatten sie Rom erreicht, mussten an Ampeln halten und sich durch den Stadtverkehr zwängen.

Wieder stoppte Rosalia.

Der Lastwagen rollte nicht wieder an.

Der Motor wurde abgeschaltet.

Petrus hörte, wie die Fahrertür geöffnet und kurz darauf zugeschlagen wurde. Dann zählte er bis hundert und hoffte, dass Rosalia sich inzwischen weit genug entfernt hatte. Er befreite sich von den Kartoffelsäcken, kroch zur Tür und hakte die Riegel auf.

Geblendet schloss er die Augen, als ihm das helle Tageslicht entgegenschlug.

*

Edoardo bekreuzigte sich, klappte den Laptop auf und bereitete die Videokonferenz vor.

«Ich eröffne die Sitzung des *Inneren Kreises*. Als Sekretär des *Inneren Kreises* ist es meine Aufgabe, zunächst die Anwesenheit zu überprüfen. John McMillan?»

«Hier.»

Der *Innere Kreis* war das Führungsgremium von *Holy Family*. Berufen werden konnte nur, wer eine herausgehobene Führungsposition bekleidete oder über ein großes Vermögen verfügte, zum Zeitpunkt der Aufnahme jünger als fünfzig Jahre war und digitale Medien nutzte. John McMillan war Vorstandsvorsitzender eines US-amerikanischen

Stahlkonzerns und hatte das angestrebte Senatorenamt für die Republikanische Partei nur deshalb verfehlt, weil er für die Wiedereinführung des ehelichen Züchtigungsrechts eintrat.

«Kardinal Lapointe?»

«Hier.»

Der französische Kardinal, Vorsitzender der Kongregation für Ehe und Familie, war einer der wütendsten Gegenspieler des Papstes in der Kurie. Neben Edoardo war er der zweite Kleriker im *Inneren Kreis.*

«Juan Bernardo?»

«Hier.»

Der Sohn eines Immobilientycoons aus Spanien finanzierte nicht nur die *Holy Family,* sondern auch eine Forschungseinrichtung, die nach dem wissenschaftlichen Beweis für die genetische Unterlegenheit von Frauen suchte.

«Thomas Heilmann?»

«Hier.»

Der Investor aus Deutschland hatte frühzeitig in neue Medien investiert und lenkte soziale Netzwerke und Internetplattformen in der neuen und alten Welt. Er war fest davon überzeugt, dass in Kürze das «Ereignis» eintreten würde, wie er es nannte: Ein völliger Zusammenbruch der Zivilisation, verursacht durch soziale Unruhen, Virenausbrüche oder Atomkriege. Das Gericht Gottes. Nach der Apokalypse würde es einen Neubeginn geben, im Zeichen des Kreuzes.

‹Ich stelle fest: Wir sind vollständig.»

Edoardo hatte lange nach einer Gemeinschaft gesucht, die sich entschlossen für eine harte, männliche, siegesbewusste Kirche einsetzte. Gefunden hatte er Altherrenbünde, Sekten und Debattierclubs, geprägt von Spinnern und Träumern. Schließlich war er auf die *Holy Family* gestoßen – auf erzkonservative, hochintelligente, technikaffine Männer. Die Gruppe war straff organisiert und nutzte alle Möglichkeiten der Moderne, um die Moderne zu bekämpfen.

«Wir wollen beten», sagte Edoardo.

Das *Vaterunser* und das *Credo* kamen aus dem Lautsprecher.

«Die Predigt hält heute Kardinal Lapointe.»

Der Franzose räusperte sich. «Meine Freunde! Hier und jetzt wird sich das Schicksal der Kirche entscheiden. Die Kardinäle, verwirrt von satanischen Mächten, haben vor einigen Jahren einen Dämon zum Papst gewählt. Seit Jahren vergiftet Petrus die Seelen der Menschen. Heute ist er so populär wie nie, und seine Ideen greifen um sich.»

Edoardo hatte die Augen geschlossen und versuchte, sich auf die Predigt zu konzentrieren.

«Jesus hat einen Männerbund geformt, als er seine Jünger berief – doch Petrus will die Kirche den Weibern ausliefern. Jesus hat die Herrschaft der Kirche gewollt – doch Petrus predigt Toleranz. Jesus hat Stärke gewollt – doch Petrus liebt die Schwachen. Gift träufelt er in die Seelen der Menschen. Die Tradition gilt ihm nichts, mehr noch: Er will sie vernichten. Seine Kirche ist verzärtelt, weibisch, sinnentleert. Kraft- und wehrlos wird sie untergehen, wenn der Islam zuschlägt und das Abendland verschlingt. Wir stehen an einem Scheideweg, meine Freunde. Auf der einen Seite der Weg, den der Wahnsinnige beschreitet. Auf der anderen Seite der Weg, den Gott gewiesen hat. Es ist ein blutiger Weg. Wer diesen Weg beschreitet, muss kämpfen. Kreuzritter sind es, die auf ihm schreiten. Sie ziehen in die letzte, die finale Schlacht. Stark sind die Mächte, die sie bekämpfen – den Liberalismus!»

Lapointe schlug auf den Tisch.

«Ungezügelte Sexualität!»

Wieder ein Schlag.

«Geistlosen Materialismus! Wir aber, meine Freunde, sind stärker. Denn unsere Werte heißen: Härte. Zucht. Treue. Wir vereinigen das Abendland unter dem Zeichen des Kreuzes. Wir weisen dem Weibe seinen Platz zu – als fürsorgliche Dienerin. Wir zertreten das Haupt der muslimischen Schlange. Wir tragen das Kreuz auf andere Kontinente, zu den Gelben, Roten und Schwarzen. Wir sind die Elite des Abendlands – und wir haben alle Waffen, die wir benötigen: Dollar-Milliarden. Einfluss. Vor allem aber einen unerschütterlichen Glauben an die heilige katholische Kirche. Sollten wir untergehen in dieser Schlacht, dann ist uns die Krone der Märtyrer gewiss! Amen.»

Edoardo wartete einen Augenblick. Vermutlich gefiel die blumige, etwas altmodische Sprache Lapointes nicht allen in dieser Runde. Trotzdem hatte er zum Ausdruck gebracht, was sie alle fühlten.

«Meine Freunde», sagte Edoardo dann, «ich habe euch zusammengerufen, weil ein ungeheurer Anschlag auf die höchsten Werte unserer Vereinigung verübt werden soll. Petrus, der sich frevlerisch als Heiliger Vater bezeichnet, will den Mann, der ihm bisher als priesterlicher Privatsekretär diente, verheiraten. Dieses Vorhaben ist schändlich. Aber vor allem ist es gefährlich. Denn die Menschen in der Welt werden darin ein Zeichen sehen. Ein Zeichen, dass die Sakramente nur noch das Spielzeug von gottlosen Pseudo-Päpsten und gottlosen Priestern sind. Ich habe euch ein Dossier geschickt. Wir müssen handeln. Die Frage ist: Wie weit wollen wir gehen?»

«Das Ganze ist mehr als erschütternd. Eine Ungeheuerlichkeit, ein Skandal ungeahnten Ausmaßes. Das wird Papst

Petrus das Genick brechen», sagte McMillan. «Sie schreiben, dass Sie Zugang haben zum Umfeld dieser Contessa?»

«Das ist richtig. Wir sind entfernt verwandt.»

«Das ist ein Zeichen!», rief Lapointe.

«Aber für was?» Edoardo stellte am Laptop eine Ansicht ein, in der er die Gesichter aller Gesprächspartner gleichzeitig sehen konnte. Konzentriert sahen sie ihn an. «Für was – das ist die Frage, die ich mir stelle.»

«Wenn Sie zur Familie gehören, haben Sie Möglichkeiten, diese Hochzeit zu verhindern. Sie können aufstehen, während der Trauung, und Einwände erheben.»

«Damit machen wir uns lächerlich», sagte Bernardo. Sein Englisch war schlecht zu verstehen. «Nicht wir haben diese Hochzeit zu verhindern, sondern Gott.»

«So ist es.» Heilmann mischte sich ein. «Die Menschen müssen erkennen, dass Gott diese Ehe missbilligt. Gottes Zorn muss sichtbar werden.»

«Aber wie straft Gott?», fragte Edoardo.

Lapointes Antwort kam sofort. «Er vernichtet die Frevler.»

«Alle?»

«Alle. Den Papst. Den Priester. Und das Mädchen, diese verführerische Schlange.»

«Das Mädchen», begann Edoardo, «ist …»

«… mit Ihnen verwandt», sagte McMillan. «Ich weiß. Aber das darf Sie nicht hindern. Im Gegenteil. Der Herr hat Sie in die Schlacht geschickt, in die direkte Nähe des Feindes. Weil er Sie als Waffe einsetzen will.»

«Aber …»

«Kein Aber.» McMillan klang eisig. «Machen Sie Ihren Job. Der Herr wird Ihnen ein Zeichen geben. Halten Sie die Augen offen, dann werden Sie es erkennen.»

«Und wenn Sie Geld brauchen – kein Problem», sagte

Bernardo. «Wichtig ist, dass die Rädchen ineinandergreifen. Sobald es passiert ist, wird Heilmann einsteigen und das Ereignis deuten. Über alle Kanäle. In einer Medienoffensive ohnegleichen.»

«Und Lapointe», ergänzte Heilmann, «wird sich um den Vatikan kümmern. Wir müssen die Wahl des nächsten Papstes vorbereiten. Der Kurie muss klar sein, warum Gott eingreift: Weil Petrus zu weit gegangen ist. Weil er den Einflüsterungen des Satans erlegen ist.»

«Sie sind auserwählt!», rief McMillan. «Ein Werkzeug Gottes. Enttäuschen Sie uns nicht.»

Edoardo schwieg einen Augenblick. Und beendete dann, ohne ein weiteres Wort, die Sitzung.

*

Ganz offenbar waren sie mitten in der Stadt. Herrschaftliche Wohnhäuser aus der Gründerzeit säumten die Straße.

«Verzeihung», sprach Petrus einen gut gekleideten älteren Herrn an, «ich habe mich verlaufen. Wo sind wir hier?»

«In Prati, Via degli Scipioni», sagte der Herr und beäugte irritiert den schmutzigen, mit Tomatenflecken bedeckten Priester. Petrus trug seinen alten dunklen Mantel, die bewährte Altherrensonnenbrille und hatte sich die Haare so zurechtgelegt, dass niemand in ihm den Papst vermutet hätte.

Prati lag gleich hinter dem Vatikan, in Richtung Westen. Petrus ging manchmal hier spazieren, wenn er sich aus dem Vatikan geschlichen hatte, doch diese Nebenstraße hätte er nicht sofort erkannt.

«Danke, mein Sohn», bedankte er sich würdig.

Das goldene Klingelschild an dem Haus, vor dem Rosalia den Wagen abgestellt hatte, war blank poliert. Zehn Namen standen dort. Und in der vierten Reihe – es musste der dritte Stock sein – stand: Santini.

Petrus drehte sich um. Die Straße war um diese Uhrzeit noch nicht so stark belebt; an der Ecke baute gerade ein fliegender Händler seinen Stand mit Taschen, Tüchern und Gürteln auf. Die Geschäfte waren noch überwiegend geschlossen. Schräg gegenüber hatte ein Beerdigungsunternehmer sein Büro, daneben lag eine kleine Bar.

Dankbar überquerte er die Straße.

«Sie sehen aus, als könnten Sie eine *caffè* gebrauchen, Padre», sagte der Barista.

Es war eine kleine Bar für die Leute aus der Straße. In der Vitrine stapelten sich zartblättrige *sfogliatelle* mit Ricottacreme, dicke *panini al cioccolato*, goldgelbe *cornetti alla crema* … Darüber belegte *panini* mit Prosciutto und Provolone. Und ganz oben sehr appetitliche *tramezzini* mit Thunfisch und Artischockencreme, mit Ei, Sardellen, Pecorino und Rucola.

«Ich sehe nicht nur so aus», sagte Petrus. «Ich brauche wirklich einen *caffè*. Und ein *cornetto*. *Al cioccolato*, wenn möglich.»

Die Fahrt im rumpeligen Laster hatte ein Gefühl des Unwohlseins in seinem Magen hervorgerufen, eine gewisse Leere, die ausgefüllt werden wollte. Hierzu eigneten sich Cornetti mit Schokoladenfüllung in besonderer Weise.

«Für einen Augenblick dachte ich, Sie seien der Papst», sagte der Barista. «Er geht manchmal hier in Prati spazieren, heißt es. Aber …»

«… ich sehe etwas abgerissener aus als der Papst – das wollten Sie sagen, nicht wahr? Ich hatte … einen Zusammenstoß mit einem Gemüselieferanten.» Das war zumindest nicht ganz gelogen, dachte Petrus. «Darum die Tomatenflecken.»

«Außerdem ist der Papst etwas fülliger», sagte der Barista.

«Finden Sie wirklich?» Petrus hatte sich so an den Tresen gestellt, dass er durch das große Fenster die Tür auf der anderen Straßenseite im Auge behalten konnte. Der Barista schob die kleine Tasse mit Schwung über den Tresen und die Zuckerdose gleich hinterher. Beim zweiten Löffel zögerte Petrus, dachte an die Bemerkung über den fülligen Papst und ärgerte sich gleich darauf über sein Zögern. Renaissancepäpste hatten ganze Gelage abgehalten – und Päpste im Fernsehzeitalter durften sich nicht einmal einen zweiten Löffel Zucker gönnen? Entschlossen schaufelte er den Zucker in die Tasse und legte aus Trotz noch einen dritten Löffel nach.

Die Haustür auf der anderen Straßenseite blieb verschlossen.

Auf der Straße war es ruhig.

Petrus bemerkte den Juventuswimpel hinter der großen Kaffeemaschine und fing, immer noch etwas verärgert über den Barista, ein Gespräch über die Auswärtsniederlage der Turiner in Neapel an. Der Erfolg ließ nicht lange auf sich warten: Der Barista verfiel in schlechte Laune und erläuterte unter Verwendung von Espressotassen, die er wild auf dem blankpolierten Tresen hin- und herschob, weshalb das Tor der Süditaliener aus einer Abseitsstellung gefallen war. Aber man werde die Tabellenführung halten, Rossi sei ein erfahrener Trainer und werde die Nerven behalten.

«Ja, er ruht sehr in sich», sagte Petrus. «Er ist ja auch etwas kräftiger.»

In diesem Augenblick öffnete sich die Tür.

Und eine Frau trat heraus, so elegant und schön, dass der Barista beim Abtrocknen der Tasse innehielt, und Petrus vergaß, die Zuckerreste aus der Tasse zu kratzen.

Sie trug ein schwarzes Kostüm, offene dunkle Haare, die ihr glatt und glänzend bis über die Schultern fielen und eine große Sonnenbrille. Auf hochhackigen Schuhen stöckelte sie zum Straßenrand, wo ein Taxi hielt.

Der Fahrer sprang heraus und riss die Tür auf.

Und Rosalia ließ sich elegant in die Polster sinken.

*

Giulia war früh aufgestanden, um mit Francesco am Pool zu frühstücken. Onkel Federico hatte nun auch «dem lieben Bräutigam» eines der vielen Gästezimmer herrichten lassen.

Fast eine Stunde lang saßen sie in der Morgensonne allein.

Endlich einmal allein. Wie seltsam es war, dachte Giulia, dass sie sich nun anfassen und berühren konnten, ohne Geheimniskrämerei. Ohne die Angst, gesehen zu werden, etwas Verbotenes zu tun.

Der Tag war fast frühlingshaft heiter, ein leichter Wind fuhr durch die große Platane und die Spatzen hüpften auf der Suche nach Krümeln um sie herum – bis Monsignore majestätisch heranstolzierte und sich mit einem gezielten Sprung auf Francescos Schoß plumpsen ließ.

«Cousinchen!» Paolo winkte schon von weitem und hatte offensichtlich überhaupt keine Scheu, ihre Idylle zu stören.

«Darf ich mich zu euch setzen?», fragte er mit ironischem Unterton und stellte einen Teller mit Croissants mitten auf den Tisch. «Schließlich habt ihr ab dem Wochenende ja noch genug Zeit füreinander – ein ganzes Leben, wenn man hoffen darf …»

Er zog sich einen Stuhl heran. Monsignore knurrte unwirsch und machte sich mit einem Satz davon.

Auch Francesco stand auf. «Ich bin mit Alfredo verabredet.» Er beugte sich zu Giulia hinunter, streifte ihre Wange mit einem Kuss und flüsterte ihr ins Ohr: «Pass gut auf dich auf.»

Dann nickte er Paolo zu und ging den Kiesweg durch den Park davon.

«Oho, pass auf, dass du die Augen noch von ihm losreißen kannst, Giulietta», sagte Paolo spitz. «So habe ich dich ja noch nie erlebt. Und ihn erst, mit diesem sehnsuchtsvollen Augenaufschlag. Ungefähr so, wie Massimo Troisi die Cucinotta anstarrt, in *Il postino* – fassungslos, als hätte er noch nie so etwas Sensationelles gesehen. Man könnte fast meinen, ihr hättet euch eben erst kennengelernt.»

«Nur kein Neid», sagte Giulia. Sie schnappte sich ein *cornetto* und funkelte ihren Cousin an. «Wie ich mich erinnere, ist mir diese geschätzte Aufmerksamkeit von deiner Seite in jungen Jahren nicht zuteilgeworden. Aber du kannst alles wiedergutmachen. Ich wollte dich nämlich fragen, ob du mein Trauzeuge werden möchtest?»

Paolo erhob sich leicht aus seinem Stuhl und deutete eine Verbeugung an.

«Es ist mir eine Ehre, Cousinchen. Allerdings nur, falls dein künftiger Gatte noch eine wirklich bezaubernde Trauzeugin anschleppt. Mit der ich mich in der Hochzeitsnacht darüber hinwegtrösten kann, dass du für immer verloren bist. War das alles, worüber du reden wolltest?»

«Nein», sagte Giulia. Sie wurde plötzlich ernst. «Ich möchte dir eine Geschichte erzählen. Vielleicht ist sie wahr. Dann wäre es eine furchtbare Geschichte. Vielleicht ist sie nicht wahr. Dann … werden wir sehen, wie sich unser Verhältnis entwickelt. Es könnte sein, dass du mir nie verzeihen wirst.»

Giulia sah hinüber zum Pool. Ihr wurde immer noch schwindelig, wenn sie auf die glänzende Wasseroberfläche sah. Sie spürte, wie sich ihr ganzer Körper für einen Moment verkrampfte, und sie versuchte, tief ein- und auszuatmen.

«Was glaubst du selbst? Wahr oder nicht wahr?»

«Ich weiß es nicht mehr. Ich habe so oft über diese Geschichte nachgedacht, alle Argumente abgewogen. Gestern Abend war ich überzeugt, dass die Geschichte wahr ist. Heute Morgen war ich mir nicht mehr sicher.»

«Der Morgen ist klüger als der Abend, sagt man. Also stimmt die Geschichte nicht.»

«Eigentlich müsste ich mit Petrus darüber sprechen. Denn es geht um den Anschlag auf mich. Wir haben eine Verabredung getroffen, Petrus, Francesco und ich: Jeder, der etwas erfährt, sagt es sofort den anderen. Ich halte mich nicht in allen Punkten an diese Regel, weil … wir Freunde sind, Paolo. Weil uns so viel verbindet. Weil ich dich mag. Weil wir uns immer alles erzählt haben, viele Sommer lang. Und vor allem, weil ich mir nicht sicher bin, ob die Geschichte stimmt. Wenn sie aber stimmt, dann bin ich in großer Gefahr.»

«Du machst es wirklich spannend. Wovon handelt sie denn, deine Geschichte?», fragte er.

«Von Caligula.»

*

Petrus fingerte in den Tiefen seines Priestermantels nach Münzen, fand aber nur einen Rosenkranz, sein altertümliches Handy und ein paar Taschentücher.

«Stimmt so», rief er dem Barista zu, als dieser sich zu der Maschine umgedreht hatte. Dann ließ er den Rosenkranz so auf den Tresen fallen, dass die Perlen mit leichten Klingen auf den Metalltresen trafen.

«*Sempre Juve!*», rief der Barista ihm zu, als er zur Tür eilte. «Beten Sie für uns, Padre!»

Doch Petrus war schon zur anderen Straßenseite geeilt, wo sich eben eine ältere Frau, in Witwenschwarz gekleidet und mit großen Einkaufstüten beladen, an der Tür zu schaffen machte.

«Ich helfe Ihnen», bot sich Petrus an, als sie die Haustür aufgeschlossen hatte. Mit einer Hand hielt er die Tür auf, mit der anderen segnete er sie. Das Mütterchen bedankte sich nuschelnd, trippelte zum Fahrstuhl und bemerkte nicht, dass Petrus hinter ihr das Haus betreten hatte.

Im Eingang war es dunkel. In einer Wandnische hing ein verstaubtes Madonnenbild aus gebranntem und bemaltem Ton über einem Ewigen Licht. Petrus nahm den schmalen Gang, der neben Fahrstuhl und Treppe nach hinten führte, zum Innenhof. Dort standen Mülleimer, eine verrostete Teppichstange und Blumentöpfe mit halb vertrockneten Palmen. Eine ungeheuer fette Katze thronte auf den Tonnen und blickte ihn giftig an.

Er sah an der Fassade hinauf: Balkone mit kunstvoll geschmiedeten Gittern ragten hervor, eng aneinandergedrängt und klein. Einer der Balkone im dritten Stock musste zu der Wohnung gehören, auf deren Klingelschild *Santini* stand. Alle Balkontüren standen offen. Doch eine Feuerleiter gab es nicht – diese Möglichkeit schied also aus.

Petrus ging wieder hinein und stieg die Treppe hinauf.

Er klingelte bei Santini: nichts.

Er klingelte bei Ferrari: nichts.

Er klingelte bei Esposito: Das kleine Mütterchen in Witwenschwarz, dem er die Haustür aufgehalten hatte, stand in der Tür und sah ihn misstrauisch an.

«Sie wünschen, Padre?»

«Eigentlich wollte ich nach nebenan. Zu Santini. Ich soll dort etwas … erledigen.»

«Die Signora ist fast nie hier. Und ich habe keinen Schlüssel.»

Petrus sah an ihr vorbei in den Wohnungsflur. Neben der Garderobe hing ein Kruzifix. Signora Esposito war offenbar eine fromme Frau – das konnte helfen.

Aber vor allem beflügelte Petrus der Blick durch die offene Tür, die den kurzen Flur nach hinten begrenzte. Sie führte zum Schlafzimmer; ein großes Bett aus dunklem Holz war zu sehen – und dahinter die Balkontür. Sie stand offen, ein breiter Lichtstreifen fiel auf das Bett.

Vom Innenhof aus hatte Petrus gesehen, dass die Balkone dicht beieinanderlagen. Mit etwas Geschick konnte man von dem Balkon der Signora Esposito auf den Balkon der Santiniwohnung gelangen. Es war eine winzige Chance, aber wohl die einzige. Die Frage war nur: Wie sollte es einem katholischen Priester gelingen, sich Zugang zum Schlafzimmer einer ehrbaren Witwe zu verschaffen?

*

«Es geht um den Sommer, in dem du Caligula gespielt hast. Mit deiner Clique. Wilde Fahrten über Land, Alkohol, Mädchen. Dann die Kostümpartys am Strand, mit diesen albernen Blechlorbeerkränzen. In diesem Sommer ist etwas passiert. Etwas Grausames. Du hast die Kontrolle verloren über euer Spiel. Ich erinnere mich an eine Geschichte, an ein Mädchen … Es war ein Sommer, in dem du … ein wenig verloren warst, unsicher, voller Selbstzweifel. Wir haben viel darüber gesprochen, am Anfang der Ferien. Sogar Federico hat es bemerkt. Und dieses Spiel … hat dir ein Gefühl von Macht gegeben. Du warst Caligula, der Cäsar. Herr über Leben und Tod. Ich weiß nicht, was du getan hast, aber es war … es war etwas Blutiges. Ein Opfer.»

«Falls deine Geschichte stimmt.»

«Bei Federicos Fest habe ich Caligula erwähnt. Völlig arglos, ich wollte gar nichts damit sagen, aber du hast merkwürdig reagiert. Ebenso bei unserem Abendessen. Über alle Themen konntest du deine typischen Paolowitze reißen. Bei Caligula nicht. Du bist ausgewichen, hast abgelenkt. Ich weiß nicht, was damals passiert ist. Aber vielleicht glaubst du, dass ich es weiß. Vielleicht glaubst du, dass ich von diesen … furchtbaren Dingen weiß, die du getan hast, damals.»

«Du meinst ernsthaft, dass ich …»

«Es gibt Verbrechen, die nicht verjähren. Du hast geglaubt, dass ich etwas weiß. Darum hast du gehandelt. Du hast meinen *caffè* vergiftet und gewartet, bis ich unterging. Weil jeder weiß, dass du phantastisch schwimmen kannst, hast du abgewartet – so lange, bis du sicher warst, dass ich nicht mehr wiederbelebt werden kann. Dann hast du mich gerettet. Nun, ich habe gute Lungen. Du bist zu früh gesprungen.»

Paolo sah bleich aus. «Bist du jetzt fertig mit deiner Geschichte?»

«Ja», sagte Giulia. «Ist es eine wahre Geschichte, Paolo?»

«Ich habe nie versucht, jemanden umzubringen, Giulia. Weder dich noch irgendjemand anderen. Aber es gibt einen wahren Kern an deiner Geschichte.»

«Nämlich?»

«Es gibt ein Geheimnis, das mit Caligula und mit mir zu tun hat.»

«Dann erzähle es mir. Ich will dir glauben, Paolo, aber ich kann es nicht.»

«Ich kann es dir nicht erzählen. Aber … ich kann es dir zeigen.»

«Dann tu es. Jetzt.»

«Es geht nur nachts, und nur, wenn du allein kommst. Die-

ses Geheimnis, Giulia, es bedeutet mir alles. Alles, verstehst
du? Wenn du mich betrügst, wenn du jemanden bittest, dir
zu folgen, oder wenn du ausplauderst, was ich dir zeige …
Vielleicht wäre ich dann wirklich in der Lage, dich zu töten.»

*

«Ich bin im Vatikan tätig», sagte Petrus. «Kongregation für
Glaubensangelegenheiten.»

Witwe Esposito nickte.

«Signora Santini hat mich gerufen.»

Witwe Esposito nickte erneut.

Petrus senkte geheimnisvoll die Stimme. «Ich bin Exorzist,
müssen Sie wissen. Signora Santini hat davon berichtet, dass
sie äußerst schlecht schläft. Sie wacht nachts auf, schreiend,
und bekommt keine Luft. Es ist, als ob eine finstere Gestalt
auf ihrer Brust hockt, mit schwarzen Hörnern auf dem
Kopf. Und überall stinkt es nach Schwefel. Schlafen Sie auch
manchmal schlecht, Signora Esposito?»

«Ich schlafe hervorragend. Und in meiner Wohnung
stinkt nichts.»

Wie ärgerlich. Alte Frauen schlafen immer schlecht, hatte
Petrus vermutet. Und alte Frauen fürchten sich vor dem Sa-
tan. Signora Esposito aber nicht. Sie stand aufrecht vor ihm
und sah zu ihm hinauf, mit unbewegter Miene.

Egal. Er hatte diesen Weg eingeschlagen – nun musste er
ihn auch gehen.

«Es freut mich, dass sie bislang verschont worden sind.
Aber bedenken Sie: Der Dämon kann jederzeit die Wohnung wechseln. Wenn Signora Santini häufig außer Haus
weilt, wird ihm langweilig. Er kann durch Wände gehen,
müssen Sie wissen. Da ich schon einmal hier bin, biete ich
Ihnen an, Ihre Wohnung zu versiegeln. Mit der Kraft des

Heiligen Geistes. Insbesondere Ihr Bett. Der Dämon wird erkennen, dass Sie geschützt sind, und weiterziehen.»

«Zu den Ferraris vermutlich», sagte Signora Esposito und deutete auf die dritte Tür. «Das gönne ich ihnen. Hilft es auch gegen normale Gespenster?»

«Natürlich. Dämonen, Gespenster, Nachtmahre – was auch immer Sie heimsucht.»

«Mein Vincenzo ist vor zwei Wochen gestorben. Ich habe ihn schlecht behandelt, vierzig Jahre lang. Er hatte es nicht anders verdient. Allerdings fürchte ich, dass er zurückkommt, in der Nacht.»

«Dann ist es höchste Zeit», sagte Petrus. «Ich versiegele Ihre Wohnung – und Sie sehen ihn erst beim Jüngsten Gericht wieder.»

Signora Esposito machte den Weg frei.

«Sie bleiben hier im Flur, vor dem Kruzifix. Und beten so lange, bis ich Sie rufe. Beim heiligen Exorzismus darf ich nicht gestört werden. Sonst wirkt er nicht.»

Petrus eilte ins Schlafzimmer und schloss die Tür.

Nur einen Augenblick später wurde außen der Schlüssel umgedreht.

«Jetzt sitzen Sie in der Falle», höhnte Witwe Esposito. «Ich habe gleich gesehen, dass Sie ein Trickbetrüger sind. Kein Padre aus dem Vatikan würde in einem solch schäbigen Aufzug hier erscheinen. Bei meiner Freundin Donatella haben sie es mit dem Enkeltrick versucht. Und bei mir nun mit einem angeblichen Exorzisten. Vermutlich glauben Sie, dass ich meinen Schmuck und mein Bargeld im Schlafzimmer aufbewahre. Aber da haben Sie sich geirrt, Sie Schuft.»

Er hörte, wie sie mit der Polizei telefonierte.

Wie lange würde es dauern, bis die Carabinieri hier waren? Zehn Minuten, fünfzehn Minuten? Sie waren in Rom, hier dauerte alles länger. Hauptsache, *sie* würde ihn nicht stören. Er schob einen Stuhl vor die Tür und verkeilte ihn so mit der Türklinke, dass sich die Tür von außen nicht mehr öffnen ließ. Dann betrat er den Balkon, den Witwe Esposito liebevoll mit Kakteen dekoriert hatte. Der Abstand zum Nachbarbalkon, der zu Rosalias Wohnung führte, war winzig; er würde es schaffen. Die Balkontür stand offen, ein heller Perlenvorhang versperrte den Blick ins Zimmer.

Petrus maß den Abstand.

Ein großer Schritt – und er wäre drüben.

Nur seine Soutane behinderte ihn. Er trat zurück ins Schlafzimmer, knöpfte die dreiunddreißig silbernen Verschlüsse der Soutane auf, entflocht den Knoten und schlüpfte heraus. Im Hochsommer trug er dunkle Bermudashorts unter der Soutane; sie stammten noch aus seiner Zeit als Gemeindepfarrer. Mehrfach hatte er sie gegen die Attacken Immaculatas verteidigen müssen, die solche Kleidungsstücke für unwürdig hielt und der Meinung war, ein Papst habe auch bei über 35 Grad stets eine lange Hose unter der Soutane zu tragen. Das Priesterhemd behinderte ihn nicht. In dieser Kombination müsste es gehen.

Vielleicht konnte er aus der Nachbarwohnung fliehen, ohne weitere Kontakte mit der Witwe Esposito? Dann würde er aber drüben seine Soutane benötigen. Er knüllte sie zusammen, um sie auf den Nachbarbalkon zu befördern.

Er zielte und warf.

Der schwarze Stoffballen entfaltete sich in der Luft, prallte gegen das Geländer nebenan und sank, wie eine riesige Rabenkrähe, langsam hinunter in den Hof. Neben der Mülltonne blieb die Soutane, nun vollständig entfaltet, liegen; ein dunkler Fleck auf dem vertrockneten Rasen.

Petrus schob einige Kakteen zur Seite, holte tief Luft

und schwang das erste Bein über das Geländer. Er beglückwünschte sich zu seinen morgendlichen Kniebeugen und Liegestützen und schwang das zweite Bein hinüber.

Dann sprang er.

Es war, wie erwartet, nur ein großer Schritt, dennoch zitterte er leicht, als seine Füße auf dem benachbarten Balkon standen. Er schob den Perlenvorhang beiseite und betrat Rosalias Wohnung.

*

Die Schlosskapelle war ein Kleinod der Barockkunst. Das Innere mit den stuckierten Decken und den großen Marmorengeln lag im Halbdunkel, das einzige Licht fiel diffus durch ein ovales Fenster hinter dem Altar.

Edoardo kniete sich in der ersten Bank nieder.

«Herr», betete er, «du weißt, was von mir verlangt wird. Und ich bin bereit, meine Pflicht zu tun. Aber zeige mir, oh Herr, ob dies wirklich dein Wille ist. Zeige mir, dass du ein Strafgericht halten willst, mit Feuer und Blut – und ich werde dein Werkzeug sein. Wenn du aber, oh Herr, verzeihen willst, wenn du strafen willst erst nach dem irdischen Leben – so sage es mir. Denn dann …»

Er griff in die Seitentasche seines Priestermantels und holte Giulias Bild hervor, abgegriffen und zerknittert. Sie hatte versucht, mit ihm zu sprechen. Gestern, beim Mittagessen. Und immer wieder in den vergangenen Tagen. Einmal hatte sie sogar vor seiner Tür gestanden, hatte geklopft und war dann wieder gegangen. Er kannte ihre Schritte. Er ließ diese Begegnung nicht zu. Es war besser so. Er stellte das Bild auf die Kirchenbank, sah zur Madonna hoch und dann wieder auf die Fotografie.

«Ein Zeichen, oh Herr …»

Für einen Augenblick verschleierten Tränen seine Augen. Auf einmal brach der letzte Abendschein in den Altarraum und erleuchtete das große Gemälde der Muttergottes, die sich, von Engeln getragen, direkt auf dem Weg in den Himmel befand. In alldem Glanz aber erschien eine Gestalt, hoch aufgerichtet, im dunklen Gewand.

«Der Engel des Todes», flüsterte Edoardo.

Und die Erscheinung sprach: «Ich habe Sie gesucht. Und ich habe Sie gefunden. Vor dem Altar des Herrn.»

Immaculata war durch die Sakristei in den Chorraum getreten. Hoheitsvoll sah sie hinunter zu Edoardo in der Kirchenbank, der sie verwirrt anstarrte.

«Bist du ... ein Zeichen des Herrn?», ächzte er.

«Davon können Sie ausgehen», sagte Immaculata. «Allerdings bin ich überrascht, dass Sie mich duzen.»

«Was ... was wollen Sie von mir?»

«Ich möchte mit Ihnen reden.»

Edoardo senkte den Kopf auf seine gefalteten Hände. «Wenn es dein Wille ist», flüsterte er, «dann lass sie sagen, was zu tun ist.»

Er hob den Kopf und blickte wieder zu Immaculata hinauf. «Worüber?»

«Ich frage mich, ob es wenigstens einen anständigen Menschen gibt in diesem Schloss, der die sündhafte Verbindung von Contessa Giulia und Padre Francesco für ein Werk des Teufels hält.»

«Sie haben ihn gefunden», sagte Edoardo, senkte erneut den Kopf und flüsterte in seine zum Gebet gefalteten Hände: «Danke, oh Herr. Ich werde tun, was dein Wille ist.

*

Petrus betrat die Wohnung und schloss die Balkontür hinter

sich. Er fingerte sein Handy aus der Seitentasche der Bermudashorts und wählte die Nummer der Polizei.

«Sandro Esposito, Via degli Scipioni, spreche ich mit der
Polizei? Sie haben gerade mit meiner Mutter telefoniert.
Wegen eines Betrügers … Das ist ein Tick von ihr, verstehen
Sie? Eine psychische Störung. Sie schließt meinen Vater im
Schlafzimmer ein und behauptet, er sei ein Trickbetrüger
und wolle sie ausrauben. Nein, Sie müssen nicht kommen …
wir haben das im Griff.»

Hochzufrieden mit sich, begann Petrus nun mit der Durch-
suchung der Wohnung.

Ganz offensichtlich lebte hier niemand. In dem kleinen
Zimmer, das direkt auf den Balkon führte – bei Witwe
Esposito diente es als Schlafzimmer –, stand kein Bett. Dafür
reihten sich hier lange Kleiderstangen, an denen Kostüme
hingen, Blusen und Röcke, Kleider und Mäntel. Vermutlich
zog sich Rosalia hier um. Ihre Ordenstracht, die sie auf dem
Schloss trug, lag über einem Stuhl.

In der Küche gab es keinen Herd. In dem großen Raum
nebenan stand ein gläserner Schreibtisch, auf dem mehrere Bildschirme thronten. Unter der Glasplatte stand ein
Rollcontainer mit Schubladen. Petrus zog Schublade um
Schublade auf: ein Aufladekabel für Handys, Batterien, eine
Haarbürste, einige Dollarscheine, Putzmittel und Gummi-
handschuhe – sonst nichts.

Auf den großen, schwarz glänzenden Bildschirmen fanden
sich weder Staub noch Fingerabdrücke. Rosalia war eine ef-
fiziente, hervorragend organisierte Frau, die ihre Aufgaben
– man sah es am Haushalt des Kardinals – perfekt im Griff hatte. Petrus versuchte gar nicht erst, die Computer zu starten;
ohne Zweifel würden sie durch Passwörter geschützt sein.

Was es gar nicht gab in dieser Wohnung, war Papier.

Weder Notizen noch Briefe, keine Kalender, Prospekte oder Bücher. Nichts, was darauf schließen ließe, weshalb Rosalia diese Wohnung aufsuchte. Mit Sicherheit ruhten alle ihre Geheimnisse in den unzugänglichen Computern.

So ein Pech!, dachte Petrus.

Er durchschritt mehrfach die Räume und blieb dann noch einmal vor den Kleiderständern stehen. Petrus verstand nichts von Mode, trotzdem erkannte er, dass die Röcke und Hosen gut gearbeitet waren, auch wenn sie nicht luxuriös wirkten. Er durchsuchte alles, griff sogar in die Innentaschen der Jacken, und deponierte seine Funde auf dem Schreibtischstuhl.

Eine Packung Taschentücher.

Ein Kugelschreiber ohne Aufdruck.

Und eine Bordkarte der Alitalia für einen Flug von San Francisco nach Rom. Sie war über ein halbes Jahr alt und auf Mrs. Emily-Elizabeth Manero ausgestellt.

«Heilige Mutter Gottes», murmelte Petrus und durchwühlte die Seitentaschen des letzten Kostüms, «falls Mrs. Emily-Elizabeth Manero noch mehr Spuren hinterlassen hat, so weise mir den Weg zu ihnen. Und falls Mrs. Manero und Rosalia ein und dieselbe Person sind, so gib mir einen Hinweis, damit ich die Zusammenhänge erkenne. Lasse mich nicht im Finstern wandeln!»

Er fand nichts mehr.

Schließlich durchsuchte er Rosalias schwarze Nonnentracht. In einer der Taschen waren die Autoschlüssel, ein dicker Schlüsselbund, der vermutlich zu den Räumen im Schloss gehörte – und ein Einkaufszettel für den Wochenmarkt.

Zuletzt entdeckte er ein kleines Fläschchen aus braunem Glas mit weißem Verschluss. Das Etikett war abgegriffen, der

Name des Medikaments zerkratzt. Aber die Inhaltsstoffe waren noch zu entziffern.

Es handelte sich um das Betäubungsmittel, das Dottore Frascati ihm genannt hatte.

*

Tante Eugenia wirkte besorgt. «Es machen sich Gerüchte breit», sagte sie. «Das gefällt mir nicht.»

«Gerüchte?» Giulia nahm einen Schluck von dem Aperitif, den Eugenia gemixt hatte. Er schmeckte sommerlich-fruchtig, doch darunter war – wie immer bei Eugenias Kreationen – die Wucht hochprozentiger Alkoholika zu spüren. Nicht gerade der geeignete Appetitanreger vor dem Mittagessen. Eher ein Absacker nach dem Mitternachtsimbiss.

«Man fragt sich, wie die Hochzeitsvorbereitungen laufen: Was gibt es zu essen? Wie wird der Festsaal geschmückt sein? Und so weiter. Bisher ist davon wenig zu spüren. Für Alkohol habe ich schon ausreichend gesorgt, aber ich kann mich ja nicht um alles kümmern … Aus Sicht deiner lieben Verwandten könnte das alles ein Hinweis darauf sein, dass die Hochzeit in Gefahr ist.»

«Rebecca wird es richten», sagte Giulia. «Sie hat Exceltabellen angelegt und jede Minute durchgeplant.»

«Das hatte ich befürchtet», seufzte Eugenia. «Doch bei einer Hochzeit kommt es nicht darauf an, ob alles perfekt ist, Kindchen. Es kommt darauf an, dass die Hochzeit unvergesslich bleibt.»

«Und wann bleibt sie unvergesslich?»

«Meistens dann, wenn etwas schiefgeht», sagte Eugenia. «Niemand wird sich daran erinnern, wie die Servietten gefaltet sind. Aber jeder wird sich daran erinnern, wenn der Brautvater mit der Brautjungfer erwischt wird.»

Giulia grinste. «Das hast du jetzt erfunden, oder?»

«Es war eine unendlich langweilige Veranstaltung. Alles zog sich hin: Trauung, Empfang, Reden. Und der Brautvater sah phantastisch aus, viel besser als der Bräutigam. Leider haben wir uns die Speisekammer ausgesucht. In der die Hochzeitstorte aufbewahrt wurde.»

«Es wird etwas schiefgehen bei meiner sogenannten Hochzeit.»

«Tatsächlich?»

«Ja, liebe Tante, sie wird nicht stattfinden! Sobald ich weiß, wer mich um die Ecke bringen will, wird die ganze Veranstaltung abgeblasen. Noch unvergesslicher geht es nicht.»

«Eine sehr interessante Variante. Das gab es, soweit ich weiß, noch nie bei den Santinis. Aber bis dahin müssen wir den Schein wahren, *tesoro*. Und die Hochzeit so vorbereiten, dass der Täter glaubt, du meinst es ernst. Wie gesagt: Es kursieren schon Gerüchte.»

«Was also sollen wir tun? Ich könnte die Ausdrucke von Rebeccas Exceltabellen irgendwo liegen lassen, hier auf der Terrasse zum Beispiel. Dann können alle nachlesen, wie engagiert wir das große Fest planen.»

«Ein wenig Plauderei über die Vorbereitungen würde nicht schaden.» Eugenia sah ihre Nichte vorwurfsvoll an. «Wichtig ist vor allem, dass die Speisenfolge steht. Wer kümmert sich darum?»

«Rebecca. Sie hat wohl einen Caterer an der Hand.»

«Gut, dann lass uns noch über die Musik sprechen.»

«Rebecca hat perfekte Playlists. Sagt sie.»

«Musik aus der Konserve! Wie stillos! *Ich* werde das in die Hand nehmen. Natürlich benötigen wir ein Orchester. In allerbester Qualität. Nun, ich habe da eine Idee.»

«Die größten Probleme seien bereits gelöst, sagt Rebecca:

Wir haben eine Kirche auf dem Schlossgelände. Wir haben einen Priester. Wir haben einen Festsaal. Nur um die romantischen Probleme soll ich mich selbst kümmern.»

«Ein Bräutigam hat sich ja inzwischen gefunden», sagte Tante Eugenia. «Also meint sie die Ringe.»

«Ringe brauchen wir nicht. Der Täter muss auf jeden Fall zuschlagen, bevor die Ringe angesteckt werden. Sonst sind wir verheiratet – und alles ist zu spät.»

«Aber ein Brautkleid wäre hilfreich. Vielleicht möchte der Täter ja erst in der Kirche zuschlagen. Es würde ihn irritieren, wenn du ohne Kleid vor den Altar trittst.» Sie ließ die Eiswürfel in ihrem Glas klirren.

«Auf Federicos Dachboden wird sich schon etwas finden.»

«Meine liebe Giulia!», sagte Eugenia streng. «Du kannst froh sein, dass du mich hast. Und dass ich für dich und deine Cousine mitdenke. Für morgen habe ich bereits einige Termine in den exklusivsten Brautmodeläden in Rom ausgemacht. Frag nicht, wie schwierig es war, so kurzfristig noch Termine zu bekommen! Du wirst dir für morgen nichts anderes vornehmen, wir sind ohnehin schon viel zu spät dran. Ich habe Urlaub. Ich möchte mich amüsieren. Für einfache Gemüter wie den Papst genügt es möglicherweise, wenn sie im Urlaub ein wenig Detektiv spielen können. Aber Menschen wie ich haben auch ästhetische Interessen. Keine Sorge, ich kümmere mich um alles. Und, nebenbei: Ich bezahle auch alles. Du musst nur dabei sein. Und dafür sorgen, dass Tante Eugenia ihren Spaß hat.»

«Ich fürchte, ganz so einfach wird es nicht gehen …»

«Du meinst deine Mutter?» Eugenia verzog das Gesicht. Dann seufzte sie. «Na gut, ich hätte es zwar entschieden vorgezogen, mit dir alleine nach Rom zu fahren. Aber ich erinnere mich: Bei meiner ersten Hochzeit war meine Mutter auch beim Kauf des Brautkleids dabei. Soll sie also mitkommen. Wenn sie zu anstrengend wird, setzen wir sie einfach vor einen Eisbecher bei Giolitti. Und holen sie abends wieder ab.»

*

Petrus rüttelte vergeblich an der Wohnungstür. Rosalia hatte abgeschlossen, und damit war sein Fluchtweg versperrt. Es blieb ihm nur der Rückweg über die Wohnung der Witwe Esposito.

Er kletterte zurück. Bereits in der Nachbarwohnung hatte er gehört, wie sie zornig gegen die Schlafzimmertür hämmerte. Jetzt, auf dem Balkon, empfingen ihn wütende Beschimpfungen, untermalt von heftigen Faustschlägen gegen die Tür.

«Was tun Sie dort drin, Sie Verbrecher? Antworten Sie! Und öffnen Sie die Tür!»

Mit einem kurzen Stoßgebet dankte er dem Herrn, dass er die Kletterpartie so gut überstanden hatte.

Mit einem zweiten Stoßgebet bat er um Beistand gegen die Witwe Esposito.

«Jetzt antworten Sie endlich!»

Petrus schob den Stuhl zur Seite, mit dem er die Tür blockiert hatte.

«Sie müssen aufschließen, Frau Esposito. Sonst kann ich nicht herauskommen.»

Der Schlüssel drehte sich. Dann schwang die Tür auf. Witwe Esposito stand im Türrahmen, ein großes Fleischermesser in der Faust. Entgeistert starrte sie auf seine Bermudashorts, die unter dem Priesterhemd hervorlugten.

«Es war ein hartes Ringen mit den dämonischen Kräften»,

sagte Petrus. «Sie haben mir die Soutane vom Leib gerissen. Aber ich bin Sieger geblieben.»

«Die Polizei wird gleich hier sein», zischte Witwe Esposito.

«Ich habe sie abbestellt. Die Polizei kennt nun die Wahrheit.»

«Welche Wahrheit?»

«Sie sind geistig verwirrt, halten ihren armen Ehemann für einen Trickbetrüger und sperren ihn ein. Noch dazu bedrohen sie ihn mit einem Fleischermesser.»

Die Witwe schnappte hörbar nach Luft. «Dann werde ich eben den Hausmeister rufen, Sie unverschämter Kerl!»

«Tun Sie das», sagte Petrus freundlich. «Und dann erklären Sie ihm bitte, was ein notdürftig bekleideter Priester in Ihrem Schlafzimmer tut. Zwei Wochen nach dem Tod Ihres Mannes. Sie kennen die römischen Mietshäuser, Sie kennen die römischen Stadtviertel, Frau Esposito. Man wird sich fragen, warum Sie einem fremden Mann geöffnet haben. Man wird sich fragen, warum Sie ihn in Ihr Schlafzimmer gelassen haben. Wird man die Geschichte vom Trickbetrüger glauben? Ich warne Sie, Witwe Esposito. Wie schnell ist der gute Ruf einer ehrsamen Witwe verspielt. Noch dazu wissen Sie nicht, was ich dem Hausmeister erzählen werde …»

«Sie Schuft!»

«Ich mache Ihnen ein Angebot, Witwe Esposito. Sie leihen mir eine Hose Ihres verstorbenen Mannes. Eine schwarze Hose, wenn möglich. Auf dem Foto dort wirkt er … ein wenig kräftiger. Genau wie ich. Die Hose müsste also passen. Dann werde ich mich verabschieden. Ruhig und würdevoll. Ohne Aufsehen. Die Hose erhalten Sie auf dem Postweg zurück.»

Wenig später trat Petrus aus der Wohnung. Die Hose spannte etwas über seinem Bauch, harmonierte aber sehr gut mit dem schwarzen Priesterhemd.

«Warten Sie einen Augenblick», sagte die Witwe Esposito, als er eben die Treppe hinuntergehen wollte. «Falls Sie wirklich ein Exorzist sind ... haben Sie etwas von Vincenzo bemerkt?»

«Es geht ihm gut», sagte Petrus freundlich. «Er lässt ausrichten, dass er Sie in Zukunft seltener behelligen wird. Denn er hat Anschluss gefunden im Jenseits.»

«Anschluss?»

«Eine Jugendfreundin. Vor einiger Zeit verstorben. Ich habe den Namen vergessen ...»

«Donatella!», zischte Witwe Esposito zornig.

«Richtig, Donatella war ihr Name!»

«Dieses Miststück. Sie hat ihn nicht bekommen, damals, in der Tanzstunde. Jahrzehntelang hat sie ihm schöne Augen gemacht – auf der Straße, in der Markthalle. Aber ich habe ihn nicht von der Kette gelassen. Vor drei Jahren ist sie gestorben. Und kaum taucht Vincenzo dort oben auf ...»

Petrus hörte sie, als er die Treppe hinunterging, noch länger wüten. Er holte seine Soutane aus dem Innenhof, zog sie in einem Winkel des Treppenhauses an und trat hinaus auf die Straße.

Auf der anderen Seite war die Bar.

Er würde sich stärken. Mit einem *tramezzino* – oder auch zwei.

Dann würde er beim Vatikan anrufen, einen Wagen bestellen und zurück zum Schloss fahren.

Und dort würde er herausfinden, was Rosalia mit Emily-Elizabeth Manero zu tun hatte.

*

Sie hatte sich davongeschlichen. War über die Terrasse und die Freitreppe in den Park geschlendert. Und dann zum

Seitentor wieder hinaus. Keiner ihrer Verwandten am Pool hatte Notiz von ihr genommen, wahrscheinlich dachten alle, sie würde sich zu einem abendlichen Spaziergang durch den Park aufmachen. Sie verspürte einen Hauch von schlechtem Gewissen – aber schließlich wollte sie Petrus und Francesco nicht beunruhigen. Es würde schon nichts passieren.

Nur Eugenia hatte sie gestanden, dass sie mit Paolo einen ‹Ausflug› unternehmen wollte. Eugenia hatte anzüglich gegrinst. – Egal.

«Du weißt noch, was ich zu dir gesagt habe?» Paolo lenkte den Wagen rasch durch die Serpentinen, die vom Hügel hinunterführten. Sie fuhren in seinem nagelneuen Cabrio, den Jeep hatte er auf dem Parkplatz stehen gelassen.

«Caligula steht nicht für ein Verbrechen, sondern für ein Geheimnis», wiederholte Giulia. «Und es bedeutet dir unendlich viel. Du würdest dafür … sogar töten.»

Paolo lachte. «Das war nur so dahingesagt.»

«Hoffen wir es.»

«Hast du im Schloss Bescheid gegeben, wo du bist?»

«Ich habe lange darüber nachgedacht.»

«Und?» Paolo sah sie von der Seite an.

Giulia zog ihr Kopftuch fester, das im Fahrtwind flatterte. Paolo nahm die Haarnadelkurven rasant. Die Äste peitschten gefährlich nah an ihrem Kopf vorbei. Dann, nach der nächsten Kurve, ging es steil hinunter zum See.

«Ich habe mich dagegen entschieden», sagte sie. «Irgendjemand hat meinen *caffè* vergiftet. Es gibt mehrere Menschen, die in Betracht kommen. Du bist einer davon. Aber du bist … ein Sonderfall.»

«Warum?»

«Weil wir Freunde waren. Als Kinder. Viele Sommer lang.»

«Du benutzt die Vergangenheitsform.»

«Vielleicht sind wir auch noch Freunde. Ich weiß es nicht genau.»

«Du warst auch mit Rebecca befreundet. Und mit Edoardo. Beide waren am Pool, als du untergingst. Warum bin ich der Sonderfall?»

«Die beiden waren ... Spielkameraden. Auch Freunde, natürlich. Wir steckten ja die ganze Zeit über zusammen. Aber du hast mich wirklich verstanden. Dachte ich zumindest. Und ich dich.»

«Ja», sagte Paolo. Er ließ die Seitenfenster hinaufgleiten und drosselte das Tempo, um sie besser zu verstehen. «Ja. Du hast mich verstanden. Und ich dich.»

«Bis zu diesem Sommer. Bis zu Caligula.»

«Mag sein.»

«Außerdem ...» Giulia zögerte kurz, bevor sie weitersprach. «... außerdem war ich in dich verliebt. In Edoardo nicht.»

Sie sah zu ihm, suchte nach einer Reaktion. Aber Paolo blickte nur starr geradeaus, auf die Straße vor sich, auf den tausendfach geflickten Asphalt und die wackligen Leitplanken.

«Als wir diesen Tanzkurs hatten, nicht wahr?», sagte er schließlich. «Vor dem Abschlussball.»

«Du hast es also bemerkt?»

«Ja.»

«Aber ich hatte keine Chance bei dir.»

«Doch. Ich habe mich nur nicht getraut, es zu zeigen.»

«Nicht getraut?»

«Du warst so klug, Giulia, damals schon. Du hast alles hinterfragt und abgewogen. Du warst selbstbewusst und hattest Pläne. Es war klar, dass du einmal sehr schön werden würdest. Ich dagegen ...»

«Du warst der Beau der ganzen Clique.»

«Ich war ein hübscher Kerl, der gut Tennis spielen und Witze reißen konnte. Ich wusste, wo die guten Badeplätze sind am Meer, wie man in bestimmte Clubs reinkommt und plappernde dumme Mädchen rumkriegt. Aber du, Giulia, hast in einer anderen Klasse gespielt. Drei Ligen über mir. Das wusste ich genau. Nach zwei Monaten wäre ich dir langweilig geworden – und du hättest Schluss gemacht. Das wollte ich mir ersparen.»

Giulia sah, wie er das Lenkrad fest umklammert hielt, seine Lippen waren ein Strich.

«Du hast dich … nicht getraut?», fragte sie langsam. «Und ich habe mir damals den Kopf darüber zerbrochen, was ich noch tun könnte. Wochenlang. Monatelang.»

«Sagen wir ruhig: Ich war zu feige.»

«Und dann, nach dem Abschlussball?»

«Kam der Caligulasommer, wie du es nennst.»

«Und danach war alles anders.»

«Ja.»

«Wohin fahren wir eigentlich?»

«Zum Nemisee».

*

Petrus hatte sich geduscht und umgezogen. Das war auch bitter nötig gewesen. Der Chauffeur aus dem Vatikan hatte zwar keine Fragen gestellt, seine besorgten Blicke waren aber nicht misszuverstehen. Es war schon später Nachmittag, als er wieder im Schloss der Santinis eintraf.

Trotzdem hatte der kleine Ausflug ihn belebt. Der Autolärm, die Straßen, die Feierabendgeschäftigkeit, ach, überhaupt: Rom in all dem Gestank und der Großartigkeit. Der Barista hatte ihn beim zweiten Besuch in der Bar sofort wiedererkannt und das Fußballgespräch mit ihm fortgeführt, in das sich bald mehrere Männer einmischten, die aus den umliegenden Büros und dem Beerdigungsinstitut nebenan dazugestoßen waren. Die Anhänger seines römischen Lieblingsvereins waren schließlich in der Mehrzahl gewesen, sodass Petrus sich wohlfühlte. Auch die Artischocken-Thunfisch-*tramezzini* hatten hervorragend geschmeckt. Der Barista hatte ihm unaufgefordert einen *caffè coretto* mit einem Schuss Grappa hingestellt. Und kurz darauf einen zweiten.

Jetzt fühlte er sich gewappnet, um noch einmal mit Federico zu sprechen.

Vor dem großen Fenster im Treppenhaus blieb er kurz stehen und sah zu, wie das weiche Abendlicht die Konturen der Bäume im Park verwischte. Der Springbrunnen glitzerte, die Kieswege glänzten. Nach diesem Tag in seiner Heimatstadt Rom erschien ihm das Ganze zauberhaft und trügerisch zugleich. In jedem Fall unwirklich. Ein Panorama, wie eine überwältigend gemalte Kulisse.

Er klopfte kurz an die Tür zur Bibliothek und trat ein.

«In der Halle unten bin ich unserem Freund Giuseppe Frascati begegnet. Deinem Arzt. Wie geht es dir, Federico?»

«Danke, mein Lieber. Du weißt ja, dass man den Ärzten nicht immer alles glauben darf.» Der Alte lächelte schwach. «Komm mit hinaus, wir setzen uns auf den Balkon. Rosalia soll uns einen *aperitivo* bringen.»

Federico trat auf den Flur und rief kurz nach seiner Haushälterin. Rosalia war also auch wieder zurück.

Der Kardinal hatte sich immer gut gehalten. Aufrecht. Aber jetzt, an diesem Abend, sah er uralt aus, fand Petrus. Gebeugt. Mit strähnigem weißem Haar. Die Augen tief in den Höhlen.

Er versuchte, die Flügeltüren zum Balkon zu öffnen, aber

er war zu schwach. Petrus kam ihm zu Hilfe und rückte draußen zwei kleine Sessel zurecht.

«Ich bin so müde in letzter Zeit, dass ich ganze Tage verschlafe und gar nichts mehr mitbekomme. Aber Rosalia hat mir berichtet, dass es Giulia gutgeht.»

«Die Hochzeitsvorbereitungen schreiten voran. Rebecca unterstützt sie, schreibt Pläne, kümmert sich um den Fotografen und den Konditor. Giulia nickt das Ganze einfach ab. Auf mich wirkt sie ein bisschen apathisch, fast unter Schock. Womöglich sind das noch die Nachwirkungen von dem Morgen, an dem sie fast ertrunken wäre …»

Federico sah ihm fest in die Augen. «Du lässt nicht locker, oder? Du denkst immer noch, dass jemand aus der Familie ihr etwas antun wollte?»

«Es gibt einiges, was zumindest merkwürdig ist. Und deshalb bin ich hier.»

Federico seufzte. «Also los, lass es mich wissen …»

Rosalia trat auf den Balkon, wieder in ihrer schlichten Nonnentracht. Sie trug ein silbernes Tablett mit zwei Kristallgläsern. Darin schimmerte rötlich der Negroni. Auf einem Tellerchen daneben lagen Oliven und winzige Pizzastückchen.

Federico lächelte seine Haushälterin an. «Ich muss dich nachher noch sprechen, Rosalia. Sagen wir … in einer Stunde?»

«Sehr gerne.» Sie lächelte nun ebenfalls. Stellte das Tablett ab. Und verschwand.

«Deine Haushälterin ist wirklich ein Glücksfall. Immaculata würde mir niemals, nie im Leben, Alkohol servieren. «

«Ja, das ist Rosalia wirklich: Ein Glücksfall …»

Petrus überlegte kurz, ob er nachfassen und Federico mit seinen Entdeckungen in Rom konfrontieren sollte, entschied sich aber dagegen. Noch wusste er zu wenig über Rosalia und wollte seinen Trumpf nicht aus der Hand geben.

«Fahren wir fort», sagte Federico und griff zu seinem Glas. «Du wolltest mir gerade von einigen Merkwürdigkeiten berichten.»

«Francesco, mein Pri… mein ehemaliger Privatsekretär und Giulias Bräutigam … er hat sich gestern Abend ein wenig in deinem Park verlaufen und ist dabei in einen abgelegenen Teil des Gartens gekommen.»

«Ach ja?» Federico zog die Augenbrauen hoch.

«Hinter dem Gärtnerhaus. Dort, wo der Hügel steil nach unten abfällt.»

«Du sprichst vom Geheimen Wald.»

«Giulia erwähnte, dass er so heißt.»

«Es ist der älteste Teil des Parks. Einer meiner Vor-Vor-Vorfahren im 16. Jahrhundert, Giuseppe Antonio Edoardo Santini, hat diesen Wald anlegen lassen. Er war ein träumerischer, melancholischer Mensch. Heute würde man vielleicht sagen, dass er unter Depressionen litt, unter Ängsten. Aber er fand einen Weg, um damit fertig zu werden: Er ließ seine inneren Dämonen in Stein hauen und besuchte sie dort. Es ist eine dunkle Seelenlandschaft. Ein Irrgarten der Psyche, voller Monster, Mänaden und wilder Tiere. Aus Stein gehauen, mit Flechten überwachsen. Ein geheimnisvoller, finsterer Ort. Ich war schon lange nicht mehr dort.»

«Ganz unten, auf einer Lichtung, steht ein Tempel – hat Francesco erzählt.»

«Natürlich, ein rundes Tempelchen.»

«Auf dem Tempelchen stand ein Name. Ein Frauenname: *Catarina Annunziata.*»

Täuschte er sich, oder verlor Federico für einen Moment die Fassung? Für einen kurzen Augenblick nahm Petrus ein leichtes Zucken war. In Federicos Glas klirrten die Eiswürfel. Doch von einer Sekunde auf die andere hatte er sich wieder im Griff. Er setzte seinen Drink ab und sah Petrus aufmerksam an.

«Francesco hat mir erzählt, dass frische Blumen auf den Stufen lagen. Rosen, von denen er vermutet, dass Alfredo sie dort abgelegt hat ... Du willst mir nicht sagen, wer diese Frau war?»

Federico richtete sich schwerfällig auf und erhob sich. Er trat an die Balkonbrüstung und sah hinunter in den Park. «Ich habe dir neulich schon von ihr erzählt.»

Petrus stand ebenfalls auf. «Ich erinnere mich nicht.»

«Dieses Tempelchen hat nicht mein Ahnherr errichtet, sondern Alfredo. Es ist ein Gedenkort. Ein Gedenkort für ... seine Mutter. Catarina Annunziata.»

Er schwieg einen Augenblick.

«Als er damals zu mir kam, und ich ihn aufnahm nach seiner Irrfahrt durch die ganze Welt ... als sich abzeichnete, dass er bleiben würde, für immer, da habe ich ihm einen Ort versprochen, an dem er seiner Mutter nahe sein kann. Er hat sich den Geheimen Wald ausgesucht. Vermutlich fühlte er sich angesprochen von diesem traurigen Seelengarten. Er hat dort den kleinen Tempel erbaut, in jahrelanger Arbeit. Früher ist er jeden Morgen um sechs Uhr hinuntergestiegen, um seiner Mutter frische Blumen zu bringen und an sie zu denken. Ich nehme fast an, dass er das immer noch macht.»

Er drehte sich zu Petrus um.

«Ich muss dich noch einmal bitten, ihn dort in Ruhe zu lassen.» Sein Ton hatte eine kaum wahrnehmbare Schärfe angenommen. «Störe ihn nicht. Ich habe ihm damals versprochen, dass er ganz und gar unter meinem Schutz steht. Und an dieses Versprechen werde ich mich halten.»

＊

Sie fuhren die Straße am See entlang, dann bog Paolo in einen Feldweg ein, der zum Wasser führte.

«Wo sind wir hier?»

«Das Seegrundstück gehört einem Freund.»

Mächtige Bäume überschatteten eine sumpfige Uferwiese. Sie endete in einem dichten Schilfgürtel, der einen schmalen Durchgang zum See offenließ. Wasservögel krächzten im Schilf. Ein leichter Wind strich über das Ufer.

«Was tun wir hier?»

«Es ist heiliger Boden», sagte Paolo und parkte das Auto am oberen Ende der Wiese, nahe bei der Zufahrt.

«Heiliger Boden?»

«Hier am See lag das Heiligtum der Diana.» Paolo stieg aus dem Auto. «Ein uralter Kultplatz. Caligula hat ihn sehr geliebt. Es gibt Ausgrabungen, ein bisschen weiter oben am Hügel. Aber ich bin sicher, dass sich die ganze Anlage bis herunter zum Wasser zog.»

Giulia nahm ihre Handtasche, öffnete die Beifahrertür und stieg aus. «Noch einmal, Paolo: Was tun wir hier?»

«Wir waren Spielkameraden, Giulia. So viele Sommer lang. Mein Gott, was haben wir uns alles ausgedacht! Erinnerst du dich an das Indianerlager hinten im Park? Meistens war es so, dass einer von uns eine verrückte Idee hatte: Ich habe den Schlüssel zum alten Kohlenkeller gefunden – könnten wir nicht spielen, dass dort eine Räuberhöhle ist? Manche Ideen waren, nun ja, ein wenig gefährlich. Und der andere musste überlegen, ob er sich darauf einlassen wollte.»

Giulia sah ihn an. Er sah gut aus, wie immer, braungebrannt, im weißen Hemd. Er plauderte, den Blick zum See gerichtet, die Hände in den Taschen seiner Shorts.

Plaudern.

Schon immer deine Stärke, Paolo.

«Du hast meine Frage nicht beantwortet: Was tun wir hier?»

«Was wir hier tun?» Paolo sah ihr fest in die Augen und lächelte dabei. «Spielen. Ein letztes Mal. Könnte sein, dass es gefährlich ist. Ich habe etwas gefunden, musst du wissen. Es ist nicht der Schlüssel zum alten Kohlenkeller. Ich zeige es dir. Aber du musst Vertrauen haben. Du musst dich einlassen auf meine Geschichte.»

«Und wenn ich das Spiel nicht mag? Kann ich dann wieder gehen?»

«Nur unter einer Bedingung: Du darfst niemandem davon erzählen.»

Köder.

Er wirft Köder aus. Geheimnisse – das sind Köder, mit denen man dich fangen kann. Er weiß es genau. Seit Jahrzehnten.

«Warum kannst du mir nicht einfach sagen, worum es geht?», fragte Giulia ärgerlich. «Ganz sachlich? Warum diese ganze Inszenierung: die nächtliche Fahrt zum See, geheimnisvolle Andeutungen, heiliger Boden.»

«Nicht zu vergessen die Wasservögel», sagte Paolo. «Ihr heiseres Kreischen macht es erst so richtig gruselig. Das habe ich toll hinbekommen, nicht wahr?»

«Ich habe genug», sagte Giulia und wandte sich zum Auto. «Fahr mich nach Hause.»

«Wenn ich es dir erzähle, ganz sachlich – dann wirst du es nicht verstehen.»

«Ich bin eine erwachsene Frau mit Hochschulabschluss. Ich glaube nicht, dass du mich überfordern würdest.»

«Das ist genau das Problem: Du bist eine erwachsene Frau mit Hochschulabschluss.»

«Warum ist das ein Problem?»

«Meine Geschichte ist nicht rational. Sie ist … eine Spinnerei. Ein Traum. Ein Spiel. Und du verstehst es nur, wenn du mitspielst. Du musst wieder Kind sein, Giulia. Wir müssen beide wieder Kinder sein. Wir müssen uns einlassen auf die Geschichte, darin aufgehen, alles andere vergessen.»

Gleich hat er dich.

«Was muss ich tun?», fragte Giulia

«Geh durch den Schilfgürtel. Dort ist ein Steg. Warte da auf mich.»

«Sonst nichts?»

«Ich komme gleich nach. Du wirst schon sehen …»

«Dieses Heiligtum …», sagte Giulia

«Ja?»

«Federico hat früher davon erzählt, nicht wahr?»

«Bestimmt. Er liebt diesen See. Und kennt alle seine Geschichten.»

«Der Priester», sagte Giulia langsam. «Jetzt erinnere ich mich. *Rex Nemorensis.* Der König des Nemisees.»

«So macht es keinen Spaß», sagte Paolo ungeduldig. «Du suchst nach Erklärungen. Du analysierst. Sei einfach wieder Giulia. Das Mädchen mit der riesigen Zahnspange und den verrückten Ideen. Lass dich ein auf das Spiel.»

«Nur ein entlaufener Sklave durfte *Rex Nemorensis* werden …» Giulia versuchte, sich an Einzelheiten zu erinnern. «Er musste einen Zweig von der heiligen Eiche brechen, die hier wuchs. Und dann musste er den alten Priester töten. Im Zweikampf. Wenn er gewann, war er der neue *Rex Nemorensis.* Ein uralter Kult, älter als die Römer. Blutig und düster. Ganz nach dem Geschmack von Caligula, vermute ich. Kein Wunder, dass er dieses Heiligtum liebte.»

Blutig.

Düster.

Ein guter Anlass, um jetzt zu gehen, Giulia.

Paolo grinste. So, wie er immer gegrinst hatte, wenn sie etwas ausgeheckt hatten: ein wenig verwegen, spitzbübisch, vielleicht sogar verschlagen. Aber auch liebenswert. Ein großer Junge, der niemandem etwas zuleide tun konnte.

Umkehren!

Jetzt!

«In Ordnung», sagte Giulia. «Ich spiele mit.»

«Na endlich!» Paolo lächelte sie entwaffnend an. «Ich komme gleich nach.»

Giulia ging durch den Schilfwald. Die Stengel standen hoch, überragten sie beinahe. Das Wasser roch sumpfig und faul.

Nach wenigen Schritten begann der Steg. Die Planken waren modrig und an einigen Stellen durchgebrochen; immer wieder klafften Löcher. Das Geländer wackelte bei jeder Berührung.

Dann endete das Schilf, und der Steg ragte nur wenige Meter in den See. An einer Planke war ein kleines Boot befestigt. Giulia ging bis zum äußersten Ende und drehte sich um: Wie eine schwarze Wand ragte der Schilfgürtel plötzlich vor ihr auf.

Er hat es geschafft. Du bist allein hier. Niemand hört dich. Und der Rückweg ist abgeschnitten.

Aber ich habe ein Handy, sagte sich Giulia. Sie tastete in ihrer Handtasche nach ihrem Smartphone.

Es war nicht da. Genauso wenig wie ihr Pfefferspray.

Dann sah sie die Gestalt.

Hoch aufgerichtet, in eine weiße Toga gehüllt, trat sie aus dem Schilfwald.

Und trug einen Speer in der Hand.

*

Niemand war um diese Zeit in der Schlosskapelle. Die Marmorsäulen schimmerten. Die Engel mit ihren Leuchtern standen Spalier. Und die Propheten und Heiligen auf dem Deckenfresko schienen auf merkwürdige Weise belebt, wenn die Schatten auf ihnen spielten.

Immaculata sah auf den Zettel, den jemand für sie im Gästehaus abgegeben hatte, in einem verschlossenen Umschlag: *Schlosskapelle. Beichtstuhl. 22:00 Uhr.*

Der Beichtstuhl, ein mächtiges Ungetüm aus dunklem Holz, hatte drei Türen. In der Mitte saß der Priester, links und rechts konnten die Sünder Platz nehmen.

Immaculata zwängte sich in die schmale Kabine rechts.

«*Buona sera, padre.* Offenbar haben Sie als Kind gerne Versteck gespielt.»

«Ich möchte nicht, dass man uns zusammen sieht», sagte Edoardo. «Darum habe ich die Kirche durch die Sakristei betreten. Sie sind durch den Haupteingang gekommen, vermute ich. So kann uns niemand in Verbindung bringen.»

«Sie haben über mein Angebot nachgedacht?», fragte Immaculata.

«Ja. Gilt es noch?»

«Selbstverständlich.»

«Sie haben gesagt: Ich werde alles tun, um diese Hochzeit zu verhindern.»

«So ist es.»

«Gott der Herr will die Frevler strafen», sagte Edoardo. «Den sündigen Priester, den gottvergessenen Papst – und die Braut. Er hat sich einflussreiche Persönlichkeiten zum Werkzeug erwählt. Mächtige Gruppierungen, von denen eine einfache Nonne nichts wissen muss.»

«Ich bin die Haushälterin des Heiligen Vaters!», sagte Immaculata mit Würde. «Und im Vatikan gibt es nur wenig, was ich nicht weiß.»

Edoardo ignorierte ihren Einwand und fuhr fort: «Gottes Strafgericht soll nicht im Verborgenen stattfinden, sondern offen. Vor aller Augen.»

«Das hat sich Gott der Herr sehr vernünftig überlegt. Strafen, die im Verborgenen vollzogen werden, nutzen nichts. Sie schrecken niemanden ab. Sie sind weder Mahnung noch Warnung.»

«So ist es. Gottes Strafe soll offen zu Tage treten. Genau in dem Augenblick, in dem sich die sündige Tat vollzieht.»

«Bei der Trauung?», fragte Immaculata erstaunt.

«Bei der Trauung. Wissen Sie, wo die Hochzeit stattfinden soll? Hier auf dem Schloss – oder in Rom?»

«Ich lebe im Gästehaus des Ordens, nicht im Schloss. Darum bin ich nicht über alle Einzelheiten der Hochzeit informiert. Aber ich werde es herausfinden.»

«Tun Sie das. Wir benötigen Informationen zu Ort, Ablauf, den Beteiligten. Zu allem, was Sie herausfinden können.»

«Darf ich fragen, was Sie vorhaben?»

«Nicht wir. Gott.»

«Selbstverständlich. Aber vielleicht könnten Sie mir mitteilen, welchen Auftrag er seinen Werkzeugen gegeben hat.»

«Ein Strafgericht. Ich sagte es schon.»

«Blutig?»

«Blutig.»

«Ich bin entzückt», sagte Immaculata freudig. «Ich liebe blutige Strafgerichte. Und dann auch noch vor aller Augen. Wann sehen wir uns wieder?»

«Morgen. Gleicher Ort, gleiche Zeit.»

«Sie können auf mich zählen.»

*

Paolo hatte die Toga kunstvoll um seine Schultern ge-
schwungen. Als er näher kam, bemerkte Giulia die dunklen
Blutflecken auf dem hellen Leinen. Der Schaft des Speers
war glattgeschliffen und hell, wie ein Besenstil aus dem
Kaufhaus. Umso merkwürdiger sah die Spitze aus: Sie war
rostig, rotbraun und porös. Noch erbärmlicher wirkte das
Kurzschwert, das Paolo in der linken Hand trug. Die Schnei-
de wies tiefe Einschnitte aus, als wäre sie angenagt worden.
Sein Gesicht konnte sie nicht ganz erkennen. Er trug eine
Maske, eine billige, goldglänzende Gladiatorenmaske aus
Plastik, die sein Gesicht zur Hälfte bedeckte.

«*Ave Caesar*», sagte Giulia und blickte an Paolo herunter.
«Warum sollte man auch viel Geld für ein neues Schwert ausgeben, wenn es gebrauchte ganz billig auf eBay gibt?»

Paolo blieb stehen und antwortete nicht.

«Na schön», seufzte Giulia. «Dann will ich mal mitspielen.
Wer bin ich?»

«Eine Vestalin am Tempel der Diana.»

«Und du bist …»

«Priester am Tempel der Diana. *Rex Nemorensis.* König des
Nemisees.»

«Ich bin ein wenig enttäuscht», sagte Giulia. «Ich dachte,
du seist Caligula.»

«Caligula, der große Cäsar, ist ein Förderer meines Heilig-
tums. Wir gehen später zu ihm.»

«Zu … Caligula?»

«Zu Caligula.»

«Und bis dahin?»

«Erzähle ich dir, oh schöne Vestalin, eine Geschichte.
Denn wisse: Weit reicht der Blick des Sehers. Er umspannt

Raum und Zeit. Er reicht in die Vergangenheit und in die Zukunft. Heute werde ich berichten, was in künftigen Zeiten geschehen wird.»

«Vielleicht könnten wir dazu ein etwas gemütlicheres Plätzchen aufsuchen? Vorne auf der Wiese steht ein Art Streitwagen mit Standheizung und verstellbaren Rückenlehnen.»

«Wir werden hinausfahren auf den See.»

Giulia blickte auf das Boot. Es hatte keinen Motor. Zwei schwere Ruder lagen auf den Bänken. «Ist dir bekannt, oh großer *Rex*, dass Göttervater Jupiter den Vestalinnen das Rudern verboten hat?»

«Ich werde selbst rudern», sagte Paolo ruhig. Er beugte sich zum Boot hinunter, legte Speer und Schwert hinein.

Jetzt!, sagte die Stimme. *Er bückt sich! Er hat keine Waffen!*

Giulia zögerte, einen Moment zu lang. Paolo hatte sich wiederaufgerichtet, stieg dann in das Boot und reichte ihr die Hand.

Sie kletterte hinein. Das Boot schwankte, Giulia verlor kurz das Gleichgewicht. Dann setzte sie sich auf eine Ruderbank.

«Wovon wird deine Geschichte handeln, *Rex Nemorensis?*»

«Von Paolo. Einem jungen Mann, der in zweitausend Jahren hier leben wird.»

«Warum erzählt er die Geschichte nicht selbst?»

«Er kann nicht. *Rex Nemorensis* wird sie für ihn erzählen.»

«Hat sie ein Happy End?»

«Nicht für alle in diesem Boot.»

Paolo griff zu den Rudern und fuhr mit kraftvollen Schlägen hinaus auf den See.

*

Obwohl es schon dunkel war, hatte es sich Eugenia im Schein der kleinen Lichterketten bequem gemacht. Sie streckte sich im Liegestuhl aus, nippte an ihrem dritten Negroni und griff zu ihrem Handy.

«Puschelchen! Wie geht es dir?»

«Bis gerade eben ging es mir gut», sagte Riccardo Longhi, Chefdirigent der Mailänder Scala und vor langer Zeit Eugenias Ehemann. «Es hat nie etwas Gutes zu bedeuten, wenn du dich meldest, Eugenia.»

«Du tust mir Unrecht, mein Lieber. Heute möchte ich dir eine ganz besondere Freude machen … Denkst du gelegentlich noch an deine Yacht?»

«In meinem Wohnzimmer hängt ein Bild. Manchmal träume ich nachts von ihr. Ich habe nie wieder ein Boot gefunden, das so mit mir harmoniert. Es ist wie mit Geigern, die einmal im Leben eine Geige finden, auf der sie sich wirklich ausdrücken können.»

«Du warst schon immer ein Romantiker, Puschelchen.»

«Ich war schon immer ein Dummkopf, Eugenia. Sonst hätte ich mir damals einen wirklich guten Scheidungsanwalt gesucht. Und würde immer noch mit meiner Yacht über die Weltmeere schippern.»

«Du bekommst sie zurück, wenn du magst.»

«Aber nicht umsonst, vermute ich.»

«Du hast einen sehr nüchternen Blick auf das Leben entwickelt, Puschelchen. Früher warst du schwärmerischer.»

«Kommen wir zum Geschäftlichen.»

«Meine Lieblingsnichte Giulia heiratet.»

«Ich spiele keine Orgel, falls es darum geht.»

«Giulia heiratet in einer Schlosskappelle. Dort gibt es keine Orgel, aber es gibt eine Empore. Auf der ein kleines Orchester Platz findet. Nach der Trauung laden wir zu einem Empfang auf den Terrassen. Ein schöner Anlass, um die Gäste mit leichten, sommerlichen Klängen zu erfreuen. Und abends findet ein Ball statt. Liebesglück im Dreivierteltakt. Du verstehst?»

«Einverstanden. Ich dirigiere. Aber nur, wenn es sich um ein exzellentes Orchester handelt.»

«Aber das Orchester bringst du doch mit, Puschelchen! Du bist Chefdirigent der Mailänder Scala!»

«Wann soll die Hochzeit stattfinden?»

«Nächsten Samstag.»

«Unmöglich. So kurzfristig werden meine Musiker nicht zur Verfügung stehen. Sie haben alle schon Pläne für das Wochenende.»

«Vielleicht ändern sie ihre Pläne, wenn das Honorar stimmt.»

«Das wird ein teures Wochenende für dich, Eugenia.»

«Ich gehe schon davon aus, dass ich Dirigent und Musiker im Paket buche.»

«Mein Honorar ist die Yacht, habe ich dich richtig verstanden?»

«Goldrichtig, Puschelchen.»

«Und meine Musiker ...»

«Du kannst sie ja auf die Yacht einladen. Falls ihnen ein Bootsausflug nicht genügt, müsstest du das Honorar eben selbst übernehmen.»

«Und falls ich absage?»

«Die Yacht ist – offen gesagt – etwas marode. Ich habe mich wohl zu wenig um sie gekümmert. Vielleicht sollte ich sie verschrotten, Puschelchen.»

«Ich komme. Aber wir spielen nur bis Mitternacht.»

«Oder auch länger, wenn die Stimmung gut ist. Ich wusste, dass ich auf dich zählen kann!»

«Du wolltest eine Geschichte erzählen», sagte Giulia. «Von Paolo. Einem jungen Mann, der in zweitausend Jahren leben wird.»

«Paolo», sagte *Rex Nemorensis* und trieb das Boot mir ruhigen Ruderschlägen hinaus auf den See, «hatte sich in seine Cousine verliebt. Rasend, unsterblich. Aber sie war ganz anders als er: klug, gebildet, warmherzig. Paolo dagegen war ein oberflächlicher Trottel. Er hatte nur Sport im Kopf, Partys, Eroberungen.»

Der Speer.

Er hatte ihn so über die Bank gelegt, dass die Spitze auf Giulia zeigte.

Eine rostige, schartige Spitze.

«Deine Geschichte ist langweilig», sagte Giulia. «Hier das kluge Mädchen – dort der Tollpatsch. Schwarz und Weiß, Licht und Schatten. Das Leben ist nicht so. Vielleicht war das Mädchen voller Selbstzweifel. Vielleicht konnte es sich selbst nicht ausstehen. Weil es versponnen war, grüblerisch. Und vielleicht war Paolo nicht nur oberflächlich, sondern auch draufgängerisch, smart, witzig.»

«In meiner Geschichte», sagte *Rex Nemorensis*, «war das Mädchen eine unerreichbare Göttin.»

«Vermutlich war der Junge glücklicher als sie», sagte Giulia. «Und ganz bestimmt war sie neidisch auf ihn. Sie jagte den letzten Dingen hinterher – und hätte so gerne die ersten Dinge schätzen gelernt. Ganz bestimmt hat sie sich in ihn verliebt. Aber dann sah sie die Mädchen, mit denen er sich umgab, die Schönheiten auf dem Tennisplatz, am Strand, an der Bar. Und sie vergrub sich noch mehr in ihre Bücher und grübelte.»

Rex Nemorensis hörte auf zu rudern. Die Maske wandte sich zu ihr, aus dunklen Augenschlitzen starrte er sie an.

«Davon wusste Paolo nichts.»

«Er hätte nur fragen müssen.»

«Warum hat das Mädchen nichts gesagt?»

«Weil grüblerische Mädchen mit Brille und Zahnspange nichts sagen. Sie tarnen sich vor der Welt. Sie verstecken sich, um nicht verletzt zu werden.»

Rex Nemorensis begann, wieder zu rudern.

«Es kam das Jahr, in dem er aufgab. Zwei Sommer lang hatte er versucht, sie zu beeindrucken. Umsonst. Da regte sich ein großer Zorn in ihm. Wenn sie mich nicht lieben will, dann soll sie mich fürchten. Mich verabscheuen, wenn es nicht anders geht. Hauptsache, sie entwickelt endlich ein starkes, großes Gefühl für mich.»

«Caligula», sagte Giulia.

«Wir sind gleich bei ihm», sagte *Rex Nemorensis.*

«Erzähl weiter.»

«Von Paolo – oder von Caligula?»

«Gibt es da einen Unterschied?»

«Ich erzähle dir jetzt von Caligula, dem großen Cäsar», sagte *Rex Nemorensis.*

Jetzt veränderte sich auch seine Stimme, wurde ein Raunen über dem Wasser.

«Caligula liebte diesen See. Er liebte das Heiligtum der Diana, dieser wilden, schönen Göttin. Er ließ Schiffe bauen, riesige, gewaltige Galeeren. Er schmückte sie prachtvoll aus mit Mosaikböden, Malereien, goldenen Beschlägen. Große Terrassen gab es auf diesen Schiffen, überspannt von mächtigen Sonnensegeln. Er ließ Gärten pflanzen auf diesen Schiffen, in denen marmorne Tempel standen. Es waren Zauberschiffe, märchenhaft, geheimnisvoll. Dort feierte er Feste.

Tage- und nächtelang. Bis er ermordet wurde, hingeschlachtet von feigen Senatoren. Nach seinem Tod versuchten sie, seinen Namen auszulöschen. Seine Statuen wurden zerstört, Inschriften mit seinem Namen unleserlich gemacht. Und die Schiffe wurden versenkt.»

«Fast zweitausend Jahre später wird man die Schiffe bergen», sagte Giulia. «Man wird ein Museum für sie bauen, am Seeufer. Leider werden sie dort verbrennen. In der Zeit des Zweiten Weltkriegs. Im Museum stehen heute nur Modelle.»

«*Zwei* Schiffe werden verbrennen», sagte *Rex Nemorensis*. «Aber Caligula hatte *drei* Schiffe bauen lassen.»

«Ich habe davon gehört. Ein Mythos. Eine Legende. Wenn du in die Zukunft sehen kannst, oh *Rex*, dann weißt du, dass man immer wieder nach diesem dritten Schiff geforscht hat. Altertumsforscher, Unterwasserarchäologen, Hobbytaucher. Man hat nie etwas gefunden.»

«Kommen wir wieder zu Paolo», sagte *Rex Nemorensis*. «Zu dem Sommer, in dem er das kluge Mädchen endgültig aufgab. Er war unruhig, zornig, voller Trotz. Er trank zu viel, feierte wüste Partys. Einmal fuhr er mit Freunden hinaus auf den See. In einem alten Kahn, der tief im Wasser lag, vollgeladen mit Bier. Völlig betrunken sprang er ins Wasser, schwamm, tauchte. Und fand – ganz nahe am Ufer – das dritte Schiff. An einer Stelle, an der es niemand je vermutet hatte.»

Rex Nemorensis hörte auf zu rudern.

«Am übernächsten Tag, als er wieder nüchtern war, suchte er nach dem Wrack. Vergebens. Er suchte tagelang, unter dem Gespött seiner Freunde. Vor Wut wurde er selbst zu Caligula für einen Sommer: trunksüchtig, zynisch und mit einer großen Verzweiflung in seinem Herzen. Denn er hatte alles verloren: das kluge Mädchen – und das dritte Schiff.

«Die Geschichte ist noch nicht zu Ende, oder?»

«Viele Jahre später ist Paolo wieder in der Gegend. Zu einem Familienfest. Er ist inzwischen erwachsen, über dreißig Jahre alt. Aber er hat es zu nichts gebracht. Noch mehr Tennispokale, noch mehr Eroberungen. Ein Schreibtisch in Papas Firma, an dem er nie erscheint. Charme im Überfluss ohne Substanz. Das Fest beginnt erst in einigen Tagen. Er fährt an den See und sucht nach dem Wrack – wieder einmal. Denn es hat ihn nie losgelassen, seit seiner Jugend nicht.»

Er hielt inne, schaute Richtung Ufer.

«Diesmal findet er das Schiff. Es ist wie im Märchen, wo der Prinz viele Jahre warten muss, bis das verzauberte Schloss erwacht. Er sagt zu niemandem ein Wort, taucht nachts hinunter, birgt einige Stücke. Eine große Euphorie erfüllt ihn, eine nie bekannte Begeisterung und Lebensfreude: So viele Experten haben nach diesem Schiff gesucht – und er hat es gefunden! Einmal in seinem Leben ist ihm etwas geglückt, einmal sticht er heraus, einmal schreibt er sich ein in die Geschichtsbücher. Er wird berühmt werden, ins Fernsehen kommen, zu wissenschaftlichen Vorträgen eingeladen werden. Zu einem Banker, einem Juristen, einem Arzt taugt er nicht, aber zum Schatzsucher!»

In diesem Moment bemerkt Giulia das Handy. Neben dem Mann mit der Maske.

«Wir sind jetzt an der Stelle, an der das Schiff liegt, nicht wahr? Das Handy hat uns hierher gelenkt.»

«Ich bin *Rex Nemorensis*, Priester im Heiligtum der Diana. Die Sterne lenken mich. Und die Götter.»

«Und die kleinen blinkenden Apparate der Götter», sagte Giulia. «Aber nun sprich, oh *Rex Nemorensis*: Wie geht die Geschichte weiter?»

«Du weißt, wie die Geschichte weitergeht.»

«Ich habe heute einen *secondo* vorbereitet», sagte Petrus. Er sah prächtig aus. Seine Backen glänzten noch von Öl und Küchendampf, außerdem hatte er den Wein bereits beim Kochen umfassend probiert. «Passend zu dem gestrigen *primo*, versteht sich. Natürlich habe ich nur kleine Portionen gekocht; es ist ja schon etwas spät. Ich bin äußerst gespannt, was ihr sagen werdet. Aber wir wollen noch warten, bis Contessa Giulia hier ist.»

«Giulia wird nicht kommen», sagte Eugenia.

Petrus, der gerade die Laterne in der Rosenlaube entzünden wollte, fuhr herum: «Sie wird nicht kommen?»

«Sie unternimmt einen Ausflug. Mit Paolo. Offenbar verfolgt sie eine Spur. Nun schauen Sie nicht so entsetzt, Padre Francesco! Sie ist ein großes Mädchen und weiß, was sie tut.»

Petrus setzte sich und strich nachdenklich über das weiße Leinentuch, das er – um seinem *secondo* das passende, feierliche Ambiente zu verleihen – über den runden Tisch in der Mitte der Laube ausgebreitet hatte.

«Wir hatten eine klare Verabredung», sagte er ernst. «Niemand handelt auf eigene Faust.»

Francesco stand auf. «Ich werde ihr nachfahren. Wohin geht der Ausflug?»

«Das wusste sie noch nicht. Paolo möchte ihr etwas zeigen, sagte sie.»

Francesco setzte sich wieder, zog sein Handy heraus und tippte nervös eine Nachricht.

«Paolo ist ein Verdächtiger», sagte Petrus, der zunehmend ärgerlich wirkte. «Es ist mir unverständlich, weshalb sie dieses Risiko eingeht.»

«Er ist ein Jugendfreund», sagte Eugenia milde. «Es würde

mich nicht wundern, wenn sie ein wenig in ihn verliebt war, als junges Mädchen. Natürlich kann sie sich nicht vorstellen, dass er ihr ernsthaft etwas antun will. Nun, ein typischer innerer Konflikt. Frauen neigen zu solchen Gefühlslagen. Es wundert mich gar nicht, dass *Sie* das nicht verstehen können, Heiliger Vater.»

«Sie reagiert nicht.» Francesco starrte auf sein Smartphone.

«Ich halte es für sehr vernünftig, dass sie in dieser schwierigen Situation allein agiert. Männlicher Begleitschutz hätte alles kaputtgemacht. Sie muss ihre Gefühle klären – das ist die Hauptsache. Es glaubt doch wohl niemand, dass Paolo unser Täter ist.»

«Und warum nicht?»

«Nun, er war am Pool, das ist nicht zu leugnen. Seine Rettungstat könnte ein Ablenkungsmanöver gewesen sein. Aber er hat kein Motiv. Falls er selbst hinter Giulia her ist, müsste er Francesco aus dem Weg räumen, nicht die Contessa. Außerdem ist er zu schön.»

«Zu schön?», fragte Francesco entgeistert.

«Schöne Männer morden nicht», sagte Eugenia. «Sie haben andere Mittel.»

«Wir werden jedenfalls ohne Giulia essen», beschloss Petrus.

«Sie verhängen also die Höchststrafe», sagte Eugenia amüsiert. «Was gibt es denn?»

«Ich habe Doraden zubereitet. Der Fischhändler war heute unten im Ort, und Ernesto war so freundlich, mich vorher zu fragen, ob er mir etwas mitbringen soll. Ich habe die Fische mit Kräutern gefüllt. Dann im Ofen gegrillt. Dazu habe ich noch einige kleine Kartoffeln aufs Blech gelegt.»

Er brachte ein großes Blech aus der Küche, stellte es mitten auf den Tisch und fing an, die Doraden zu filetieren.

Plötzlich war ein unwilliges Knurren zu hören. Ein Kratzen und Schaben. Einer der Stühle fing an zu kippeln, kurz darauf bewegte sich die Tischdecke, als ob jemand an ihr ziehen würde.

Stark an ihr ziehen würde.

«Monsignore!», rief Petrus scharf. «Eigentlich dachte ich ja, dass es hier in Park und Keller genug Mäuse für dich geben würde.»

Der dicke Kopf des Katers tauchte über dem Tischrand auf. Er glotzte Petrus ungerührt an und begann dann, mit beiden Pfoten provozierend und erstaunlich geschickt nach einem Fischkopf zu angeln. Noch bevor ihn Petrus davon abhalten konnte, machte er sich davon.

«Der Kater hat recht: Ihre Gerichte haben deutlich mehr Gehalt als ihre Predigten.» Eugenia seufzte, als sie wenig später den Teller beiseiteschob. «Vielleicht sollten Sie sich ganz aufs Kochen verlegen.»

«Oder auf die Kriminalistik», sagte Petrus, der sich offenbar nicht mehr mit der verschwundenen Giulia beschäftigte.

Francesco hatte den Fisch kaum angerührt. Er wirkte völlig verwirrt und konnte kaum den Blick von seinem Handy lösen.

«Es gibt Neuigkeiten über Rosalia», sagte Petrus.

«Ich bin gespannt», sagte Eugenia. «Aber nach meiner Steilvorlage – sagt man nicht so im Fußball? – war es natürlich eine Kleinigkeit, ein Tor zu erzielen.»

«Ich habe mindestens einen Hattrick erzielt», sagte Petrus. «Was das ist, erkläre ich Ihnen später.»

Er berichtete von seinem Ausflug nach Rom und von seiner Klettertour über den Balkon. Eugenia konnte sich vor Lachen kaum halten.

Dann berichtete er von seinem Fund in Rosalias Kleidern.

Und, nach einer theatralischen Pause, stellte er das Glas-fläschchen mit den Beruhigungstabletten vor sich auf den Tisch.

«Dottore Frascati hatte mir die Wirkstoffe genannt, die er in Giulias *caffè* gefunden hatte. Es sind dieselben, die sich hier auf dem Etikett finden.»

Francesco wirkte noch immer abwesend, ließ sich aber immerhin zu einer Reaktion hinreißen. «Es passt also alles zusammen. Und wir wissen jetzt, wie Rosalia in Wirklichkeit heißt: Emily-Elizabeth Manero.»

«Die Bordkarte beweist gar nichts», sagte Eugenia. «Nehmen wir an, sie hat das Jackett gebraucht gekauft. Und die Karte steckte noch in der Innentasche. Oder die Wohnung gehört tatsächlich einer Emily-Elizabeth Manero. Und Rosalia ist mit ihr befreundet, weshalb sie sich dort umziehen darf.»

«Wir müssen tatsächlich etwas mehr über Mrs. Manero erfahren», sagte Petrus. «Wir werden Federico fragen, ob wir den Computer in seinem Arbeitszimmer benutzen dürfen. Diese Geräte enthalten oft die erstaunlichsten Informationen.»

«Wir müssen nicht in Federicos Arbeitszimmer», sagte Francesco. «Kardinal Federico hat WLAN installieren lassen. Auf dem gesamten Gelände. Die jüngeren Familienmitglieder wären sonst nicht mehr zu den Festen gekommen. Das hat mir Giulia erzählt.»

«Wie steht es eigentlich um Alfredo, den Gärtner?», erkundigte sich Eugenia.

«Ich habe mit Federico gesprochen», sagte Petrus. «Es ist ein ähnlicher Fall wie Rosalia: Er besteht darauf, dass Alfredo nichts mit der Sache zu tun hat. Francesco hatte mich kürzlich gebeten, den Geheimen Wald zu besuchen und einen mysteriösen Fund in Augenschein zu nehmen. *Falls Sie dasselbe sehen wie ich.* Das waren deine Worte, Francesco, nicht wahr?»

Er blickte besorgt auf seinen Privatsekretär, der immer unruhiger wirkte.

«Morgen werde ich losziehen. Und ich muss mit Immaculata dringend über Edoardo sprechen. Möchtest du keinen *caffè* mehr, Francesco?»

«Nein, nein. Vielen Dank.» Francesco packte sein Handy und stand auf. «Ich gehe jetzt zum Schlossportal und warte auf Giulia. Und wenn sie nicht bald zurückkommt, informiere ich die Polizei.»

*

«Einige Tage später beginnt das Familienfest», nahm Giulia den Faden auf. «Paolo sitzt neben dem Mädchen von damals. Sie unterhalten sich. Und das Mädchen erwähnt Caligula. Sie macht Andeutungen. Und den armen Paolo beschleicht eine fürchterliche Angst: Das Mädchen scheint etwas zu wissen, warum sonst sollte sie ausgerechnet Caligula erwähnen? Was also, wenn sein Geheimnis kein Geheimnis mehr war? War sie ihm etwa nachgefahren, wusste sie von seinen Funden? Was, wenn er wieder einmal zu spät kam?»

Rex Nemorensis griff nach dem Speer und richtete sich auf.

Dunkel und groß hob er sich vor dem nächtlichen Himmel ab.

Er wird es nicht tun, dachte Giulia. Zu riskant für ihn.

Das ist ihm egal.

Das kann ihm nicht egal sein, machte sich Giulia selber Mut.

Doch, sagte ihre innere Stimme. *Denn er ist wahnsinnig, begreifst du es nicht? Ein Narzisst, ein Mann voller Minder-*

wertigkeitskomplexe, der es endlich allen zeigen kann. Und du willst ihn daran hindern? Ausgerechnet du, die Frau, die er nie bekommen hat?

«Eines Morgens versank das Mädchen im Pool», sagte *Rex Nemorensis*. «Vor seinen Augen. Paolo wartete ab, bis sie sicher tot sein musste. Dann sprang er ins Wasser, um sie scheinbar zu retten – und musste feststellen, dass sie noch lebte. In den nächsten Tagen bemerkte er, dass sie Verdacht geschöpft hatte. Sie befragte ihn nach Caligula, suchte nach Spuren. Er wusste, dass sie ihn überführen würde, früher oder später. Ausgerechnet sie, das einzige Mädchen, das er je geliebt hatte. Also beschloss er, sie in eine Falle zu locken. Er kannte ihre Freude an Geheimnissen und Rätseln. Und er spürte, dass sie nicht restlos überzeugt war von seiner Schuld, dass sie ihm immer noch ein klein wenig vertraute. Aus Sentimentalität vielleicht. Weil sie einmal Freunde gewesen waren, vor vielen Jahren. Er lockte sie hinaus auf den Nemisee. Dort wollte er es zu Ende bringen, direkt über dem Schiff des Caligula.»

Du könntest ihn ins Wasser stoßen.

Und mit einem Schlag betäuben. Das Ruder ist schwer genug. Tu es. Jetzt.

«Gemeinsam mit ihr würde er hinabsinken in die Tiefe», fuhr *Rex Nemorensis* fort, beschienen vom Mondlicht. «Man würde den Abschiedsbrief finden, den sie geschrieben hatten, oben im Schloss. Man würde sie suchen – und auf dem Schiff des Caligula finden, eng umschlungen. Die Menschen würden erfahren, dass er, Paolo, das dritte Schiff gefunden hatte. Und die Menschen würden erfahren, dass Giulia, dieses wunderbare Mädchen, lieber sterben wollte mit ihrer Jugendliebe, als ein ödes, langweiliges Leben als Schlossherrin zu führen. An der Seite eines Mannes, den sie nicht liebt.»

Jetzt!

Jetzt!!!

Aber Giulia konnte sich nicht bewegen. Wie gelähmt starrte sie zu dem Mann mit der Maske, der vor ihr stand, im sanft schwankenden Boot, einen Speer in der Hand.

Dann, ganz plötzlich, warf Paolo den Speer hin, zog sich die Maske herunter.

Und schaute Giulia an.

«Hast du mir diesen melodramatischen Schwachsinn wirklich geglaubt?», fragte er, grinste sein Paologrinsen und setzte sich auf die Ruderbank. «*Titanic* meets *Gladiator.* Haben wir übrigens beide zusammen gesehen. Vor langer Zeit. Mein Gott, du zitterst ja!»

«Du warst ... ziemlich überzeugend.»

«Vielleicht sollte ich Schauspieler werden. Sandalenfilme im *Cinecittà.* Falls es mit der Archäologenkarriere nichts wird.»

«Du meinst: Dort unten ist gar kein Schiff?»

«Doch, dort unten ist ein Schiff. Und der Wahnsinn ist passiert: Ich habe es tatsächlich wiedergefunden. Diesen Speer hier habe ich hochgetaucht. Und einige andere Stücke. Dann haben wir uns getroffen, auf dem Fest. Und du hast angefangen, von Caligula zu reden. Bis hierhin stimmt die Geschichte, die wir gerade erzählt haben.»

«Aber warum diese ganze Inszenierung? Die blutige Toga? *Rex Nemorensis?*»

«Weil ich wütend war. Ich habe irgendwann verstanden, dass du mir einen Mord zutraust. Ausgerechnet mir. Und zwar an dir – ausgerechnet an dir! Darum wollte ich dir einen Streich spielen.»

«Das heißt, deine Attacke mit dem Jeep kürzlich ...»

«Meine Attacke mit dem Jeep?»

«Du hast mir die Vorfahrt genommen. Ich hätte keine Chance gehabt mit meinem Cinquecento.»

«Ich kann mich nicht erinnern – ehrlich gesagt. Leider passiert mir das manchmal. Mein Fahrstil ist ... etwas riskant.» Er sah sie besorgt an. «Hier, nimm das. Du zitterst ja immer noch.»

Giulia wickelte sich in die Toga, die sich Paolo über den Kopf gestreift hatte. Sie wusste nicht, ob sie ihn anschreien oder ob sie lachen sollte. Es war wie früher, wenn sie Gespenster gespielt hatten. Oder Raubritter. Beide hatten sie immer versucht, das Spiel bis an die äußersten Grenzen zu treiben, so lange, bis sich Wirklichkeit und Schein vermischten.

«Außerdem», sagte er dann.

«Ja?»

«Ich wollte, dass du von dem Schiff weißt.»

«Warum?»

«Damit du mich ein wenig bewunderst. Ein einziges Mal. Ich habe dich sehr geliebt, Giulia. Nur konnte es dir Paolo nie sagen. Aber *Rex Nemorensis* konnte es. Unter der Maske. Sorry, wenn es zu heftig war.»

«Ich komme darüber hinweg. Immerhin ist es gut, dass die Dinge jetzt mal geklärt wurden. Nach zwei Jahrzehnten.»

«Ich habe noch etwas für dich», sagte Paolo und griff zu einem Kästchen, das unter der Ruderbank gelegen hatte. «Hier, mach es auf.»

Auf schwarzem Samt lag ein goldener Armreif.

«Stammt auch von dort unten. Ich habe ihn notdürftig säubern lassen. Orientalisch angehaucht, sagte der Experte. Caligula liebte den Orient. Vermutlich trug ihn seine schönste Tänzerin aus dem fernen Persien.»

«Es ist ... eine sehr ungewöhnliche Situation. Und ich stehe noch ein wenig unter Schock. Trotzdem: danke! Für den Armreif. Und dafür, dass du es endlich gesagt hast.»

«Nicht ich. *Rex Nemorensis.*»

«Sag ihm einen schönen Gruß.»

«Mach ich. Ach, und noch etwas, Giulia, weil es doch heute die Nacht der Bekenntnisse ist.»

«Ja?»

«Falls es nichts wird mit deinem entlaufenen Mönch: Ich stehe zur Verfügung. Ernsthaft. Vermutlich ist es zu spät. Aber ich will mir nicht wieder vorwerfen, dass ich geschwiegen habe.»

*

Er war mehrmals um das ganze Schloss gelaufen. Dann hoch auf die Terrasse. Zum Najadenbrunnen. Zum Swimmingpool. Und wieder zurück.

Jede Minute sah er auf sein Handy.

Horchte auf Geräusche.

Aber außer den Zikaden und einem schüchternen Käuzchen war nichts zu hören. Mehrmals war er nahe daran, die Polizei anzurufen. Einmal sah er aus den Augenwinkeln eine Bewegung hinter sich. Aber es war nur Monsignore, der hoch erhobenen Hauptes Richtung Küche stolzierte.

Mittlerweile war es Mitternacht vorbei. Was sollte er tun, wenn sie nicht in der nächsten Stunde zurückkam? Was sollte er der Polizei erzählen?

Meine Verlobte hat mit ihrem Cousin eine Spritztour unternommen. Nachts in den Hügeln. Keine Ahnung, wohin, aber womöglich will er sie umbringen. Schließlich soll sie das Milliardenvermögen ihrer Familie erben. Außerdem hat er bereits versucht, sie im Schwimmbecken zu ertränken. Ich? Nein, ich bin nicht mit ihr verwandt. Ich bin nur ein Mönch, außerdem der

Privatsekretär des Papstes, und ich will die Erbin am Samstag heiraten!

Oben auf dem Balkon wurden die Fensterläden geschlossen. Die Bibliothek war hell erleuchtet. Für einen Moment sah er die zierliche Rosalia in ihrer Nonnentracht, die ganz still stehen blieb und in die Nacht hineinlauschte.

Dann war alles dunkel.

Er kam sich lächerlich vor. Diese ganze Welt hier in diesem Schloss, die Familiengeschichten, Eifersüchteleien und Intrigen waren nichts für ihn. Merkwürdigerweise fühlte er sich nur bei Alfredo wohl. Ganz hinten im Park hörte er das Rauschen der Pappeln und Lorbeerbäume, roch den harzigen Geruch der Pinien, umsummt von Hunderten von Bienen, die Alfredo neben seinem Rosengarten hielt.

Noch nie hatte er sich so sehr in die Stille seiner umbrischen Wälder zurückgesehnt wie in diesen Tagen. Am liebsten würde er sofort alles aufgeben. Aber er konnte Giulia nicht im Stich lassen, er würde sie beschützen, notfalls mit seinem eigenen Leben. Es gab kein Zurück, dieses Spiel musste gespielt werden. Er hatte seinen eigenen Part. Und wagte an den Ausgang nicht zu denken.

Er blickte wieder auf sein Handy: Es war kurz vor halb eins.

Von weitem hörte er Schritte auf dem Kies, sah einen Mann aus der Schlosskapelle kommen. Die krausen Haare, das helle Hemd, die schmale Gestalt: Edoardo. Er blieb kurz stehen, auch er schien ihn bemerkt zu haben. Doch noch ehe Francesco etwas sagen konnte, stieg er schnell, zwei Stufen auf einmal nehmend, die Treppe zum Schloss hinauf.

00:32 Uhr.

Ein Auto fuhr auf der Landstraße heran, brummte lauter, bog ein in den Parkplatz beim Haus. Zwei Türen klackten und schnappten mit dem saftigen Geräusch einer Luxuskarosserie wieder ein.

Francesco lief los, durch das Tor zum Parkplatz. Er sah gerade noch, wie die Scheinwerfer aufblendeten. Und der Wagen mit quietschenden Reifen wieder abfuhr.

Giulia stand direkt vor ihm, die Haare offen und zerzaust.

«Francesco! Was tust du hier?»

«Ich warte auf dich. Ich bin dein Bräutigam – vergiss das nicht. Bist du in Ordnung?»

«Ja, natürlich! Warum fragst du?»

«Ich soll dich beschützen, Giulia. Du hast mich darum gebeten. Vor wenigen Abenden erst. Aber das geht nur, wenn du nicht wegläufst vor mir.»

«Ich musste etwas klären. Und das ging nur allein.»

«Du warst nicht allein. Du warst mit Paolo unterwegs. Einem Mann, der vielleicht versucht hat, dich zu ermorden.»

«Paolo ist kein Mörder.»

«Weil er das sagt? Weil du es glauben willst?»

«Du bist wütend.»

«Ich habe versprochen, dir zu helfen. Dieses Versprechen werde ich einlösen. Aber ich zahle einen hohen Preis dafür, Giulia. Wenn dieses Spiel zu Ende ist, werde ich nicht mehr Privatsekretär des Heiligen Vaters sein. Ob ich wieder Mönch sein kann, so wie früher, wird sich zeigen. Es kostet mich Kraft, mit dir diesen Weg zu gehen. Und diese Kraft kann ich nur aufbringen, wenn ich dir vertrauen kann.»

«Du bist ja gar nicht wütend. Du bist eifersüchtig!»

«Du hältst dich nicht an die Regeln. Keine Alleingänge, so hatten wir es vereinbart.»

«Ich bin keine Frau, die sich ständig an Regeln hält. Und ich liebe Alleingänge. Daran solltest du dich gewöhnen.»

«Daran muss ich mich *nicht* gewöhnen, Giulia. Weil dieses

Spiel in wenigen Tagen zu Ende sein wird. Danach hast du deine Freiheit wieder. Aber jetzt, solange ich mich an deiner Seite zum Clown mache, bleibst du in meiner Nähe! Danach kannst du meinetwegen zurückkehren auf deine Dachterrasse. Allein oder mit Paolo – das spielt keine Rolle für mich. Gute Nacht.»

Er drehte sich um und ging schnellen Schrittes Richtung Schloss davon.

Donnerstag

«Wir müssen reden, Francesco», sagte Francesco und stellte die kleine, hölzerne Franziskusfigur auf den Tisch. «Es geht um Giulia.»

Franziskus blickte ihn gütig an.

«Bisher», sagte Francesco zögernd, «habe ich nur Gott geliebt. Das ist mir nicht immer leichtgefallen. Manchmal habe ich ihn vergessen. Oder ich habe ihn nur oberflächlich geliebt, aus Gewohnheit. Aber die Liebe zu Gott hat einen entscheidenden Vorteil: Man weiß von Anfang an, dass er für alle da ist. Für die ganze Menschheit. Für die ganze Schöpfung, um genau zu sein. Er liebt alle – und jeder darf ihn lieben. Giulia dagegen soll nicht für alle da sein. Nicht für die ganze Schöpfung. Nicht für die ganze Menschheit. Vor allem nicht für alle Männer. Sondern nur für mich. Verstehst du?»

Franziskus stand ruhig da und hörte zu.

«Vermutlich ist es ganz einfach so, dass ich sie liebe. Tut mir leid, mein Freund. Ich weiß, du hast große Hoffnungen in mich gesetzt als Mönch. Und meine Anfänge waren sehr hoffnungsvoll. Aber dann kam Giulia. Diese unglaublich schöne, kluge, warmherzige Giulia. Sei froh, lieber Francesco, dass sie nicht im Mittelalter gelebt hat. Dann hättest du heute keinen Heiligenschein. Du hättest sie geheiratet und viele *bambini* gemacht. Also, wenn ich bitten darf: keine Vorwürfe! Du hattest es leichter als ich.»

War er zu frech? Franziskus zeigte keine Reaktion.

«Habe ich überreagiert, gestern, als sie mit diesem schmierigen Paolo aus dem Auto stieg? Vermutlich. Aber immerhin bin ich ihr Pseudobräutigam. Und soll sie beschützen. Natürlich, ich weiß: Erster Brief an die Korinther. *Die Liebe ist langmütig und freundlich, die Liebe eifert nicht.* Vielleicht konnten sich die Korinther auf diese Ratschläge einlassen. Aber ich bin kein Korinther. Ich bin Italiener. Vielleicht hätte Paulus auch den Italienern schreiben sollen. Beispielsweise zu dem Thema: *Was macht ein frommer Christ, wenn ein schmieriger Typ sein Mädchen anfasst?*»

Franziskus hielt es offenbar für ausreichend, dass Paulus den Korinthern geschrieben hatte.

«Na schön, du hast ja recht. Ich rege mich zu sehr auf. Und vielleicht habe ich gestern eine Gelegenheit versäumt. Vielleicht hätte ich ihr sagen sollen, was ich getan habe. Gestern war ohnehin alles egal. Sie war wütend – ich war wütend. Was meinst du?»

Keine Reaktion.

«Irgendwann werde ich es ihr sagen müssen. Du glaubst gar nicht, wie sehr ich mich vor diesem Augenblick fürchte.»

*

Niemand war zu sehen.

Petrus trat hinaus auf die Lichtung, dem Herzstück und Mittelpunkt des Geheimen Waldes. Er war alleine durch den Park gelaufen, über die Wiesen, die noch feucht waren vom Tau. Ein herrliches Erlebnis. Leise hatte er sich an Alfredos Haus vorbeigeschlichen. Von Francesco wusste er, wo der Schlüssel lag. Mit eingezogenem Bauch hatte er sich den Weg durch das Gewächshaus gesucht und die hintere Tür gefunden. Und war – halb rutschend, halb stolpernd – etwas mühsam hinuntergestiegen in die Unterwelt.

Falls Sie dasselbe sehen wie ich …

Das waren Francescos Worte gewesen. Er hatte etwas entdeckt hier unten im Wald, etwas Verstörendes. Und war sich doch nicht sicher gewesen, ob er nicht vielleicht einer Täuschung aufgesessen war.

Falls Sie dasselbe sehen wie ich …

Waren es die Monster und Ungeheuer? Francesco war mitten in der Nacht hier heruntergestiegen. Im Dunkeln wirkten die Figuren vielleicht bedrohlich. Bei Tageslicht sahen sie harmlos aus. Offensichtlich hielt Alfredo alles in Stand. Die Figuren waren zwar mit Moos bewachsen, aber nicht überwuchert. Die Gesichter waren gut zu erkennen, die Büsche an einigen Stellen ausgeschnitten, um Effekte zu erzielen.

Die Stufen des Tempelchens waren sauber gekehrt. Nirgends wucherte Unkraut.

Falls Sie dasselbe sehen wie ich …

Aber was gab es hier zu sehen? Die trauernden Engel. Eine Inschrift. *Catarina Anunziata.* Und darüber ein Schwarzweißfoto. Was hatte Francesco so aufgewühlt?

Petrus trat näher.

Und dann entdeckte er es. Es war ihm völlig klar, was Francesco so verwirrt hatte: Diese Frau hatte eine gespenstische Ähnlichkeit mit Contessa Giulia!

Etwas knackte im Unterholz. Die Gräser bewegten sich. Langsam drehte sich Petrus um. Und erkannte Alfredo, mit Hut und Arbeitshose, den Arm voller frisch geschnittener gelber und orangefarbener Rosen.

Er bemerkte Petrus sofort. Blieb stehen und schien kurz zu überlegen, ob er wieder gehen sollte. Dann straffte er sich und stapfte mit großen Schritten auf ihn zu.

«Ich habe auf Sie gewartet», sagte Petrus.

«Was machen Sie hier?» Keine förmliche Anrede, kein *Heiliger Vater*, keine Verlegenheit.

«Das eben wollte ich Sie fragen. Entschuldigen Sie, Alfredo, dass ich hier eingedrungen bin. Aber ich wollte Sie sehen und mit Ihnen in Ruhe sprechen.»

«Wer hat Ihnen von diesem Ort erzählt?»

«Sagen wir einmal so: Ein guter Geist hat ihn mir eingeflüstert.»

Alfredo legte die Rosen vorsichtig auf die Stufen. Die alten schob er zur Seite.

«Der Geheime Wald bedeutet Ihnen sehr viel, oder?»

Alfredo schwieg.

«Ich verspreche Ihnen, dass ich Ihr Geheimnis bewahren werde.»

Alfredo setzte sich auf die Stufen. Er wirkte nicht wütend oder gereizt, eher erschöpft.

«Bald gibt es ohnehin kein Geheimnis mehr. Alles wird sich auflösen. Der Wandel hat schon begonnen. Federico hat dem Umbruch Tor und Tür geöffnet. Nichts wird mehr so sein, wie es war.»

Petrus setzte sich neben ihn. «Sie meinen, wenn Contessa Giulia das Schloss erbt?»

«Alles wird sich ändern. Es wäre besser, wenn die Nonnen das Ganze übernehmen würden. Ein paar alte Weiblein mehr oder weniger schaden der Natur nicht. Aber so wird es keine Stille mehr geben, keinen Rückzug. Die Moderne wird Einzug halten. Kinder werden hier herumturnen, Handys klingeln, Kameras werden alles erfassen, was verborgen bleiben sollte.»

«Was sollte denn verborgen bleiben?»

Alfredo sah ihn seltsam an. «Wissen Sie, ich bin einen weiten Weg gegangen, um dem allem zu entkommen. Ich habe Jahre, ach was, Jahrzehnte dazu gebraucht. Nicht nur, um der Welt den Rücken zu kehren, sondern um ihr die Tür zu verbieten. Sie auszusperren aus meinem Leben.»

«Wer ist Catarina Annunziata?»

«Eine ferne Erinnerung. Und das Schönste, was ich besitze. Sie war meine Mutter, der einzige Mensch, der mich verstanden hat. Und den ich geliebt habe, bis zur Hingabe.»

Er schwieg.

«Wissen Sie, was das ist, Heiliger Vater: Hingabe? Nun, für Sie ist das vielleicht die Verbindung mit Gott. Etwas Absolutes, das keine Bedingungen kennt.»

«Wann ist sie gestorben?

«Ich war jung, fast noch ein Kind. Meine Mutter war Pianistin gewesen, sie bestand ganz und gar aus Musik. Ich wollte werden wie sie. Und ich war der Einzige in meiner Familie, der war wie sie ...»

Er lachte bitter.

«Sie starb bei einem tragischen Unfall. Sie war sensibel und wurde ab und zu von Dämonen heimgesucht. Sie nahm Tabletten, die sie noch träumerischer und weltabgewandter machten, als sie ohnehin schon war. Bei einem Badeausflug nach Anzi ertrank sie im Meer. Nur ich war bei ihr. Und konnte ihr nicht helfen. Das werde ich nie vergessen.»

Petrus schwieg.

«Als sie starb, verlor ich allen Halt. Ich irrte durch die Welt und kehrte dann hierher zurück. Federico nahm mich auf.»

Er stand auf.

«Alle Hingabe, zu der ich noch fähig bin, steckt in diesem Park. In jedem Lavendelstock und jeder Rose. Dieser Ort hier ist alles, was ich habe. Und ich werde ihn schützen. Um jeden Preis.»

Er nahm die verwelkten Rosen von den Stufen und ging, ohne sich noch einmal umzudrehen.

*

Immaculata fragte sich, weshalb Edoardo wieder einmal in dem breiten Mittelteil des Beichtstuhls Platz nehmen durfte. Vermutlich gab es dort eine gemütliche Sitzgelegenheit, während sie unbequem knien musste. Eine Zumutung! Schließlich beichtete sie nicht, sondern führte konspirative Gespräche.

«Nun?»

«Ich habe Erkundigungen einbezogen», sagte Immaculata. «Sie heiraten hier in der Kapelle. Die Trauung findet um zwölf Uhr statt. Danach ist ein Empfang mit Imbiss auf der Schlossterrasse. Am Abend dann ein Festessen und ein Ball im Prunksaal.»

«Gott der Herr wird prüfen, wie er die Strafe vollzieht.»

«Er könnte zum Beispiel den Champagner vergiften, mit dem angestoßen wird», schlug Immaculata vor.

«Sie haben eine kriminelle Phantasie, Schwester Immaculata.»

«Ich arbeite im Vatikan. Mit Verbrechen kenne ich mich aus.»

«Ohne Gott dem Herrn vorgreifen zu wollen: Vergiften scheidet aus. Es ist zu kompliziert, das Gift genau in die richtigen Gläser zu füllen.»

«Offenbar haben Sie diesbezüglich Erfahrungen.»

Edoardo ging nicht weiter auf ihre Bemerkung ein. «Außerdem strebt der Herr ein weithin sichtbares Ereignis an. Eine Strafe von großer Feierlichkeit und Symbolkraft.»

«Die Torte!»

«Die Torte?»

«Abends, beim Festmahl, soll eine große Hochzeitstorte gereicht werden. Gott der Herr könnte eine Bombe in der Torte verstecken», schlug Immaculata begeistert vor. «Häufig stellt man ja ein Brautpaar aus Marzipan auf die Spitze. Dieses Brautpaar würde förmlich in Stücke gerissen werden!»

«Und der Heilige Vater?»

«Der steht natürlich nicht aus Marzipan auf der Torte. Aber Gott könnte es so einrichten, dass ihm einige Stücke Buttercreme auf den Talar fliegen. Er wäre dann gleichsam beschmutzt. Sein Talar wäre ein Abbild seines verderbten Inneren.»

«Der Heilige Vater muss sterben.»

«Ach so. Nun, was haben Sie für Vorschläge?»

«Die Trauung. Es muss bei der Trauung passieren.»

«Giulia könnte mit dem Brautschleier an den Stufen zum Altar hängenbleiben und sich erdrosseln. Etwas gewagt, ich gebe es zu. Aber Gott der Herr bekommt das schon hin. Er ist ja sehr zornig, wie Sie sagten. Der Heilige Vater sieht vom Altar aus, wie sie stirbt. Das schockiert ihn so, dass er einen Herzinfarkt erleidet. Und der Bräutigam stürzt sich vor Schmerzen vom Schlossturm.»

«Ich glaube, Gott wird sich für einen einfacheren Weg entscheiden. Beim Hinausgehen werde ich mir den Altarbereich näher ansehen. Ich danke Ihnen, Schwester. Sie können jetzt gehen.»

«Man könnte auch die Ringe vergiften!», überlegte Immaculata. «Sie stecken sich die Ringe an den Finger – und brechen sterbend zusammen. Möglicherweise gibt es ein Gift, das über die Haut in den Körper dringt?»

Ein Rumpeln zeigte ihr an, dass Edoardo den Beichtstuhl verlassen hatte.

*

Die Familie hatte sich, wie jeden Tag, auf der Terrasse zum Mittagessen versammelt. Eben hatten Rosalia und ihre Helferinnen aus dem Dorf den *primo* abgetragen. Die Tischgesellschaft war überschaubar. Einige waren ans Meer gefahren, andere nach Rom.

«Ich weiß nicht so recht, ob ich euch überzeugend finde», sagte Eugenia. «Francesco und dich.»

«Wieso nicht?»

«Die letzten beiden Tage habt ihr eure Rollen gespielt. Ihr wart so … freudig. Schon beim Frühstück. Gelegentlich sogar verliebte Blicke. Aber heute? Francesco sitzt am anderen Ende der Tafel und stochert lustlos in einem Salat. Und du hast einen strengen Zug um den Mund. Wir wollen heute dein Hochzeitskleid kaufen, Schätzchen! Ich wünsche mir etwas mehr *amore* zwischen euch.»

Giulia legte die Gabel zur Seite und sah sie an. Dann stand sie auf, schlug zwei Gläser leicht aneinander und wartete, bis sich das Gemurmel gelegt hatte.

«Liebe Familie! Später werde ich mit meiner *mamma* und mit Tante Eugenia nach Rom fahren. Dort werden wir ein Hochzeitskleid kaufen.»

Große Euphorie brach aus, Bravorufe ertönten.

«Ihr alle wisst es: Wir werden ein wenig improvisieren müssen bei dieser Hochzeit. Die wenigen Tage Vorbereitung reichen kaum aus. Es gibt ja so viel zu bedenken! Ich bin meinen Eltern, meiner Cousine Rebecca und Tante Eugenia unendlich dankbar, dass sie mich derart unterstützen. Und ich bitte schon jetzt um Nachsicht, wenn etwas nicht ganz so perfekt klappt. Aber das Hochzeitskleid, dafür möchte ich mir Zeit nehmen. Denn ich werde es tragen, wenn ich an Francescos Seite vor den Altar trete. An der Seite des Mannes, den ich liebe.»

Francesco, der bislang auf die Tischdecke gestarrt hatte, sah auf.

«Ich möchte diese kleine Pause zwischen *primo* und *secondo* nutzen, um euch allen zu sagen, wie glücklich ich bin. Und um einen Toast auszusprechen auf dich, Francesco. Ich weiß, dass meine Entscheidung viele hier überrascht hat. Und vermutlich gibt es den einen oder anderen Onkel, die eine oder andere Tante, die nicht ganz einverstanden sind mit meiner Wahl. Francesco bringt kein Geld in die Ehe. Er stammt nicht aus dem römischen Adel. Er hat keinen Titel. Und natürlich kann man es unmöglich finden, einen ehemaligen Mönch zu heiraten, noch dazu den Privatsekretär des Papstes. Aber darum geht es nicht. Es geht darum, dass ich ihn liebe! Weil er mir zuhört, wenn ich mir selbst nicht mehr zuhören mag. Weil er mir die Welt so gezeigt hat, wie ich sie noch nicht gesehen habe. Weil ihm Adel, Titel und Privilegien gleichgültig sind. Weil er stärker an Gott glaubt als ich. Weil er alles aufgegeben hat für ein Abenteuer mit ungewissem Ausgang. Weil er nicht alles weiß, sondern nach Antworten sucht. Weil er mit mir zusammen nach Antworten suchen will. Weil ich im Gleichgewicht bin mit mir und der Welt, wenn er bei mir ist. Weil er mich liebt.»

Sie hob ihr Glas, warf Francesco einen schnellen Blick zu, ignorierte die tränenfeuchten Augen ihrer Mutter und setzte sich.

«Gut so?», fragte sie Tante Eugenia. «Sind jetzt alle überzeugt?»

Tante Eugenia hatte ihre Sonnenbrille aufgesetzt.

«Was hätte aus mir werden können, wenn ich jemals so geliebt hätte wie du, Kindchen?», antwortete sie mit etwas belegter Stimme.

«Warum hast du es nicht getan?»

«Vielleicht habe ich es ja getan.» Sie tätschelte Giulia die Hand. «Jedenfalls werden wir dir heute ein Hochzeitskleid kaufen. Deine *mamma* und ich. Das schönste Hochzeitskleid der Welt.»

*

Die Klimaanlage lief auf Hochtouren. Alles hier war hell und kühl: der Marmorfußboden, die weiß gerahmten Spiegel, die üppigen, gläsernen Orchideenvasen, die blondierten Verkäuferinnen, die auf mörderisch hochhackigen Stöckelschuhen um sie herumschwebten. Und der Champagner, der in ihrem Glas perlte.

«Ich habe ein schlechtes Gewissen», sagte Giulia. «Hätten wir *mamma* nicht doch mit in den Laden nehmen sollen?»

«Sie ist bei Giolitti bestens aufgehoben. Dort trifft sie bei einem Eis und einem kleinen alkoholischen Getränk sicher viele alte Bekannte, denen sie ausführlich von deiner Hochzeit vorschwärmen kann.» Eugenia seufzte. «Emerenziana ist einfach zu hysterisch, das typische Nesthäkchen. Wie hast du nur deine Kindheit und Jugend überstanden? Der arme Edoardo. So ein netter Mann. Ich habe von meiner Schwester ja Gott sei Dank nicht mehr viel mitbekommen, schließlich bin ich früh aus dem Haus.»

«*Mamma* meint es nicht so», versuchte Giulia, ihre Mutter ein wenig in Schutz zu nehmen. «Sie hat eben schwache Nerven. Manchmal denke ich, diese Hochzeit ist für sie aufregender als für mich. Ich frage mich bloß, wie ich ihr hinterher erkläre, dass alles nur Theater war. Wahrscheinlich wird sie einen Nervenzusammenbruch erleiden.»

«Davon kannst du ausgehen, Herzchen. Aber mit dieser Frage wollen wir uns jetzt nicht befassen. Und gute Fachärzte kenne ich im Zweifelsfall zuhauf. Viel wichtiger ist dein

Kleid.» Sie nahm einen tiefen Schluck. «Mit Brautkleidern ist es wie mit Männern. Man lässt sich immer wieder mit ihnen ein – aber nur an das erste Mal wird man sich sein Leben lang erinnern. Man trägt Hunderte von Kleidern, aber nur das Brautkleid wird man immer in Erinnerung behalten.»

«Wie war es bei dir?»

«Marcello Mastroiani. Am Strand bei Portofino, in einer mondhellen Nacht. Du willst gar nicht wissen, wie alt ich damals war.»

«Ich meinte dein Brautkleid. Nicht deine erste Begegnung mit Männern.»

«Ach so.»

Tante Eugenia nahm einen weiteren Schluck Champagner.

«Mein Vater hatte festgelegt, dass ich im Traditionsbrautkleid unserer Familie vor den Altar trete. Erzkonservativ, langweilig, hässlich. Frühes 19. Jahrhundert, vermute ich. Wir haben auf Capri geheiratet. Leider ist das Kleid bei der Überfahrt über Bord gegangen. Und so musste ich eine Chanelkreation tragen, die ich – wie der Zufall es wollte – im Koffer dabeihatte. Mein Vater hat zur Strafe die Aussteuer gekürzt. Aber mein erster Mann war ohnehin reicher als mein Vater.»

Giulia betrachtete nervös die Schaufensterpuppen, die um sie herumstanden, in Wolken aus Rosa, Beige und Weiß. «Ich weiß eigentlich gar nicht, warum das alles sein muss und warum ich mich von dir habe breitschlagen lassen, in dieser Gluthitze nach Rom zu fahren. Mit dir. Und mit *mamma*, dabei ist sie immerhin ahnungslos … Du aber weißt ganz genau, dass ich dieses Kleid nie tragen werde. Das ist doch alles nur Inszenierung!»

«Nun, zu einer guten Inszenierung gehören gute Kostüme.

Deine Tarnung fällt auf, wenn du morgen kein Brautkleid aufs Schloss liefern lässt. Also jammere nicht herum, sondern stelle dich dieser Aufgabe. Ich bin entschlossen, sehr viel Spaß dabei zu haben.

Giulia resignierte. «Auf was muss ich also achten?»

«Das Brautkleid», dozierte Eugenia, «muss passen. Und zwar nicht nur zu deiner Figur, das bekommen die Profis schon hin. Nein, es muss zu deiner Persönlichkeit passen. Zu deiner Geschichte. Deinem Charakter. Ich erinnere mich mit Schrecken an meine Schulfreundin Ludovica. Sie heiratete in Weiß, hochgeschlossen und keusch. Mit zartem Schleier. Dieses Kleid drückte nur eines aus: Mein Mann hatte den Wunsch, eine reine Jungfrau zu ehelichen.»

«Und?»

«In der Kirche saßen mindestens fünfunddreißig Männer, die genau wussten, dass sich dieser Wunsch ihres Mannes nicht mehr erfüllen konnte.»

«Also ist es ganz einfach», sagte Giulia gereizt. «Ich muss meine Persönlichkeit erkennen, und schon habe ich das passende Kleid.»

«Es ist nicht ganz so leicht, seine Persönlichkeit zu erkennen.» Eugenia schenkte ihnen beiden nach. «Darum sollte man möglichst viel anprobieren. Gefährlich sind Kleider, in denen man großartig aussieht und die trotzdem nicht passen. Ich erinnere nur an Ludovica!»

«Dieses Schicksal wird mir vermutlich erspart bleiben. Weil ich jederzeit mit deinem ehrlichen Urteil rechnen darf, nicht wahr?»

«Davon kannst du ausgehen, *tesoro*. Ich habe mir übrigens auch von diesem Laden Fotos schicken lassen und eine kleine Vorauswahl getroffen. Lass dich überraschen.»

«Meinst du nicht, dass ich an deiner Vorauswahl hätte mitwirken sollen? Übrigens auch schon bei den beiden früheren Läden ...»

«*Du* hast dir den Mann ausgesucht. Das muss reichen.»

Als die Verkäuferin das erste Kleid präsentierte, sah Giulia entsetzt zu ihrer Tante. «Würdest du mir bitte sagen, was dieses Kleid mit meiner Persönlichkeit zu tun hat? So etwas trägt man nur bei Hochzeiten in Las Vegas. Im Zustand der Volltrunkenheit.»

«Wir Frauen sind komplexe Persönlichkeiten», erwiderte Eugenia trocken. «Und wir haben auch eine grelle, exzentrische Seite.»

«Das Kleid ist schweinchenrosa – und zwar von allen Seiten.»

«Es ist vielleicht ein wenig ...»

«... vulgär?»

«... auffällig. Aber zu deinen schwarzen Locken wird es sehr wirkungsvoll aussehen. Dieses Kleid sagt: An der Oberfläche bin ich eine kultivierte, gebildete Frau, aber in mir drin toben Lust und Leidenschaft.»

«Meine Lust und Leidenschaft sind nicht schweinchenrosa!»

«Schluss jetzt», entschied Eugenia bestimmt. «Wir müssen Erfahrungen sammeln. Vielleicht gefällt es dir tatsächlich nicht, dann sind wir um eine Erfahrung reicher. Möglicherweise ist es genau das Richtige – und du entdeckst unbekannte, wilde Züge an dir. Und beginnst ein neues, ganz anderes Leben.»

«Vielleicht als Servierdame in einer Oben-ohne-Bar.»

«Auch in einer Oben-ohne-Bar kann man glücklich werden. Mein dritter Mann hat dort sein Herz verloren. Leider verlor er dann noch etwas anderes.»

«Was denn?»

«Sein Vermögen. Aber das lag an seinem Ehevertrag. So, und jetzt ab in die Umkleidekabine, *tesoro*. Es wartet auf dich eine phantastische Entdeckungsreise zu dir selbst.»

*

Petrus hatte den Tag auf dem Balkon zugebracht und Akten studiert, die ihm der Vatikan zunächst nach Castel Gandolfo und von dort auf das Schloss hatte bringen lassen. Es war die übliche Mischung: fragwürdige Marienerscheinungen, bischöfliche Fehltritte, Geldwäsche in der Vatikanbank. Der herrliche Ausblick auf die Colli Romani minderte seine schlechte Laune nur wenig.

Als sich das weiche Licht des späten Nachmittags auf die Hügel legte und die Schatten länger wurden, lebte er auf. Bald war es Zeit für den *aperitivo*, den er mit Francesco am Pool einnehmen wollte. Er schob die Unterlagen zusammen, verstaute sie im untersten Fach seines Kleiderschranks und ging nach unten.

Francesco saß im Schatten eines Sonnenschirms, den Laptop aufgeklappt.

«Nun, mein Lieber, warst du erfolgreich?»

Francesco nickte. «Ich habe den ganzen Tag recherchiert. Es war nicht einmal besonders schwierig. Ich zeige Ihnen einige Bilder von Emily-Elizabeth Manero, wenn Sie einverstanden sind. Und berichte von ihrem Leben.»

«Und währenddessen trinken wir einen *aperitivo*», sagte Petrus und ließ sich zufrieden in die Kissen zurücksinken. «Ich habe der Küche schon einen Wink gegeben. Die Getränke müssten sofort kommen.»

Im Pool planschten die Kinder von Rebecca. Der Junge versuchte, seine Schwestern mit Saltos vom Beckenrand zu beeindrucken, doch die Mädchen sahen gar nicht hin. Sie hatten eine kleine Landschaft aus Steinchen und Gräsern am Beckenrand aufgebaut und spielten mit einigen Puppenstubenpuppen offensichtlich Hochzeit, jedenfalls war eines der Püppchen komplett in weiße Taschentücher eingewickelt.

Ein Mädchen aus dem Dorf, das Rosalia während der Sommerferien zur Hand ging, brachte ein Tablett mit zwei Negroni und einer Etagere mit Nüsschen und Salzgebäck.

«*Salute*», sagte Petrus und nahm einen Schluck. «Und nun erzähl.»

«Emily-Elizabeth Manero ist Amerikanerin, mit italienischen Wurzeln. Über ihre Herkunft weiß man nichts, über ihre Eltern hat sie nie gesprochen. Wenn sie gefragt wurde, in Interviews zum Beispiel, hat sie ausweichend geantwortet und auf eine schwierige Kindheit verwiesen.»

«Sie hat Interviews gegeben?», erkundigte sich Petrus. «Also ist sie später berühmt geworden.»

«Ich komme gleich darauf. Schon als Schülerin fiel ihre große Begabung auf. Im mathematisch-technischen Bereich, vor allem. Sie machte einen brillanten Abschluss und bekam ein Stipendium für Stanford. Dort studierte sie Programmieren. Ein Studiengang, der fast nur von Männern belegt wurde. Aber sie war besser als die meisten Kommilitonen und setzte sich durch. Dann heuerte sie im Silicon Valley an. Nicht bei den großen Riesen, sondern bei einer Klitsche. Elektronische Bezalsysteme, sagt Ihnen das etwas? Nun, wie auch immer: Die Klitsche wuchs und wurde eine Weltmarke. In wenigen Jahren. Und Emily-Elizabeth Manero machte Karriere, bald war sie die Nummer zwei in ihrer Firma. Sie hat sich nicht nur um IT-Fragen gekümmert, sondern auch um die Finanzierung. Dann, ganz plötzlich, stieg sie aus. Und gründete ein Start-up. Mit Risikokapital aus Europa, wie es hieß.»

«Mit Risikokapitel von Federico!», sagte Petrus. «Aber warum ist sie ausgestiegen?»

«Sie war angewidert von ihrer Branche. Profitgier und Sexismus. Smarte junge Männer, die der Meinung waren, dass Frauen nicht programmieren können. Weil sie angeblich genetisch bedingt dümmer sind.»

«Diese Auffassung kenne ich aus meiner Branche», sagte Petrus. «Was hat sie denn gemacht in ihrer eigenen Firma?»

«Datenschutz. Verschlüsselung. Ich habe es nicht völlig verstanden, ehrlich gesagt. In Interviews hat sie davon berichtet, dass sie den Menschen, die im Internet unterwegs sind, ihre Würde zurückgeben möchte.»

«Eine Idealistin.»

«Aber keine Schwärmerin», sagte Petrus. «Eine sehr intelligente Frau mit Idealen. So würde ich es ausdrücken. Und dann?»

«Ist sie verschwunden. Von einem Tag auf den anderen. Vorher hat sie eine Reihe sehr kluger Leute installiert, die den Laden schmeißen.»

«Aber es muss Gerüchte gegeben haben …»

«Natürlich. Viele – und alle verschieden. Sie lebt in einem tibetischen Kloster und meditiert. Sie hat einen Veganshop in New York eröffnet. Sie arbeitet in einem Entwicklungshilfeprojekt im Kongo.»

«Dann zeig mir jetzt bitte Bilder, Francesco», sagte Petrus.

«Natürlich.» Francesco drehte den Laptop zu Petrus.

«Es ist erstaunlich, wie eine Nonnenhaube den Menschen verändert», stellte Petrus fest. «Und sie hat sich die Haare dunkel gefärbt, denn hier ist sie blond. Aber sie ist es, ganz unverkennbar.»

«Glauben Sie, dass Rosalia – beziehungsweise Emily – den Anschlag verübt hat?»

Petrus tastete nach dem Fläschchen, das er in Rosalias Wohnung gefunden hatte und seitdem in den Taschen seiner Soutane aufbewahrte. «Es gibt gewisse Hinweise. Wir werden sehen …»

*

«Zu meiner echten Hochzeit werde ich irgendein Sommerkleidchen anziehen. Noch einen Tag im Brautmodeladen überlebe ich nicht.»

Giulia sank auf den Korbstuhl, zog sich die Pumps aus und stieß dabei mit ihren langen Beinen an den elegant gedeckten Tisch, sodass alle sorgfältig aufgereihten Gläser klirrten.

«*Mamma!*» Giulia winkte Emerenziana Santini an den Tisch. Ihre Mutter ließ sich ausführlich berichten, sichtete die Handyfotos, lobte und verwarf. Zwischendurch warf sie Kusshändchen zu irgendwelchen Bekannten.

«Wenigstens dieses Problem haben wir gelöst», plapperte sie. «Aber seid ehrlich: Es ist doch ein Wahnsinn, dieses Fest in wenigen Tagen zu planen. Für eine normale Hochzeit rechnet man normalerweise mit einem Jahr Vorbereitungszeit!»

«Nur keine Sorge», beschwichtigte Eugenia. «Ich verfüge über reichhaltige Erfahrungen. Schließlich ist das meine sechste Hochzeit – die zwei gescheiterten nicht eingerechnet. Und wie alles im Leben, bringt einen auch hier die stete Wiederholung weiter.»

Dann winkte sie dem Kellner, bestellte drei Aperol und sah sich zufrieden um. Direkt neben ihnen ragten die Türme von Sant'Agnese in den immer noch sehr blauen römischen Himmel. Das touristische Gewühle auf der Piazza Navona war hier oben auf der Dachterrasse meilenweit entfernt. Nur die Straßenmusiker waren zu hören. Und ab und zu das Rauschen des großen Berninibrunnens in der Mitte des Platzes.

«Ich verstehe wirklich nicht, warum wir so einen Aufwand betreiben müssen: die Bonbonniere, die Hochzeitsmandeln …»

«Kindchen, und ich weiß wirklich nicht, warum du dich jetzt aufregst», sagte ihre Mutter entschieden. «Fünf Hochzeitsmandeln für jeden Gast, das ist ein alter Brauch: für Glück, Liebe, Gesundheit, Kindersegen und Wohlstand. Bei unserer Hochzeit hatten wir noch Porzellandöschen mit zwei weißen Tauben darauf. Ganz entzückend. Leider hat Odoardo sie erst vor kurzem heruntergeschmissen.»

«Da stimme ich deiner Mutter ausnahmsweise zu», sagte Eugenia. «An den Hochzeitsmandeln führt kein Weg vorbei. Allerdings gab es bei meiner letzten Eheschließung noch keine Geschmacksrichtungen wie Birne, Ricotta oder Oreokeks», merkte Eugenia an. «Umso wichtiger, sich mal wieder auf den neuesten Stand zu bringen.»

«Du wirst ja wohl nicht noch ein weiteres Mal heiraten wollen …» Giulias Mutter schnaubte.

«Ach, weißt du, Emerenziana, so eine Hochzeit ist doch immer wieder ein schöner Anlass für ein Fest: die tollen Kleider, die Cocktails, der Champagner, der Blumenschmuck, die Reden. Herrlich! Ich habe immer gern geheiratet, und es gibt bei jedem Mal noch etwas zu perfektionieren. Vor allem mit Blick auf den Ehemann …»

Giulias Mutter ignorierte den neuerlichen Redeschwall Eugenias. Sie berührte kurz die Hand ihrer Tochter und stand dann auf, weil sie erneut Bekannte gesichtet hatte, die sie unbedingt begrüßen wollte.

Giulia sah ihr hinterher, gerührt und genervt zugleich.

«Übrigens profitierst du ganz enorm von meinem Vorsprung», sagte Eugenia, die sichtlich auflebte, seit Emerenziana aufgestanden war. «Welche andere Tante hätte aus ihrem reichen Vorrat zwei passende Trauringe hervorziehen können?»

«Das wäre ja noch schöner gewesen – für eine gespielte Hochzeit echte Eheringe zu besorgen», sagte Giulia. «Und damit wir uns recht verstehen: keine Porzellantauben als Bonbonnieren. Auch die dicken Engel mit den Blumenkränzen scheiden aus!»

Giulias Mutter rauschte zurück an den Tisch.

«Ach, wie nett, das war die Contessa Baldessarini, mit ihrem neuen Mann. Wusstest du, dass ihre Tochter schon vierzig ist und noch immer keinen Mann hat?» Sie strahlte. «Ich habe ihr gleich erzählt, wie aufgeregt ich bin, dass Giulia übermorgen heiratet. Und danach das Familienvermögen erbt.»

«Mamma!» Giulia sah ihre Mutter entsetzt an, doch diese schien völlig ungerührt und nahm einen kräftigen Schluck von ihrem Aperol.

«Habt ihr euch nun wegen der Hochzeitsmandeln geeinigt, mein Schatz?»

«Wir nehmen die bestickten Leinensäckchen mit Seidenschleifen, ganz klassisch», entschied Eugenia. «Hatte ich bei meiner zweiten Hochzeit auch.»

«Und nimmst du nun das raffinierte Kleid mit der großen Satinschleife, das mir so gut gefallen hat?»

«Sicher nicht, mamma. Ich bin doch keine Geschenkverpackung. Schlimmer war nur noch das Kleid mit dem Rüschenwasserfall. Und dann dieses Ungetüm mit der Perlenstickerei. Nein, es wird wohl auf den Prinzessinentraum in Elfenbein hinauslaufen. Und ich habe ja noch eine Nacht Bedenkzeit. Wie gut, dass sie den Fummel morgen direkt ins

Schloss liefern – was auch immer wir dann nehmen.» Giulia seufzte. «Aber vor allem danke ich Gott, dass ihr kein Foto von mir in Schweinchenrosa gemacht habt …»

«Ein romantisches Kleid in Rosa», erläuterte Eugenia. «Aus irgendwelchen Gründen mochte Giulia es nicht.»

«Etwas Rosa und Romantik würden dir guttun», sagte Emerenziana streng. «Mit Bücherlesen und klugen Reden findet man keinen Ehemann. Aber was sage ich da – nun haben wir dich ja bald unter der Haube!»

«Eigentlich waren alle scheußlich», sagt Giulia, als sie sich ein letztes Mal durch die Fotogalerie klickte.

«*Tesoro*, du kannst schließlich nicht nackt gehen.» Eugenia kicherte. «Auch, wenn das einer Hochzeit der päpstlichen Pressesprecherin mit einem ehemaligen Franziskanermönch noch das Krönchen aufsetzen würde.»

«Eugenia, sei bitte nicht schon wieder so schrecklich vulgär», sagte Giulias Mutter mit einem strafenden Blick zu ihrer Schwester. «Ah, da hinten sind die Ruspolis, ich dachte sie wären schon längst auf ihrem Landsitz in Cerveteri. Ihr entschuldigt mich kurz, ich muss ihnen unbedingt erzählen …»

Und damit verschwand sie auch schon zwischen den Tischen.

«Deine *mamma* macht mich ganz unruhig. Alle fünf Minuten springt sie auf.»

«Du musst sie verstehen. Seit Jahren versucht sie, mich unter die Haube zu bringen. Und nun ist es endlich so weit. Sie wird nicht ruhen, bis sie alle Bekannten aus den besseren Kreisen Roms persönlich informiert hat.»

«Sie sollte die Hochzeits*vorbereitung* genießen», sagte Eugenia. «Nachdem die Hochzeit*feier* ja gar nicht stattfinden wird.»

«Diese ganze Hochzeitsvorbereitung ist schon eine Farce,

Eugenia! Ich werde nicht heiraten. Ich will endlich den Mörder finden! Und wenn ich ihn gefunden habe, will ich nach Hause gehen.»

Eugenia hob ihr Glas und prostete ihrer Nichte aufmunternd zu. Dann sagte sie mit unerwartetem Ernst in der Stimme: «Richtig, wir machen das Ganze nicht zum Spaß, sondern, um einen Mörder zu finden. Aber dazu müssen wir die Hochzeitsvorbereitung so perfekt wie möglich inszenieren. Alles andere würde verdächtig wirken. Und wie wolltest du etwa Rebecca erklären, dass du dich noch nicht um das Kleid gekümmert hast? Warum war sie heute eigentlich nicht dabei? Als deine Trauzeugin hätte sie das Kleid mit dir aussuchen sollen!»

«Das wollte sie ursprünglich auch. Doch heute früh hat sie erfahren, dass der Inneneinrichter ihres Ferienhauses am Lago di Bolsena die Gardinen fertig hat. Nun ist sie Hals über Kopf nach Montefiascone gereist und hat die Kinder bei Federico zurückgelassen. Gustavo ist ja in London.»

«Hm, und den Termin konnte sie ihrer Cousine zuliebe nicht verschieben?»

«Angeblich nicht. Der Dekorateur ist wohl sehr exklusiv, und sie musste schon dankbar sein, dass er überhaupt persönlich kommt.»

«Na ja, glücklicherweise haben wir auch ohne sie etwas Wunderbares gefunden.»

«Ich bin mir immer noch nicht ganz sicher, ob das Kleid nicht zu traditionell aussieht.» Giulia runzelte die Stirn.

«Aber das macht doch nichts! Du wirst doch ohnehin nicht heiraten!»

«Falls wir den Mörder nicht vorher finden, wird die Trauung stattfinden. Zumindest wird sie so lange gehen, bis er zuschlägt. Die Hochzeit wird seine letzte Chance sein.»

«Und du möchtest nicht in einem Kleid sterben, das dir nicht steht.» Eugenia kicherte. «Nun, das kann ich verstehen. Ich werde morgen einmal die einschlägigen Familienfotoalben durchblättern. Falls eine deiner verstorbenen Vorfahren ein ähnliches Kleid trug, kommt es natürlich nicht in Betracht. Dann lassen wir es einfärben. Oder schneiden es auf Kniehöhe ab.»

«Manchmal habe ich den Eindruck, dass du meine Situation komisch findest.»

«Du hast Angst, nicht wahr?»

«Jemand will mich umbringen!»

Eugenia beugte sich vor. «*Tesoro*, gerade deshalb gilt: Genieße es! Lass dich feiern und verwöhnen. Spiele ein Spiel. Wenn du das alles nicht zu ernst nimmst, umso besser. Wichtig ist – und das solltest du nicht vergessen: Du planst eine Hochzeit mit dem Mann, den du liebst. Nur zum Schein, natürlich, anders ist es ja wohl nicht möglich. Ich weiß, dass Francesco die Liebe deines Lebens ist. Wir haben oft darüber gesprochen.

Giulia blinzelte in der Sonne und versuchte dann, ihrer Tante direkt ins Gesicht zu sehen. «Hast du eigentlich jemals die Chance gehabt, die Liebe deines Lebens zu heiraten?»

«Nun, das passiert leider nicht jedem.» Eugenia wedelte mit der Hand unbestimmt durch die Luft. «Meistens findet man die große Liebe gar nicht. In dem Fall ist es immerhin ganz nett, wenn man wenigstens das große Geld findet.»

«Ist es dir tatsächlich nur darum gegangen?»

«Ich habe ein großes Herz. Da ist Platz für den Mann – und für sein Bankkonto.»

«Na schön, wenn du nicht willst. Irgendwann bekomme ich deine Jugendsünden schon noch heraus …»

Eugenia kicherte erneut. «Dann würden wir noch bis

Mitternacht hier sitzen. Jetzt sollten wir deine Mutter einsammeln und gemeinsam zurück aufs Schloss fahren. Außerdem steht noch eine Besprechung mit deinem Chef an, wenn ich mich recht erinnere.»

Sie winkte dem Kellner mit ihrer Kreditkarte. Giulia schlüpfte in ihre Schuhe, stand auf und trat an die Brüstung. Von hier aus überblickte sie die gesamte Piazza Navona.

Am frühen Abend war sie überfüllt mit Touristen, Zeichnern, Malern, Musikanten, Straßenverkäufern. Einheimische und Freunde mit Eis in der Hand schoben sich durch die Menge. Und ab und zu ein verliebtes Pärchen, das selbstvergessen durch das Getümmel schwebte.

«Eugenia! *Mamma!*» Giulias Stimme überschlug sich fast. «Kommt her, das müsst ihr euch ansehen!»

Emerenziana war sofort herbeigeeilt, sah über die Brüstung und erstarrte. Eugenia nahm ihre Sonnenbrille ab und blickte nach unten. «Das gibt es doch nicht: Das ist doch eindeutig …»

«… Rebecca!» Emerenziana beugte sich noch ein Stück tiefer über die Brüstung. «Und der Mann, der da gerade so zärtlich den Arm um sie legt, ist eindeutig nicht Gustavo.»

«Nein.» Giulia fuhr sich über die Augen. «Und ihr werdet lachen: Ich weiß sogar, wer das ist.»

*

«Ich verrate gar nichts.» Giulia, auf deren Schoß Monsignore thronte, gab sich unerbittlich.

«Natürlich sagst du nichts über dein Hochzeitskleid, *tesoro.* Das wäre ja noch schöner. Wir zwei», Eugenia tätschelte Francesco gönnerhaft die Hand, «machen uns morgen ebenfalls auf nach Rom und suchen einen passenden Anzug für den Bräutigam.»

Francesco sah sie verschreckt an.

«Aber ich habe einen Anzug, der …»

«Natürlich, den Sie wahrscheinlich zuletzt getragen haben, bevor Sie Mönch wurden. Nein, nein. Der Anzug muss schließlich auch zum Brautkleid passen. Und wie das aussieht, wissen nur Giulia, ihre Mutter und ich.»

«Finden Sie nicht, Eugenia, dass wir ein bisschen zu viel Aufwand betreiben?» Petrus kam gerade aus der Küche. Seine Nase und seine Schürze waren komplett bemehlt. Vorsichtig balancierte er eine große Tarteform mit zwei riesigen roten Topfhandschuhen vor sich her und stellte sie mitten auf den Tisch.

«Die Inszenierung muss perfekt sein», sagte Eugenia. «Und zwar aus Frauensicht.»

«Inzwischen bin ich mit meiner Speisenfolge beim Nachtisch angekommen.» Petrus ignorierte ihren Einwand. «Francesco hat mir heute am späten Nachmittag einen ganzen Korb prächtiger Zitronen von Alfredo mitgebracht.»

«Hoffentlich sind die nicht vergiftet», unkte Eugenia. «Haben Sie denn neue Indizien gefunden bei Alfredo? Schließlich ist der Mörder ja immer der Gärtner …»

«Wir sind zumindest auf etwas sehr Merkwürdiges gestoßen», sagte Petrus. «Aber das berichtet euch am besten Francesco in aller Ausführlichkeit, während ich hier die Tarte anschneide.»

«Als ich neulich nachts in den Geheimen Wald hinuntergestiegen bin, habe ich das Grabmal von Alfredos Mutter entdeckt», begann Francesco. «Darauf befand sich ein kleines Medaillon mit ihrem Bild. Und ich schwöre euch: Diese Frau sah genauso aus wie Giulia. Dieselbe Nase, derselbe Mund, dieselben dichten schwarzen Haare …»

«Das ist doch absoluter Unsinn, ein typisches Männerhirngespinst: Warum sollte Contessa Giulia Santini aussehen wie die Mutter des Gärtners?», fragte Eugenia gereizt. «Für katholische Geistliche sieht offensichtlich eine dunkelhaarige Frau so aus wie die andere.»

«Ich denke, dass Padre Francesco und ich in dieser Hinsicht durchaus feinfühlig sind», sagte Petrus beleidigt. Und zu seinem Privatsekretär: «Ich schlage vor, dass du morgen noch ein letztes Mal zu Alfredo gehst, um mit ihm zu sprechen. Du hast dich ja durch Zitronen, Pomeranzen und Olivenanpflanzungen inzwischen mit ihm vertraut gemacht. Wir müssen jetzt alles auf eine Karte setzen, die Zeit läuft uns davon.»

Vorsichtig verteilte er die goldgelbe Zitronentarte auf den Tellern und versuchte dabei, Monsignore von Giulias Schoss herunterzuschubsen. Aber dieser krallte sich fest.

«Aua!» Giulia schmierte Monsignore ein großes Stück Tarte in sein dickes Gesicht und verabschiedete ihn dann mit einem Klaps auf den Po.

Eugenia lehnte sich nach dem ersten Bissen entzückt zurück und schloss schwärmerisch die Augen. «Also, Heiliger Vater, wenn ich nicht wüsste, dass Sie der Papst sind, würde ich Ihnen glatt noch einen Antrag machen. Köstlich. Offensichtlich hatten Sie heute nichts zu tun, sondern standen den ganzen Tag in der Küche. Muss der Vatikan in den Ferien eigentlich gar nicht regiert werden?»

«Keine Angst, liebe Eugenia, so schnell wird die Kirche nicht untergehen.» Petrus nahm sich ein zweites Stück. «Francesco und ich haben uns heute vor allem mit Rosalia alias Mrs. Manero beschäftigt. Eine hochinteressante und hochintelligente Person.»

«Ja, wir haben ausführlich im Internet recherchiert», erzählte Francesco. «Emily-Elizabeth Maneros, die wir auf einem Bild zweifelsfrei als Rosalia identifizieren konnten, hat eine erstaunliche Karriere im Silicon Valley hingelegt.» Und er berichtete von Maneros Erfolgen und ihrem Entschluss auszusteigen.

«Damit scheidet sie als Verdächtige aus», sagte Giulia. «Sie braucht das Geld nicht. Sie hat selber genug.»

«Sie würde das Geld ja nicht für sich erben, sondern für den Orden», sagte Petrus.

«Wenn sie so ehrgeizig ist ... vielleicht will sie als Äbtissin noch mal richtig Schwung in den Laden bringen», äußerte Eugenia kauend.

«Mich würde vor allem interessieren, warum Federico den Orden – und damit sie – als Erben einsetzen möchte», sagte Francesco. «Warum ist sie überhaupt hier? Als Nonne? Und Haushälterin?»

«Ja, natürlich, das ist die Frage», sagte Petrus nachdenklich. «Womöglich gibt es noch eine weitere Verbindung zwischen ihr und Federico ...»

«Sie wollen doch nicht andeuten, dass sie seine Geliebte ist?» Giulia sah Petrus überrascht an.

«Ich werde morgen mit ihr sprechen», sagte Petrus und stand auf. «Vielleicht hat sie eine einfache und schlüssige Erklärung anzubieten.»

«Nur eine Sache interessiert mich noch, meine Liebe», sagte Eugenia. «Wir haben noch gar nicht ausführlich über deinen Ausflug gestern Nacht gesprochen: Wohin hat dich der schöne Paolo denn entführt?»

«Der schöne Paolo hat mit mir eine Rundfahrt gemacht.»

«Im Dunkeln?» Tante Eugenia kicherte.

«Die Frage lautet doch wohl eher: Hast du neue Erkenntnisse gewonnen?» Petrus ignorierte Eugenias Einwurf und wandte sich mit ernsthafter Miene an Giulia. «Ich muss schon sagen, es war sehr leichtsinnig von dir, mit ihm in dieses Auto zu steigen. Wenn ich davon gewusst hätte! Immerhin ist Paolo einer unserer Hauptverdächtigen!»

«Wenn ich endlich einmal zu Wort käme, könnte ich alles erzählen.» Giulia klang gereizt. «Was Paolo betrifft, waren wir jedenfalls auf der falschen Fährte. Er pflegt nur ein etwas abseitiges Hobby: Er beschäftigt sich nämlich mit dem römischen Kaiser Caligula.»

«Oh, Macht *und* Geld *und* Inzest.»

«Nein, liebe Tante. Sein Interesse ist rein wissenschaftlich. Ich muss gestehen, dass ich da erst eine andere Befürchtung hatte.» Sie lachte. «Die ganze Sache hat mich so beunruhigt, dass ich sogar zu Federico gegangen bin und ihn über Paolos Caligulaschwärmerei ausgefragt habe. Aber Paolo verbirgt gar kein fürchterliches Geheimnis aus seiner Jugend, kein Verbrechen, wie ich zuerst geargwöhnt habe. Eigentlich dürfte ich euch gar nicht davon erzählen. Jedenfalls, Paolo hat den ganz großen Coup gelandet und das letzte von Caligulas Prunkschiffen im Nemisee gefunden. Das ist eine Sensation. Und alle in dieser Runde müssen bitte Stillschweigen bewahren!»

«*Das* wollte er dir zeigen?», fragte Petrus nachdenklich. «Mitten in der Nacht? Allein? Am See?»

«Das war tatsächlich alles ganz harmlos.» Giulia zögerte kurz, entschied sich aber, mit einem Blick auf Francescos Miene, das Thema zu wechseln. «Vielleicht sollten wir uns eher mit Rebecca beschäftigen! Die haben wir nämlich heute in Rom ertappt, obwohl sie eigentlich in ihr Ferienhaus fahren wollte. Und sie war mit einem Mann zusammen, der nicht ihr eigener war.»

«Sie hat also eine Affäre», stellte Petrus sachlich fest.

«Das werde ich morgen herausfinden. Natürlich weiß ich

nicht genau, ob Rebeccas Geheimnis etwas mit dem Anschlag auf mich zu tun hat. Aber es könnte immerhin sein.»

«Ah, der *caffè* ist fertig. Ich hole ihn.» Petrus stand auf und erschien wenig später mit der gluckernden *caffetiera* in der Hand. «Wir sind also zwei Tage vor der Hochzeit noch keinen Schritt weiter.» Er seufzte. «Im Gegenteil, alles wird nur verwirrender, und nichts ist, wie es scheint: Der oberflächliche Paolo beschäftigt sich angeblich mit Antikenforschung, die brave Rebecca hat eine Affäre, der Gärtner verbirgt etwas in seinem Geheimen Wald, die schöne Nonne Rosalia lebt unter falschem Namen. Fehlt nur noch Edoardo. Immaculata wollte sich mit ihm befassen ...»

«... ein sympathischer junger Mann!», rief eine Stimme. Wie ein Schatten war Immaculata plötzlich in der Laube erschienen. Sie stand in der Küchentür und blickte hoheitsvoll in die Runde.

Petrus fragte sich unwillkürlich, wie lange sie schon heimlich gelauscht hatte ...

«Voller Glaubensstärke und Edelmut», fuhr die Haushälterin des Papstes ungerührt fort. «Natürlich noch nicht ganz gefestigt. Wie sollte es auch anders sein in seinem Alter?»

«Sie haben mit ihm gesprochen?»

«Mehrfach.»

«Und kein Motiv entdeckt, weshalb er Giulia nach dem Leben trachten könnte?»

«Edoardo benötigt mütterliche Wärme und Geborgenheit. Und die bekommt er bei mir. Sie können davon ausgehen, Heiliger Vater, dass ich die Lage im Griff habe.»

*

«Du hättest das nicht tun müssen», sagte Francesco, als sie zusammen die Laube verlassen hatten.

«Was meinst du?»

«Deine Rede. Heute, beim Mittagessen.»

«Ich weiß.»

«Warum hast du es dann getan?»

«Eugenia meinte, dass wir nicht immer überzeugend sind. Als künftiges Ehepaar.»

«Nur deswegen?» Francesco zog Giulia näher zu sich heran.

«Der Sonnenaufgang …», sagte Giulia leise und sah ihm in die Augen. «Hat er dir eigentlich gefehlt – heute Morgen?»

«Ja. Sehr.»

Freitag

Giulia klopfte.

Sie hörte die Stimme ihrer Cousine wie aus weiter Ferne und trat ein. Die Kinder waren ihr bereits aufgeregt auf dem Gang entgegengesprungen, die Mädchen in den duftigen rosa Kleidchen, die sie als Blumenkinder tragen wollten. Und Alessio hatte ihr stolz seine schwarze Fliege gezeigt, die er morgen anlegen würde. Rebecca aber saß im abgedunkelten Raum im Schneidersitz auf ihrem Biedermeiersofa und bearbeitete ihren Laptop.

«Ah, Giulia, gut, dass du kommst. Ich habe gerade mit dem Caterer aus Rom das Menü fix gemacht. Es wird insgesamt neun Gänge geben: Antipasti, Pasteten, Suppe, den *primo* mit Muscheln und Scampi, ein salziges Olivensorbet, Lachsfilet, Obst, Dolce, Käsevariationen, Pralinen, das Übliche. Sie liefern morgen schon ganz früh, auch um Stelltische, Sonnenschirme, Tischdecken müssen wir uns keine Gedanken mehr machen. Die Torte habe ich inzwischen auch. Die Konditorei Dolcissimo ist die absolut erste Adresse. Der letzte Schrei sind jetzt hängende Torten. Deine kommt auf einem Gestell, das aussieht wie ein funkelnder Kronleuchter. Fünf Lagen, gefüllt mit Vanille-Zitronen-Creme, verziert mit fünfhundert echten weißen Rosenblüten und tausend essbaren Strasssteinchen. Jetzt müssen wir nur noch die letzten Fragen wegen der Deko besprechen. Wie ist denn nun dein Brautkleid? Hast du ein Foto dabei? Auf dem Handy? Denn davon hängt so viel ab, wir müssen ja noch alles aufeinander abstimmen … Möchtest du den Tischschmuck eher im *Rosa-Romance-* oder im *Gold-and-Glitter*-Style? Es gibt auch *Pomp and Pompons* in allen Farben, mit großen Bällen aus farbigem Seidenpapier, das passt aber vielleicht nicht in unseren großen Marmorsaal. Süß fände ich auch *nozze di nostalgia* mit echten Leinendeckchen und Spitzenbändern. Hat nicht Eugenia erzählt, ihr hättet die Hochzeitsmandeln in Leinensäckchen verpackt?»

Sie guckte wieder auf den Bildschirm – ohne auch nur ein Mal Luft zu holen, so schien es wenigstens.

«Wir müssen bis zum Mittag Bescheid geben, es ist alles sooo wahnsinnig knapp. Sie haben wegen uns schon eine riesige Ausnahme gemacht und …»

«Wie war denn dein Termin im Ferienhaus», unterbrach Giulia den Redefluss ihrer Cousine. «Bist du dir mit dem Dekorateur einig geworden?»

Rebecca sah irritiert auf.

«Ach ja, der Termin … alles wunderbar … wir haben uns wegen der Vorhänge geeinigt.»

«Ich habe dich gesehen, gestern Abend in Rom!»

«Giulia, ich …»

«Warum lügst du mich eigentlich an? Weiß denn überhaupt dein Mann, mit wem du deine Freizeit verbringst, wenn er in London ist?»

«Ich glaube nicht, dass gerade du dich zum Moralapostel aufschwingen solltest, mein Sonnenschein. Ich jedenfalls habe durch meine Heirat nicht das Zölibat gebrochen.»

«Aber die Ehe brichst du trotzdem ganz gern, ja?»

«Das ist eine unglaubliche Unterstellung!» Rebecca stand auf und funkelte Giulia an. «Du hast ja keine Ahnung. Gar keine Ahnung. Was weißt du schon über mich und mein Leben? Hast du dich jemals wirklich für mich interessiert? Hast du dich je gefragt, was ich mache, womit ich mich beschäftige?»

«Im Gegensatz zu dir. Du beschäftigst dich ja offensichtlich schon seit geraumer Zeit mit mir.»

«Was willst du damit sagen?»

«Gestern wollte ich dich noch einmal sprechen, wegen der Hochzeitsvorbereitungen. Ich habe die Unterlagen auf deinem Laptop gesucht und bin dabei versehentlich auf den Ordner *Giulia* gestoßen: all diese Bilder, Artikel, Porträts über mich … Was soll das, Becca? Was bezweckst du damit? Ich verstehe dich nicht. Ich dachte immer, du …»

«… ja, du dachtest immer, ich bin die Brave, Angepasste, Vernünftige. Und genau so habe ich bisher ja auch gelebt. Ich habe immer das gemacht, was meine Eltern von mir erwartet haben. Ich habe nie bei Partys über die Stränge geschlagen so wie du. Ich bin nicht mit fünfzehn schwanger nach Hause gekommen wie unsere Cousine Cecilia. Ich habe nicht gehascht wie Paolo und dann völlig zugedröhnt Papas Maserati zu Schrott gefahren.»

Sie geriet nun völlig außer sich, ihre Stimme wurde schrill. Offensichtlich musste sie den Ballast von Jahrzehnten vor Giulia auskippen.

«Ich habe immer alles das getan, was man von mir verlangt hat. Ganz im Gegensatz zu dir. Denn während ich mein angepasstes Leben gelebt habe, warst da immer du. Die ach so unangepasste Giulia … *Du* hast nicht brav eine Ausbildung zur Bankkauffrau absolviert. Nein, *du* hast aufregende Partys gefeiert, tolle Männer kennengelernt und daneben nicht nur studiert, nein, sondern gleich noch doppelt promoviert. Natürlich mit Auszeichnung. *Du* hast nicht als Hausfrau zurückgesteckt, nein, du hast Karriere gemacht und bist als erste Frau überhaupt Pressesprecherin des Papstes geworden. *Du* hast keine drei wohlerzogenen Kinder und bist nicht Vorsitzende des Ikebana-Blumenkunst-Vereins. Nein, aber *du* bist von den römischen Gazetten zur attraktivsten Frau der Stadt gekürt worden. Und *du* heiratest keinen Langweiler aus unseren Kreisen, nein, bei *dir* muss es gleich ein exkommunizierter Mönch sein, dazu Privatsekretär des Papstes und natürlich die Liebe deines Lebens.»

Rebecca zitterte vor Wut. Aus ihrem straffen Dutt hatten sich einige Strähnen gelöst, die ihr nun wirr vom Kopf abstanden.

«Und zur Belohnung für dein unkonventionelles Leben, dafür, dass du einfach immer nur das gemacht hast, was dir Spaß bringt und Lebensfreude, dafür, dass du nie an andere gedacht hast, dass dir die Familie und die Gesellschaft und die Konventionen am Arsch vorbeigehen, dafür bekommst nun *du*, Giulia-Antonia, Contessa Santini, auch noch ein Milliardenvermögen überreicht, nebst Schloss und Bediensteten.»

Ihr Gesicht war inzwischen rot verzerrt, sie sah aus wie eine Furie. Und doch war sie noch nicht am Ende ihrer Hasstirade angelangt.

«Aber was ich selber wert bin, das weiß ich erst jetzt. Jetzt, da ich mit Edwin einen Menschen kennengelernt habe, der mich sieht, wie ich wirklich bin. Jemand, der an mich glaubt. Der mir plötzlich ganz neue Perspektiven eröffnet hat. Ein neues Leben. Und das werde ich ergreifen, liebe Giulia. Ich werde mich von niemandem daran hindern lassen. Schon gar nicht von dir.»

Rebecca stand jetzt ganz dicht vor ihrer Cousine.

«Du wirst dich noch wundern, meine Schöne, dir werden Hören und Sehen vergehen und vielleicht auch noch einiges mehr. Es ist noch nicht zu Ende. Du wirst untergehen in einem Wirbelsturm. Denn jetzt bin ich dran. Und der Stern der Giulia Santini wird verlöschen … fffff … als hätte es ihn nie gegeben.»

*

«Die Bombe», sagte Edoardo leise, «wird aussehen wie ein Erste-Hilfe-Kästchen. Weiß, mit einem roten Kreuz auf der Vorderseite. Aus Metall. Sie ist sehr einfach zu bedienen: Auf der Schmalseite befindet sich ein Knopf. Wenn Sie ihn drücken, ist die Bombe aktiviert. Sie erkennen es daran, dass der Knopf leuchtet. Der Sprengsatz zündet nach fünfundvierzig Minuten.»

«Ich verstehe», sagte Immaculata. In der Kirche war es so früh am Morgen noch dunkel, und sie fragte sich, warum Edoardo kein Licht machte. Vermutlich aus Gründen der Geheimhaltung. Edoardo hatte sie zu einem dritten Treffen beordert, um die Einzelheiten des Anschlags zu besprechen. «Wo deponieren wir das Kästchen?»

«Unter dem Marmoraltar», sagte Edoardo. «Die Platte ruht auf schweren Säulen. Darunter ist Platz. Von der Kirche aus wird niemand etwas sehen, weil die Vorderfront ebenfalls mit einer Steinplatte verkleidet ist. Falls jemand das Kästchen findet, wird es so aussehen, als wollte man Vorsorge treffen. Für einen Notfall. Bräute werden ohnmächtig, stolpern über den Schleier. Dann braucht man einen Erste-Hilfe-Kasten.»

«Ich verstehe. Meine Aufgabe wird es also sein, kurz vor der Hochzeit auf den Knopf zu drücken.»

«So ist es. Die Sprengkraft der Bombe ist groß. Im Altarraum wird niemand überleben. Das sündige Brautpaar nicht – und auch nicht der Papst und die Trauzeugen, die diesen frevlerischen Bund besiegeln.»

«Wer wird die Bombe deponieren?»

«Sie, Schwester. Für mich gibt es keinen Grund, kurz vor der Trauung die Kirche aufzusuchen. Das würde Misstrauen erwecken. Sie dagegen gehören – zur Familie. Darum werden Sie sich in der Stunde vor Beginn der Trauung hier aufhalten und alles beaufsichtigen: Sie rücken Vasen zurecht. Sie kontrollieren die Kerzen. Sie zupfen am Blumenschmuck herum. Sie sind überall, sodass sich alle, die in der Kapelle sind, an Sie gewöhnen. Niemand wird mehr auf Sie achten. Irgendwann schieben sie die Kiste unter den Altar. Und vor der Trauung drücken Sie den Knopf.»

«Ich verstehe. Und wie komme ich an die Bombe?»

«Sie erhalten die Bombe etwa eine Stunde vor Beginn der Trauung. Ein Beamter der Provinzregierung wird hier auftauchen und behaupten, er müsse die Sicherheitsvorkehrungen kontrollieren. Die Provinzregierung habe erfahren, dass ein riesiges Fest stattfinden solle mit Hunderten von Gästen. Daher sei man besorgt. Sie werden ihn beruhigen und erklären, es sei nur eine kleine Feier im Familienkreis. Dann wird er sich die Feuerlöscher zeigen lassen und die Fluchtwege. Irgendwann wird er verschwinden und Ihnen vorher das Erste-Hilfe-Kästchen übergeben. Sie werden es sofort an der richtigen Stelle deponieren. Und ganz kurz vor der Trauung werden Sie auf den Knopf drücken und so den Zeitzünder auslösen. Fünfundvierzig Minuten danach wird die Bombe explodieren. Haben Sie alles verstanden?»

«Ich werde tun, was Gott von mir verlangt.»

«Amen.»

*

Noch immer war Giulia verstört von Rebeccas morgendlichem Ausbruch. Von dem Schwall aus Hass und Eifersucht, den ihre Cousine über ihr ausgekippt hatte. Bis zum Beginn dieses Hochzeitshöllentrips war ihr Rebecca einigermaßen berechenbar erschienen. Sie hatte immer gedacht, sie wäre glücklich mit ihrem Leben, ihrem Mann, den Kindern, den tausend ehrenamtlichen Tätigkeiten. Doch das war offensichtlich ganz und gar nicht der Fall. War das schon immer so gewesen? Oder war das auf den Einfluss von Edwin zurückzuführen? Die Worte von Rebecca hallten noch in ihr nach: *«Ich habe jemanden kennengelernt, der an mich glaubt ...»* Und: *«Du wirst untergehen in einem Wirbelsturm ...»* Und auch: *«Es ist noch nicht zu Ende ...»*

Was hatte das alles zu bedeuten?

Der Schlüssel musste in Rebeccas Beziehung zu Edwin liegen. Zu Edwin Smith Jones, genannt «The Tempest». Als junge Studentin hatte Giulia ihn kennengelernt. Und später noch einmal einen Artikel über ihn in einer renommierten Kunstzeitschrift verfasst. Obwohl nur wenig älter als sie, war er schon damals eine Legende gewesen. Sie hatte ihn noch einige Male wiedergetroffen, auf Vernissagen und Partys. Sie hatten sich gut verstanden, waren eine ganze Zeit sogar befreundet gewesen. Seit längerem hatte er sich jedoch komplett aus dem ganzen Trubel zurückgezogen. Soweit sie wusste, besaß er noch eine große Wohnung in Rom. Die ganze Etage eines Palazzos, lichtdurchflutet und mit antiken Büsten geschmückt. Im Sommer aber, auch das wusste sie, arbeitete er in seinem Schloss am Lago Albano. Seine Bilder erzielten inzwischen Rekordsummen auf dem Kunstmarkt, was ihn völlig unberührt ließ.

Seit Jahren hatte sie den Maler nicht mehr zu Gesicht bekommen. Bis gestern Abend in Rom. Mitten in der Menschenmenge auf der Piazza Navona. An der Seite Rebeccas. Sie hätte ihn jederzeit wiedererkannt. Er war überaus attraktiv, schlank und fast zwei Meter groß, mit einem schwarzen, dichten Haarschopf und markanten, sehr eindrücklichen Gesichtszügen.

Vor Jahren hatte Giulia ihn in seinem burgartigen Anwesen schon einmal besucht. Von Federico aus lag es nur eine knappe halbe Stunde entfernt ...

Sie parkte ihren Cinquecento am Straßenrand und lief die schmalen Stufen hinauf zum Smith-Jones-Schloss. Nur ein Fußweg führte hier hoch zu einer hohen, abweisenden Mauer aus glatt verputztem Stein. Der einzige Zugang war eine riesige Tür aus Metall ohne Fenster und ohne Griff. Daneben ein Klingelschild ohne Namen. Giulia drückte darauf.

Nichts war drinnen zu hören. Sie klingelte noch einmal. Und noch einmal. Sie trat einige Schritte zurück und versuchte, über die Mauer zu spähen, doch sie war zu hoch.

Giulia klingelte wieder. Und wieder. Sie musste hartnäckig sein. Wenn Edwin arbeitete, ließ er sich durch nichts stören. Sie wartete fünf Minuten. Dann betätigte sie noch einmal die Klingel.

Endlich hörte sie schlurfende Schritte.

Die Tür wurde geöffnet von einem kleinen, aber durchtrainierten Mann mit wuscheligem Haar. In Arbeitshose und mit farbbeklecksten Unterarmen. Es war Edwins engster Mitarbeiter. Und er erkannte sie sofort.

«Contessa Giulia! Signor Jones, er ... er nicht da», sagte er in gebrochenem Italienisch. «Weiß nicht, wann zurück.»

«Das macht nichts, Carlos, ich kann warten.»

Sie trat einfach ein, folgte dem kleinen Mann durch den Hof und die Steintreppe hinauf ins Atelier. Im Flur standen Leitern und leere Farbeimer. Abdeckfolien lagen zusammengeknüllt in der Ecke. Breite Pinsel, die an langen Stecken befestigt waren, lehnten an der Wand.

Das Atelier öffnete sich zu einem riesigen Panoramafenster hinaus auf den See. Und sah aus wie nach einer Farbexplosion. Gelbe und rote Farbe lief in Strömen eine Wand herunter, an einer Stelle konnte Giulia sogar noch den Abdruck eines riesigen Bildes erkennen, das bis vor kurzem dort gestanden haben musste. Auf dem Boden lagen Bleistiftskizzen, wirres Gekrakel, unleserliche Schriften, zahlreiche Gesichter.

Sie drehte sich um. An der gegenüberliegenden Wand lehnten einige offensichtlich neuere Arbeiten. Die Farbe glänzte noch feucht. Giulia trat näher. Die drei Bilder gehörten wohl zu einer Serie. Sie erinnerte sich an Edwins Gemälde. Darauf waren immer abstrakte Landschaften zu sehen, aufgewühlte Meere und brennende Schiffe. Aber nie Gesichter.

Anders als heute.

Dies *war* ein Gesicht.

Giulia fühlte, wie ihr schwindelig wurde. Zu sehen war das Porträt einer Frau mit wilden schwarzen Haaren, die sich wie Schlangen um ihren Kopf ringelten. Mit schnellem, breitem Pinselstrich in Rot und Schwarz waren die Gesichtszüge aufgetragen, die großen dunklen Augen. Und der volle Mund, aufgerissen zu einem Schrei.

Sie wich zurück. Das war sie! Das waren ihre Gesichtszüge, die trotz expressiver Pinselführung deutlich hervortraten. Sie sah sich selbst in angstvoll geweitete Augen. Hörte ihren eigenen Schrei.

«Na, fürchtest du dich?»

Giulia drehte sich um und sah Edwin, schmal und groß, mit farbverschmierter Jeans und schwarzem Hemd. Die Haare an seinen Schläfen waren inzwischen grau, die Züge schärfer, als Giulia sie in Erinnerung hatte.

«Edwin … hi … ich …»

Er sah sie durchdringend an. «Wir haben uns lange nicht gesehen, Giulia. Aber durch deine Cousine bin ich immer auf dem neuesten Stand. So viel, wie sie von dir erzählt, müssten dir eigentlich die Ohren klingeln.»

«Warum? Hast du nicht bereits genug von meiner Cousine?»

«Nein, von Rebecca kann man gar nicht genug bekommen.»

«Wie soll ich denn das verstehen?»

«Versteh es, wie du willst», sagte er lächelnd. «Oder mach einfach die Augen auf – und schau genau hin!» Er deutete auf die drei Bilder.

«Du willst mir jetzt nicht sagen, dass diese Porträts von Rebecca sind?»

«Ich will dir gar nichts sagen. Du musst es selbst verstehen.»

«Edwin.» Sie machte ein paar Schritte auf ihn zu. «Um unserer alten Freundschaft willen: Ich muss wissen, was hier gespielt wird. Ich verstehe Rebecca nicht mehr …»

«Tatsächlich?» Er lächelte immer noch. «Was gibt es denn da misszuverstehen?»

«Habt ihr … habt ihr eine Affäre?»

«Wenn es so einfach wäre.» Er lachte. «Nenn es, wie du willst … Deine Cousine ist ein Wirbelsturm. Und ich habe ihn entfesselt.»

*

Als Edoardo gegangen war, ging Immaculata zum Altar, stieg die Stufen hinauf und drehte sich um.

Die Kirchenbänke waren leer und dunkel. Aber in der Apsis strahlte das Morgenlicht. In Immaculatas Phantasie füllten sich die Reihen mit Hochzeitsgästen, festlich gekleidet, die verwundert zu der erleuchteten Nonne am Altar emporsahen.

«Liebe Hochzeitsgemeinde», sagte Immaculata zu ihnen, «es mag euch verwundern, dass eine einfache Nonne an diesem Festtag das Wort ergreift. Aber ich muss euch von einem Wunder berichten, das sich in dieser Nacht zugetragen hat. Ihr müsst wissen, dass ich die Nacht im Gebet verbracht habe. Ich kniete vor dem Kreuz und flehte: ‹Oh Herr, ich bin zu schwach, um als Äbtissin den Orden der Bußfertigen Begoninnen zu leiten. Lass diesen Kelch an mir vorübergehen.› Auf einmal sprach eine Stimme zu mir: ‹Du bist nicht schwach, liebe Immaculata.› Verwundert sah ich auf. Da stand der Engel des Herrn vor mir und sah mich freundlich an. ‹Immaculata, reine Magd›, sprach er. ‹Der Herr hat dich auserwählt für eine Aufgabe, die großen Mut erfordert. Finstere Mächte haben sich verschworen, um die Hochzeit von Giulia und Francesco zu verhindern. Ein Höllengerät haben sie in der Kirche versteckt, damit das Fest der Liebe untergeht in Feuer und Rauch. Du aber, Immaculata, bist tapfer genug, um diese Teufelsmaschine zu finden.› Zweifelnd sah ich auf zu dem Engel, doch er sprach: ‹Ganz bestimmt, liebe Immaculata. Gott der Herr hält große Stücke auf dich. Du wirst den entsetzlichen Anschlag verhindern. Und dieser Sieg über die Finsternis wird dir zeigen, dass du stark genug bist, um den Orden der Bußfertigen Begoninnen zu leiten. So, wie es Gott der Herr für dich vorgesehen hat.›»

Immaculata sah im Geiste ängstliche Gesichter, hörte das Tuscheln, die erstickten Schreie.

«Nun denn», würde sie sagen. «Ich will tun, was mir Gott anvertraut hat. Also lasse ich mich führen von seinem Willen. Und er führt mich zum Altar. Ich höre seine Stimme, die mich auffordert, unter dem Altar nach etwas zu suchen. Und was finde ich dort? Huch, eine Bombe!»

Ja, so würde es gehen, dachte Immaculata. Mit großer Raffinesse war sie Edoardos düsterer Verschwörung auf die Spur gekommen. Warum sollte sie die Ergebnisse ihrer gefahrvollen Recherchen einfach nur dem Heiligen Vater mitteilen – und sich dann zurückziehen in die zweite Reihe? Nein, sie hatte einen großen Auftritt verdient.

Und keine ihrer Mitschwestern würde es wagen, nach dieser Rede jemand anderen zur Äbtissin zu wählen als sie. Immaculata, die ehrwürdige Haushälterin des Heiligen Vaters, die alles entschärfte, was sich ihr in den Weg stellte, heilige Väter und unheilige Teufelsmaschinen.

*

Eugenia pustete den Staub von dem schweren Wälzer und wuchtete ihn auf den kleinen Tisch vor dem Ohrensessel. Die troddelbehängte Leselampe warf einen schmalen Lichtkreis rund um die Sitzgarnitur. Draußen war es taghell, aber in Federicos Bibliothek herrschte Dämmerung. Eugenia ging zur Balkontür und rüttelte vergeblich an den schweren Samtvorhängen. Auf dem Rückweg zum Lesesessel schenkte sie sich am Barwagen ein Glas Cointreau ein. Schließlich wusste sie nicht, wie lange ihre Recherchen in Sachen Brautkleid dauern würden. Dann ließ sie sich, wohlig seufzend, in dem Sessel nieder, zog das Fotoalbum heran und schlug es auf: *1899–1911*.

Die Fotos waren akkurat, wie mit dem Lineal abgemessen, eingeklebt. Daneben hatte jemand in altmodischer Schreibschrift notiert, wer auf dem Foto zu sehen war. Langsam blätterte Eugenia die schweren Pappseiten um, betrachtete die vergilbten Aufnahmen in Sepia und versank in alter

Zeit: Da war ein Familienfoto auf der Schlosstreppe, in der Mitte stand ein würdiger älterer Herr (hieß er nicht Adalberto?), umringt von edelsteinbehängten Damen, zu seinen Füßen lagen die Jagdhunde. Da waren Bilder vom Strand, die Knaben in hochgeschlossenen Badeanzügen, geflochtene Sonnenhütte auf dem Kopf. Da waren Porträts der Santinifrauen, eher hoch- als sanftmütig. Und da war ein Hochzeitsfoto: Ludovica hieß die Braut, im Jahr 1904 hatte sie Enrico geheiratet. Sie trug ein bodenlanges Kleid mit hochgeschlossenem Spitzenkragen in mehreren Lagen, das Eugenia entfernt an eine Gardine erinnerte. Eine Ähnlichkeit mit Giulias Traum in Weiß bestand nachweislich nicht – ihre Nichte würde zufrieden sein.

Eugenia steckte einen Zettel zwischen die Seiten, damit Giulia die Stelle finden konnte. Dann trug sie den Band zurück und zog das Album mit den Jahreszahlen *1912–1925* aus dem Regal. Die Qualität der Aufnahmen verbesserte sich, aber die Motive wurden düsterer: Santinimänner in Uniform, hoch zu Pferde, Gewehre im Anschlag.

«Sie haben eine Vorliebe fürs Militärische», sagte Petrus und trat in den Lichtkreis der Lampe. «Warum überrascht mich das nicht? Aber ich halte es für meine seelsorgerische Pflicht, Sie auf eine andere Lektüre hinzuweisen. Auf fromme Werke zum Beispiel. Damit Ihre Seele Frieden findet und sich nicht am Anblick kriegerischer Männer ergötzen muss.»

«Wer den ganzen Tag mit Päpsten zu tun hat, benötigt gelegentlich einen Ausgleich», sagte Eugenia trocken. «Aber um meinen Seelenfrieden müssen Sie sich nicht sorgen, Heiliger Vater. Ich gerate nur selten aus dem Gleichgewicht. Bei schlechtem Benehmen etwa. Um ein Beispiel zu nennen: Wenn Männer nicht anklopfen.»

«Ich habe mich mehrfach geräuspert», sagte Petrus. «Aber Sie waren völlig vertieft. Was betrachten Sie denn da?»

«Die Fotoalben der Santinis. Giulia sorgt sich, dass ihr Kleid zu traditionell wirken könnte. Sie möchte nicht aussehen wie ihre Mutter, Großmutter oder Urgroßmutter.»

«Aber es handelt sich doch nur um eine Scheinhochzeit.»

«Trotzdem: Auch diese Hochzeit kann ihren Weg in diese Alben finden – und für die Nachwelt erhalten bleiben.» Eugenia blätterte weiter. «Bisher besteht jedoch keine Gefahr. Mal sehen, was die zwanziger Jahre zu bieten haben.»

«Ernste Gesichter», sagte Petrus. «Aber es waren auch ernste Zeiten.»

«Und dennoch hat man geheiratet!» Eugenia betrachtete eine schlanke, groß gewachsene Frau. Ihr Kleid war deutlich kürzer, mit Rosen gerafft und fast schon frivol-flatterhaft geschnitten, ihr Schleier mit Perlen im üppigen dunklen Haar befestigt. «Sehen Sie nur! Eine echte Santinischönheit! Dieser Blick! Und diese große Nase!»

Petrus antwortete nicht. Er starrte die Braut an, ihre hohe Stirn, die dunklen Augen, das sanfte Lächeln.

«Warum sagen Sie denn nichts, Heiliger Vater? Meine Güte, Sie sehen ja ganz verstört aus. Ich wusste gar nicht, dass Sie sich so für den Anblick schöner Frauen begeistern können. Auf mich jedenfalls haben Sie nie so stark reagiert …»

«Wer ist diese Frau?», unterbrach Petrus ihren Redefluss.

«Catarina. Im Frühjahr 1924 hat sie Carlo Santini geheiratet. Leider war ihr kein langes Leben beschieden.»

«Was wissen Sie über Catarina Santini?», fragte Petrus und nahm Eugenia das Album aus der Hand, blätterte, fand weitere Fotos und schließlich ein Porträt.

«Nun, es handelt sich um Federicos Mutter», sagte Eugenia. «Man sagt, sie sei eine hochgebildete Frau gewesen. Sehr musisch. Aber auch eine gute Reiterin. Carlo soll sie fanatisch geliebt haben. Aber sie starb sehr früh. Ein Badeunfall, glaube ich.»

«Federicos Mutter …», wiederholte Petrus langsam.

«Sie hatte drei Söhne. Ihr Ältester, Filippo, fiel im Krieg. Vorher hatte er noch zwei Söhne gezeugt – den Vater von Contessa Giulia. Und Adalberto, den Vater von Rebecca und Paolo.»

«Also ist sie Giulias Urgroßmutter?»

«Ihr Interesse an meiner Familiengeschichte überrascht mich, Heiliger Vater. Aber sie haben recht: Catarina war Giulias Urgroßmutter.»

«Ihr zweiter Sohn ist Federico.»

«Richtig. Nach dem Tod seines älteren Bruders wurde er das Familienoberhaupt. Und ist es bis heute, wie Sie wissen.»

«Gab es noch einen dritten Bruder?»

«Ja. Fedele.»

«Ich kenne keinen Fedele.»

«Über den wird auch nicht gesprochen in unserer Familie. Ich kenne ihn auch nicht. Soviel ich weiß, ist er in jungen Jahren auf Abwege geraten, unter tragischen Umständen im Ausland verschwunden. Vor Jahrzehnten schon. Ein liebenswürdiger, warmherziger Kerl, aber etwas zu weich für diese raue Welt.»

«Drei Brüder», wiederholte Petrus. «Giulias Großvater Filippo. Federico. Und Fedele. Einer ist tot, einer verschollen, einer lebt.»

«Ich werde Ihnen jetzt einen Cointreau einschenken», sagte Eugenia. «Damit Sie wieder zu sich finden.»

«Drei Brüder …»

«Und dann werde ich das Hochzeitskleid von Giulias

Großmutter überprüfen. Wenn es sich, was ich vermute, von Giulias Kleid unterscheidet, ist jede Gefahr gebannt.»

«Gefahr?» Petrus sah von dem Album auf. «Gebannt?»

«Giulia will nicht, dass sie bei ihrer Hochzeit so aussieht wie ihre Ahninnen. An das Kleid ihrer Mutter kann ich mich noch erinnern. Ein opulentes Gebilde mit viel Tüll. Keine Verwechslungsgefahr. Die Kleider der älteren Generationen überprüfe ich gerade. Wenn ich auch die *nonna* abhaken kann, bestelle ich endlich das Kleid und lasse es aufs Schloss liefern. Dann muss ich noch für ein, zwei Stündchen mit Francesco in die Stadt ... Hier ist übrigens Ihr Cointreau ... Heiliger Vater, wo wollen Sie denn hin?»

«Francesco ... er muss jetzt bei Alfredo sein ... Um Gottes willen, ich war blind. Alfredo hat den Kaffee eingeschenkt, nicht Rosalia. Und er hat ein Motiv. Und was für eines. Wenn ich in einer Stunde nicht zurück bin, Eugenia, rufen Sie bitte die Polizei!»

*

Er hatte geklopft, aber Alfredo schien nicht da zu sein. Weder in seinem Gärtnerhaus noch im Gemüsegarten. Francesco sah sich um. Die Pomeranzenbäumchen, die Alfredo gekauft hatte, bildeten inzwischen eine kleine Allee auf das kleine, sprudelnde Wasserbecken zu, das sich inmitten des Rosengartens befand. Alles sah so prächtig, grün und blühend aus, dass man fast vergessen konnte, dass es seit Tagen nicht geregnet hatte.

Plötzlich hörte er einen harten Schlag, gefolgt von einem unterdrückten Fluch. Er ging um das Gärtnerhaus herum und fand Alfredo, mit einer großen Spitzhacke bewaffnet, vor einem bröckelnden Steinhaufen.

«Ah, Padre, Sie kommen gerade recht.»

Alfredo schob seinen Strohhut zurück und sah ihm entgegen.

«Ich bin dabei, den alten Brunnen fit zu machen. Es ist so trocken, dass wir alle Wasserquellen gebrauchen können.»

Jetzt sah Francesco, dass die Steine ein gemauertes Brunnenrund bildeten, völlig überwachsen und zugewuchert.

«Sie sind drahtig und außerdem noch jugendlich frisch. Ich würde Sie bitten, mal hinunterzusteigen. Die Tritte am Rand sind allerdings etwas rutschig.»

Francesco stieg über den Rand und dann Stufe um Stufe hinunter. Es war feucht, modrig und überraschend kühl, der Boden schlammig, aber immerhin fest.

«Ich lasse jetzt den Eimer runter».

Mit Schwung sauste der eiserne Eimer hinunter.

Und verfehlte um Haaresbreite Francescos Kopf.

*

Petrus war außer Atem. Er hatte seine Soutane hochgerafft und eilte, so schnell er konnte, durch das kleine Wäldchen.

Nicht auszudenken, wenn Francesco den angeblichen Gärtner auf das Grabmal ansprechen würde. Das sorgsam gehütete Geheimnis zweier Brüder, von denen der eine sich womöglich seit Jahrzehnten benachteiligt fühlte. Abgeschoben, hinten in einem alten Gärtnerhaus, während sein älterer Bruder vorne, in seinem feudalen Adelssitz, in Saus und Braus lebte.

Er hatte alle Puzzleteile zusammengesetzt: die Geschichte des verlorenen Sohnes, die Federico ihm aufgetischt hatte. Das Grabmal der jung verstorbenen Mutter. Das Geheimnis um den Gärtner, das auf gar keinen Fall gelüftet werden durfte. Jedenfalls nicht, wenn es nach Federico ging.

Der alte Kardinal wollte sein Erbe regeln. Er wollte seine

Lieblingsnichte begünstigen. Oder seine Geliebte, falls Rosalia ihm auf diese Art nahestand. Er hatte keine eigenen Kinder. Aber einen nächsten Anverwandten, seinen Bruder Fedele, der hier schon seit Jahren, inkognito, lebte.

Solange es nichts zu erben gab, solange auch Fedele davon ausgehen musste, dass die Familie verarmt war, hatte er sich mit seinem Schicksal zufriedengegeben. Aber jetzt, da er von den Milliarden gehört hatte, die eigentlich ihm zustehen würden, wollte er die Hochzeit verhindern.

Entweder, indem er die Braut tötete, seine eigene Großnichte, die er hassen musste und die ihn außerdem – welche Provokation des Schicksals! – an seine verstorbene Mutter erinnerte.

Oder, Petrus lief jetzt schneller, oder den Bräutigam, ohne den es ebenfalls keine Hochzeit geben würde.

Es war so klar: Federico wollte in seinem Testament festlegen, dass der Orden erbt, sollte Giulia als Erbin ausfallen. Aber dieses Testament wollte er erst nach der Frist unterzeichnen, die er am Tag seines Geburtstags gesetzt hatte. Bis zu diesem Zeitpunkt gab es folglich kein Testament. Und damit würde die normale Erbfolge greifen – und Alfredo, der leibliche Bruder, wäre Besitzer des Schlosses, sollte der schwerkranke Federico plötzlich sterben.

Petrus lief um das Rosenrondell herum und hämmerte an die Tür des Gärtnerhauses.

Wie aus weiter Ferne hörte er die tiefe Stimme Alfredos: «Sie haben tatsächlich geglaubt, das wäre alles gewesen.»

Dann ein höhnisches Gelächter.

«Nein, Padre. Ich garantiere Ihnen: Wir sind noch lange nicht fertig.»

*

Francesco stand vor ihm, die Hosenbeine bis zu den Knien hinauf mit grünlichem Matsch bedeckt. In seinen Locken hatten sich Spinnweben und braune Blätter verfangen. Er blickte ihn so verblüfft an, als würde er gerade eine Erscheinung sehen.

«Heiliger Vater, was machen Sie denn hier? Ich sollte doch …»

Petrus sah hinüber zu Alfredo, der die Spitzhacke immer noch erhoben in der Hand hielt. Er war noch etwas außer Atem von seinem Spurt rund um das Gärtnerhaus. «Ich schlage vor, wir setzen uns für einen Moment auf die Bank vor Ihrem Haus. Ich möchte Ihnen ein paar Fragen stellen.»

Ohne eine Antwort abzuwarten, schob der Papst seinen Privatsekretär vor sich her und vergewisserte sich, dass Alfredo folgte.

«Ich möchte nicht lang herumreden, Alfredo. Mir ist klargeworden, dass Sie Federicos jüngerer Bruder sind. Derjenige, dem das Erbe eigentlich zusteht. Und der, nach Federicos Tod, das rechtmäßige Familienoberhaupt der Santinis sein wird.»

Der Gärtner nahm seinen Hut ab. Er strich sich die grauen Haare aus der Stirn. Sie waren ebenso voll wie die von Federico. Auch das fiel Petrus erst jetzt auf.

Er sah den Papst ruhig an. «Und?»

«Jemand hat versucht, Contessa Giulia zu vergiften. Sie haben den Cappuccino eingefüllt. Sie hatten die Gelegenheit. Und ein sehr gutes Motiv.»

Alfredo schien ratlos. «Ich verstehe Sie nicht, Heiliger Vater.»

«Es ist ganz einfach: Ich frage Sie, ob Sie die Contessa töten wollten, um als nächster Verwandter von Federico selbst zu erben?»

Alfredo drehte seinen Hut in der Hand. Er sah ungläubig aus. Dann endlich schien er zu begreifen. «Haben Sie sich hier schon einmal umgesehen?» Er machte mit dem linken Arm eine unbestimmte Bewegung in die Weite. In der rechten Hand hielt er noch immer seine Hacke.

«Ich frage Sie: Haben Sie Augen im Kopf?» Sein Ton war jetzt scharf. «Das alles hier würde es nicht geben ohne mich. Als ich vor Jahrzehnten zurückkam zu meinem Bruder, war das alles hier heruntergekommen. Die Brunnen waren stillgelegt, die Hecken vertrocknet, die Rosen verwildert, die Bäume umgekippt, die Wege überwuchert. Selbst das Wassertheater funktionierte nicht mehr. Und der Geheime Wald war eine Ruine.»

Petrus saß regungslos auf der Bank, Francesco neben ihm. Sie sahen beide, dass die lange Rede Alfredo anstrengte.

In diesem Moment holte der Gärtner Luft, dann fuhr er fort: «Ich hatte keinen anderen Ort, wo ich hinkonnte. Und das Letzte, was ich wollte, war, wieder Teil dieser beschissenen Familie zu sein. Teil des römischen Hochadels mit all den Zwängen und Pflichten, den Intrigen und Mauscheleien.» Er spuckte aus. «Verstehen Sie: Ich bin ein Künstler! Ein Wanderer zwischen den Welten. Ich habe mich als Musiker versucht, als Maler. Ich bin gescheitert. Aber wissen Sie, dieser Park hier, der hat mir alles wieder zurückgegeben. Ich habe Jahre nur geschuftet, um die alten Strukturen wieder sichtbar zu machen. So ein Barockgarten, das ist Berechnung, Mathematik, Poesie. Aber vor allem bedeutet er Arbeit. Meiner Hände Arbeit.»

Er hob seine Pranken und schmiss ihnen dabei die Spitzhacke vor die Füße.

«Ich habe gerungen, gekämpft, gerackert, geschwitzt. Und ich habe alle meine Dämonen besiegt, und davon hatte ich genug, das dürfen Sie mir glauben. Meiner Mutter habe ich einen würdigen Gedenkort geschaffen, den mein Bruder offensichtlich nicht für nötig gehalten hatte. Und wenn ich sage, ich bin ein Künstler, dann dürfen Sie das ruhig glauben. Ich bin ein Gärtner. Ich habe hier in der Natur meinen Seelenfrieden gefunden. Graben, pflanzen, ernten, bewahren … Ich lebe mein Leben im Rhythmus der Jahreszeiten, genauso, wie ich es möchte. Und ich will nichts, aber auch gar nichts mit dieser Familie zu tun haben. Aber: Nichts und niemand verdrängt mich aus diesem Park! Mir ist egal, wer im Schloss den Ton angibt. Aber das hier, das ist mein Platz. Und den werde ich verteidigen. Bis zum Allerletzten.»

*

«Kann ich Ihnen helfen, Heiliger Vater?», fragte Rosalia, als Petrus die Küche betrat. «Sie sind ja völlig verschwitzt. Setzen Sie sich, ich bringe Ihnen erst einmal ein Wasser.» Sie holte ein Glas aus dem Regal und schenkte ihm aus einem bauchigen Steingutkrug ein.

Petrus trank in großen Schlucken, dann sagte er: «Abends bereite ich mir hier einen kleinen Imbiss zu. Ein Urlaubshobby, sozusagen. Zu Hause im Vatikan komme ich nicht zum Kochen. Aber ich habe Sie nie gefragt, ob Ihnen das recht ist. Das wollte ich heute nachholen.»

«Ich habe natürlich bemerkt, dass jemand hier war», sagte Rosalia. «Obwohl Sie immer perfekt aufgeräumt haben. Selbstverständlich können Sie die Küche benutzen. Haben Sie alles gefunden?»

«Vielleicht haben Sie irgendwo Trüffelöl?», fragte Petrus vorsichtig.

«Ja, hier im Wandregal.» Rosalia deutete auf die Flasche. «Ich gebrauche es nur selten. Haben Sie noch weitere Fragen?»

«Ja, eine sehr wichtige und grundsätzliche Frage.» Petrus zog die Bordkarte aus seiner Soutane und legte sie auf den Küchentisch. «Warum spielen Sie diese Maskerade, Mrs. Manero?»

Rosalia sah ihn ruhig an. Dann griff sie zur *caffetiera*, gab Kaffeepulver hinein und zündete die Gasflamme an. «Ich mache uns *caffè*, wenn Sie einverstanden sind. Dann können wir uns unterhalten.

An dem langgestreckten, uralten Holztisch, abgegriffen und zerkratzt, hatten Generationen von Santinibediensteten gespeist. Rosalia stellte zwei Tassen hin und eine Zuckerdose.

«Woher haben Sie die Bordkarte?»

«Gefunden. Sie waren etwas leichtsinnig.»

«Den Ort möchten Sie mir nicht nennen?»

«Nein.»

«Ich frage nicht ohne Grund. Es ist sehr wichtig, dass keine Spuren von Emily-Elizabeth Manero zu Schwester Rosalia führen.»

«Warum ist Ihnen das so wichtig?»

«Sie kennen meine Geschichte? Ich meine: die Geschichte von Emily-Elizabeth Manero?»

«Stanford. Silicon Valley. Karriere in der IT-Industrie. Gründung eines … wie sagt man noch? … Start-ups. Und dann sind Sie, völlig überraschend, verschwunden. Seitdem meditieren Sie in Tibet und verkaufen vegane Lebensmittel in New York.»

«Dann wissen Sie doch schon alles.» Rosalia lächelte. «Nur das geheime Programm der US-Regierung zur Besiedlung des Mars haben Sie vergessen. Dort bin ich als Beraterin tätig. So heißt es jedenfalls im Netz.»

«Warum sind Sie hier, Mrs. Manero?»

«Ich kann Ihnen keine einfache Erklärung anbieten.»

«Dann versuchen wir es mit einer komplizierten Erklärung.»

«Also gut. Wissen Sie, worum sich mein Start-up gekümmert hat?»

«Es hat mit Datenschutz zu tun, falls ich es richtig verstanden habe.»

«Wer im Internet surft, gibt alles von sich preis. Man bezahlt mit Geld – oder mit seinen Daten. Man entblößt sich, bewusst oder unbewusst. Ich arbeite an Technologien, die verhindern sollen, dass die Menschen im Internet ausgebeutet werden. Damit bin ich eine Gefahr für alle, die genau das tun möchten. Eines Abends war ich joggen. Im Park. Zwei maskierte Männer haben mich in ein Gebüsch gezerrt. Einige Schnitte mit einem Messer, eine gebrochene Hand, sonst nichts. Und eine Botschaft: Ich solle aufhören.»

«Sie sind ein Mensch, der sich von Widerständen nicht aufhalten lässt, oder?»

«Ich bin ein Mensch, der gerne lebt, Heiliger Vater. Die Männer haben keinen Zweifel daran gelassen, dass dieser Zustand bald enden könnte. Ich bin für einige Tage ans Meer gefahren, um nachzudenken. Eigentlich wollte ich nur eine Strategie finden, wie ich meine Arbeit ungestört fortsetzen kann, die Gefahr für mein Leben habe ich verdrängt. Aber dann, ganz unerwartet, hat mein Leben angeklopft. Es hat mir gezeigt, was ich schon lange nicht mehr wahrgenommen habe: den Dunst über dem Wasser, wenn die Sonne aufgeht. Stundenlang zu schwimmen. Ich liebe das Schwimmen, als junges Mädchen war ich sogar Rettungsschwimmerin. Das alles hatte ich vergessen im Valley. Auch das Gefühl, mit bloßen Füßen im Sand zu gehen. Der Geschmack von selbst gerösteten Kartoffeln. Ich habe ein Leben am Bildschirm geführt, achtzehn Stunden am Tag. Mit Tabletten auch länger, wenn es sein musste. Eine digitale Existenz. Und auf einmal überflutete mich die ganze Schönheit der analogen Welt. Ihre Sinnlichkeit. Ihre Energie.»

«Ich kenne keine analoge Welt», sagte Petrus freundlich. «Aber ich kenne Gottes Schöpfung. Vermutlich meinen wir dasselbe.»

«Gott. Damit haben Sie das nächste Stichwort gegeben. Im Valley forschen wir an künstlicher Intelligenz. KI. Auf jeder Party können Sie hören, wie es weitergehen wird. Wir erschaffen uns selbst neu, indem wir uns mit Maschinen paaren. Unsere sterblichen Gehirne auf unsterblichen Festplatten. Der Mensch wird Gott. Beziehungsweise: Die Milliardäre im Silicon Valley werden Gott. Denn es wird nicht preiswert sein, dieses Gottwerden. Als ich am Meer war, stieg plötzlich eine ganz grundsätzliche Frage in mir hoch: Möchte ich zu einem Gott beten, der so tickt wie ein Tech-Milliardär?»

«Nach Ihrem Urlaub am Meer haben Sie Federico angerufen, vermute ich.»

«Als junger Priester an der Nuntiatur kam er mit der IT-Industrie in Berührung. Er hat Teile des Familienvermögens dort angelegt, ist noch reicher geworden und hat sich einen guten Namen als Investor erworben. Als ich meine eigene Firma gründen wollte, habe ich mich an ihn gewandt. Er ist mein Kapitalgeber. Mein einziger, übrigens. Ich habe ihn angerufen, ihm meine Lage geschildert. Ich hatte Sorge, dass er enttäuscht reagieren würde. Aber er hat mich verstanden. Und er hatte eine Idee.»

«Dazu neigte er schon immer», sagte Petrus.

«Er bot mir an, mich hier zu verstecken. Neuer Name, neue Existenz: als Nonne und als Verwalterin, die sich um alles kümmert, vor allem um die Küche. Am Anfang dachte ich, dass es nur um meine Tarnung ging. Aber er wollte, dass ich diesen Job wirklich ausübe, ganz praktisch: kochen, backen, die Pflege des Kräutergartens. Um runterzukommen. Um mich zu erden. Wir haben eine Wohnung in Rom angemietet, in der ich einmal in der Woche bin, um Kontakt zu halten mit meiner Firma. Wir hatten zunächst ein Jahr vereinbart. Dann wurde er krank. Und es war bald klar, dass er sterben wird.»

«Also sind Sie noch länger geblieben?»

«Ich verdanke ihm alles, nicht nur das Kapital für meine Firma. Ich verdanke ihm einen neuen Blick auf die Welt. Denn es ging mir bald besser. Ich hatte sogar Spaß an meiner Rolle. Ich bin den Bußfertigen Begoninnen beigetreten. Tolle Mädels. Etwas schräg, aber sehr interessant. Und völlig anders als die Leute im Valley.»

«Es gibt Parallelen», sagte Petrus. «Auch im Orden gibt es Leute, die sich für Gott halten.»

«Mag sein.» Rosalia lachte. «Jedenfalls habe ich verlängert. Federico hatte mich gebeten, seine Finanzen zu ordnen. Ihm fehlt die Kraft. Das machte es etwas komplizierter, weil ich Leute treffen musste. Banker zum Beispiel. Also habe ich mir passende Kleidung besorgt und in der Wohnung in Rom aufbewahrt.»

«Und wenn Federico stirbt, gehen Sie zurück?»

«Ja. Aber als neuer Mensch.»

«Eine ungewöhnliche Geschichte …» Petrus sah sie aufmerksam an.

«Keine Geschichte. Es ist die Wahrheit.»

«Daran zweifle ich nicht. Aber ich frage mich, ob es die *ganze* Wahrheit ist.»

«Was meinen Sie damit?»

«Sie stehen Kardinal Federico sehr nahe. Handelt es sich wirklich um eine rein geschäftliche Beziehung? Oder gibt es weitere Bande zwischen Ihnen?»

Rosalia überlegte lange, dann sagte sie: «Ich möchte diese Frage nicht beantworten. Bitte verstehen Sie das.»

«Noch ein Letztes, Mrs. Manero: Irgendjemand hat den *caffè*, den Contessa Giulia am Tag nach der Familienfeier trank, mit einem Betäubungsmittel versetzt. Waren Sie das?»

Rosalia stand auf. «Dieses Gespräch nimmt eine Wendung, die mir nicht gefällt, Heiliger Vater. Ich war sehr offen zu Ihnen. Kardinal Federico wird meine Ausführungen bestätigen können. Es wird Zeit, dass ich das Abendessen vorbereite.»

Sie machte sich an den Töpfen zu schaffen.

Und Petrus tastete nach dem Fläschchen in seiner Soutane.

*

«Giulia?»

Es war dämmrig am Waldrand. Zwischen den Bäumen leuchtete, weit hinter der großen Wiese, den Buchsbaumhecken und den Blumenrabatten – das Schloss.

«Wo kommst du her?»

«Von Alfredo», sagte Francesco. «Und du?»

«Ich gehe spazieren. Um einen klaren Kopf zu kriegen. Möchtest du mitkommen?»

«Wenn ich nicht störe …»

«Wir heiraten morgen. Wenn du jetzt schon stören würdest – wie sollte es dann ein Leben lang gut gehen?»

«Wir heiraten morgen *nicht*», sagte Francesco. «Im Gegenteil. Morgen ist alles vorbei. Falls es gut geht, stellen wir den Täter. Und dann verkündest du deiner Familie, dass alles nur eine Inszenierung war. Falls es nicht gut geht …»

«… sterben wir immerhin einen Liebestod: Ich, die Braut. Du, mein Beschützer und Bräutigam.»

«Vermutlich war es ein Fehler», sagte Francesco leise.

«Was meinst du?»

«Die gemeinsamen Sonnenaufgänge. Ich hätte auch so dein Beschützer sein können. Ohne Abendspaziergänge, Sonnenaufgänge, öffentliche Liebeserklärungen. Wir werden es eh beide schwer haben, in ein normales Leben zurückzufinden. So wird es noch schwerer sein.»

«Nein!» Giulia schüttelte den Kopf. «Es war kein Fehler.»

«Wieso nicht?»

«Weil wir für wenige Tage so gelebt haben, wie wir es wollten. Als Paar. Für alle sichtbar.»

«Wolltest du das wirklich?»

«Wir sind nicht für eine heimliche, verbotene Liebe gemacht. Für eine Liebe mit schlechtem Gewissen, Heimlichkeiten, Lügen. Sonst wäre es einfach. Es gibt viele Priester, die so leben. Aber nicht du. Nicht wir. Und so, dank Federicos verrücktem Hochzeitsplan, hatten wir immerhin einige Tage. Wunderbare, leuchtende Sommertage. Und Sommernächte, nicht zu vergessen. Das muss genügen.»

‹Und wie geht es weiter?»

‹Ich werde fortgehen, Francesco, wenn das hier alles vorbei ist. Nach New York, wahrscheinlich. Eine Freundin besitzt dort eine Galerie. Ich kann nicht mehr in Rom bleiben, in deiner Nähe.»

«Und ich werde nach Umbrien gehen. Zurück in mein Kloster.»

Giulia blieb plötzlich stehen und sah ihn fest an: «Ich halte es trotzdem für möglich, dass wir so etwas Ähnliches wie *glücklich* werden. Du in deinem Kloster – mit Wäldern, Sternenhimmeln, Kirchenglocken und allem, was du so liebst. Ich in irgendeiner Stadt auf dieser Welt – mit Büchern, Kunst und einem anderen Sternenhimmel. Aber falls wir so etwas Ähnliches wie glücklich werden, dann nur, weil wir diese Tage hatten. Wir wissen jetzt, dass es einen Menschen gibt, der für uns gemacht ist. Wir werden nicht zusammen sein. Aber, Francesco, wir werden nie wieder allein sein.»

Als sie weitergingen, Hand in Hand, viel später, war es ganz dunkel geworden. Schweigend folgte sie dem Weg, der in vielen Windungen auf das Schloss zuführte.

«Der Pavillon», sagte Giulia und zeigte auf den Bau, der sich als schwarzer Schattenriss zwischen den Bäumen abzeichnete. «Manchmal habe ich das Gefühl, dass alles mit ihm zusammenhängt. Irgendwo dort drin liegt der Schlüssel.»

«Willst du hineinschauen?»

«Nein … Oder doch? Vielleicht gerade heute Nacht? Mit dir?»

Als sie die Tür aufdrückte, sah sie es gleich: Die Türen des Puppenhauses standen offen. Im spärlichen Licht erkannte sie, dass sich Herzöge und Fürsten, Baronessen und Hofdamen im Festsaal versammelt hatten. Sie umringten etwas, das sich ganz in der Mitte des Saals befinden musste.

Giulia trat näher.

Ein Sarg!

Es war ein Sarg, spielzeugklein und aufgebahrt auf der Festtafel. Darin lag die Prinzessin. Sie trug ein weißes Kleid. Ihr schwarzes Haar fiel offen über den Rand hinab.

Und daneben stand der Prinz, seine Puppenarme flehend zum Himmel erhoben.

*

«Bitte stell das doch mal zur Seite, meine Liebe, ich bringe den Käseteller sonst gar nicht unter.» Petrus trug eine enorme Käseplatte vor sich her, die er jetzt energisch in der Mitte des Tisches platzierte. «Was ist das überhaupt?»

«Ein Sarg. Ein Puppenstubensarg, um es genauer zu sagen. Mit einer toten Prinzessin drin.»

«Heilige Jungfrau!» Petrus stellte die Käseplatte ab, setzte sich und untersuchte das Spielzeug. «Du warst noch einmal im Pavillon?»

«Ja, zusammen mit Francesco.» Sie warf ihrem Bräutigam einen kurzen Blick zu.

«Wie geht es dir, wenn ich fragen darf?»

«Das Gefühl ist wieder da. Das Gefühl, das ich beschrieben habe, als wir die *porchetta* gegessen haben, erinnern Sie sich? Diese ungeheure Wut. Jemand will tatsächlich verhindern, dass ich erbe. Jemand glaubt, über mein Leben entscheiden zu dürfen. Es waren grauenhafte Tage, Heiliger Vater. Dieses ständige Gefühl, auf der Hut sein zu müssen. Dieser Zorn, dass der Täter aus meiner Familie stammen könnte. Aber nun ist es vorbei, so oder so. Dieses Wissen hält mich aufrecht. Und die ungeheure Lust, es dem Täter heimzuzahlen.»

«Wir werden uns genau absprechen. Sollte er bei der Trauung zuschlagen, werden wir vorbereitet sein. Ich stehe direkt vor dir, Francesco neben dir. Es kann dir nichts passieren, Giulia!» Er legte ihr für einen Moment die Hand auf die Schulter. «Wo ist eigentlich Eugenia?»

«Sie will den Abend allein verbringen. Ich weiß nicht, was sie vorhat. Jedenfalls wollte sie mein Auto ausleihen.»

«Dann geht es auch ohne sie. Wir haben hier übrigens einen sehr schönen Pecorino mit Rosmarin. Außerdem einen weichen *Cacio di Genazzano* direkt hier aus der Gegend, einen pikanten *Conciato di San Vittore*, klein und fest, mit getrockneten Kräutern aus dem Latium eingerieben. Hier findet ihr noch einen wunderbaren, ganz frischen Ricotta, eine cremige *Burrata di Bufala* zum Sofortessen und natürlich noch einen stark gereiften Parmesan.»

Francesco und Giulia griffen zu.

«Ich hatte heute Morgen einen unglaublichen Streit mit Rebecca», begann Giulia zu erzählen, nachdem sie einige Stücke vertilgt hatte. «Sie hat mir auf den Kopf zugesagt, dass ich in dieser Familie immer die Hauptrolle spielen wollte, und dass sie es satthabe. Sie hat mir sogar gedroht ...»

Sie stockte. Petrus hatte für einen Moment den Eindruck, sie würde mit den Tränen kämpfen.

«Dann wollte ich es genau wissen», fuhr sie fort. «Ich bin zu dem Mann gefahren, mit dem ich sie auf der Piazza Navona gesehen habe. Er hat sein Anwesen hier ganz in der Nähe. Ich kenne ihn von früher, er ist einer der berühmtesten Maler der zeitgenössischen Kunstszene. Eine Legende. Nun, wir führten ein bizarres Gespräch. Und ich habe Bilder gesehen, in seinem Atelier. Gemalt von Rebecca! Und sie zeigen mich! Schreiend, blutend, mit Schlangen im Haar. Sie hasst mich. Meine Cousine Rebecca hasst mich. *Sie* kann mir das Beruhigungsmittel in den Kaffee geschüttet haben. Seit heute weiß ich, dass sie dazu fähig wäre.»

«Also haben wir endlich ein Motiv», sagte Petrus. «Genau wie bei Alfredo.»

Und dann erzählten Petrus und Francesco von ihrer Begegnung mit Federicos Bruder.

Giulia erstarrte. «Das heißt ... Alfredo ist mein Großonkel Fedele? Der Mann, den ich seit Jahrzehnten hier als Gärtner kenne, der mich beim Frühstück bedient und mit uns Kindern Himbeersträucher gepflanzt hat? Er ist ein echter Santini und lebt nicht mit uns im Schloss, sondern haust in einem verfallenen Gärtnerhaus? Das ist absurd!»

«Er ist Federicos nächster Verwandter. Und damit würde

alles ihm zustehen», sagte nun Francesco, während Petrus sich nochmals bediente.

«Dann haben wir ja unser Problem gelöst!» Giulia stieß hörbar ihren Atem aus. «Alfredo – beziehungsweise Fedele – tritt endlich sein Erbe an. Und ich bin raus. Halleluja!»

«Federico möchte aber, dass du alles erbst. Oder Rosalia. Mittlerweile habe ich auch mit ihr gesprochen. Sie ist ein … bemerkenswerter Mensch.»

«Sie halten Sie immer noch für verdächtig, Heiliger Vater?»

«Nun, Sie ist nicht gerade der Typ eines eiskalten Killers. Und trotzdem …»

«Ja?»

«Ich habe mir meine Gedanken über sie gemacht. Und ich glaube, ich habe ein Motiv gefunden.»

«Jetzt sind wir aber mal gespannt, oder?» Giulia sah Francesco an, dann wandte sie sich wieder an Petrus: «Verstecken Sie irgendwo die Liebesbriefe von Federico an Rosalia?»

«Nun, liebes Brautpaar, gebt mir noch Zeit, bevor ich mehr erzählen kann. Und um einige Vorbereitungen zu treffen. Trotzdem bin ich sicher: Du wirst den morgigen Tag überleben, Giulia. *Buona notte!*»

*

«Natürlich ist es kein himmelblauer Alfa Romeo, wie damals, vor Jahrzehnten. Erinnerst du dich?» Eugenia lächelte ihn an. «Aber immerhin kann man das Dach öffnen.»

«Wie könnte ich diese Fahrt jemals vergessen», sagte Federico.

Sie hielt ihm die Tür auf.

«Ich habe Giulia erzählt, dass ich noch einige Besorgungen machen muss. Sie hat mir ihr Auto geliehen.»

«Wohin fahren wir?»

«Ich hätte ja gesagt: Wohin du willst. Aber eigentlich gibt es darauf nur eine Antwort.»

«Zum See. Ja, lass uns das tun», sagte Federico. «Ich sitze hier wie eingesperrt, bewege mich gerade noch von der Bibliothek auf den Balkon und umgekehrt.» Er rieb sich mit der Hand über die Augen. «Es wird jeden Tag schlimmer. Dottore Frascati hat recht gehabt. Dabei hatte ich immer noch die Hoffnung, dass es besser wird. Oder sogar vorbeigeht, irgendwie. Dass es eine Verlängerung meiner Spielzeit gibt. Eine Wiederaufnahme, vielleicht.»

«Und gleichzeitig hast du alles für das große Finale geregelt.»

«Ja, Eugenia, das habe ich. Bist du zufrieden?»

«Ach, Fede, wie könnte ich je zufrieden sein.»

Sie schwiegen beide, während Eugenia den Wagen weiter über die kurvigen Straßen lenkte.

«Wir haben nie wieder darüber gesprochen.»

«Nein, das haben wir nicht.»

«Und ich habe dich nie gefragt, wie es dir ergangen ist …»

«Du konntest es ja beobachten. Aus der Ferne. Und manchmal auch von ganz nah.»

«Ich habe den Überblick, ehrlich gesagt, verloren. Waren es fünf oder sechs Ehen? Es ist ja auch nicht so wichtig. Ich erinnere mich eigentlich nur an Riccardo, ein feiner Kerl und heute die ganz große Nummer an der Scala. Ach ja, und dieser Niccolò, den du mir im letzten Herbst einmal vorgestellt hast: ein Gentleman.»

«Er ist ein Juwelendieb.»

«Oh, das passt ja ganz gut, da sparst du eine Menge Geld.» Federico lächelte.

«Wenn ich etwas wirklich im Überfluss habe, dann ist es Geld, mein Lieber.»

«Und woran fehlt es dir dann?»

«Das fragst ausgerechnet du?»

«Ja, das frage ich. Und ich habe einen ganz bestimmten Grund, warum ich das frage.»

«Und der wäre?»

«Nenn mich sentimental, Eugenia. Niemand weiß, wie viele Tage mir noch bleiben. Aber es geht zu Ende. Offensichtlich ist es da normal, dass man zurückblickt auf sein Leben. Jedenfalls habe ich viel nachgedacht in den vergangenen Tagen.»

«Zu welchem Ergebnis bist du gekommen?»

«Halte doch bitte da vorne einmal den Wagen an. Dort unten liegt der Nemisee.»

«Und das Liebesheiligtum der Göttin Diana, weißt du noch?»

«Als ob ich mich daran nicht erinnern würde.»

«Fede, reiß dich zusammen und komm zum Punkt: Was hat deine nostalgische Rückschau ergeben?»

«Du wirst überrascht sein, Eugenia.» Er lehnte sich zurück und blickte hinaus ins Dunkle. «Ich hatte ein reiches Leben. Im wahrsten Sinne des Wortes. Ich habe den Weg des Glaubens gewählt. Voll Ernst und Ernsthaftigkeit. Ich habe Macht gehabt und Geld. Sehr viel Geld. Ich durfte mich an meiner Familie erfreuen. Na ja, mal mehr, mal weniger. Und ich hatte das Vergnügen, an einem der schönsten Orte der Welt zu wohnen.»

«Ja, das tust du wirklich.»

«Erinnerst du dich noch daran, was du damals zu mir gesagt hast?»

«Ach, wenn ich mich an alles erinnern könnte, was ich zu den vielen verschiedenen Männern gesagt habe …»

«Du hast gesagt, du würdest mich beobachten. Du würdest auf mich achten. Und du würdest mich holen kommen, wenn du den Eindruck hättest, dass ich unglücklich wäre.»

«Diesen Eindruck hast du, weiß Gott, nie gemacht.»

«Ich habe oft an deine Worte gedacht. Und ich hätte mir so manches Mal gewünscht, dass du zu mir zurückkommst, Eugenia, dass du mich holst.» Er schwieg. «Ich wollte damals nichts aufgeben, ich wollte nicht zurück, ich war jung, ehrgeizig, machtbesessen, ich …»

«Du hättest mir nie verziehen, wenn du für mich auf die Karriere verzichtet hättest.»

«Vielleicht. Vielleicht hätte ich aber aus der Entfernung auch erkannt, was ich heute weiß: Dass mir all das nichts bedeutet, die Ämter, der Einfluss, die hohe Stellung.»

«Du hattest deine Entscheidung getroffen. Und ich habe mein Leben gelebt.»

«Ja, du hast gelebt, Eugenia. Sag mir eins: Bist du glücklich?»

«Glücklich ist so ein großes Wort, Fede. Ich war so jung damals – viel zu jung, wenn ich darüber nachdenke. Wie hätte ich wissen sollen, dass ich nie mehr denjenigen finden würde, der zu mir gehört? Und ich habe nach ihm gesucht, das wirst du nicht bestreiten.»

«Das hast du wirklich, tapfere Eugenia.» Er nahm ihre Hand und küsste sie. «Hör zu … ich … ich kann nichts mehr ungeschehen machen. Aber ich möchte, dass Giulia meine Fehler nicht wiederholt. Sie ist mein Liebling. Sie ähnelt meiner geliebten Mutter, sieht so aus wie sie. Und sie ähnelt mir in ihrer Sturköpfigkeit. Ich könnte es nicht ertragen, wenn es ihr erginge wie mir.»

Er schwieg.

«Eugenia. Ich bereue das alles so sehr, all den Schmerz, die dummen Träume … Wenn ich noch ein paar Jahre hätte, ich würde jetzt noch …»

«Und ich würde Ja sagen. Ja, Fede. Noch immer.»

«Du wirst auf sie aufpassen, nicht wahr? Versprich es mir!»

«Ich verspreche es.»

Hochzeitstag

Es war noch dunkel in der Kirche. Vorne, am Altar, brannte das Ewige Licht, ein rotgoldener Punkt in der Finsternis. Als Edoardo den Mittelgang hinunterging, bemerkte er die weißen Schleifen an den Kirchenbänken. Vor dem Altar standen schon die Vasen für den Blumenschmuck. Nur wenige Stunden noch, und man würde sie mit Rosen befüllen.

Er griff durch die Öffnung in seiner Soutane, tastete nach seiner Hosentasche, nach dem abgegriffenen Bild.

Giulia.

Giulia Santini.

Heute würde sie sterben. Hier, in dieser Kirche. Sie würde sterben, weil sie einen Priester von seinem Wege abgebracht hatte. Weil sie sich an einen Papst gebunden hatte, der die Kirche verriet. Weil der *Innere Kreis* es so befohlen hatte. Er, Edoardo, war ein Werkzeug des *Inneren Kreises*, so wie der *Innere Kreis* ein Werkzeug Gottes war. Es hatte alles seine Richtigkeit. Es fügte sich alles in die Beschlüsse der höheren Mächte. Hier, auf dem Schloss, hatte er Giulia kennengelernt, hier würde sie sterben. Anfang und Ende, Alpha und Omega.

Giulia.

Sie würde sterben – und ihre Erinnerungen würden sterben. Ihre Erinnerungen an die trägen, unendlich langen Sommer. An das Schloss der Santinis. An ihre Familie. An den Teepavillon mit seinen vertrockneten Pflanzen, dem alten Sofa, der Hängematte. Wenn die Bombe explodierte, würden mit einem Schlag alle Bilder ausgelöscht sein, die jetzt noch in ihr lebendig waren: die Bilder von den langen Lesetagen, wenn ein seltener Sommerregen über dem Park niederging. Von ihrer Hängematte, dem Bücherstapel, der abgeschlagenen Kanne mit Kräutertee. Und von einem linkischen, melancholischen Jungen mit großen Augen, dunklen Locken und wirren Ideen. Einem versponnenen Träumer, der sie aber – anders als Paolo – verstand. Und der an sie glaubte.

Ein gellender Knall, Flammenblitze, eine Druckwelle von ungeheurer Kraft – und ausgelöscht wären all ihre Erinnerungen an den Tag, als er die Kontrolle verlor, als sie unterging im Pool, betäubt, hilflos. Nur noch in *seinem* Gedächtnis würden die Bilder fortleben, nicht mehr in *ihrem*. Und er würde alles tun, um sie verblassen zu lassen. In seinem Kopf. Irgendwann würden sie nur noch Schemen sein, gespenstische Schatten, Albträume aus alter Zeit, überlagert vom Hier und Jetzt.

Von seiner Glaubenskraft.

Von seiner Entschlossenheit, in Reinheit und Wahrheit zu leben.

Von seinem Wissen, das Rechte zu tun.

Marmortrümmer und zerberstende Säulen würden ihn auslöschen, diesen Moment der Scham, als er ein Held sein wollte, ein Ritter, der die Prinzessin aus höchster Gefahr befreit:

Er taucht auf, japsend, orangerote Kreise drehen sich vor seinen Augen. Giulia ist noch neben ihm im Wasser. Sie kneift sich die Nase zu und hat die Augen geschlossen. Einige Meter weiter hält Paolo die Luft an. Vermutlich wird er gewinnen, Sportlerlungen sind unbesiegbar.

Langsam beruhigt sich sein Atem. Er klammert sich am Be-
ckenrand fest, an der alten, bröckligen Umfassung. Er rutscht ab,
fasst nach und hat plötzlich den Randstein in der Hand. Eine
Lücke klafft in der Umfassung, wie eine Wunde, Mörtel rieselt ins
Wasser. Und er hat den Stein in der Hand, groß und schwer.

Was, wenn der Stein ins Wasser gefallen wäre?

Was, wenn er Giulia getroffen hätte, die direkt am Beckenrand
taucht?

Blut hätte sich ausgebreitet, eine rote Wolke im blauen Wasser.
Sie hätte das Bewusstsein verloren, kreiselnd hätte sich ihr Körper
gedreht, wäre hinabgesunken zum Beckengrund. Und er, Edoardo,
wäre blitzschnell hinabgetaucht. Er hätte sie mit seinen Armen
umfangen und nach oben gezerrt, an die Luft, zum Licht. Ohne
dass Paolo auch nur mitbekommen hätte, was geschehen war, hät-
te er sie auf die heißen Steinplatten am Beckenrand gelegt, hätte
sie wiederbelebt, ihre Blutung gestillt.

Sie hätte die Augen aufgeschlagen, erschrocken, voller Angst.
Und er hätte sie angelächelt und ihre Hand gehalten.

Edoardo spürte den Stein in der Hand.

Er sah zu Giulia, wie sie vor ihm im Wasser trieb, die Augen
geschlossen.

Und dann ...

Nie wieder war es ihm möglich gewesen, ihr unbefan-
gen gegenüberzutreten. Blut klebte an seinen Händen, im
wahrsten Sinne des Wortes. Sie hatte noch einige Zeit im
Schloss verbracht, sie hatten Gespräche geführt, nächtelang.
Sie hatten gemeinsam Bücher entdeckt, letzte Fragen erör-
tert, dumme Witze gerissen.

Sie waren Freunde gewesen, engste Freunde.

Aber nicht mehr.

Denn mehr war nicht mehr möglich.

Er hätte ihr erklären müssen, was geschehen war. Und

sie hätte ihm nie verziehen. Denn der Schlag, der beinahe tödliche Schlag, den er geführt hatte – er verfolgte sie immer noch, in ihren Albträumen. Manchmal erzählte sie davon, von ihrer Panik, die so gewaltig gewesen war, so alles verschlingend, viel stärker als die Dankbarkeit für Edoardo, ihren Retter.

Später war sie im Ausland gewesen. Anfangs hatten sie sich geschrieben, dann immer weniger. Er hatte versucht, alles hinter sich zu lassen, zu vergessen – nicht nur *diesen einen Tag*, sondern Giulia und alles, was mit ihr zusammenhing. Die Familienfeste hatte er gemieden. Er hatte nach Orientierung gesucht, nach Führung und Licht.

Und all das hatte er gefunden.

In der Kirche.

Nicht in der Kirche, wie der Papst sie prägte.

Wohl aber in der Kirche, wie Gott sie gemeint hatte: einer Kirche voller Schönheit und Klarheit, voller Kampfkraft und voller Härte gegen ihre Feinde.

Er trat in die erste Kirchenbank, kniete nieder und betete. Als die Kirchentür quietschte, drehte er sich nicht um. Er hörte die Schritte im Mittelgang, dann Francescos Stimme.

«Verzeihung, ich wollte nicht stören.»

«Sie stören nicht, Padre. Das hier ist ein Ort Gottes. Niemand stört.»

«Danke. Ich brauche einen Augenblick der Stille.»

«Dann lassen Sie uns beten.»

Francesco kniete sich neben Edoardo. Sie murmelten halblaut ein *Ave Maria*, ein Glaubensbekenntnis, ein *Vaterunser*.

«Amen», schloss Edoardo. «Ich hoffe, das Gebet hat Sie gestärkt. Sie gehen einen schweren Weg heute.»

«Sie lehnen meine Entscheidung ab?»

«Ja. Sie haben ein Gelübde abgelegt. Selbst dann, wenn der Heilige Vater es löst – es bleibt ein Verrat.»

«Ich habe mir die Entscheidung nicht leicht gemacht. Ich habe jahrelang mit mir gerungen. Sie kennen Contessa Giulia, glaube ich?»

«Wir kannten uns. Als wir Schüler waren. Das ist zwei Jahrzehnte her.»

«Ich wusste immer, dass mein Platz im Orden ist – bis ich sie kennenlernte. Sie ist ein wunderbarer Mensch.»

«Sie war schon damals ein wunderbarer Mensch. Aber das darf keine Ausrede sein.»

«Sie wussten immer, wo Ihr Platz ist? Keine Zweifel, keine inneren Kämpfe?»

Natürlich hatte er nicht gewusst, wo sein Platz ist. Er hatte ihn verzweifelt gesucht. Und endlich in der *Holy Family* gefunden. Bis jetzt, bis zu diesem Sommer. Bis er Giulia wiedersah und den Auftrag des *Inneren Kreises* erhielt.

«Sie schweigen», sagte Francesco. «Vielleicht ist das die Antwort auf meine Frage.»

«Es gab Zweifel. Es gab innere Kämpfe. Aber am Ende habe ich mich entschieden. Für Gott. Und seit ich mich entschieden habe, bin ich Gott niemals untreu geworden.»

«Auch ich bin Gott niemals untreu geworden.»

«Doch, Padre, Sie haben ihn verraten.»

«Sie verachten mich?»

«Nicht Sie. Aber ihre Tat.»

«*Gott ist die Liebe*», sagte Francesco. «So steht es in der Schrift. Evangelium des Johannes. Und es heißt weiter: *Und wer in der Liebe bleibt, der bleibt in Gott und Gott in ihm.* Ich habe mich nicht gegen Gott entschieden, sondern für die Liebe. Und weil Gott die Liebe ist, bin ich bei Gott. Ich war bei ihm – und ich bleibe bei ihm. Können Sie das verstehen?»

Edoardo antwortete nicht.

«Ich weiß nichts von Ihren inneren Kämpfen. Nun, wie auch immer, Sie haben sich entschieden. Für Gott, wie Sie sagen. Aber ich höre so viel Verbitterung aus ihrer Stimme, so viel Zorn. *Gott ist die Liebe*, denken Sie daran! Wenn Sie sich gegen die Liebe entschieden haben, dann haben Sie sich auch gegen Gott entschieden. Gott und Liebe – das gehört untrennbar zusammen. Es hat Jahre gedauert, bis ich diesen Zusammenhang verstanden habe, nicht nur mit dem Kopf, sondern mit dem Herzen. Und niemand wird mir diese Einsicht nehmen. Auch Sie nicht – verzeihen Sie meine Offenheit, Padre. Ich werde beten, dass Gott auch Ihnen das Herz öffnet.»

Er stand auf, nickte Edoardo zu und ging.

*

«Sie können davon ausgehen, dass ich die Lage im Griff habe», sagte Immaculata hoheitsvoll.

Der unauffällige Mann im grauen Anzug hatte sich als Beamter der Provinzialverwaltung vorgestellt. Misstrauisch beobachtete er, wie Alfredo und seine Gehilfen die Blumenvasen befüllten. An der großen Eingangstür hatte Rosalia einige Frauen aus dem Dorf um sich versammelt, die Besen und Schrubber trugen. Sie erteilte Anweisungen, dann setzte sich der Trupp in Marsch.

Der Mann trug eine braune Aktentasche, aber keinen Erste-Hilfe-Kasten. Doch zweifellos, dachte Immaculata, musste es sich um den Herrn handeln, den Edoardo angekündigt hatte. Nun, sie wusste, welche Rolle sie zu spielen hatte. Nach vielen Jahren im Vatikan kannte sie sich mit Verschwörungen aus. Eine schöne Gelegenheit, ihr konspiratives Talent zu beweisen.

«Ich hoffe sehr, dass Sie die Lage im Griff haben», sagte der Mann. «Zur Sicherheit werde ich einige Kontrollen durchführen.»

«Es hat noch nie eine Lage gegeben, die sich meinem Griff entzogen hat», sagte Immaculata. «Falls Sie mir nicht glauben, können Sie gerne Erkundigungen bei meinem Vorgesetzten einholen.»

Sie sprach betont laut, da ganz in der Nähe Rebecca stand und möglicherweise zuhörte. Giulias Cousine stoppte mit dem Smartphone die Wegstrecken von Brautpaar und Priester, um sicherzustellen, dass ihr Zeitplan eingehalten werden konnte.

«Wer ist denn Ihr Vorgesetzter?», fragte der Mann kritisch und sah hinüber zu Rebecca, die Effizienz und Kompetenz ausstrahlte und ihm offenbar seriöser vorkam.

«Gott der Herr», sagte Immaculata würdig. «Zwischen mir und Gott gibt es allerdings noch eine mittlere Ebene. Völlig überflüssig. Irgendwann wird man sie abschaffen.»

«Wenn Sie mir jetzt bitte die Feuerlöscher zeigen könnten», sagte der Mann. «Und die Sicherungskästen.

«Selbstverständlich. Ich bin Ihnen dankbar für Ihre Sorgfalt. Brände können ja so rasch ausbrechen. Eine Unachtsamkeit – und schon kommt es zu einer *Explosion*.»

Immaculata betonte das Wort *Explosion* und zwinkerte dabei heftig. Der Mann tat, als würde er sie nicht verstehen.

«Wird ein Arzt anwesend sein?», fragte er. «Oder ein Sanitäter?»

«Wir haben, um ehrlich zu sein, nicht einmal einen Erste-Hilfe-Kasten», sagte Immaculata und zwinkerte wieder heftig.

«Dann muss ich die Veranstaltung absagen», sagte der Mann. «Oder Sie erwerben einen Erste-Hilfe-Kasten von der

Provinzialverwaltung. Ich habe einige Kästen im Wagen. Er muss zwingend an einem zentralen Platz deponiert werden.»

«Nun, dann bringen Sie mir eben einen Kasten», sagte Immaculata gereizt.

«Hier ist der Kasten», sagte der Mann im grauen Anzug, der nach wenigen Minuten zurückkam. «Sie wissen, wie man ihn bedient?»

«Ich drücke den Knopf», sagte Immaculata. «Dann leuchtet er auf. Und nach sechzig Minuten knallt es.»

«Ich bin aus der Kirche ausgetreten, weil ich mich nicht mehr über Verrückte wie Sie aufregen möchte», sagte der Mann laut. Und leise zischte er: «Und jetzt schweigen Sie. Sonst sind wir entdeckt – und es knallt gar nichts mehr.»

*

«Wie, bitte, soll ich denn da hineinkommen?» Giulia stand gereizt vor dem Kleiderständer, auf dem Eugenia ihr Brautkleid drapiert hatte: ein weit ausladender Rock mit Stickereien, dazu ein eng geschnürtes Mieder.

«Ganz einfach: Du schlüpfst hinein, und ich binde dir hinten die Korsage.»

«Ich kann mich schon in diesem engen Unterkleid nicht mehr bewegen. *Shape Sensation*, so ein Quatsch.»

«Das ist noch gar nichts, Kindchen. Bei meiner ersten Hochzeit war ich so festgeschnürt, dass ich dem Bräutigam formvollendet ohnmächtig in die Arme sank. Natürlich erst nach dem Jawort.»

«Und unter dem eigentlichen Kleid kommen noch einmal drei Lagen. Und erst dieser riesige Schleier: *Mamma* hat ihn mir heute gebracht. Es ist ihr eigener. Sie ist extra noch einmal nach Rom gefahren, um ihn zu holen. Ich war tatsächlich gerührt.»

«Das gehört sich auch so, da gebe ich deiner Mutter ausnahmsweise mal recht. Der Brautschleier muss zwingend geliehen sein. Nun stell dich nicht so an. Bei der nächsten Hochzeit geht es dann schon schneller.»

«Es gibt nur einen Grund, weshalb ich diesen Wahnsinn aushalte.» Giulia ließ sich von Eugenia in den ersten Unterrock aus changierender Seide helfen. «Und zwar mein Zorn. Mein Zorn auf die Person, die mich töten will. Und mein Wunsch, diese Person zu finden. Es ist schon merkwürdig, Eugenia: Ich trete vor den Altar – und muss damit rechnen, dass mich jemand töten wird. Es ist, als ob ich in den Krieg ziehe.»

«Eine Ehe ist immer ein Krieg, Schätzchen.»

«Aber ich bin keine so erfahrene Feldherrin wie du.»

«Dafür lasse ich dich an meinen Erfahrungen teilhaben. Wenn ich zum Beispiel an Puschelchen denke …»

«Puschelchen?»

«Riccardo Longhi. Chefdirigent der Mailänder Scala. Er spielt übrigens heute bei deiner Hochzeit. Mit seinem Orchester.»

«Riccardo Longhi spielt auf meiner Hochzeit?»

«Er war so glücklich, mir diese kleine Freude zu machen.»

«Wenn ihr noch miteinander sprecht, ist euer Ehekrieg unentschieden ausgegangen.»

«Ehekriege enden niemals unentschieden. Selbstverständlich habe ich den Platz als Siegerin verlassen. Stell dir vor, *tesoro*, er hat mich kurz nach unserer Hochzeit betrogen. Mit einer Primaballerina aus dem Opernballett.»

«Wie hast du reagiert?»

«Schlage den Feind mit seinen eigenen Waffen, heißt es. Irgendwann hat er begriffen, warum der erste Geiger ihn so anzüglich angrinste.»

«Du hattest eine Affäre mit seinem ersten Geiger?»

«Sandro. Ein wunderbarer Geiger. Er kannte erstaunliche Griffe. Wir musizierten in allen Tonlagen.»

«Und dein Mann?»

«Er wollte es ignorieren. Bei Sandro ging es noch, auch noch beim zweiten Geiger. Beim ersten Cellisten nicht mehr. Bevor ich zur Pauke übergehen konnte, bat er um die Scheidung.»

Giulia hatte inzwischen zwei voluminöse Tüllröcke über den ersten Seidenrock gestreift und schlüpfte nun in ihr Brautkleid.

«Weiter Rock, schmale Taille, hohe Schuhe: königlich! Du zeigst heute allen, dass du die künftige Clanchefin der Santinis bist.» Eugenia war sichtlich begeistert.

«Bei den Hochzeitsvorbereitungen ist mir noch klarer geworden, warum ich das alles nicht will», sagte Giulia. «Das Erbe. Das Repräsentieren. Die Etikette. Die Traditionen, die niemand mehr versteht.»

«Jetzt halt endlich die Luft an, sonst kann ich dich nicht einschnüren.» Geschickt fädelte Eugenia die Seidenbänder durch die Schlaufen und zog. «So! Und jetzt sieh dich an!»

Giulia trat vor den Spiegel. «Merkwürdig … vielleicht werde ich in diesem Kleid sterben. In einem Kleid, das mit mir und meinem Leben eigentlich nichts zu tun hat.»

«Du wirst in diesem Kleid einen Mörder fangen. Und der Mörder sollte dankbar sein, dass er in seinen letzten Momenten solch einen erfreulichen Anblick vor sich hat. Denn mir ist durchaus klar, was du mit deinem Mörder tun wirst!»

*

Der kleine weiße Koffer mit dem roten Kreuz wog schwer.

Immaculata trug ihn, um unauffälliges Schreiten bemüht,

zum Altar. Alfredo hatte ganze Arbeit geleistet: Große goldene Blumenvasen, gefüllt mit weißen Lilien, wechselten sich im Altarbereich ab mit Blumenkübeln, in denen rote Rosen wuchsen. Die Kübel waren mit weißem Stoff umwunden, den goldene Schleifen zusammenhielten.

Rot, Weiß und Gold: die Wappenfarben der Santinis.

Sie zupfte ein wenig an der Altardecke, schob einen Kerzenleuchter zurecht, ging hinter den Altar.

Inzwischen waren die ersten Gäste eingetroffen, aber niemand hatte auf sie geachtet. Nur ganz hinten, in der Nähe des Eingangs, saß Edoardo in einer Kirchenbank und beobachtete sie.

Da beugte sie sich für einen Moment herunter, verschwand ganz hinter dem Altar, tauchte wieder auf.

Edoardo musste denken, dass sie den Knopf gedrückt hatte.

Ihr großer, ihr endgültiger Triumph war nicht mehr fern.

*

Vom Fenster aus hatte Giulia beobachtet, wie ihre gesamte Verwandtschaft in die Schlosskapelle eingezogen war, friedlich und freudig gestimmt wie selten: die Tanten mit Perlenketten und Hüten, die Onkel im Frack. Von drinnen hörte Giulia schon die ersten Orgelklänge.

Das prunkvolle Eingangsportal, bekrönt vom Wappen der Santinis, zeigte zum Schlosshof. Dort stand Giulia, am Arm ihres Vaters, und starrte auf die großen Flügeltüren. Links und rechts davon hatte sich je ein Junge aus dem Dorf aufgestellt, gekleidet in die historische Pagenuniform der Santinis. Tante Eugenia, unermüdlich, hatte die Schränke auf dem Dachboden geplündert und in letzter Sekunde einen Schneider engagiert, der die größten Löcher geflickt hatte.

Hinter ihr hüpften Alessio, Adorata und Alessandra herum. Die Mädchen trugen weiße und rosafarbene Rosenblüten in ihren Körbchen, die sie beim Auszug auf den Weg streuen wollten. Alessio, mit seiner akkurat gebundenen Fliege und seinem straff sitzenden kleinen Anzug, hatte die Haare mit Wasser an den Kopf geklebt. Er blickte ernst und würdig und hielt ihren Brautschleier so fest in den Händen, dass Giulia fürchtete, er würde ihn ihr schon vorab vom Kopfe reißen.

Hinter ihr auf der Terrasse standen die Champagnerflaschen in den Kübeln, die Gläser waren zu funkelnden Pyramiden aufgebaut. Die Tafel auf der Terrasse war verschwenderisch mit weißen Rosen und goldenen Kerzen in hohen Kristallleuchtern gedeckt – Rebecca hatte sich offensichtlich für die *Gold-and-Glitter*-Variante entschieden, obwohl sie nach ihrem Streit gestern Morgen nicht mehr miteinander geredet hatten. Glänzende Luftballons, in denen goldene und silberne Sternchen schimmerten, hingen an den Griffen zweier großer Körbe, in denen sich die Tauben befanden, auf die Rebecca so großen Wert gelegt hatte. Direkt neben der Kirche parkte ein kleiner Lieferwagen, auf dem *Pirofantastico* stand. Zwei Männer in schwarzer Jeans und weißem Hemd luden gerade große Kisten aus – eine Feuerwerksfirma.

Rebecca hatte wirklich an alles gedacht.

Giulia sah an sich herunter, sah den weiten, bauschigen Rock, in dem sie kaum laufen konnte, die zarten Stickereien. Und kam sich vor wie verkleidet. Eine Heiratsschwindlerin. Ja, genau das war sie!

«Diese Hochzeit ist ein großes Glück, auch für mich, Giulia», sagte ihr Vater in diesem Moment.

«Wie bitte?»

«Ich sagte gerade, dass deine Heirat ein großes Glück für mich ist.»

«Für dich?»

«Vor allem natürlich für dich. Aber auch für mich, Giulia. Du weißt, dass die Ehe deiner Eltern arrangiert worden ist. Das kam durchaus noch vor, als wir jung waren. Sicher, wir hätten uns wehren können, aber wir haben uns gefügt. Deine Ehe dagegen ist eine Liebesehe. Du hast Francesco gefunden – und er dich. Ich bin dankbar, dass die nächste Generation der Santinis aus reiner Liebe vor den Altar tritt.»

«Du hast eine gute Ehe geführt. Mama ist … ein wenig anstrengend, manchmal. Aber ich weiß, dass du glücklich geworden bist mit ihr.»

«Das bin ich. Aber am Anfang war es nicht einfach. Du hast jedoch deinen Mann ganz allein gewählt. Du liebst ihn, ich spüre das. Bei mir war so viel Schauspielerei dabei. So viel Inszenierung. So viel gespieltes Glück. Erst nach und nach habe ich deine Mutter schätzen und lieben gelernt. Deine Hochzeit ist keine Inszenierung. Sie ist das wahre und reine Fest zweier Herzen, die sich gefunden haben.»

Er zog sein Taschentuch aus der Brusttasche und tupfte sich die Augen.

«Aber Papa, in dir steckt ja ein Romantiker!»

«Gleich gehen die Türen auf. Was siehst du denn auf einmal so verschreckt aus, Liebes?»

«Es ist … alles sehr aufregend.»

Ihr Vater lachte. «Das kann ich verstehen. Aber du musst es genießen, Giulia! Du trittst vor den Altar – und nicht aufs Schafott.»

*

Gott ist die Liebe, hämmerte es in Edoardos Kopf. Es war Francescos Stimme, unverkennbar. *Und wer in der Liebe bleibt, der bleibt in Gott und Gott in ihm.*

Die Musik setzte ein. Auf der Empore hatten sich zehn Musiker aus Puschelchens Orchester zusammengezwängt. Ein *Ave Maria*, getragen von weichen Streicherklängen, schwebte durchs Kirchenschiff.

Gott ist die Liebe.

Am Eingang breitete sich Unruhe aus. Die Hochzeitsgesellschaft erhob sich, alle Blicke richteten sich zum Mittelgang.

Und wer in der Liebe bleibt ...

Er murmelte eine Entschuldigung, zwängte sich aus der Kirchenbank und eilte im linken Seitengang, unbeobachtet von den Santinis und ihren Freunden, nach vorne. Francesco stand rechts vom Altar, gekleidet in einen nachtblauen Anzug, und starrte zum Eingang. Er bemerkte nicht einmal, wie Edoardo, verdeckt von den Blumenkübeln und Vasen, zum Altar lief und sich hinunterbeugte.

... der bleibt in Gott ...

Wo hatte Immaculata nur den Koffer verstaut? Gleich würde Giulia die Kirche betreten, die Blicke würden ihr folgen auf ihrem Weg durch den Mittelgang, sich zum Altar wenden. Bis dahin musste er verschwunden sein.

... und Gott in ihm.

Hier, neben der rechten vorderen Säule. Seine Finger ertasteten das Metall. Die Musik schwoll an, Giulia musste die Kirche betreten haben. Seine Finger glitten die Metallflächen entlang, fanden die Einbuchtung, drückten tief und fest.

Vorbei.

Der Zeitzünder war gestoppt.

Niemand im *Inneren Kreis* würde seine Erklärungen verstehen. Aber Francesco, das wusste er genau, hatte die Wahrheit gesprochen. Er war bei der Liebe geblieben – und damit bei Gott.

❃

Die Musik, die Blumen, die Kinder in ihren Kleidchen – und dahinter Giulia. Giulia als Braut, am Arm ihres Vaters, in einem unglaublichen Hochzeitskleid, hell und strahlend, wie eine Erscheinung.

Francesco war so durcheinander, dass er fast vergessen hätte zu atmen. Die Glocken läuteten, die Santinis hatten sich alle erhoben. Er hörte Tante Eugenia rufen, Giulias Mutter, Onkel Leonardo. Auch Federico war aufgestanden, noch bleicher als sonst, gestützt von Rosalia in ihrer schwarzen Tracht … Er sah Rebecca, die mit ernster Miene in der ersten Reihe saß. Er fing einen merkwürdigen Blick von Paolo auf, den er nicht deuten konnte, sah Edoardo auf seinen Platz zueilen und erschrak kurz, als eine bedrohlich hohe und dunkle Gestalt hinter Giulia auftauchte: Alfredo, in einem altmodischen Anzug mit Zylinder.

Giulia kam näher, immer näher. Schmal und schlank – überirdisch fast. Ihr Vater hatte gerötete Augen. Er blickte Francesco an und ließ dann den Arm seiner Tochter los. Francesco versuchte, durch den Schleier hindurch ihr Gesicht zu erkennen, ihr in die Augen zu sehen. Die Trauzeugen kamen nach vorne. Er ergriff Giulias Hand. Fest, als wollte er sie nie mehr loslassen.

Er hatte alles auf eine Karte gesetzt.

❃

«Wir haben uns hier versammelt, um das Hochzeitsfest von Giulia und Francesco zu feiern. Gleich werden sie vor Gott treten und den Bund fürs Leben schließen.»

347

Petrus stand vor dem Altar, der Gemeinde zugewandt, und musterte die Reihen. Paolo und Rebecca, die Trauzeugen, saßen links und rechts neben dem Brautpaar, auch sie auf samtgepolsterten Stühlen. Federico, der sein Kardinalsgewand trug, thronte ganz allein in der ersten Reihe, mit weiß leuchtendem Haar, gezeichnet von der Krankheit, aber aufrecht und stolz. Hinter ihm, in der zweiten Reihe, erkannte Petrus die Haushälterin Rosalia. Sie hatte sich so gesetzt, dass sie Federico beistehen konnte, sollte er Unterstützung benötigen. Das Hauspersonal, darunter auch Alfredo, saß in den letzten Reihen. Von Edoardo war nichts zu sehen.

«Bei einer Hochzeit wird über die Liebe gepredigt. Aber zunächst, liebe Hochzeitsgemeinde, möchte ich über den Tod sprechen. Vielleicht mag Ihnen das ungehörig erscheinen. Aber ich habe Gründe, gewichtige Gründe. Denn Contessa Giulia, unsere schöne Braut, sollte ermordet werden. Vor wenigen Tagen erst versank sie bewusstlos im Pool. Irgendjemand hatte ein Betäubungsmittel in ihren *caffè* getan. Wäre sie dort liegen geblieben, wenige Minuten nur – ihre Lungen hätten sich mit Wasser gefüllt und sie wäre gestorben.

Die Familie Santini hat sich heute versammelt, um Hochzeit zu feiern. Aber vor der Trauung, liebe Freunde, müssen wir über diesen Anschlag sprechen. Denn er vollzog sich inmitten der Familie. Und vielleicht ist der Täter – oder die Täterin – ein Mitglied dieser Familie. Wir können keine Hochzeit feiern, ohne zu wissen, was man unserer Braut antun wollte. Es wäre Heuchelei. Es wäre verlogen.»

Es wurde unruhig. Die Familie fing an zu tuscheln, einige Stimmen wurden lauter. Petrus ignorierte sie.

«Fünf Menschen waren am Pool. Alle fünf hatten die Möglichkeit, Giulias *caffè* zu vergiften: Rosalia, die ihn zubereitete. Alfredo, der die Milch aufschäumte. Paolo und

Edoardo, die sich im Barzelt aufhielten, direkt neben der Kaffeemaschine. Rebecca, die ihn zu Giulia trug.

Fünf Menschen.

Fünf Gelegenheiten.»

Petrus hielt einen Augenblick inne und musterte die Reihen: gespannte Gesichter, etwas beunruhigt, um Haltung bemüht. Er sah zu Giulia und Francesco, die direkt vor ihm saßen, auf ihren samtenen Stühlen. Giulia war bleich und starrte, den Brautstrauß umklammernd, zum Altar. Francesco blickte ihn ruhig und völlig aufmerksam an.

«Aber wer von ihnen hatte einen Grund, die Contessa zu töten?», fuhr Petrus fort. «Niemand, so schien es zu Beginn. Aber bei näherer Betrachtung zeigte sich, dass nahezu alle ein Motiv hatten. Sie werden es für indiskret und unschicklich halten, wenn ich über diese Motive spreche. Aber es hilft nichts: Diese Familie kann nur Hochzeit feiern, wenn sie mit sich im Reinen ist. Dazu will ich beitragen. Dazu *muss* ich beitragen! Als Priester, der diese Trauung zu vollziehen hat. Als Freund des Familienoberhaupts. Als Vertrauter der Braut.»

Er bemerkte erste Anzeichen von Verärgerung, sogar von Empörung bei einigen älteren Santinidamen. Er hatte so viele Paare verheiratet, als Gemeindepriester in Rom, und glückliche, euphorische Feste gefeiert. Dieses würde anders sein. Vielleicht war es grausam, was er tat, doch es war unvermeidlich. Niemand in dieser Familie, am wenigsten Giulia, würde Frieden finden, wenn es nicht gelang, dieses Spiel zu einem Ende zu bringen. Hier und jetzt.

«Beginnen wir mit Ihnen, Rebecca. Sie haben offensichtlich ein Leben lang unter Giulia gelitten. Das wird Sie alle überraschen, es hat auch die Contessa überrascht. Rebecca war immer die Vorzeigetochter aus gutem Haus. Und doch, sie wäre so gerne gewesen wie Giulia: ein kritischer Kopf, eine Philosophin. Sprachgewandt, schlagfertig, charmant. Unabhängig und frei. Als Rebecca sah, dass Giulia eine Schönheit werden könnte, begann sich ein dunkles Gefühl in ihr zu regen. Tue ich Ihnen Unrecht, Rebecca, wenn ich es Neid nenne? Sogar Hass? Und nun sollte Giulia auch noch erben, ein Milliardenvermögen und ein Schloss.

Oder Paolo. Sie sind ein smarter, weltgewandter Mann, lieber Paolo, ein Mann, der nie die Fassung verliert. Aber Giulia bemerkte früh, dass sie nervös wurden, wenn die Sprache auf Caligula kam, den antiken Kaiser. Und Giulia erinnerte sich an einen wilden Sommer, als Sie für den grausamen Kaiser schwärmten. Als Sie sich in morbiden Träumereien verloren, eine Blechkrone auf dem Kopf, Grausamkeit im Herzen. Haben Sie die Kontrolle verloren, damals? Wusste Giulia, was geschehen war? Sollte sie deshalb sterben?»

Die Wahrheit.

Petrus verspürte den tiefen Wunsch, endlich über die Wahrheit zu sprechen. Ohne Rücksicht auf Eitelkeiten und Befindlichkeiten. Er war nicht Priester geworden, um Lügen mit Weihrauchwolken zu vernebeln und mit Chorälen zu übertönen. *Ich bin der Weg und die Wahrheit und das Leben.* So hatte es der Herr gesagt. Manchmal war es hart, diesen Weg zu gehen, zur Wahrheit vorzustoßen. Er sah es an Rebeccas zornigem Blick. Er sah es an Paolos Fingern, die einen Trommelwirbel auf seiner edlen Anzughose aufführten.

«Dann wären da noch Sie, liebe Rosalia: Sie hatten sich als Äbtissin beworben. Und Ihre Chancen würden deutlich steigen, wenn Sie zugleich ein großes Vermögen in den Orden einbringen könnten. Was für eine Aussicht! Als Äbtissin des Ordens würden Sie das Schloss kontrollieren, in dem Sie bislang nur die Verwalterin waren!»

Jetzt wurde es noch lauter.

Der Papst wartete, sie würden sich schon wieder beruhigen. Und tatsächlich, nach einigen wenigen Minuten war es wieder still in der festlich geschmückten Schlosskapelle. Niemand stand auf, niemand ging. Sie waren eine Familie. Sie teilten ein Schicksal. Und sie spürten alle, dass jetzt, gerade jetzt, etwas geschah, das sie alle betraf.

Petrus fuhr fort: «Und nicht zu vergessen Alfredo! Kardinal Federico hatte sich wenig gekümmert um das Anwesen. Er hat Alfredo den Park überlassen, der sich hier verwirklichen konnte. Würde Giulia, die junge Frau aus der Großstadt, diese Traumwelt belassen? Oder würde sie Tennisplätze anlegen, moderne Gartenarchitekten hinzuziehen, den Geheimen Wald roden? Sie wussten, Alfredo, dass der Orden erben sollte, wenn Giulia nicht erben würde. Und von dem Orden hatten Sie wenig zu befürchten; die Damen würden sich kaum einbringen in die Gestaltung Ihres Paradieses. Ein erstklassiges Motiv, wie mir scheint. Es gibt noch weitere Gründe, Gründe, über die ich nicht sprechen kann. Weil ich versprochen habe, darüber zu schweigen.

Aber es fehlt noch jemand, das vierte Mitglied der ehemaligen Jugendclique. Edoardo! Sie sind ein konservativer Mann, und ich bin mir sicher, dass Sie die Ehe von Giulia und Francesco zutiefst ablehnen. Ein ehemaliger Priester, der die Pressesprecherin des Heiligen Stuhls heiratet – welch ein Skandal! Aber von diesem Plan konnten Sie noch nichts wissen, als Giulia beinahe ertrank. Sie hatten eine Gelegenheit, Edoardo, so wie die anderen am Pool. Aber kein Motiv. Freuen Sie sich, Edoardo: Sie sind außer Verdacht und frei von Schuld.

Fünf Verdächtige.

Fünf Gelegenheiten.

Vier Motive.»

Giulia hatte den Brautstrauß in den Schoß gelegt und Francescos Hand ergriffen. Beide sahen ihn fest an. Er spürte, dass sie bei ihm waren, dass sie es richtig fanden, was er tat. Das gab ihm Kraft für den nächsten Schritt.

«Als Contessa Giulia erkannt hatte, dass jemand ihren Tod wollte, kannte sie nur ein Ziel: Sie wollte ihren Mörder finden. Ich habe ihr meine Hilfe angeboten. Und genauso Padre Francesco und Tante Eugenia. *Du sollst nicht töten.* So heißt es in den zehn Geboten. Dieser Satz hat uns verbunden. Also suchten wir nach Spuren. Nach Indizien. Nach Hinweisen, die ganz sicher auf den Täter oder die Täterin schließen lassen. Und wir wurden fündig, mehrfach sogar.»

Du sollst nicht töten.

Petrus sammelte sich und fuhr fort: «Kennen Sie den Teepavillon? Hinten im Park? Erinnern Sie sich noch, dass er früher, vor vielen Jahren, der geheime Treffpunkt von Giulia und ihren Freunden war? Ein Spielplatz, ein Versteck, ein mystischer Ort? Dort haben sie ihre Kindheit verbracht. Mit Federicos Puppenhaus, mit Räuber-und-Gendarm-Spielen. Und später ihre Jugend. Mit Musik und Diskussionen, mit Eifersüchteleien und Verliebtheiten.

Es fanden sich erstaunliche Dinge dort. Zum Beispiel ein Gedicht, das Rebecca geschrieben hatte. Ein hasserfülltes Pamphlet über Contessa Giulia, triefend vor Eifersucht und Neid, das nur den einen Wunsch ausdrückte: Giulia möge sterben. Ein klarer Beweis, so scheint es, dass Rebecca ihre Cousine schon immer aus der Welt schaffen wollte.

In Paolos Sachen fand sich ein Artikel über die Grausamkeiten der alten Römer. Mit Anstreichungen am Rande. Ein sicherer Beleg dafür, wie sehr ihn dieses Thema schon immer fasziniert hat, nicht wahr? Und damit ein Beweis, dass seine Caligulaschwärmerei mehr war als nur ein bizarres Hobby. Sie war ein dunkler Trieb, der ihn auf finstere Wege geführt hat. Wege, von denen die Contessa erfahren hatte.

Und schließlich das Puppenhaus. Das schöne Spielzeug sandte auf unheimliche Weise Botschaften aus. Am Tag des Anschlags war ein Dolch in den Körper der Puppenprinzessin gerammt worden. Und am gestrigen Abend, am Abend vor der Hochzeit, hatte sich das Puppenschloss in ein Trauerhaus verwandelt: Die Prinzessin lag tot im Sarg. Ganz offensichtlich wollte jemand die Contessa in Panik versetzen. Wollte sie dazu bewegen, das Erbe auszuschlagen. Aber wer? Es musste jemand sein, der mit ihr Puppen gespielt hatte. Jemand, der ihre Leidenschaft für das Puppenhaus genau kannte.

Fünf Verdächtige.

Drei Beweise.»

Du sollst nicht töten.

In dieser Gemeinde saß jemand, der dieses Gebot missachtet hatte. Der sich mit dem Tod verbündet hatte. Aber jetzt war der Zeitpunkt gekommen, um dieses furchtbare Bündnis zu zerschlagen.

«Diese Funde, meine Freunde, haben mich sehr beschäftigt. Denn bei näherer Betrachtung zeigte sich, dass sie auf merkwürdige Weise … falsch waren!»

Erneut kam Unruhe auf, ein Raunen war zu hören …

Petrus hob die Hand und wartete, bis sich die Gemeinde beruhigt hatte.

«Beginnen wir mit dem Gedicht. Schon als junges Mädchen war Rebecca ein Organisationstalent. Eine Analytikerin, eine Planerin. Mathematik und Naturwissenschaften – das waren ihre Fächer in der Schule. Das Gefühlvolle, Romantische, Poetische war ihr fremd. Und ausgerechnet von ihr findet sich ein Schmähgedicht. Ein Jugendwerk, unterzeichnet von ihr. Ein leidenschaftliches Poem, voll kühner Metaphern. Wirklich *ihr* Werk? Sie schüttelt den Kopf. Hast du jemals Gedichte geschrieben, Rebecca? Nein, eine Rebecca schreibt keine Gedichte.

Oder nehmen wir Paolo. Den Artikel mit den Grausamkeiten der alten Römer. Der Beleg für seine Obsession, nicht wahr? Der Beweis, dass seine Schwärmerei mehr war als nur ein bizarres Hobby. Ich habe die herausgerissene Seite genau untersucht. Neben dem Caligulatext steht ein Artikel zum vierzigsten Jahrestags des Kennedyattentats. Das Attentat war 1963, also stammte das Heft von 2003. Zu dieser Zeit waren Paolos Jugendjahre im Schloss schon lange vorüber. Er konnte den Artikel nicht herausgetrennt, die Anstreichungen nicht vorgenommen haben. Jedenfalls nicht als Jugendlicher.

Schließlich das Puppenhaus. Eine erdolchte Prinzessin, eine Prinzessin im Sarg – ganz offensichtlich sollte sich Giulia in dem schönen Puppenmädchen erkennen, den Dolch im eigenen Rücken spüren, sich selbst im Sarg liegen sehen. Aber Contessa Giulia mochte keine Prinzessinnen. Beim Puppenspiel war sie Prinz! Du hast es mir selbst erzählt, Giulia. Eigentlich keine Überraschung, wenn man bedenkt, wie leidenschaftlich du später Simone de Beauvoir gelesen hast. Jemand hatte die Contessa schockieren wollen – und das falsche Bild gewählt.

Fünf Verdächtige.

Fünf Gelegenheiten

Vier Motive.

Drei Fundstücke.

Drei Fundstücke, mit denen etwas nicht stimmt. Zwei

Fundstücke, Gedicht und Artikel, lenken den Verdacht auf Rebecca und Paolo, aber beide erweisen sich als plumpe Fälschungen. Die tote Prinzessin sollte Giulia in Panik versetzen, aber der Prinzessinnenmörder hatte die falsche Figur ausgewählt.»

Du sollst nicht töten.

Sie mussten verstehen, was geschehen war. Sie durften keine Chance haben, der Wahrheit auszuweichen. Sie musste erkennen, dass seine Schlussfolgerungen unausweichlich waren, so verstörend sie auch erscheinen mochten.

«Kehren wir zum Ausgangspunkt zurück: Jemand hat ein Betäubungsmittel in Giulias *caffè* geschüttet. Vermutlich hat diese Person auch die falschen Spuren im Teepavillon gelegt. Und betrachten wir nun unsere fünf Verdächtigen der Reihe nach: Wer könnte es gewesen sein?

Aus zwei Gründen scheidet Paolo aus. Natürlich wäre es vorstellbar, dass er das Gedicht geschrieben hat, um Rebecca zu belasten und so von sich abzulenken. Aber halt! Paolo wusste gar nichts von Rebeccas Neid. Giulia hatte ihm nicht erzählt, was sie herausgefunden hatte. Wie also hätte er auf die Idee kommen sollen, ausgerechnet Rebeccas Eifersucht zu bedichten? Und natürlich wusste er, dass Rebecca nicht gerade zur Poesie neigte. Er hätte also kaum ein Gedicht gewählt, um den Verdacht auf sie zu lenken.

Edoardo hat ohnehin kein Motiv, darüber sprachen wir schon. Und selbst wenn er ein Motiv gehabt haben sollte, von dem wir alle nichts ahnen: Die falschen Spuren im Pavillon, die der Täter gelegt hatte, konnten nicht auf ihn zurückgehen. Er wusste nicht, dass Giulia die Caligulaschwärmerei Paolos und die Eifersucht Rebeccas entdeckt hatte. Also konnte er auch keine Indizien fälschen. Und ganz bestimmt hätte er, Giulias engster Puppenspielgefährte, nicht die Prinzessin ermordet, um die Contessa zu schockieren. Denn er hätte gewusst, dass Giulia nicht die Prinzessin gewesen war beim kindlichen Puppenspiel.

Schließlich Rebecca: Aber auch sie konnte nicht wissen, was Giulia über Paolos dunkle Interessen herausgefunden hatte. Also hätte sie keine Beweise fälschen können, die mit diesen Motiven spielen. Und auch ihr wäre kaum der Fauxpas unterlaufen, Giulia mit einer toten Prinzessin Angst einjagen zu wollen.

Und noch weniger kommen Alfredo und Rosalia in Betracht: Sie gehörten nicht zur alten Clique, hatten keine Kenntnis von den Geheimnissen des Teepavillons. Und genau wie Paolo, Rebecca und Edoardo konnten sie nicht wissen, welche Mordmotive inzwischen aufgetaucht waren. Sie wussten nichts von Paolos Caligula, von Rebeccas Neid, und hätten somit keine falschen Spuren legen können, die sich genau darauf beziehen.

Fünf Verdächtige.

Fünf Gelegenheiten.

Vier Motive.

Dazu falsche Spuren und fragwürdige Beweise.»

Du sollst nicht töten.

Auf einmal spürte Petrus eine große Zufriedenheit in sich. Die Stunde der Wahrheit war gekommen. Es war nur noch ein kleiner Schritt.

«Alle diese Puzzleteile passen nicht zusammen. Es ergibt sich kein stimmiges Bild.»

Er machte eine kurze Pause.

«Bei Rosalia, liebe Gemeinde, fand ich schließlich das Betäubungsmittel, mit dem Giulia außer Gefecht gesetzt wurde. Ja, bei Rosalia, der fleißigen, tugendhaften und schönen Haushälterin.»

Viele Köpfe reckten sich, sie suchten nach Rosalia. Wie würde sie reagieren?

Doch die Haushälterin zeigte keinerlei Regung. Sie saß hinter Federico, aufrecht und kühl, den Blick auf Petrus gerichtet.

«Aber Rosalia, ich sagte es schon, wäre nicht in der Lage gewesen, falsche Spuren im Teepavillon zu legen; sie kannte die Vergangenheit der Clique nicht. Zudem zeigten sich mir merkwürdige Brüche und Risse an ihrem möglichen Motiv. Ich bedaure es, liebe Rosalia, aber ich muss ein wenig über sie erzählen. Angesichts dieser besonderen Gelegenheit.

Natürlich könnte man annehmen, dass Sie Federicos Vermögen kontrollieren wollten. Dazu hätten Sie Giulia aus dem Weg räumen und Äbtissin werden müssen. Doch warum sollten Sie das tun? Denn Sie heißen nicht Rosalia, sondern Emily-Elizabeth Manero. Und Sie sind Eigentümerin eines hoffnungsvollen Start-ups im Silicon Valley. Kardinal Federico ist Ihr Geschäftspartner, Ihr Investor, Ihr Vertrauter. Sie sind eine unabhängige, eigenständige Frau und ganz bestimmt niemand, der morden muss, um reich zu werden. Sie hatte eine Gelegenheit. Sie hatten das Betäubungsmittel. Aber kein Motiv.

Wie also kam es zu dem Attentat auf unsere Contessa?»

*

Inzwischen war es totenstill in der Kirche.

Niemand sprach, niemand bewegte sich. Alle spürten, dass nach der Ansprache des Heiligen Vaters nichts mehr so sein würde wie vorher. Jemand aus der Familie hatte Schuld auf sich geladen. Und der Papst war nicht gewillt, ihn davonkommen zu lassen.

«Ich will Ihnen, liebe Gemeinde, nun von Kardinal Federico erzählen, meinem Freund. Vor einiger Zeit hat er erfahren, dass er sterben wird. Sehr bald schon. Und damit musste er eine Frage beantworten, die ihn wohl schon viele Jahr bewegt hat: Wer soll sein Vermögen erben? Sein gewaltiges Vermögen, hervorgegangen aus dem Schatz des Condottiere, vermehrt in Jahrhunderten, zuletzt von ihm selbst.

Federico ist Italiener, also soll die Familie alles bekommen. Aber wer? Er will das Vermögen zusammenhalten – nur *ein* Familienmitglied soll erben. Und zwar ein Mitglied, das selbst eine Familie gründen kann und damit die Zukunft der Santinis sichern wird.

Wer also kann es sein?

Ich weiß, dass Federico lange über diese Frage nachgedacht hat. Am Ende fand er eine Frau, von der er glaubte, dass sie diese Aufgabe meistern könnte: Contessa Giulia Santini. Sie allein hielt er für klug genug. Giulia ist keine Finanzexpertin, die mit dem Vermögen hochriskant spekulieren würde. Sie würde es nicht einsetzen, um Macht zu gewinnen oder Eitelkeiten zu befriedigen. Sie würde keine luxuriösen Hobbys pflegen, protzen oder prassen. Im Gegenteil: Sie würde kluge Berater auswählen und das Vermögen mit ruhiger Hand bewahren. Und sie würde es dazu verwenden, die Familie Santini glücklich zu machen, all die Onkel und Tanten, Cousinen und Cousins, Neffen und Nichten, die ihm am Herzen lagen.

Federico – wie soll ich sagen? – kennt die Frauen. Und so war ihm völlig bewusst, dass seine Nichte niemals bereit sein würde, diese Aufgabe zu übernehmen. Denn Giulia Santini liebt nichts mehr als ihre Freiheit. Sie ist eine emanzipierte Frau, die ihren eigenen Weg gehen will. Sie liebt die Kunst, die Bücher, die Menschen, aber nicht das Geld. Warum sollte ausgerechnet sie bereit sein, Familienoberhaupt und Vermögensverwalterin zu werden?

Nun, Federico hatte eine Seite an ihr entdeckt, die ihn hoffen ließ. Denn Giulia ist stolz. Sie lässt sich weder einschüchtern noch demütigen, nicht wegdrängen noch bestehlen. Und sie ist leidenschaftlich, zu großen Gefühlen fähig. Auch zu großem Zorn. Deshalb ersann Federico einen Plan. Einen ungeheuer kühnen, gefährlichen, geradezu monströsen Plan. Einen Plan, der mich zutiefst erschreckt hat, als ich ihn schließlich verstand. Wäre ich nicht dein Freund, Federico, so würde ich sagen: einen teuflischen Plan.»

Petrus sah zu Federico. Und der Kardinal wich seinem Blick nicht aus. Sie waren Freunde, sie würde immer Freunde bleiben. Aber die Wahrheit war größer als ihre Freundschaft. Petrus wusste, dass ihm keine Wahl blieb. Und Federico schien ihn auf merkwürdige Weise zu verstehen.

«Federico hatte erkannt: Nur Trotz und Wut würden Giulia veranlassen, das Erbe anzutreten und seine Bedingung – eine Heirat – erfüllen. Es musste ihm gelingen, Giulia anzustacheln zu einem hell lodernden Zorn. Und so beschloss er, einen Anschlag auf sie zu verüben. Giulia sollte denken, dass irgendein Mitglied der Familie nicht bereit sei, sie als Erbin und Familienoberhaupt zu akzeptieren. Sie sollte sich bedroht fühlen, fest davon überzeugt, dass jemand sie vernichten wollte. Erst dann würde sie kämpfen! Gegen Macht und Habgier. Und dieser Kampf würde sie vor den Altar dieser Kirche führen, an der Seite eines Mannes. Federico wusste, dass er seine Nichte nicht kaufen konnte. Aber er wusste, dass er ihren Trotz schüren konnte, ihre Wut. Sie würde am Ende das Oberhaupt der Familie Santini werden. Nicht, weil sie es wollte, sondern weil sie nicht ertragen konnte, dass es jemand anders nicht wollte.

Also bat er seine Vertraute, die geheimnisvolle Schwester Rosalia, einen Mordanschlag zu inszenieren. Doch der Anschlag sollte nicht töten, er sollte sie nur erschrecken. Ein kühner, ein tollkühner Plan, mein Freund! Giulia hätte sterben können, wenn Rosalia einen Fehler begangen hätte. Aber Rosalia ist keine Frau, die Fehler begeht.

Sie entschied sich für einen Badeunfall. Am Pool sind immer viele Familienmitglieder, die potenzielle Täter sein könnten. Rosalia kennt sich aus im Internet, es fiel ihr leicht, das geeignete Betäubungsmittel zu besorgen. Und sie ist eine erfahrene Rettungsschwimmerin. Also würde sie jederzeit in der Lage sein, eine ertrinkende Giulia rechtzeitig aus dem Wasser zu fischen. Sie musste nur die passende Gelegenheit abwarten.

Beim Frühstück schlägt sie zu. Mit Paolo, Rebecca und Edoardo sind mehrere Familienmitglieder anwesend – und mit Alfredo sogar, wenn auch unerkannt, ein viertes Familienmitglied. Der Plan gelingt, Giulia versinkt, Paolo rettet sie. Und Giulia entwickelt genau jene Wut, auf die Federico hoffte! Sie kündigt eine Hochzeit an, präsentiert einen Ehemann. Dein Plan schien aufzugehen.»

Petrus schwieg für einen Moment. Während seiner Rede hatte er fortwährend zu seinem Freund gesehen, nur zu ihm. Kirche und Gemeinde waren wie verschwunden aus seinem Gesichtsfeld. Ich kann es dir nicht ersparen, Federico, dachte er. Du bist zu weit gegangen. Du musst den Preis bezahlen. Du musstest damit rechnen, dass ich deine Inszenierung durchschaue. Warum also hast du mich zu deinem Fest eingeladen? Ein letztes Kräftemessen unter Männern, an der Schwelle des Todes? Hast du mich unterschätzt? Oder hast du sogar gehofft, dass ich dich enttarne – und dir einen anderen, einen besseren Weg aufzeige? Wie auch immer, Federico: Ich bleibe dein Freund. Auch jetzt noch.

«Natürlich musste es dir gelingen, Giulias Wut weiter

lebendig zu erhalten – acht Tage lang, bis zu ihrer Hochzeit», fuhr Petrus fort. «Wir hatten dir berichtet, wen wir verdächtigen: die fünf Menschen am Pool. Also hast du dafür gesorgt, dass sie verdächtig bleiben, sogar noch verdächtiger werden. Du hast Indizien gefälscht, falsche Spuren gelegt. Der Artikel und das Gedicht gehen auf dich zurück. Giulia hatte dir von Rebeccas Neid berichtet. Und dich nach Paolos Begeisterung für die alten Römer gefragt. Dieses Wissen hast du genutzt, um beide verdächtig zu machen. Damit Giulia noch energischer auf die Heirat drängt – deine Bedingung für das Erbe! –, um den Wettlauf mit ihrem Mörder zu gewinnen. Vielleicht hättest du ihr nach der Hochzeit gestanden, was du getan hast. Vielleicht in einem Brief, den sie nach deinem Tod erhalten hätte. Damit sie nicht ein Leben lang glauben muss, es habe sie jemand durch einen Mord an der Heirat hindern wollen? Ich weiß es nicht.

Gott der Herr hat es so gefügt, dass dir Fehler unterlaufen sind.

Du hast ein riskantes Spiel gespielt, alter Freund. Und ein böses Spiel. Du hast Giulia einem entsetzlichen Druck ausgesetzt. Nicht, um sie zu quälen, nicht aus Zynismus oder Freude, sondern allein deshalb, weil du deine Familie liebst. Weil du willst, dass sie eine Zukunft hat. Weil du ganz sicher warst, dass nur Giulia das Vermögen bewahren würde.

Aber, Federico, du bist am Ende gescheitert: Denn Giulia wollte nie heiraten. Sie wollte den Mörder zu finden! Damit begab sie sich in Lebensgefahr. Ja, sie ist stolz, tapfer, kämpferisch. Aber sie hatte Angst, Todesangst! Ich konnte es beobachten. Aus nächster Nähe!»

Er sah zu Giulia, die ihn mit weit aufgerissenen Augen anstarrte. Natürlich, er hätte es ihr vor der Hochzeit sagen können. Aber er wollte, dass alle – Opfer und Täter, Familie und Freunde – dieselbe Wahrheit erfahren, zum selben Zeitpunkt. Er wollte keine Gerüchte mehr, keine Halbwahrheiten aus zweiter Hand. Nur die Wahrheit.

Ich bin der Weg und die Wahrheit und das Leben, hatte der Herr gesagt.

Ein Weg – nur dieser.

Und nur eine Wahrheit.

Für alle.

«Darum habe ich mich entschlossen, dein Spiel nicht mitzuspielen», fuhr Petrus fort, immer noch zu Federico gewandt. «Du willst die Zukunft der Santinis sichern, das verstehe ich, Federico. Aber doch nicht mit Angst! Nur mit Liebe! *Gott ist die Liebe*, du weißt es. Dein Plan durfte nicht gelingen, so raffiniert er auch ersonnen war. Darum stehe ich hier und lege ihn offen. Es ist eine Niederlage, die ich dir damit zufüge, eine Demütigung. Ich weiß. Aber es geht nicht anders.»

Federico saß aufrecht in der Kirchenbank, sehr bleich, mit geschlossenen Augen.

Petrus ging die Stufen hinunter.

Vor Giulia blieb er stehen.

«Ich wusste nichts davon», sagte er leise. «Die Zusammenhänge sind mir erst seit kurzer Zeit klar. Es ist deine Entscheidung. Willst du etwas sagen?»

Giulia nickte.

Petrus setzte sich unauffällig an die Seite, hinter eine Säule, weit entfernt vom Altar. Er hatte gesagt, was gesagt werden musste. Alles Weitere lag in Gottes Hand.

*

Giulia nickte Francesco zu, dann stand sie auf, raffte ihre Schleppe und ging zum Altar hinauf, wo Petrus bis eben gestanden hatte. Als sie sich umdrehte, sah sie, dass auch Federico aufgestanden war. Er blickte sie an, lange und direkt, mit einer unendlich großen Trauer in den Augen.

«Verzeih mir!», sagte er leise. «Ich habe das Gute gewollt – und das Böse getan.»

Giulia sah ihn an und suchte in ihrem Herzen nach der Wut, die sie tagelang verspürt hatte. Aber sie fand nichts. Nur Mitleid. Mitleid mit diesem alten Mann, der ein grausames Spiel gespielt hatte. Und am Ende verlor.

Federico setzte sich wieder, schloss die Augen und betete still. Er war nicht mehr der stolze Kardinal. Er war ein alter Mann, der bald sterben würde. Und dem es nicht gelungen war, sein Haus zu bestellen.

«Liebe Familie!», sagte Giulia. Sie sah so schön aus wie immer, ihre Stimme war klar, sie spürte eine tiefe Ruhe in sich und Souveränität. «Um es kurz zu machen: Ich werde heute nicht heiraten.»

Unruhe kam auf, wogte kurz durch das Kirchenschiff. Dann richteten sich wieder alle Augen nach vorne. Auf Giulia.

«Der Mann, den ihr für meinen Bräutigam haltet, ist nicht mein Bräutigam. Und er kann es nie sein. Denn er ist ein Mönch, immer noch. Es gibt keinen Dispens. Und darum kann es auch keine Hochzeit geben. Petrus und ich hatten ihn gebeten, meinen Bräutigam zu *spielen*. Weil wir davon ausgingen, dass es weitere Anschläge auf mich geben würde. Und weil wir wussten, dass er – wie kein anderer – versuchen würde, sie zu verhindern.»

Sie schaute kurz zu Francesco, doch der blickte zu Boden.

«Onkel Federico hat mich erkannt: Ja, ich bin eine Santini! Deshalb beschloss ich zu kämpfen, als ich merkte, dass mir jemand nach dem Leben trachtet. Ich habe einen Bräutigam gesucht und eine Hochzeit vorbereitet. Vor allem habe ich die Augen offengehalten. Immer. Aber zu keinem Zeitpunkt hatte ich die Absicht, euer Oberhaupt zu werden. Ich bitte euch, das zu respektieren. Ich liebe meine Freiheit. Ich bin keine Hüterin der Tradition. Ich bin keine Verwalterin unseres Erbes. Ich bin nicht die Richtige für diesen Job. Trotzdem, Federico, danke ich dir für dein Vertrauen! Aber du hast dich in diesem Punkt geirrt. Von Anfang an.»

Es war jetzt völlig still in der Kirche.

Rebecca, die mit Paolo noch immer auf den samtbezogenen Stühlen der Trauzeugen saß, schüttelte kurz den Kopf. Dann stand sie auf und zog ihren Bruder mit sich.

Giulia nahm ihren Schleier ab, legte ihn auf den Altar, drehte sich um und stieg die Stufen hinunter. Sie war schon im Mittelgang, aufrecht und stolz, als eine Stimme nach ihr rief.

«Giulia!»

Sie drehte sich um.

Francesco war aufgesprungen und lief hinter ihr her.

«Es stimmt, du hast mich gebeten, deinen Bräutigam zu spielen. Weil du Angst hattest und weil du gehofft hast, dass ich dir Mut geben kann.» Er stand jetzt ganz nah vor ihr, inmitten der Familie Santini, und fuhr atemlos fort: «Es war eine Inszenierung, aber ich habe gemerkt, endgültig gemerkt, dass ich dich liebe! Ich habe es schon immer gewusst und wollte es mir nie eingestehen. Doch jetzt, nachdem wir für einige Tage füreinander bestimmt waren, im Spiel – jetzt weiß ich es. Jetzt kann ich es mir eingestehen. Und dir. Und euch allen. Und darum frage ich dich, Giulia: Willst du …»

In diesem Augenblick explodierte die Bombe unter dem Altar.

Nach dem gewaltigen Knall folgte ein winziger Augenblick der Stille, dann brach Panik aus. Die schweren Stein-platten hatten die Wucht der Explosion gedämpft, trotzdem raste eine ungeheure Hitzewelle über die Köpfe der Hoch-zeitsgemeinde hinweg, sog die Luft aus den Lungen, setzte erst Altartücher und Seidenschleifen, dann Kirchenbänke und Heiligenfiguren in Brand. Die Kinder schrien und rannten ins Freie, Männer im Frack zerrten ihre Frauen zum Ausgang, über Geröll und Scherben hinweg, über zertretene Hüte und zerfetzte Gesangbücher. Qualm und Staub waber-ten in riesigen Wolken durch den Raum.

Die Druckwelle der Explosion breitete sich bis auf den Vorplatz aus, riss die weißen Zelte nieder, fegte die Stehti-sche hinweg, die Blumenvasen und alles, was nicht von den Flüchtenden selbst umgerissen wurde. Tauben stiegen laut gurrend in den Himmel, inmitten eines Sternenregens aus zerplatzenden Luftballons.

Dann gerieten die Kisten mit dem Feuerwerk in Brand. Überall sprühte, funkelte, zischte und knallte es. Die Ra-keten stiegen heulend in die Luft, explodierten in einem roten, grünen und goldenen Flammenmeer. Der Lärm war ohrenbetäubend. Die Gläser und das Porzellan zerbrachen in Tausende glitzernder Kristalle, verstreute und zertretene Rosenblätter lagen wie Blutstropfen auf dem Rasen. Mon-signore, der Kater, flüchtete vor den Rußwolken, sprang auf die gedeckte Tafel und von dort auf die hängende Hochzeits-torte, die unter seinem Gewicht mit einem riesigen Platsch zu Boden ging.

«FRANCESCO!»

Giulia zwängte sich durch die Massen, die in Panik aus der Kirche rannten. Riesige Gesteinsbrocken, aus der Wand gesprengt, lagen im Kirchenschiff, bedeckt von Splittern und Mörtel.

«FRANCESCO!»

Sie raffte ihr Kleid, damit es nicht Feuer fing an einem der vielen kleinen Brandherde, die überall züngelten.

«FRANCESCO!»

Dann fand sie ihn. Auf dem Kirchenboden, bedeckt von feiner Asche und dem Staub der zerborstenen Gesteine. Sein dunkler Anzug, sein schwarzes Haar sahen merkwürdig grau aus unter dem weißen Pulver. Die Augen halb geöffnet, atmete er flach, stockend, wie unter großen Schmerzen.

«FRANCESCO!»

Sie kniete neben ihm, wischte den Staub aus seinem Gesicht.

«Giulia …» Mit großer Mühe öffnete er die Augen, seine Lider flackerten. «Giulia … der Dispens …»

«Nicht reden! Ich hole Hilfe. Du musst durchhalten!»

«Der Dispens …» Blut rann ihm die Wange herunter, trat zwischen seinen Lippen hervor. «Ich habe … wirklich … um Dispens ersucht … schon vor einer ganzen Weile … ich bin kein Mönch … ich bin frei … und heute … ich wollte dich heiraten, Giulia!»

Sie starrte ihn an, fassungslos, wischte immer noch das Blut von seinem Gesicht, als sein Kopf plötzlich zur Seite fiel. Sie beugte sich über ihn, ganz dicht, aber im Prasseln der Flammen war sein Atem nicht mehr zu hören.

Der Tag nach der Hochzeit

Die Kirche war vollkommen ausgebrannt. Ein tiefblauer Himmel bildete das Dach der Ruine, überwölbte ihre schwarzen Wände, leuchtete durch leere Fensteröffnungen in das verwüstete Innere. Verschmorte Balken, verkohlte Kirchenbänke und Gesteinsbrocken waren notdürftig zu großen Haufen aufgeschichtet worden. Die örtliche Feuerwehr war erst nach zwanzig Minuten vor Ort gewesen: Der Kommandant und seine Männer wollten für das Hochzeitspaar Spalier stehen und brauchten lange, um in den Ort zurückzufahren und den Spritzenwagen herbeizuschaffen. Immerhin konnten sie verhindern, dass das Feuer auf weitere Teile des Schlosses übergriff.

Niemand hatte geschlafen in dieser Nacht.

In den frühen Morgenstunden stellten sie den Sarg auf die zerschmetterte Marmorplatte des Altars. Auf dem Deckel hatte Giulia aus weißen Rosen ein großes «F» geformt – Alfredo hatte sie aus dem Garten mitgebracht. Die Familie stand im Kreis um den Sarg, dazwischen Petrus, einigermaßen um Haltung bemüht.

«Es war ein reiches, ein erfülltes Leben», beschloss der Papst seine Ansprache. «Es hat bis ins Zentrum der katholischen Christenheit geführt – in den Vatikan. Die Kirche – und ich selbst – haben ihm viel zu verdanken. Und trotzdem lag eine merkwürdige Melancholie über diesem Leben.

Denn es hätte eine andere Wendung nehmen können. Weg vom Priestertum. Hin zu der Liebe einer Frau.»

Petrus holte tief Luft.

«Herr, gib ihm die Erfüllung seiner Sehnsucht und vollende sein Leben in dir. Lass ihn dein Angesicht schauen. Amen.»

Acht Tage nach der Hochzeit

«Es hätte ihm gefallen», sagte Giulia und blickte über die große Wiese hinter dem Schloss. Seidene Stoffbahnen bildeten ein improvisiertes Zelt. Rundherum waren alle Decken ausgebreitet, die das Schloss zu bieten hatte. Dazu die dicken Brokatkissen aus der Bibliothek und den Gästezimmern. «Kein Pomp. Keine Extravaganz. Keine Prunktafel im Festsaal mit Damasttischdecken. Sondern einfach nur ein Picknick im Freien.»

«Er liebte seine Kirche», antwortete Petrus. «Aber er misstraute ihrem Prunk. Ja, es hätte ihm gefallen.»

«Die grünen Hügel», sagte Giulia. «Davon hat er oft gesprochen. Wie er es liebte, über die grünen Hügel zu schauen …»

«Er beobachtet uns», sagte Petrus und sah zur Seite, damit Giulia nicht bemerkte, wie seine Augen feucht wurden. «Ich habe gute Kontakte nach oben. Sie geben ihm einen Tag frei im Paradies. Er sitzt auf seiner Wolke und blickt nach unten.»

«Sie meinen, er wurde aufgenommen ins Paradies?», fragte Giulia leise.

«Warum nicht?»

«Sein Lebenswandel als Priester …»

Giulia nickte.

«Ich glaube, du wirst jetzt gebraucht», sagte Petrus und zeigte auf das Zelt.

Giulia nickte noch einmal, dann bahnte sie sich einen Weg durch ihre Familie. Das Zelt war mit weißen Girlanden geschmückt. In der Mitte thronte eine üppige Hochzeitstorte, ein Traum aus Sahne und Erdbeeren, geschmückt mit Zitronenblüten und Olivenzweigen.

Maria und Marta, die beiden älteren Schwestern des Papstes, hatten sich selbst übertroffen. Nachdem sie von dem Desaster der letzten Woche erfahren hatten, waren sie sofort in ihre Küche geeilt, hatten nächtelang durchgebacken und gekocht und alles mit ihrem kleinen Auto hinaus aufs Schloss gefahren. Jetzt wirbelten sie aufgeregt herum, in ihren schön geblümten Sommerkleidern und ihren adretten Hütchen. Sie beschwatzten die Gäste und verscheuchten empört den dicken Monsignore von den Tellern mit den Antipasti aus marinierten Auberginen, frittierten Zucchiniblüten, aus Bruschette mit Oliventapenade, gegrilltem Speck und Rosmarin, aus Feigen, Parmaschinken und Pecorino – obwohl das alles so günstig in Katzenschnauzenreichweite auf dem Boden stand.

Beifall brandete auf, als das Brautpaar sich küsste. Francesco hatte noch etwas Mühe, Giulia zu umarmen: Sein linker Arm war, als die Kirche vor einer Woche in Flammen aufging, unter einen herunterfallenden Balken geraten und gebrochen; der schwarz bemalte Gips lugte aus dem aufgeschnittenen Ärmel seines Anzugs hervor. Sein Gesicht war unversehrt geblieben, bis auf einen kleinen Schnitt auf der Wange. Von der Ohnmacht hatte er sich schnell erholt. Die schwere Altarplatte hatte die Wucht der Explosion so weit abgefangen, dass niemand ernsthaft verletzt worden war, weder das Brautpaar noch Petrus.

Giulias Mutter weinte lautstark in ein spitzenbesetztes Taschentuch und umarmte ihre Tochter theatralisch.

«Halten Sie bitte», sagte Tante Eugenia und reichte Petrus ihr Champagnerglas, um besser klatschen zu können. Sie wischte sich ebenfalls eine Träne aus dem Augenwinkel, hatte sich aber sofort wieder im Griff.

«Das war Ihre Idee, nicht wahr?», sagte Petrus.

«Wovon sprechen Sie?» Eugenia nahm ihm das Glas wieder ab.

«Eine Trauung im Freien und nicht in der Kirche. Ein Picknick und keine opulente Tafel im Festsaal. Und auch das Brautkleid: elegant, bodenlang, schlicht. Beinahe altmodisch. Giulia sieht atemberaubend aus.»

«Die Schlosskapelle ist eine Ruine. Und ein Festessen im Saal hatten wir erst vor einer Woche, bei Federicos Beerdigung. Ihre Schwestern, zwei reizende alte Damen im Übrigen, waren ja so liebenswürdig, schnell einzuspringen. Wussten Sie eigentlich, dass die beiden planen, eine Konditorei zu eröffnen?»

Petrus seufzte.

«Und was das Kleid angeht ...»

«Lassen Sie mich raten: Es ist *Ihr* Kleid. Sie hatten es für die Hochzeit mit Federico gekauft. Für die Hochzeit, die nie zustande kam, weil Federico sich im letzten Augenblick für die Kirche entschieden hat.»

«Es steht ihr gut. Noch besser als mir. Sie werden es nicht glauben, auch ich hatte einmal eine romantische Ader. Ich war eine attraktive Frau, Heiliger Vater. Aber Giulia ist eine Schönheit.» Eugenia trank ihr Glas leer. «Woher wussten Sie, dass ich einmal eine Rolle gespielt habe in Federicos Leben?»

«Erst seit kurzem. Nach der Explosion war er ja noch für einige Stunden bei Bewusstsein. Sein Herz war seit Wochen schwach, die Aufregung hat ihr Übriges getan, er konnte kaum sprechen. Aber er hat mir noch erzählen können, was ich noch nicht wusste.»

«Deshalb haben Sie mich holen lassen!» Eugenia sah ihn aufmerksam an. «So viel Feingefühl hätte ich Ihnen gar nicht zugetraut.»

«Als Gemeindepfarrer hatte ich viele Sterbende begleitet – und so merkte ich irgendwann, dass es zu Ende ging. Es schien mir richtig, dass Sie bei ihm waren.»

«Damals, als er mich sitzenließ, habe ich ihn gehasst», sagte Eugenia. «Dann war der Hass verschwunden, irgendwann. Und die Liebe auch, obwohl ... Jedenfalls waren wir immer befreundet. Ich bin zu den Familienfesten gekommen. Wir haben miteinander geredet. Wir hatten gute, vertraute Gespräche.»

«Er hat Sie immer geliebt. Sein Leben lang.»

«Ich habe nie wieder einen Mann getroffen wie ihn. Obwohl ich gesucht habe, Heiliger Vater. Und zwar gründlich. Bei der Suche bin ich vielleicht etwas ... verschroben geworden. Aber so ist das auf der Bühne des Lebens: Zu Beginn spielt man die zarte Verlobte und irgendwann die komische Alte. Und nun, am Ende, habe ich mich noch einmal in einer romantischen Rolle versucht. Er ist in meinen Armen gestorben. Nach all den Jahrzehnten.»

Unter dem Zelt schnitten Giulia und Francesco die Torte an.

«Wussten Sie, dass er es von Anfang an geplant hat?», fragte Petrus.

«Ich hatte ihm irgendwann erzählt, warum Giulia nicht heiratet», sagte Eugenia. «Obwohl die Schlange der Kandidaten von der Piazza Navona bis zum Vatikan reicht. Darum wusste er auch von Francesco. Die Geschichte hatte ihn auf merkwürdige Weise bewegt, das war mir aufgefallen.

Aber ich wusste nicht, dass er genau dieses Ende geplant hatte.»

«Ich habe mich immer gefragt, warum ich eingeladen wurde zu seinem Geburtstag. Natürlich, wir waren alte Freunde. Und er wollte, dass ich mich um Giulia kümmere. Aber vor allem wollte er, dass ich Francesco die Heirat ermögliche. Notfalls kurzfristig. Nur der Papst hätte ihn ohne langwieriges Verfahren von seinen Gelübden entbinden können. Er konnte ja nicht wissen, dass Francesco längst um Dispens ersucht hatte.»

«Aber Sie wussten das, nicht wahr?»

«Natürlich. Als Giulia erzählte, dass Francesco ihren Bräutigam spielen soll, hat es mich innerlich geschüttelt vor Lachen. Aber ich sah, dass Francesco ihren Vorschlag akzeptierte. Und da begriff ich, was er vorhatte: Er wollte sich auf das Spiel einlassen – um Giulia irgendwann zu zeigen, dass es gar kein Spiel sein musste. Darum war es mir auch so wichtig, dass die Trauung stattfand – ich meine die erste Trauung, vor einer Woche. Zunächst sollte sie ja nur stattfinden, um endlich den Täter zu fassen. Aber am Tag der Hochzeit war mir bereits klar, dass Federico hinter allem steckte. Man hätte die Trauung absagen können. Doch ich war mir sicher, dass Francesco die Chance nutzen würde, um Giulia zu heiraten.»

«Ich gebe zu, ich bin ein wenig gerührt», sagte Eugenia. «Ein ungewöhnlicher Zustand für mich. Sie haben mitgespielt, obwohl Sie damit Francesco verlieren würden. Für immer.»

«Als Privatsekretär hatte ich ihn längst verloren. Gott wollte ihn auf einen anderen Weg führen – das war mir schon länger klar. Innerlich war er kein Geistlicher mehr, kein Mönch. Er war ein Mann, der liebte. Der sich nach einer Familie sehnte, nach Kindern. Er wird glücklich werden.»

«Federico sagte mir, kurz bevor er starb: ‹Giulia und Francesco sollen das Leben führen, das uns nicht vergönnt war.› So hat er sich ausgedrückt.»

«Leider ist ihm sein Plan – buchstäblich – um die Ohren geflogen.»

«Er sah darin eine Strafe des Herrn. Weil er Gott spielen und die Geschicke der Menschen manipulieren wollte.»

«Aber hat er noch erfahren, dass sich sein Wunsch am Ende erfüllt hat?»

«Kurz nach der Explosion war Giulia bei mir. Darum wusste ich, dass Francesco überlebt hatte. Ich habe es Federico erzählt, in seinen letzten Minuten. Das hat ihn glücklich gemacht. Und er war sich sicher, dass sie heiraten und eine Familie gründen werden.»

Giulia und Francesco verteilten Teller mit prachtvollen Tortenstücken an die Familie, unterstützt von Rebecca und Paolo.

«Apropos Familie», sagte Eugenia. «Ich bin der lieben Verwandtschaft eine Erklärung schuldig. Sind inzwischen alle mit Torte versorgt?»

＊

Eugenia schlug zwei Champagnergläser gegeneinander.

«Meine Lieben! Bevor wir auf das Brautpaar trinken, möchte ich noch einige Worte sagen. Ihr dürft gerne diese köstliche Torte verspeisen, während ich spreche. Es wird nicht lange dauern. Im Wesentlichen geht es ums Geld.»

Zufrieden bemerkte sie, wie alle ihre Tortengabel sinken ließen.

«Vor einigen Tagen habe ich ein Gespräch mit Tante Ludovica geführt», sagte Eugenia. «Unter dem Siegel strengster Verschwiegenheit habe ich ihr einige Geheimnisse anver-

traut. Ich gehe davon aus, dass inzwischen alle Familienmitglieder Bescheid wissen. Wer nicht weiß, was ich Ludovica
erzählt habe, der möge sich bitten melden.»

Niemand hob die Hand.

«Sehr gut. Dann ist also bekannt, dass Federico und ich
eine Beziehung unterhielten, als wir jung waren. Eine Liebesbeziehung. Eine leidenschaftliche Liebesbeziehung. Wir
wollten heiraten, hierher aufs Schloss ziehen. Damals hat
Federico ein Testament gemacht. Zu meinen Gunsten. Eine
naheliegende Idee, schließlich war ich seine Braut. Nun, unsere Hochzeit ist leider ausgefallen. Aber aus Gründen, die
ich nicht kenne, hat er dieses Testament nie erneuert. Jetzt,
am Ende seines Lebens, wollte er das tun. Er wollte, dass
Giulia erbt. Nach ihrer Hochzeit sollte ein neues Testament
unterzeichnet werden. Doch dazu kam es nicht mehr. Und
damit, meine Lieben, gehört dieses Schloss mir.»

Eugenia blickte in die Runde und kostete die Wirkung
ihrer Worte aus.

«Federico hat kürzlich davon berichtet, dass die geheimen
Vermögenswerte der Santinis immer an das schwarze Schaf
der Familie vererbt wurden, über Jahrhunderte hinweg. Es
erscheint deshalb nicht ganz abwegig, dass ausgerechnet
ich erbe. Denn, seien wir ehrlich: In den Augen vieler, die
hier sitzen, bin ich ein schwarzes Schaf. Als junges Mädchen
war ich zu schön, als älteres Mädchen zu häufig verheiratet.
Und heute, als altes Mädchen, sage ich zu häufig die Wahrheit. Tja, ihr werdet euch an mich gewöhnen müssen. Denn
natürlich erbe ich nicht nur das Schloss und das geheime
Santinivermögen, sondern auch Federicos Unternehmens-
anteile. Milliarden, wie wir nun wissen. Nicht, dass ich das
Geld wirklich nötig hätte. Meine Ehemänner waren so liebenswürdig, mir nach den Scheidungen größere Teile ihrer

Vermögen zu überlassen, nicht wahr, Puschelchen? Vielen Dank übrigens, dass du auch bei der zweiten Hochzeit den Taktstock schwingst!»

Eugenia ließ sich Zeit und betrachtete lange die ratlosen und gereizten, die amüsierten und ungläubigen Gesichter der Santinis, bevor sie weitersprach.

«Selbstverständlich ist mir bewusst, dass ich unter diesen Umständen bald kein schwarzes, sondern ein weißes Schaf sein werde. Viele von euch werden mir liebevoll das Fell kraulen, um im Bilde zu bleiben. Aber, meine Lieben: Das Geld bleibt unter Verschluss. Erinnert ihr euch an die Worte meines armen Federico anlässlich seiner Geburtstagsfeier? Ihr würdet das Geld verprassen, jeder auf seine Weise. Darum ist es bei mir hervorragend aufgehoben. Als kleines Entgegenkommen lasse ich gleich eine Liste herumgehen. Jeder darf einen Wunsch eintragen, bis maximal hunderttausend Euro. Weil ich euch mag. Ihr seid ein verrückter Haufen, aber ihr seid meine Familie!»

Für einen kurzen Augenblick ärgerte sich Eugenia, dass nur zögerlich geklatscht wurde.

‹Natürlich werden die Wünsche von mir bewertet. Unter moralischen, ästhetischen und praktischen Gesichtspunkten. Niemand braucht hundert Guccihandtaschen, nicht wahr, Ilaria? Und vergoldete Autofelgen sind geschmacklos, Davide. So, und jetzt wollen wir das Glas heben und anstoßen – auf das Wohl des Brautpaars!»

*

Die Hochzeitstorte war inzwischen verspeist. Unter dem Zelt war eine Bar aufgebaut, die Verwandtschaft befand sich in ausgelassener Stimmung. Überall wurde berechnet, was mit hunderttausend Euro möglich sei.

Giulia und Francesco schlenderten über die Wiese und ließen sich immer wieder bei den verschiedenen Gruppen auf den bunten Decken nieder.

«Dort drüben ist Rebecca», sagte Giulia. «Ich setze mich für einen Augenblick zu ihr.»

«Vermutlich möchtest du ein Gespräch unter Frauen führen», sagte Francesco. «Ich bin dort drüben, bei Alfredo.»

«Ich habe ein Geschenk für dich», sagte Rebecca, als Giulia Platz genommen hatte. Sie deutete auf ein großes, rechteckiges Paket. Es war nicht, wie sonst bei Rebeccas Gaben, perfekt verpackt, sondern nur in Packpapier gehüllt.

«Ich ahne schon, was darin ist: das Porträt.»

«Nicht sehr schmeichelhaft, ich weiß. Es zeigt dich so, wie ich dich bisher gesehen habe. Am besten, du räumst es auf den Dachboden, groß genug ist er ja. Und dann versuchen wir einen Neuanfang. Was meinst du? Zuvor muss ich noch etwas klarstellen: Ich habe keine Affäre mit Edwin Smith-Jones.»

«Es tut mir leid. Ich wollte dich nicht … in den Schmutz ziehen.» Giulia wirkte ein wenig zerknirscht.

«Ich war so stolz, dass du mir eine Affäre mit ihm zugetraut hast! Aber er ist nicht mein Geliebter, er ist mein Kunstlehrer. Ich habe irgendwann begriffen, dass es nichts bringt, dich zu beneiden. Ich musste etwas tun, um dich abzuschütteln. Etwas Wildes, Ungewöhnliches, Emotionales. Etwas Kreatives, das nichts zu tun hat mit Tischdeko und Inneneinrichtung. Ich wollte schon immer malen. Richtig malen, nicht nur Aquarelle von Urlaubsmotiven. Und ich hatte auch schon sehr bald mein Motiv: dich! Vielleicht, weil du der größtmögliche Gegensatz zu mir bist. Ein ewiges Rätsel. Aber auch ein Ansporn. Deshalb habe ich alles über dich gesammelt. Warum mich Smith-Jones als Schülerin angenommen hat, weiß ich nicht. Aber er hat es getan. Und weißt du, was passiert ist?»

«Du bist begabt. Sogar sehr, ich sehe das. Ich bin Kunsthistorikerin.»

«Du wirst es nicht glauben: Das MAXXI in Rom hat mich gerade für einen Kunstpreis nominiert. Eugenias hunderttausend Euro will ich dazu verwenden, mir eine Karriere als Malerin aufzubauen. Gustavos Bank ist inzwischen bankrott, ein Opfer der Bankenkrise. Wir werden das Haus verkaufen, uns einschränken müssen. Aber das macht nichts, im Gegenteil: Ich kann ganz neu anfangen. Vielleicht räumt uns Eugenia auch einige Zimmer hier im Schloss frei? Dann könnte ich mir den Teepavillon als Atelier einrichten. Außerdem möchte ich Kontakte zu Galerien aufbauen – ausstellen, vielleicht sogar im Ausland. Vielleicht könnte Rosalia mich unterstützen? Die Verrückten im Silicon Valley sammeln doch alle Kunst!»

«Du sprudelst ja über vor Ideen, Becca!»

«Weil ich mich noch nie so frei gefühlt habe.»

«Und ich habe mich noch nie so bedeutend gefühlt», sagte Paolo und setzte sich zu ihnen. In seinem maßgeschneiderten Anzug und den hellen Lederschuhen sah er so blendend aus wie stets. «Ich war auf dem Nemisee. Mit Professore Ferrara, Lehrstuhlinhaber für Klassische Archäologie an der Universität La Sapienza in Rom. Nach unserem Ausflug auf den See, Giulia, habe ich mir ein Herz gefasst und ihn angerufen. Gestern waren wir bei dem Wrack. Er hat Experten für Unterwasserarchäologie in seinem Team und ist völlig euphorisiert. Wir werden die Bergung gemeinsam leiten. Mit Eugenias Geldsegen dürfte das kein Problem sein. Und, stellt euch vor: Ich werde Seminare an der Universität geben! An Ferraras Lehrstuhl!»

«*Professore* Paolo», sagte Giulia. «Wer hätte gedacht, dass du eine akademische Laufbahn einschlagen wirst.»

«Was bleibt mir anderes übrig, nachdem es mit einer Laufbahn als Contessa Giulias Ehemann nicht geklappt hat.»

«Sei ehrlich, Paolo: Wir würden nicht zusammenpassen. Selbst dann nicht, wenn es keinen Francesco gäbe in meinem Leben.»

«Dann werde ich mich also mit einer Nymphe im Nemisee trösten müssen. Oder mit dieser unglaublich schönen Frau im roten Kleid, die dort an der Bar steht. Wer ist sie eigentlich?»

«Erkennst du sie wirklich nicht?»

*

Für die Begoninnen, die gerade im Gästehaus ihres Ordens Urlaub machten, hatte man am Rande der Wiese, im Schatten einer Pinie, einen Tisch aufgebaut.

«So sieht man sich wieder», sagte Restituta, als Eugenia sich zu ihnen setzte.

«Sie sehen bekümmert aus», sagte Eugenia. «Ausgerechnet an diesem Freudentag!»

«Früher war ich Äbtissin des Ordens», sagte Restituta. «Von …»

«… 1947 bis 1982, ich weiß.»

«Wenn es dumm läuft, muss ich den Job wieder übernehmen.»

«Sie?»

«Es gibt keine Kandidatinnen. Noch vor Kurzem gab es zwei Bewerberinnen, Rosalia und Immaculata. Aber Rosalia will den Orden verlassen. Sie war ja auch keine richtige Nonne, wie wir nun wissen, sondern hat sich hier versteckt. Jetzt, wo der Heilige Vater ihre Vorgeschichte enttarnt hat, mag sie nicht mehr Nonne spielen. Zudem steht nun fest, dass Kardinal Federicos Erbe in der Familie bleibt. Also brauchen wir keine Äbtissin, die sich mit Finanzen auskennt. Um Rosalia ist es sehr schade, wirklich, ein nettes Mädchen. Mit Organisationstalent. Sie hätte den Job bestimmt gut gemacht.»

«Ja, das kann ich mir vorstellen», sagte Eugenia. «Zumindest bleibt sie dem Schloss erhalten. Sie will sich nämlich zunächst weiter um das Anwesen und meine Finanzen kümmern. Ich habe ihr ein lukratives Angebot gemacht. Ihre Firma in den USA läuft inzwischen auch ohne sie sehr gut. Aber was ist mit Immaculata? Sie wollte doch ebenfalls kandidieren?»

Restituta grinste. «Vor der Hochzeit – ich meine die erste Hochzeit – hat sie allen Mitschwestern erzählt, dass der Herr sie für eine besondere Aufgabe auserwählt hätte. Bei der Hochzeit müsste sie einen teuflischen Anschlag auf das Leben der Braut verhindern. Nun, wir wissen, wie die Sache ausging: Die Kirche explodierte, der Kardinal ist tot, die Hochzeit fiel aus. Und Immaculata soll, wie man hört, an der Explosion nicht ganz unbeteiligt gewesen sein.»

«Wenn das kein Zeichen des Herrn war …»

«So sehen es die Mitschwestern auch. Niemand würde sie als Äbtissin akzeptieren. Ich bin gespannt, was sie tun wird.»

«Wir werden es gleich erfahren.» Eugenia zeigte auf Immaculata, die hoheitsvoll ihren Tisch ansteuerte und sich, ohne aufgefordert zu werden, setzte.

«Na, Imma, altes Schlachtross», grüßte Restituta freundlich. «Konntest du die zweite Hochzeit ebenfalls genießen? Oder hast du die Explosion vermisst?»

«Es war eine schwere Stunde für mich», sagte Immaculata leidend. «Denn während der Trauung ist mir bewusst geworden, was Gott der Herr von mir erwartet.»

«Eine Ausbildung zum Sprengmeister?», erkundigte sich Restituta.

«Giulia und Francesco werden aufs Schloss ziehen. Sie werden ihr Leben genießen, eine Familie gründen, Kinder großziehen. Was aber wird aus dem Heiligen Vater? Wenn in dieser schwierigen Lage auch ich noch gehe, dann bleibt ihm niemand mehr. Alt und vergessen wird er im Vatikan zurückbleiben, verlassen von seinen Lieben. Ein trauriger Greis. Nein, Immaculata, so sagte ich mir: Du darfst nicht egoistisch sein. Sosehr dich die neue Aufgabe gereizt hätte, der Heilige Vater braucht jetzt die Frau an seiner Seite. Darum, liebe Restituta, möchte ich meine Kandidatur als Äbtissin zurückziehen. Es ist ein großes Opfer, aber ich gebe es gerne. Für das Wohl des Papstes und zum Segen der Weltkirche.»

«Amen!», sagte Eugenia.

«Rosalia will ebenfalls nicht kandidieren», brummte Restituta. «Ich hab's ja gesagt: Mir wird mal wieder nichts anderes übrig bleiben. Dabei habe ich den Job so viele Jahre gemacht. Von 1947 bis …»

«… auf Rosalia können wir gerne verzichten», unterbrach sie Immaculata schnaubend. «Ich war entsetzt, als ich dieses Kleid gesehen habe.»

«Die Männer der Familie Santini waren weniger entsetzt», sagte Eugenia. «Ein Traum in Rot. Als ich noch jünger war, hätte mir das Teilchen auch hervorragend gestanden.»

«Wo ist sie eigentlich?» Restituta richtete sich neugierig auf.

«Sie macht vermutlich gerade eine Bootsfahrt. Auf dem Nemisee. Mit meinem Neffen Paolo. Er will ihr etwas zeigen.»

«Dieses versunkene Schiff, vermute ich», sagte Immaculata indigniert.

«Das auch», sagte Eugenia.

*

«Deine alte Clique ist jedenfalls bester Laune», sagte Francesco und blickte hinüber zu Rebecca. Zu zweit schlenderten sie, zwischen den bunten Decken hindurch, über die Wiese.

«Nicht alle, aber Paolo und Rebecca sind ganz sicher bester Laune», sagte Giulia. «Sie haben es gut verkraftet, dass sie einige Tage lang als potenzielle Mörder galten. Edoardo dagegen …»

«Du hast mit ihm gesprochen?»

«Gestern. Petrus hatte mich darum gebeten. Wir haben lange geredet. Übrigens im Teepavillon. Es war fast wie früher. Ich habe die alten Möbel notdürftig entstaubt und *Kräutertee* gemacht.»

«Du hast *Kräutertee* gemacht? Für den Mann, der uns alle umbringen wollte?»

«Immerhin hat er die Bombe im letzten Augenblick entschärft …

«… und hat sie dabei erst aktiviert.»

«Er ist völlig am Ende. Versetz dich einmal in seine Lage: Ganz am Ende entscheidet er sich für das Gute und löst damit eine Katastrophe aus.»

«Vielleicht hätte Petrus ihn doch der Polizei übergeben sollen.»

«Nein, denn dann hätten sie auch Immaculata einsperren müssen. Stell dir vor: die päpstliche Haushälterin als Bombenlegerin!»

«Petrus trägt sehr schwer daran, dass er den Anschlag nicht vorausgesehen hat, nicht wahr?»

«Ja. Für ihn war der Fall gelöst: Federico steckte hinter allem. Sobald er sein Ziel erreicht haben würde, würde alles aufhören – da war er sich sicher. Keine Anschläge mehr, keine schockierenden Funde im Teepavillon. Und dann das ...»

«Warum wollte er, dass du mit Edoardo redest?»

«Nach der Explosion, als völliges Chaos herrschte, hat sich Edoardo an ihn gewandt. Und ihm alles gebeichtet: die erzkonservative Verschwörung gegen ihn. Und er hat von seinem inneren Zwiespalt gesprochen.»

«Seinem inneren Zwiespalt?»

«Ich wusste auch nicht genau, was Petrus meinte. Er hat sich etwas nebulös ausgedrückt. Und meinte, ich solle selbst mit Edoardo sprechen. Auf eine nette Weise. Das habe ich getan.»

«Und?»

Giulia seufzte. «Es hängt mit den alten Tagen zusammen, wie so vieles. Edoardo wäre wohl gerne mehr gewesen als nur mein etwas verschrobener Diskussionspartner. Aber er hat sich nie getraut, etwas zu sagen. Weil er sich sicher war, dass ich in Paolo verknallt war.»

«Was ja auch stimmte, falls ich alles richtig verstanden habe.»

«Was ja auch stimmte. Dann allerdings hat er eine ungeheure Dummheit begangen. Von der ich nichts wusste. Bis gestern.»

Und sie erzählte ihm, was sie von Edoardo wusste: von dem bröckligen Stein am Beckenrand. Von der wahnwitzigen Idee, sie – Giulia – zu retten, um als Retter und Held in ihr Herz einzuziehen.

«Was wird Petrus nun mit ihm machen?»

«Das habe ich ihn auch gefragt. Erst wollte er nicht heraus mit der Sprache, weil alles noch geheim ist. Aber dann hat er verstanden, dass ich es wissen muss, bevor ich mit Edoardo rede.»

«Mach es nicht so spannend …»

«Petrus hat einen Deal mit ihm ausgehandelt: Edoardo muss nicht ins Gefängnis, wenn er umfassend auspackt. Über die *Holy Family* und die Hintermänner: Namen, Netzwerke, Ziele, Finanzen. Einfach alles.»

«Und Edoardo hat sich darauf eingelassen.»

«Was blieb ihm anderes übrig? Außerdem bereut Edoardo ehrlich.»

«Deswegen ist Petrus so euphorisch gewesen in den letzten Tagen.»

«Seit Jahren träumt er von einem großen Schlag gegen die reaktionären Kreise. Er hat immer gespürt, dass sich da etwas zusammenbraut. Jetzt hat er die Beweise. Kardinal Lapointe war offenbar beteiligt; er hat sich aus allen Ämtern zurückgezogen. Und einige Superreiche aus dem Ausland gehören auch dazu. Petrus hat Kontakt aufgenommen zu den ausländischen Regierungen. Er will das Netzwerk völlig zerschlagen.»

«Und war passiert mit Edoardo?»

«Offenbar will er sich in ein Kloster zurückziehen. Gebet und Buße.»

«Ich habe eine Idee!», rief Francesco plötzlich. «Als ich um Dispens ersuchte, vor über einem Jahr, hatte ich die vage Hoffnung, dass es mit uns klappen könnte. Falls nicht, wollte ich zurück nach Umbrien. In mein kleines Bergkloster. Meine Mitbrüder sind alt, fast schon Pflegefälle. Ich wollte mich um sie kümmern. Nun, ich werde Edoardo fragen, ob er sich diese Aufgabe zutraut.»

«Eine phantastische Idee, Francesco! Das wird er bestimmt tun. Außerdem ist er es dir schuldig», sagte Giulia und dann, etwas zögerlich: «Du wirst es sicher vermissen, dein Kloster. Ich habe gesehen, wie gut du dich mit Alfredo vertragen hast. Eure Gespräche über Pomeranzen und Olivenbäume.»

«Apropos Alfredo», lenkte Francesco ab. «Petrus will ihn heute Abend der Familie vorstellen: als verlorenen Sohn, der nun endgültig heimkehrt. Alfredo hat lange gezögert und schließlich eingewilligt. Seine Bedingung ist nur, dass er Gärtner bleiben darf, und sich nicht um Familienangelegenheiten kümmern muss. Petrus meint, Alfredo habe sich gefreut. Es ist ein Schritt heraus aus der Einsamkeit, die ihn umgibt.»

«Ein weiterer Höhepunkt des Abends», sagte Giulia.

«Gibt es denn noch eine Enthüllung?», fragte Francesco entsetzt.

«Ist dir denn nicht aufgefallen, dass Rosalia als *Gast* an der Hochzeit teilgenommen hat?»

«Natürlich, sie war ja nicht zu übersehen.»

«Worauf du so geachtet hast bei deiner Hochzeit, mein Lieber!» Giulia knuffte ihn in die Seite. «Jedenfalls ist Rosalia nicht in der Küche. Und das führt uns zu der Frage, wer das festliche Abendessen auf der Terrasse zubereitet ...»

«Du meinst ...» Francesco sah sie zuerst verblüfft an. Dann lachte er.

«Genau», sagte Giulia. «Du erinnerst dich an unsere Besprechungen in der Laube? Petrus hat sich vorgenommen, das komplette Menü für uns zu kochen. Natürlich nicht allein, sondern zusammen mit seinen Schwestern und einigen Frauen aus dem Dorf.»

«Es sind wahrlich große Tage für ihn», sagte Francesco. «Die Konservativen sind besiegt. Der Fall ist geklärt. Und er darf kochen!»

«Und trotzdem merkt man, dass er ein wenig melancholisch ist.»

«Du meinst ... wegen uns?»

Giulia nickte. «Wir waren ein Team. Viele Jahre lang. Wir haben uns gemeinsam mit der Vatikanbürokratie herumgeschlagen, mit Kardinalsintrigen und Verschwörungen. Wir haben Detektiv gespielt und Immaculata in Schach gehalten. Wir waren, wenn man so will, seine Familie.»

«Nun, *carissima*, ich bin gespannt, wie er reagieren wird. Auf ‹unsere Enthüllung›.»

«Aber erst ganz zum Schluss, ja?»

*

Nicht ein Krümelchen der Zitronentarte war übrig geblieben. Petrus blickte etwas melancholisch über die Festtafel mit den blanken Tellern, den geleerten Sektgläsern, den heruntergebrannten Kerzen. Es war ein rauschendes, ein überbordendes Fest gewesen. Und nun war alles vorbei.

«Sie haben phantastisch gekocht.» Giulia kam über die Wiese zur Terrasse gelaufen, barfuß, ihre Schuhe in der einen, Francesco an der anderen Hand. Sie sah so glücklich aus in ihrem weißen Kleid, so unbeschwert und strahlend.

«Und wie Sie getanzt haben, Heiliger Vater.» Francesco lachte. «Erst mit Giulias Mutter, dann mit Eugenia. Und zum Schluss sogar noch mit Immaculata. Ich dachte, ich sehe nicht richtig. Und das auch noch zu *Mamma Maria* von Richi e Poveri: *Voglio sapere se questo amoresara' sincero sara' con tutto il cuore* ... Ich möchte wissen, ob diese Liebe ehrlich ist, ehrlich, von ganzem Herzen ... Wunderbar!»

«Pah, ein Abschiedstänzchen. Reine Sentimentalität. Immaculata wird Äbtissin bei den Bußfertigen Begoninnen, sie wird mich verlassen ...»

Giulia und Francesco tauschten einen kurzen Blick, dann fingen beide an zu lachen.

«… wie im Übrigen ihr alle mich verlassen werdet.» Petrus setzte sich und schenkte sich einen letzten Rest Spumante ein. Von irgendwoher raschelte Monsignore durchs Gebüsch und sprang auf seinen Schoß.

«Ich wünsche euch das Allerbeste, meine Lieben. Allerdings fühle ich mich ein bisschen wie ein alternder Familienvater. Die Kinder ziehen aus, er bleibt allein zurück, in einem viel zu großen Haus. Aber ich habe ja zu tun. Ich werde mich jetzt nacheinander nach einer neuen Pressesprecherin, einem neuen Privatsekretär und einer neuen Haushälterin umsehen. Ich werde den Kampf gegen … ich meine natürlich für … die katholische Kirche wiederaufnehmen. Und mit Hilfe von Edoardos Informationen kann ich endlich mal richtig aufräumen.»

Er erhob sein Glas: «Ich danke euch jedenfalls für all die Jahre an meiner Seite. Ihr seid zu meiner Familie geworden. Und ihr wisst ja: Ihr könnt jederzeit nach Hause kommen!»

«Jetzt ist mal Schluss mit dem weinerlichen Getue.» Giulia nahm ihm energisch das Glas aus der Hand. «Kein Mensch denkt daran, Sie zu verlassen. Was Sie sich da wieder einbilden! Die beste Nachricht zuerst: Immaculata bleibt Ihnen für immer und ewig erhalten. Sie bringt es nicht übers Herz, Sie im Vatikan alleine zu lassen.»

Petrus verschluckte sich, musste husten, und Francesco klopfte ihm mit seiner heilen Hand kräftig auf den Rücken.

«Oh Gott, das ist ja entsetzlich.»

«Und dann wollten wir Ihnen noch eine Ankündigung machen: Nachdem meine Tante Eugenia nun die Alleinerbin ist, bin ich wieder arm wie eine Kirchenmaus und muss weiter meinen Lebensunterhalt als Pressesprecherin an Ihrer Seite verdienen. Eine Aussicht, die mir übrigens hervorragend gefällt. Federico hat mir Macht und Geld angeboten, aber ich will vor allem frei sein. Unabhängig. Das wissen Sie, Heiliger Vater. Und ich brauche Francesco, sonst gar nichts. Und was ihn betrifft …»

‹… wir, also ich, habe mir überlegt: Michele, der alte Gärtner in den Vatikanischen Gärten geht ja jetzt in den Ruhestand», schaltete sich Francesco ein. «Ich würde gerne sein Amt übernehmen. Die vielen Gespräche mit Alfredo haben mir gezeigt, was für eine wunderbare Aufgabe das ist. Ich vermisse die Natur so sehr, meine landwirtschaftliche Arbeit, die Olivenplantage … Nun, die Vatikanischen Gärten sind nicht Umbrien, aber ich könnte mir durchaus vorstellen, dort zu arbeiten. Ich wäre in Giulias Nähe. Und natürlich in Ihrer, Heiliger Vater. Ich könnte Ihnen weiter mit Rat und Tat zur Seite stehen. Und ich habe große Pläne für die Gartengestaltung des Areals, ich …»

‹Kinder!» Papst Petrus sprang so ruckartig auf, das Monsignore knurrend von seinem Schoss rutschte. «Das sind ja wundervolle Neuigkeiten!»

Er fiel erst Giulia, dann Francesco um den Hals.

‹Und da habe ich doch gleich das passende Hochzeitsgeschenk für euch: In den Vatikanischen Gärten steht, wie ihr wisst, das alte rosenbewachsene Gärtnerhaus mit dem Turm, das seit einiger Zeit schon unbewohnt ist. Es ist zwar kein Palazzo, aber ich lasse es für euch herrichten. Dort ist genug Platz für zwei, ach, was sage ich, wahrscheinlich sogar für drei …»

Petrus legte je einen Arm um Francesco und Giulia und lächelte.

Das erste Morgenlicht kroch über die Hügel und tauchte die Bäume und Wiesen in ein unwirkliches Licht.

«Wir werden Tante Eugenia und Alfredo auf ihrem Sommersitz von Zeit zu Zeit besuchen und ihren Weinkeller leertrinken. Wir werden uns hier erholen, von der schmutzigen und stinkenden Stadt, von den Zumutungen der Kirchenpolitik, von den Intrigen …» Petrus stockte kurz. «… und vor allem von Schwester Immaculata.»

In der Ferne, kaum zu erahnen, sah man ein Licht, das immer größer wurde. Ein silbriger Schimmer, ein Streifen nur am Horizont.

«Aber jetzt werden wir erst einmal alle zusammen zurückkehren. Nach Hause. Nach Rom!»

Epilog

Allein.

Nach all dem Trubel war er endlich allein. Zufrieden stieg Petrus in das große Himmelbett, wickelte sich in seine Decke, schloss die Augen und wartete auf den Schlaf.

Dunkelheit umgab ihn. Und Stille.

Doch aus weiter Ferne hörte er eine Stimme, leise erst, dann deutlicher. Es wurde hell und immer heller und auf einmal befand er sich wieder auf der Terrasse des Schlosses.

«*Salute*, Petrus!»

«*Salute*, Federico!»

Petrus sah sich um, hob sein Glas und prostete Federico zu. Der Kies glänzte unnatürlich hell, und er fühlte sich weich an unter seinen Füßen.

«Wir sind gar nicht auf deiner Schlossterrasse, oder?»

«Nein, wir sind auf meiner Wolke.»

«Ich habe mich schon gewundert», sagte Petrus. «Denn dort hinten, diese grüne Landschaft … das sind nicht die Albaner Berge, nicht wahr?

«Es ist das Paradies», erklärte Federico.

«Und die Stadt dahinter …»

«… ist nicht Rom, sondern das Himmlische Jerusalem.»

«In welcher Liga spielt denn das Himmlische Jerusalem?»

«Es gibt hier oben keinen Fußball. Und, bevor du fragst: auch keinen *caffè*. Und keine *cornetti*.»

«Warum heißt es dann Paradies?» Petrus trank einen Schluck. «Immerhin gibt es Wein.»

«Es gibt keinen Wein. Ich habe ihn mitgebracht. Eugenia hat mir eine Flasche in den Sarg gelegt.»

«Ich wundere mich ein wenig, dass man dich aufgenommen hat. Immerhin hast du einen Mordversuch auf dem Gewissen.»

«Es war kein echter Mordversuch. Außerdem habe ich aus edlen Motiven gehandelt. Ich wollte, dass Giulia heiratet und eine Familie gründet. Aus freien Stücken hätte sie das nie getan.»

«Und damit hast du überzeugt – am Eingang zum Paradies?»

«Heirat und Familie ziehen immer.»

«Was machst du hier den ganzen Tag?»

«Sie haben einen sehr guten Chor. Wir üben das Weihnachtsoratorium.»

«Und sonst?»

«Einmal im Jahr ist Betriebsausflug. Ins Fegefeuer. Nur touristisch, natürlich. Damit wir wissen, wie gut es uns hier oben geht.»

«Und du wirst daran teilnehmen?»

«Nicht nur das. Ich werde mich dort unten absetzen.»

«Du gehst freiwillig ins Fegefeuer?»

«Wegen Eugenia. Sie wird noch viele Jahre leben. Aber irgendwann muss auch sie abtreten. Hier oben wird man sie nicht nehmen. Nicht sofort, jedenfalls: Bei Ehebruch sind sie empfindlich. Also muss sie ins Fegefeuer.»

«Und du wirst ihr Gesellschaft leisten.»

«Ich warte nicht noch einmal. Eugenia ist meine große Liebe, mein Freund. Also werde ich ihr Gesellschaft leisten. Für einige Jahrhunderte wird es schon gehen. Bis zur Auferstehung haben wir noch eine Ewigkeit vor uns. Aber diese Ewigkeit, Petrus, sie soll irgendwann beginnen!

«Mir genügt das Ewige Rom», stellte Petrus fest. «Dorthin werde ich zurückkehren. Morgen, wenn ich aufgewacht bin. Es war recht anstrengend auf deinem Schloss.»

«Was wirst du tun?»

«Ach, weißt du: Ich werde ein wenig durch Trastevere spazieren, einen *caffè* trinken, in einer Bar ein gutes Fußballspiel ansehen. Und am Abend Giulia und Francesco zu mir einladen. Auf meine Dachterrasse. Erinnerst du dich noch, dass man von dort die ganze Stadt Rom überblicken kann? Goldglänzend. Und so schön wie in einem Traum.»

Dank

Giulia und Francesco – Francesco und Giulia ... Seit Jahren geht das schon so. Der Franziskanermönch und die schöne Römerin: eine unmögliche Affäre.

Dabei haben wir den beiden durchaus immer wieder Alternativen präsentiert: Da gab es die wunderbare und ätherische Fotografin Marietta Crederci in *Gloria!* Oder den eleganten französischen Geschäftsmann Nicolas de Montvert in *Hosianna!* Aber spätestens an der Amalfiküste, in *O sole mio!*, wurde uns klar, dass dieses Drama nun ein Ende haben musste. Giulia und Francesco waren füreinander gemacht; selbst wir, die Autoren, konnten diesen Umstand nicht länger verdrängen. Auch wenn uns das allseits gewünschte Happy End vor größte Herausforderungen stellte: Wie sollte Francesco sein privates Glück finden – und zugleich dem Heiligen Vater treu bleiben?

Wir haben es den beiden nicht leicht gemacht in *Jubilate!* Mordanschläge, Explosionen, Familienbande. Aber am Ende ... Nun, wir wollen an dieser Stelle nichts verraten. Es soll ja Leser geben, die immer zuerst das Nachwort aufschlagen.

Nach dem Ausflug an die Amalfiküste sind wir ins Latium zurückgekehrt. Die Albaner Berge mit ihren Geheimnissen und Mythen bieten sich als Schauplatz für einen romantischen Kriminalroman geradezu an. Die *Villa d'Este* in Tivoli und die *Villa Aldobrandini* in Frascati mit ihren Brunnen und Wasserspielen, ihren Grotten und Kaskaden waren (unter anderem) Vorbilder für Federicos Wunderschloss. Wer den rätselhaften Wald des Gärtners Alfredo kennenlernen möchte, möge den *Parco dei Mostri* (Park der Ungeheuer), auch *Sacro Bosco* genannt, bei Bomarzo besuchen. Und auch die Schiffe des Caligula haben wir nicht erfunden: Sie wurden tatsächlich 1929/30 im Nemisee geborgen, sind aber 1944 verbrannt. Einzelne Fundstücke können in einem Museum am Seeufer besichtigt werden. Nach einem dritten Schiff wird immer wieder geforscht (zuletzt 2017) – bislang ohne Erfolg. Nicht weit entfernt befinden sich die Reste des Diana-Heiligtums, das der düstere *Rex Nemorensis* bewachte. Unbedingt lohnt ein Ausflug nach Castel Gandolfo: Da Franziskus, der derzeitige Papst, das Anwesen nicht nutzt, kann es besichtigt werden; reizvoll ist eine Bahnfahrt direkt vom Bahnhof der Vatikanstadt. Den Bauernhof gibt es tatsächlich. Und auch die Sternwarte, in der Padre Francesco in einsamen Nächten von Contessa Giulia träumt.

Aber pittoreske Schauplätze genügen nicht, um einen Roman auf den Weg zu bringen. Vor allem bedarf es der Hilfe lieber Menschen. Und so danken wir, wieder einmal, unserer großartigen, unersetzlichen Lektorin Katharina Dornhöfer, die nicht lockerließ, bis wir Papst Petrus wieder auf Verbrecherjagd sandten. Unterstützt wurde sie diesmal von Heike Brillmann-Ede: ein herzlicher Dank dafür! Usha und Stefan, unsere Testleser seit *Halleluja!*, haben mit größter Rücksicht auf die sensible Autorenpsyche eine Reihe von Nachbesserungen eingefordert. Ihnen ist das Traumgespräch im Jenseits zu verdanken – ein großer Dank, einmal mehr! Mit Toleranz und Nachsicht haben unsere Kinder das Vorhaben begleitet. Gott sei Dank erwies sich der Sommer 2018 als unendlich – und so gelang es, sowohl das Schreiben im heimischen Garten als auch Badeausflüge an die Seen um München im Juli und August unterzubringen. Die Abgabe des Manuskripts haben wir mit einer Reise nach Venedig gefeiert.

Nach Venedig?

Könnte Papst Petrus eines Tages etwa am *Canal Grande* ermitteln?

Ganz ausschließen wollen wir es nicht ...

Sicher ist nur: Er wird immer wieder nach Rom zurückkehren ... in die Stadt, *che ci toglie il respiro e ci parla d'amore.*
Grazie Roma!

Johanna Alba und Jan Chorin

Weitere Titel von
Johanna Alba & Jan Chorin

Papst-Krimis

Halleluja!

Gloria!

Hosianna!

O sole mio!

Jubilate!

Antonio Manzini
Ein kalter Tag im Mai

Es ist Mai im Aosta-Tal, doch selbst bei steigenden Temperaturen kann sich der ewig miesepetrige Rocco Schiavone nicht für seine neue Heimat erwärmen. Nach zehn Monaten in den Bergen ist die Polizeiarbeit nach wie vor das Einzige, was den Kommissar aus Rom bei Laune hält. Als im Gefängnis von Varallo ein Insasse ums Leben kommt, glaubt Rocco nicht an einen Unfall. Mimmo Cuntrea saß erst drei Tage ein, Rocco selbst hatte ihn hinter Gitter gebracht. Die Obduktion ergibt tatsächlich: Cuntrea wurde vergiftet. Rocco beginnt, undercover im Gefängnis zu ermitteln …

Der «Dr. House» der italienischen Alpen ist zurück! Der vierte Fall für den unverschämten, korrupten und unvergleichlichen Rocco Schiavone.

Weitere Informationen finden Sie unter **rowohlt.de**

416 Seiten